111 Jahre Hotel Waldhaus Sils

Geschichte und Geschichten zu einem unvernünftigen Familientraum

111 Jahre Hotel Waldhaus Sils

Geschichte und Geschichten zu einem unvernünftigen Familientraum

Von Urs Kienberger

Ergänzt durch Gespräche mit Zeitzeugen
von Andrin C. Willi
und Texte von Rolf Kienberger

Neue Fotografien von Stefan Pielow

Scheidegger & Spiess

Inhaltsverzeichnis

Die mit dem Kürzel rk versehenen Kapitel wurden
in den 1980er-Jahren von Rolf Kienberger verfasst

111 Jahre Waldhaus Sils. Warum?

Es ist das Lieblingswort meines sechsjährigen Grossneffen Elias aus der jüngsten Waldhaus-Generation: «Warum?» Warum haben unsere Vorfahren dieses Hotel gebaut? Warum genau hier, genau so und nicht anders? Wieso arbeitet unsere Familie bis heute wie besessen daran? Was bedeutet es seinen Gästen? Wieso ist es überhaupt noch da? Rechtfertigt es ein ganzes Buch? Und warum ausgerechnet «111» feiern?

Nichts davon liegt auf der Hand. Unsere Vorfahren hatten für den Bau eigentlich bei Weitem nicht genug Geld für das, was sie vorhatten. Zudem bauten sie für eine Welt, die es ab 1914 nicht mehr gab. Auch seither hat das Waldhaus nicht immer Glück gehabt und Glück gebracht. Leicht kann man grössere und prächtigere Hotels finden als dieses, ältere, architektonisch bemerkenswertere, spektakulär teurere oder kundenfreundlich günstigere, und natürlich berühmtere. Nichts liegt also auf der Hand. Gerade dies ist das Schöne an unserem Haus und unserer Geschichte: Deren Zauber, deren Faszination, deren ganzer Sinn sind nicht so offensichtlich, aber stark. Nennen wir es die Kraft des scheinbar Unscheinbaren.

Vor langer Zeit nahmen mein (1994 verstorbener) Vater Rolf Kienberger und ich einen ersten Anlauf, davon zu erzählen, in den *Streiflichtern aus der Waldhausgeschichte* von 1983, als das Waldhaus 75 wurde. Das vorliegende Buch übernimmt viel davon, insbesondere die schönen Texte meines Vaters, geht aber – nicht nur zeitlich – weit darüber hinaus. Und doch längst nicht weit genug. So vieles und vor allem so viele Menschen, die das Waldhaus mitgeprägt haben, gehörten unbedingt auch noch dazu. Die Lücken wären noch schmerzlicher ohne meine zwei talentierten Koautoren: Andrin C. Willi hat mit Zeitzeugen gesprochen und bestimmt mit diesen Gesprächen Ton und Inhalt dieses Buches wesentlich mit; und der Fotograf Stefan Pielow bringt geschickt und gezielt die Gegenwart mit hinein.

Warum «111»? Das ist leicht zu beantworten. Wir hatten einfach die Geduld nicht, auf den Zweihundertsten zu warten.

Urs Kienberger, Waldhaus Sils

Es kommen die folgenden Zeitzeugen zu Wort: David R. Bon, Christian Zuan, Marietta Tschander, Beat Birchler, Guido Schmidt, Quintus Miller, Karl Baedeker, Annatina Pinösch, Claudia Duschletta, Christina und Maria Godly, Amalie Giger, Aldo Balzer, Peter Hefti, Rose-Marie Hunziker, Walter Natsch, Tino Conrad, Annalisa Cavelti, Michael Matantos, Walter Nana, Signor X, Hedy Dietrich, Claudia Klotz, Adeline Burger, Donata Willi, Anny Knina, Felix Dietrich, Kurt Röösli, Hartly Mathis, Maria Dietrich, Marcella Maier, John Kirchheimer, Erwin Brunschwiler, Jürg Kienberger, Alexander Kluge, Martin Müller, Claudio Dietrich, Patrick Dietrich und Patrick Ghielmetti.

Die Entstehung

An einem schönen Frühlingstag im Jahr 1905 konnten die Silser, wenn sie nicht gerade etwas anderes zu tun hatten, ein kurioses Spektakel bewundern. Auf der Anhöhe von Laret über dem Dorf war mitten im Wald ein Holzgerüst errichtet worden, mit einer Leiter zum Raufklettern, wie etwa auf einem Spielplatz oder Kasernenhof. Aber statt Kindern oder Rekruten standen da nun ein paar würdige Herren, kletterten hinauf und wieder hinunter, schauten sich um, zeigten hierhin und dorthin, rollten Pläne aus und diskutierten angestrengt miteinander. In ihrer Mitte stand ein recht streng dreinblickender älterer Herr mit einem vollen Bart: Josef Giger, der hier ein Hotel bauen wollte. Mit von der Partie waren sein 27-jähriger Sohn Gustav, Karl Koller, ein erfolgreicher Architekt aus St. Moritz, und Christian Zuan, Silser Bürgerpräsident und Josef Gigers lokaler Sachwalter; auch Oskar Kienberger, der junge Chef de Réception im grossen St. Moritzer Hotel Du Lac, das Josef Giger seit 16 Jahren leitete, war mitgekommen.

Die Herren wollten sich an diesem Tag mithilfe des Gerüstes die Aussicht über den Baumwipfeln vor Augen führen, damit sie genau sehen konnten, wie das geplante Hotel – für das bereits der nicht sehr originelle, aber zutreffende Name «Waldhaus» gewählt worden war – am günstigsten zu platzieren sei. Der Rest ist Geschichte – eine Geschichte, von der wir hier ein wenig erzählen wollen. Beginnen wir damit, dass wir den Ältesten im Bunde und den Initiator der ganzen Sache vorstellen.

← Josef und Amalie Gigers Nachkommen im Waldhaus

Josef und Amalie Giger

Josef Giger (1847–1921)

Als Kind von Bauern und Gastwirten aus Murg, einem kleinen Dorf am Walensee, verschrieb sich der junge Josef Giger, dessen Eltern später das Gasthaus Zum Ochsen in Ragaz übernahmen, der Hotellerie. In diesem Beruf muss er sich beeindruckend rasch hinaufgearbeitet haben, denn bereits 1872 übertrug ihm der Ragazer Bäderzar Bernhard Simon die Direktion des grossen Kurhotels Hof Ragaz mit seiner zahlreichen und illustren Gästeschar, die er 17 Jahre lang innehatte. Tüchtig und tatkräftig zur Seite stand ihm seine Gattin Amalie Giger-Nigg, Tochter eines Baumeisters und Gemeindepräsidenten aus dem nahen Pfäfers. Sie hatten im selben Jahr geheiratet.

Den Quellenhof gleich gegenüber leitete Josef Kienberger, der Vater von Oskar, dem wir bereits begegnet sind.

1889 kamen Josef und Amalie Giger ins Engadin nach St. Moritz-Bad, das damals in voller Blüte stand und wo sie bis zum Waldhaus-Bau mit beachtlichem Erfolg das Hotel Du Lac leiteten, ein grosses, elegantes Badehotel mit 350 Gästebetten im Besitz einer Aktiengesellschaft. «Une grande maison fort chère», wie es in der französischen Ausgabe des Baedekers von 1876 beschrieben wird. 1974 ist es abgerissen worden, und heute gibt es an seiner Stelle nur noch einen öffentlichen Parkplatz (Foto S. 155).

Im Gegensatz zu St. Moritz-Dorf war im Bad in jenen Jahren nur im Sommer Betrieb. In der übrigen Zeit zog sich Josef Giger aber nicht ein-

Um 1914: Amalie Giger (1849–1924) und ihr Mann Josef mit Tochter Helen Kienberger (stehend) und der gleichnamigen Enkelin (* geb. 1912)

fach in sein Haus in Ragaz, den Neuhof, zurück, sondern wirkte als Hoteldirektor an anderen Orten, wo sich die Saison mehr im Winter, Frühjahr oder Herbst abspielte. So kam er zum Beispiel nach Sestri Levante an der italienischen Riviera. Im Winter 1900/01 finden wir ihn sogar in der damaligen russischen Hauptstadt St. Petersburg als Herr über 200 Gästebetten und ebenso vielen Angestellten im Hotel Europe.

Josef und Amalie Giger hatten vier Kinder, geboren zwischen 1873 und 1882: Amalie (kurz «Mali» oder «Mally»), Fanny, Gustav und Helen. Seine Pflichten als Familienvater hat Josef Giger sicher gewissenhaft und fürsorglich erfüllt, aber im Übrigen lebte er ganz für seinen Beruf, in dem er sich ja auch in der Tat ein grosses Können und eine riesige Erfahrung erworben hatte. Nach allem, was wir von ihm wissen, interessierte ihn neben der Hotellerie nur wenig. Den Hotelbetrieb aber kannte er durch und durch, und er kümmerte sich auch noch um das kleinste Detail. Wehe, wenn etwas nicht ganz zu seiner Zufriedenheit klappte! Dann war er offenbar ein schwieriger Patron. Oskar Kienberger hat erzählt, dass Giger einmal wegen verunglückten Gnocchi parisienne den Du-Lac-Küchenchef kommen liess und ihn auf das Missgeschick aufmerksam machte, sich dabei aber nach und nach in eine solche Wut hineinsteigerte, dass er den Chef – einen Grandseigneur seines Faches, immerhin vom Herbst bis zum Frühjahr Küchenchef im Hôtel de Paris in Monte Carlo – abkanzelte wie einen Schuljungen.

Geschwister Giger, ca. 1950. Von links Gustav Giger, Helen Kienberger, Amalie Wolflisberg und Fanny Lutz

Was hat nun diesen Mann dazu bewogen, ein eigenes grosses Hotel auf die Beine zu stellen, bei dessen Eröffnung er 61 Jahre alt sein würde; den ein Augenleiden bereits so sehr plagte, dass er nur noch mit einer Lupe lesen konnte und seine Briefe immer diktieren musste, und dessen Frau wegen Gicht seit einigen Jahren an einen Rollstuhl gefesselt war? Ging es ihm vor allem um einen grossen Coup, um auf seine alten Tage noch richtig reich zu werden? Das klingt wenig plausibel. Natürlich hoffte er, dass es ein gutes Geschäft werde, besonders für die nächste Generation. «Das Waldhaus soll meine Kinder ernähren», schrieb er 1904 und dachte dabei anscheinend besonders an Gustav und an seinen ersten Schwiegersohn, Josef Wolflisberg, der Mali geheiratet hatte und bereits ein erfolgreicher Hotelier war. Doch wahrscheinlich war es in erster Linie sein professioneller Ehrgeiz, der ihn motivierte. Dieser eingefleischte Perfektionist hatte sich stets mehr oder weniger mit Hotelbetrieben abfinden müssen, die ihm die jeweiligen Besitzer hingestellt hatten und in denen ihm sicher vieles ungenügend, unpraktisch oder unschön vorkam. Nun wollte er endlich ein Hotel haben, das von unten bis oben ganz genau seinen eigenen Vorstellungen von einem modernen, erstklassigen Haus entsprechen würde!

Das mit dem «Ernähren» hat dann nicht so richtig geklappt, oder jedenfalls erst Generationen später; es ist sogar ziemlich sicher, dass Josef Gigers Kinder es leichter gehabt hätten, wenn er nicht gebaut hätte. Wenn es aber doch sein Hauptziel war, sein Können und seine Erfahrung in Backsteine und Mörtel umzusetzen und so für spätere Generationen zu erhalten, so ist ihm das – nicht zuletzt dank der Hilfe eines hervorragenden Architekten – sehr gut gelungen.

«Ich bin erstaunt ...»

David R. Bon

«Ich bin erstaunt über die Detailversessenheit des Josef Giger. Patton, der berühmte Panzergeneral im Zweiten Weltkrieg, sagte: ‹Never tell people how to do things. Tell them what to do and they will surprise you with their ingenuity.› In der Berufswelt habe ich immer den Dienstweg eingehalten, d.h. dem Vorgesetzten des ‹Opfers› gesagt, was er im Prinzip machen soll und nie wie. Als wir auf der Albigna das Schlussfest bei der Einbringung des letzten Betonkübels planten, sagte ich dem Zimmermann-Polier nur, wo welche Bude (Schiessbude etc.) zu stehen habe und für was, sonst nichts. Als ich vorbeikam, war ich beschämt, wie genial der das machte. Ich hätte das nur verdorben.»

David Bon (92), dem Waldhaus herzlich zugetan und zudem entfernt mit uns verwandt, arbeitete in den späten 1950er-Jahren als Ingenieur beim Bau der Bergeller Albigna-Kraftwerke. Als Enkel der Suvretta-Gründer Anton und Marie Bon und Sohn des legendären Gastro-Unternehmers Primus Bon vom Bahnhofbuffet Zürich hat er sich ein Leben lang Gedanken gemacht über diese alten Grandhotels als Erbe und Bürde einer Familie. Gewohnt, genau zu rechnen, findet der nüchterne Ingenieur mit kritischem Blick, dass ihr übergrosser beruflicher und unternehmerischer Ehrgeiz die Hotelpioniere von einst und vielfach auch die späteren Generationen das Rechnen immer wieder vergessen liess; eins ums andere Mal liessen und lassen sie sich zu unverantwortlichen Visionen und Investitionen hinreissen, Hochseilakte ohne Netz.

Er hat ja nicht unrecht, denkt der Waldhaus-Chronist, dem solche Tendenzen selber nicht fremd sind. Doch dann kann er es doch nicht lassen, leise in seinen Bart zu murmeln, den er nicht hat: Auch die Vernunft hat ihre Grenzen! Die Experten, die dem Kolumbus sagten, der Weg um die Erde bis nach Indien sei viel zu weit, hatten ja ebenfalls recht. Aber Amerika hätten sie nicht entdeckt.

Standortwahl

Was das Waldhaus gleich als Erstes auszeichnet, ist sein einmaliger Standort – selbst in einem Land wie der Schweiz, wo sich viele Hotels einer schönen Lage rühmen. (Einfach nur «schön»? «Einzigartig», «unvergleichlich», «herrlich», «ideal» oder dann wenigstens «bevorzugt» sind Prädikate, auf die kaum ein Schweizer Hotelprospekt verzichten will.) Nicht nur liegt der gewählte Platz in einer traumhaft schönen Landschaft, sondern er stellt darin gleichsam noch die Kaiserloge dar: erhöht, aber dabei noch mitten in der Talachse, mit freiem Ausblick – und das ist das Besondere: nach allen vier Seiten. Dies ist auch betrieblich viel wert, denn wie viel Mühe, Aufregung und Ärger bereitet es doch oft einem Hotelier und seinen Gästen, wenn ein Hotel sowohl eine beliebte Seeseite als auch eine unbeliebte Strassenseite, eine beliebte Talseite und eine unbeliebte Bergseite hat! Die Rundsicht kann man im Waldhaus zudem nicht nur vom Zimmerfenster aus bewundern; mit wenigen Schritten vor die Haustüre ist man selber mitten drin. Auch das ist nicht selbstverständlich.

Die geniale Lage ist weit mehr als ein glücklicher Zufall. Josef Giger hatte sehr präzise Vorstellungen von einem guten Standort für ein Ferienhotel, und er betrieb die Suche danach mit der ihm eigenen Gründlichkeit und Sorgfalt. Die eingangs geschilderte Episode mit dem Gerüst auf Laret war dabei nur die letzte Etappe. Er war ja schon lange im Engadin und hatte Zeit gehabt, sich umzusehen. Es kamen drei mögliche Bauplätze in die engere Wahl: neben dem schliesslich gewählten Standort auch das Suvrettagebiet (wo dann der Schwager seiner Frau, Anton Bon, gebaut hat) und eine Parzelle am Berghang nordöstlich von Silvaplana in der Nähe der Julierstrasse. Spätestens 1904 hatte er sich wohl definitiv für Sils und die Larethöhe (sprich: La*ret*) entschieden, vielleicht sogar noch früher, denn anscheinend besass er bereits seit einigen Jahren das Gelände hinter und über unserem Hotel, auf dem heute die Villa Laret (die frühere Villa Spitzer) steht.

Nun ging es also noch darum, wo und wie genau der Bau zu platzieren sei. Der ursprünglich vorgesehene Platz, eben das Gelände der Villa Spitzer, wurde aufgegeben, weil dann die eine Fassade direkt über die Fexer Schlucht zu stehen gekommen wäre und man nur schwindelfreien Gästen hätte zumuten können, über diesem recht spektakulären Abgrund zu wohnen. (Noch an unserem jetzigen Standort bekommen es gelegentlich Gäste aus weniger gebirgigen Gegenden in bestimmten Zimmern mit der Angst zu tun!) Auch befürchteten Josef und Amalie Giger, dass die nahe Felswand den Kindern gefährlich werden könnte. Von Gewicht war auch der praktische Einwand, dass für den höheren Bauplatz der Druck der damaligen Silser Wasserversorgung nicht mehr ausgereicht hätte und vom Fextal her eine eigene Wasserversorgung hätte errichtet werden müssen.

Im Herbst 1904 erwarb Josef Giger deshalb den neuen, etwas tiefer gelegenen Bauplatz, und zwar von der Bürgergemeinde Sils. Das ist bemerkenswert und symbolträchtig. Die Silser begegneten dem Grossprojekt

Panorama mit Silsersee und Waldhaus

Sils Maria mit Piz Margna (3159 m)

nicht mit misstrauischer Zurückhaltung, sondern als selbstbewusste Partner. Das zeigt der Landverkauf an sich (dem in den folgenden Jahren und im kurzen Aufschwung der 1920er-Jahre Schritt für Schritt noch weitere Transaktionen folgten, bis das nötige Hotelareal beieinander war), aber auch der für damalige Verhältnisse stolze Bodenpreis. Schon bei den ersten Parzellen waren es beträchtliche zehn Franken pro Quadratmeter. Zudem kam die initiative Bürgergemeinde auch als Lieferant von Steinen, Sand und Holz mit dem grossen Projekt ins Geschäft. Josef Giger kam als Fremder, aber unser Waldhaus stand von Anfang an fest auf Silser Grund und hatte einen soliden Silser Kern.

Giger liess derweilen seinen Silser Vertrauensmann Christian Zuan am vorgesehenen Standort die Sonnenscheindauer in den verschiedenen Jahreszeiten aufzeichnen, auch im Winter, denn ein späterer Winterbetrieb wurde gleich von Anfang an ins Auge gefasst. Diese Daten und der Aussichtsturm dienten als Grundlage für die Entscheidung, wie die Hauptfassaden ausgerichtet werden sollten.

Wir haben jetzt also einen erfahrenen Hotelier, der ein Hotel bauen will, und einen hervorragend geeigneten Platz. Zur Verwirklichung des Projekts brauchte es aber noch zwei weitere Elemente: einen guten Architekten und viel Geld.

Der allererste Übernachtungsgast: «22 Lügl 1907, durmit eau per la prüma vouta nel nouv Hotel Waldhaus.»

Christian Zuan

Josef Gigers geschätzter Gewährsmann Christian Zuan (1869–1963) stammte aus einer alten und wichtigen Silser Familie. Sein Vater Paul hatte 1876 das Hotel Edelweiss eröffnet, das allerdings später in andere Hände kam. Christian Zuan selbst ging, wie so viele andere junge Männer im Tal, bereits mit 16 zum Arbeiten als Zuckerbäcker in die Fremde, in die Geschäfte der Engadiner Familie Klainguti in Nizza und Genua. Als gestandener Mann kam er nach 15 Jahren wieder zurück nach Sils, kaufte sich ein eigenes Haus und begann mit Fantasie und Tatkraft ein aktives Bürgerleben als Bauer, Fischer, Skilehrer, Bergführer, Ladeninhaber und anderes mehr. Zuan war einer der ersten in Sils, die Skis ausprobierten und vermieteten; sein Name figurierte lange auf Liste der Bergführer und Skilehrer des Kurvereins. Der Berg- und Skipionier sowie Buchautor Henry Hoek (S. 255) wusste von ihm zu berichten, dass er mit zwei weiteren Silsern, Johann Eggenberger und Toni Fümm, bereits 1895 – wohl auf einem «Heimaturlaub» – die erste Wintertraverse auf Skis von Sils über den Longhinpass nach Bivio schaffte. Später eröffnete er ein Ladengeschäft für «Kolonialwaren», wie man damals sagte, in dem er aber z. B. auch Skis und Schlittschuhe vermietete. Und als ab 1925 Privatautos in Graubünden zugelassen wurden, installierte er prompt noch an der Hausecke eine Zapfsäule.

Seine privaten Aufzeichnungen illustrieren seine wichtige und aktive Rolle in der Entstehungszeit des Hotels und bestätigen und ergänzen Josef Gigers eigene Angaben. *Suot la peidra grossa gniro eret ün Hotel, 200 lets, e sün Laret Höhe gniro fat üna villa*, notierte er anlässlich des Verkaufs der ersten beiden Parzellen der Bürgergemeinde an Sigr. J. Giger da Ragaz im Dezember 1904: «Unter dem grossen Felsen wird ein Hotel mit 200 Betten erstellt und auf der

Haus und Geschäft von Christian Zuan in Sils Maria um 1930, samt Tanksäule an der Hausecke (Foto Emil Meerkämper)

Larethöhe eine Villa.» Pflichtbewusst notierte er die Sonnenscheindauer beim «Hotel Giger» (das auch in seinen Aufzeichnungen bald zum «Waldhaus» mutierte); so etwa am 5. Februar 1905: *Il sulagl arriva a l'hotel Giger allas uras 9 ¼ fin la saira allas 5*, mit weiteren Angaben u.a. für den 20. und 28. März.

Die Arbeiten begannen Ende August 1905. Steine und Sand lieferte die Bürgergemeinde. Christian Zuan notierte selbstbewusst, dass er persönlich es war, der die Vorkommen erkundet hatte und die Lieferungen organisierte. Für die Steine wurde etwa 1 km westlich vom Hotel ein temporärer Steinbruch eröffnet und ein Schienenweg direkt zum Hotel angelegt. Das Trassee, jetzt natürlich ohne Schienen, geniesst bis heute als «Ebener Weg» bei den spazierenden Gästen grosse Beliebtheit. Der Sand («4000 m^3», notierte Christian Zuan) kam aus dem vorderen Fextal.

Am 4. März 1906 bewilligte die Gemeindeversammlung die neue Strassenführung der Fexer Strasse im Bereich des Hotels. Ende November 1906 war der Rohbau anscheinend bereits unter Dach: *Glivro cuvrir il tet del Waldhaus Laret*, notierte Zuan am 29. November 1906. Am 22. Juli 1907 schrieb er: *Durmit eu per la prüma vouta nel nouv Hotel Waldhaus* – «Ich schlief zum ersten Mal im neuen Hotel.» Das macht Christian Zuan mit hoher Wahrscheinlichkeit zum allerersten Übernachtungsgast in diesem Haus, das ja erst elf Monate später überhaupt eröffnet wurde. Im sicher extrem hektischen Eröffnungsmonat Juni 1908 notierte er übrigens für die Nachwelt, er habe vor lauter Arbeit nicht einmal Zeit gefunden für seine übliche Chronik des Wetters und so: *Siand controlleur al Waldhaus schi nun avet temp da remarcher correctamaing l'ora etc.*

Auch schlimme Momente gab's. Im September 1907 musste er melden: *Di 17, crudet ün toller F. Lehmann dal tet del Hotel Waldhaus giò sün üna terrazza e zieva ca. 2 uras spiret el, per fortüna, siand tuot fracascho* – «Am 17. fiel ein Spengler namens F. Lehmann vom Dach des Hotels Waldhaus auf eine Terrasse, und nach ca. 2 Stunden ist er gestorben, zum Glück, denn er hatte sich alles gebrochen.»

Diese Auszüge aus Christian Zuans Aufzeichnungen verdanken wir seinem Enkel Reto (*1947). Auch er hat natürlich Waldhaus-Verbindungen, welcher Silser hätte das nicht? Er hat uns verraten, dass er als Kind liebend gerne in den Sommerferien als Minigolfkassier im Waldhaus geamtet hätte, was ihm aber verwehrt blieb. Positive Waldhaus-Erinnerungen hat Reto Zuan vom Silvesterabend 1965 oder 1966, als ihn Rolf Kienberger engagierte, um beim Ball einen musikalischen Auftritt mit seiner Gitarre zu machen. Und dann vom 14. Oktober 1978, dem Tag seiner Hochzeit. Fast auf den Tag genau 71 Jahre vorher, am 22. Oktober 1907, hatte sein Grossvater notiert: *Fet nozzas con Anna Pedrun, ad eiran 98 persunas e bell'ora* – «Feierte Hochzeit mit Anna Pedrun. Es waren 98 Personen dabei, und das Wetter war schön.»

Christian Zuans «grossen (bzw. dicken) Felsen» kennt im Waldhaus immer noch jedes Kind, jedenfalls alle, die im Sommer da sind. Es ist der Findling auf dem Spielplatz – hier im Buch der Hintergrund für die beiden Aufnahmen der fünften Waldhaus-Generation (1985 und 2015) auf S. 304.

Theodor W. Adorno schreibt in einem vielzitierten Aufsatz, ein hochbetagter Silser habe ihm erzählt, wie er und andere Lausbuben in den 1880er-Jahren Nietzsche auf dessen Spaziergängen Steinchen in den Regenschirm hineinzauberten, die dem Philosophen dann beim Aufspannen auf das Denkerhaupt fielen (Theodor W. Adorno, «Ohne Leitbild»). Auch das war Christian Zuan.

← Genial zum Geniessen, genial zum Brauchen: Karl Koller konnte was

Der Architekt: Karl Koller

In jenen Jahren entstanden in der Schweiz mehr neue Hotels als je davor und danach. Da gab es natürlich Architekten, die Dutzende von grossen Hotels entwerfen konnten und zu Spezialisten mit grosser Erfahrung im Hotelbau geworden waren. Als es nun darum ging, aus diesen den richtigen auszuwählen, hatte Josef Giger wiederum ein sehr gutes Gespür und sehr viel Glück, denn seine Wahl fiel auf den St. Moritzer Karl Koller. In dessen Portfolio gehören zum Beispiel der Schweizerhof in Vulpera, Anton Bons Parkhotel in Vitznau am Vierwaldstättersee (eröffnet 1903) und der etwa gleichzeitig mit dem Waldhaus entstandene schlossartige Anbau an das Hotel Enderlin in Pontresina, das damit zum Schlosshotel wurde. Nach dem Waldhaus entwarf Karl Koller vor allem noch das grossartige Suvretta House, eröffnet im Dezember 1912. In einer Ausstellung im Chantarella in St. Moritz hat Rolf Kienberger sogar einmal Entwürfe von Koller für ein Hotel in Prag gesehen.

Architekt Karl Koller (1873–1946), der bis an sein Lebensende auch alle Um- und Ausbauten im Waldhaus betreute (Foto Albert Steiner)

Dass auch das 1905 auf dem Areal der nachmaligen, langjährigen Hauptpost von St. Moritz eröffnete Grand Hotel aus

Kollers Hand stammte, mag ihn auf den ersten Blick weniger empfehlen. Es war ein übermächtiger, protziger Bau, der das danebenstehende Palace auf Aufnahmen aus der Zeit fast zierlich erscheinen lässt. Im Juni 1944 brannte es bis auf die Grundmauern nieder; nachgetrauert haben ihm wahrscheinlich nicht viele. Zur Ehrenrettung Kollers sollte man wissen, dass sich die Bauherren zu einer Verdoppelung des Gebäudevolumens entschieden, als der Bau schon weit fortgeschritten war, und der Architekt deshalb auf den für ein halb so grosses Hotel vorgesehenen Fundamenten nun plötzlich ein Haus mit 450 Betten errichten musste.

Jedenfalls ist die Wahl von Karl Koller dem Waldhaus sehr gut bekommen.

«Typisch Koller gibt es nicht»

Marietta Tschander

MARIETTA TSCHANDER stammt aus einer Architektenfamilie, auch sie ist Architektin (Tschander.Keller Architekten, Zürich) und die Urenkelin von Karl Koller (1873–1946). Nach dem Tod ihrer Grossmutter, die in der Villa Berna in St.Moritz gewohnt hat, begann Marietta Tschander mit der Überführung, Inventarisierung und Archivierung des Werks von Koller ins Staatsarchiv Graubünden in Chur.

«Es gibt Architekten, die ihre Handschrift zelebrieren. Mein Urgrossvater hat das nicht getan. Er hat Bauherr, Umgebung und Situation in seine Bauten miteinbezogen, deswegen sind alle unterschiedlich. Typisch Koller gibt es nicht. Wenn ich mir seine Projekte aus der Zeit um 1900 anschaue, fällt mir auf, dass bei der Standortwahl sorgsam auch auf das lokal vorhandene Baumaterial, auf Themen wie Baulogistik, Wasser oder Elektrizität geachtet wurde. Meine Mutter hat meinen Urgrossvater als einen imposanten Mann bezeichnet. Sie war siebenjährig, als er starb, und konnte sich noch an die Erzählungen der ‹Leiter›, die doch eher ein Gerüst war, erinnern, die ihr Grossvater 1905 aufgestellt hatte, um den Standort für das Waldhaus am besten wählen zu können. Die ersten Waldhaus-Pläne sind 1906 entstanden. Zwei Jahre später wurde das Hotel eröffnet. Ist es nicht verrückt, dass ich praktisch keine Unterlagen, keine Briefe, keine Hinweise auf die behördliche Zusammenarbeit gefunden habe? Ein Hotelbau dieser Dimension an einem so exponierten Standort in einer so kurzen Bewilligungs- und Bauzeit zu realisieren, wäre heutzutage unmöglich. Nur schon ein derart schneller Bewilligungsprozess ist heute absolut undenkbar.

Die Baupläne sind übrigens recht einfach. Es existieren zum Beispiel keine Schnitt- oder Detailpläne und keine technischen Pläne. Sehr wohl gibt es Innenausbaupläne, also Pläne, die das Resultat vor Augen führen, aber keine, die den Weg dorthin aufzeigen. Somit gehe ich davon aus, dass da vieles auf der Baustelle entschieden und gemacht wurde. Mich fasziniert dieses Pionierhafte. Die Prozesse, die Briefwechsel, die verliefen im Eiltempo. Das Kurier- und Postsystem muss enorm gut funktioniert haben, denn Bauprojekte dieser Grösse waren international ausgerichtet, und Korrespondenzen mit Firmen in Brüssel oder Berlin waren keine Seltenheit. Hinzu kommt, dass mein Urgrossvater diverse Projekte parallel betreute und so gar nicht überall vor Ort sein konnte. Wenn man es sich genau überlegt, müsste das Waldhaus um 180 Grad gedreht sein, wobei man dann die Anfahrt ums Haus und durch den Fels hätte baulich meistern müssen. So wie es dasteht, ist das Waldhaus nun wie eine Kirche ausgerichtet. Mein Urgrossvater hat auch eine Kirche gebaut, Kirchen faszinierten ihn, und in Italien kaufte er Kirchenausstattungen, die nicht mehr gebraucht wurden, alte Bauteile oder Lampen, die er dann einfach in einem anderen Kontext einsetzte.

«Das Baumaterial wurde mit Fuhrwerken zum Waldhaus transportiert. Beim Suvretta House oder beim Grand Hotel wurden Gleise gebaut. Die Transportwagen wurden dann von Pferden gezogen.» Beim Waldhaus-Bau wurde offenbar auch ein Schienenweg angelegt, wie die Aufzeichnungen von Christian Zuan (S. 22) belegen.

Der Name Waldhaus ist sehr treffend gewählt, weil man immer den Wald sieht und dennoch die Weite spürt. Aber nicht überall, auch das finde ich gut, denn wenn ein Gebäude überall gleich ist, wird es langweilig. Das Waldhaus kennt kein Vorne und kein Hinten, aber es steht da, wie eine Art Selbstverständlichkeit. So, als wäre es schon immer da gewesen. Der Bauherr wollte nichts Protziges, sondern etwas Schönes, Solides und Praktisches. Mir scheint das sehr gelungen, denn Koller hat das Volumen von Anfang an gebrochen. Für mich ist das Waldhaus wie ein Dorf für sich. Von aussen und von innen, unterschiedlich und doch ein Gesamtes. Den Stil würde ich historistisch nennen: Es hat von allem ‹äs bizzeli›, und diese Mischung hält die Spannung aufrecht, auch im Innern sind die Räume bewusst unterschiedlich. Das Treppenhaus befindet sich in Richtung Maloja; eine organisatorische Anordnung, zu der auch ein grosses Treppenauge gehört. Wenn ich die Treppe nutze, entdecke ich immer wieder etwas, ich kann verweilen, in die Natur blicken, so wird das Treppenhaus zum Erlebnis, zu einer Art *promenade architecturale*. Aber das Wichtigste ist für mich, dass ich mich willkommen fühle, wenn ich eintrete. Es ist wie ein nach Hause Kommen.»

Das Kapitel vom Kapital

Leider muss berichtet werden, dass die Finanzierung, das vierte wichtige Element des Waldhaus-Vorhabens, eine weniger elegante Lösung fand als die anderen. Eine Zusammenstellung von Josef Giger weist für das Jahr 1904 bei Aktiven von rund 500 000 und Passiven von 60 000 Franken ein privates Reinvermögen von etwa 440 000 Franken aus, ein Grossteil davon in Land und Liegenschaften. Ein stolzes Vermögen für jemanden, der in seiner Jugend nahezu bei null begonnen hatte, aber auch damals bei Weitem nicht genug für den Bau eines grossen Luxushotels; erst recht nicht für zwei Hotels. Unser Urgrossvater hatte sich nämlich kurz vor dem Waldhaus-Bau bereits federführend beteiligt am Bau des 100-Betten-Hotels Bristol beim Bahnhof in Ragaz von Giger, Bon & Co., das 1906 eröffnet wurde. («Bon» bezog sich auf Primus Bon sen., Mann einer Schwester von Josef Giger und Bruder des späteren Suvretta-Gründers Anton Bon; übrigens nicht zu verwechseln mit Anton Bons Sohn gleichen Namens, der als Bahnhofbuffet-Wirt in Zürich zur Legende wurde.) Ragaz erwies sich von Anfang an als eine glücklose Fehlinvestition, die Gigers Finanzen arg strapazierte. Seine Beweggründe für das Engagement sind nicht ganz klar, denn spätestens ab 1903/04 arbeitete er schon aufs Intensivste an seinen Plänen im Oberengadin. War es auf Drängen einer anderen Schwester, die mit ihrer Familie in Ragaz den elterlichen Ochsen übernommen hatte?

In Sils wollte er jedenfalls, wie aus Briefen aus dem Jahre 1904 an Architekt Koller und an Freunde und Verwandte hervorgeht, ein Haus mit mindestens 180–200 Gästebetten erstellen, und zwar «ein Hôtel, das in 20 bis 30 Jahren noch den damaligen Ansprüchen genügen dürfte».

«Ich denke mir 4 Etagen für Zimmer nebst Dachstock, in welchem auch noch Fremde untergebracht würden. Angenehm wäre natürlich auch eine Wohnung für den Wirt im Hauptstock. Da die Gäste, die das Haus bewohnen werden, auf sich allein angewiesen sind, wird für genügend Gesellschaftsräume gesorgt werden müssen. [...] Wir müssen etwas Schönes, Solides & Praktisches machen, sind aber schon der Rentabilität halber gezwungen, jede Auslage wohl zu überlegen. Das Bauen im Engadin ist sehr teuer, die Saison kurz, die Ansprüche der Gäste gross, diese werden allerdings durch gute Preise kompensiert.»

Die Sorge um die Kosten war berechtigt, zumal im Engadin. St. Moritz lag schon abgelegen, konnte aber seit 1903/04 mit der Rhätischen Bahn erreicht werden, doch nach Sils kamen nur Kutschen und Pferdefuhrwerke. (Noch bis in die 1970er- und 1980er-Jahre mussten wir je nach Konjunkturlage mit 15 bis 30 % höheren Baukosten als im Unterland rechnen.) Die Kosten für das Waldhaus, zunächst auf 1,6 Millionen Franken veranschlagt, wuchsen schliesslich auf über 2 Millionen: etwa 1,6 Millionen für den Bau und 425 000 Franken für das Mobiliar. Dazu kamen 127 000 Franken für das Land – wovon ein Teil allerdings vorerst nur gepachtet wurde – und gut 100 000 Franken für den Anteil an einem gemeinsam mit dem Hotel Barblan (dem heutigen Schweizerhof) erstellten Elektrizitätswerk. Dieses wurde dann nach wenigen Jahren an das damalige Elektrizitätswerk Madulain verkauft.

Wie sollte diese Summe also finanziert werden? Erstens wurde, wie vorher für das Bristol Ragaz, eine Kollektivgesellschaft gegründet, Giger & Cie. Das Gesellschaftskapital von 560 000 Franken war wie folgt verteilt:

Josef Giger	Fr. 355 000	Fanny Giger	Fr. 5000
Josef Wolflisberg	Fr. 160 000	Helen Giger	Fr. 5000
Gustav Giger	Fr. 30 000	Anton Bon	Fr. 5000

Wir wissen aus Josef Gigers Privatbüchern, dass er schon seine eigene Kapitalanlage zum Teil mit einem persönlichen Bankdarlehen finanzierte. Einige der Teilhaber und andere Verwandte steuerten weiteres Geld in Form von Darlehen bei: 102 000 Franken kamen von Anton Bon (dem Josef Giger umgekehrt 1903 für sein Projekt in Vitznau ebenfalls gut

100 000 Franken vorgeschossen hatte), 58 000 von Antons Bruder Primus Bon-Giger, rund 50 000 von Josef Wolflisberg, je 25 000 von Oskar Kienberger und dessen Bruder Josef und kleinere Beiträge von anderen Verwandten. Selbst wenn wir diese Darlehen aus dem Familienkreis mitrechnen, deckten damit die eigenen Mittel im besten Fall einen Drittel des Finanzbedarfs. Das war kühn, zumal einige der Darlehen offenbar nur als kurzfristige Überbrückungskredite gedacht waren.

Für den benötigten, grossen Rest gab es im Prinzip zwei mögliche Quellen: Banken oder aussenstehende Investoren. Man kann annehmen, dass es Josef Giger bei seinem glänzenden Ruf als Hotelier und seinen in jahrzehntelanger Tätigkeit geknüpften Kontakten mit den oberen Zehntausend ein Leichtes gewesen wäre, in diesen investitionsfreudigen Gründerjahren wohlhabende Dritte für sein Projekt zu interessieren. Anton Bon ist später beim Suvretta zum Teil diesen Weg gegangen. Dass Giger es nun nicht tat (von der ganzen Finanzierung entfiel nur ein ganz kleiner Teil auf Darlehen von zwei aussenstehenden Einzelpersonen, wahrscheinlich persönlichen Freunden), weist einmal mehr darauf hin, wie sehr er mit dem Waldhaus-Bau in erster Linie eigener Herr im Haus werden wollte.

Also kam der grosse Rest, soweit er nicht einstweilen durch Lieferantenkredite gedeckt und dann schon aus dem Erlös der ersten Betriebsjahre finanziert werden konnte, von den Banken. Josef Gigers persönliches Darlehen zur Mitfinanzierung seiner Kapitaleinlage kam von der Bank in Ragaz. Giger & Cie. selbst verkehrte mit der Bank für Graubünden, die mit den Waldhaus-Generationen später noch manchen Strauss ausfocht, ehe sie um 1933 in wirtschaftliche Schwierigkeiten geriet, als Bündner Privatbank reorganisiert wurde und schliesslich von der Schweizerischen Bankgesellschaft, der heutigen UBS AG, aufgekauft wurde.

Von der Bank für Graubünden hatte die Gesellschaft zuerst neben einer Hypothek auch ein Darlehen mit dem Mobiliar als Sicherheit und einen grossen Kontokorrentkredit; diese drei wurden 1912 in eine Hypothek von 1,1 Millionen Franken konsolidiert.

Selbst wenn man damals glauben mochte, Krisen und Kriege gehörten der Vergangenheit an, so war die Zukunft des jungen Unternehmens doch, wie man nicht von ungefähr sagt, mit einer grossen Hypothek belastet. Aber immerhin: Jetzt konnte es losgehen!

← Auch 111 Jahre später hört das Bauen nicht auf. Im Bild der Spa, 2014–2016 erbaut

Der Bau

Nachdem die Fexer Strasse verlegt worden war (sie verlief mitten durch das Baugelände), begannen im Spätsommer 1905 die ersten Arbeiten. Zweieinhalb Jahre später, am 15. Juni 1908, konnte das Hotel eröffnet werden. Das war ein erstaunliches Tempo, erst recht in Anbetracht der durch das Klima erzwungenen langen Arbeitspausen im Winter.

Die Oberaufsicht über den Bau hatte Architekt Koller; für die eigentliche Bauleitung wurde ein jüngerer Architekt aus Malans, Johann Ulrich von Salis, engagiert. Selbstverständlich kümmerte sich auch Josef Giger intensiv um den Lauf der Dinge. Er mietete in Sils Maria ein Haus, aber im Sommer 1906 leitete er noch einmal das Du Lac und in den Wintermonaten wohnte er meistens in Ragaz, währenddem Christian Zuan, den er sehr geschätzt haben muss, seine Interessen in Sils vertrat.

Das 1908 eröffnete Hotel war in allen wesentlichen Zügen der Bau, den wir auch heute kennen. Vieles daran war bemerkenswert.

Die Zeit war damals noch nicht lange vorbei, in der es den Erbauern von solchen Hotels vor allem darum ging, den Eindruck eines mit märchenhaftem Prunk ausgestatteten Palastes zu erwecken: Opernkulissen für königliche Ferien. Das Resultat hiess dann ja auch oft «Palace». In der Tat hat auch das Waldhaus von aussen ausgesprochen burgähnliche Züge – «scottish baronial», wie es ein englischer Buchautor 1961 etwas missbilligend nannte (Vivian H. Green, *The Swiss Alps*). Gerade dieses Burgähnliche kann man allerdings auch als geschicktes Eingehen des Architekten auf den gewählten Standort, den man sich sehr gut als

Situationsplan (z. T. spiegelverkehrt beschriftet)

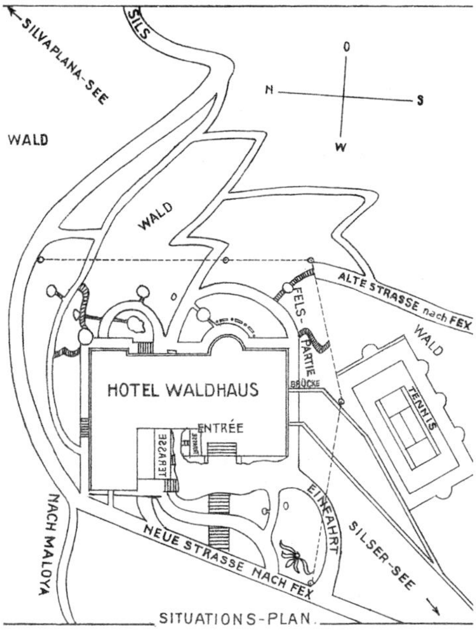

mittelalterlichen Festungshügel vorstellen könnte, interpretieren. Es wäre wohl kaum der Ort für einen Renaissancepalast, ein viktorianisch-orientalisches Barockkloster oder ein zehnstöckiges Walliser Chalet. Im Übrigen steckt in der allgemeinen Gliederung und Proportionierung des exponierten grossen Baukörpers einiges Geschick; man denke etwa daran, dass das vom Bauvolumen her höchstens halb so grosse Hotel Schweizerhof im Dorfbild mindestens so stark in Erscheinung tritt wie das Waldhaus.

Während das Waldhaus von aussen an eine Burg oder ein Schloss erinnert, findet man im Innern eigentlich wenig Palatiales. Josef Giger wollte und erhielt ein elegantes, luxuriöses Haus, eben «etwas Schönes, Praktisches & Solides»; für Marmorbadewannen mit goldenen Armaturen und ähnliche Mätzchen hatte er wenig übrig. Das Resultat hatte im Stil, soweit das bei einem Bau dieser Grösse möglich war, mehr die zurückhaltende Eleganz eines gepflegten und wohlhabenden Privathauses als den Prunk eines Palastes. Ich bin nicht sicher, wie weit man beim Waldhaus in dieser Beziehung von Jugendstil sprechen kann – vielleicht mehr dem Geist als der Form nach.

In der Form war die Inneneinrichtung schon mindestens so eklektisch wie heute. In der Halle waren Chesterfield-Canapés, «amerikanische Fauteuils» und Stühle, «Louis XVI mit Rohr» (so das Inventar), friedlich vereint, und von den sechs oder sieben Privatsaloneinrichtungen war zum Beispiel – wenigstens der Intention nach – je eine im Stil «Adam», Empire, Louis XVI, Biedermeier, «englisch» und «modern».

Daneben zeichnete sich das Waldhaus aus durch eine betrieblich und organisatorisch glänzend durchdachte Raumeinteilung und modernste technische Einrichtungen, die wenige Jahre zuvor noch undenkbar gewesen wären. In der Tat dürfte Gigers konstantes Drängen zur Berücksichtigung der neuesten technischen Entwicklungen einen erheblichen Teil der bereits erwähnten Kostenüberschreitung gegenüber dem ursprünglichen Budget erklären. Immer wieder fiel ihm etwas ein, das er auch noch haben wollte.

Das Waldhaus im Rohbau: Nordwestecke im Winter 1906/07

Im ganzen Haus gab es elektrisches Licht, über 1300 Lampen; die Leuchter im Speise- und im Empiresaal und die Lampen in den Korridoren und im Treppenhaus sind zum Beispiel noch die ursprünglichen. Es existierte zwar bereits eine Stromleitung von Silvaplana her, aber die fand Josef Giger offenbar zu störungsanfällig. So entstand am östlichen Dorfende von Sils Maria, am Strässchen, das zur Furtschellasbahn und zum Silvaplanersee führt, das eigene kleine Elektrizitätswerk der Waldhaus-Gesellschaft und dem 1907 eröffneten Hotel Barblan: ein Maschinenhaus mit zwei Dieselmotoren und Akkumulatorenbatterien. Von da führte ein unterirdisches Kabel zu den beiden Hotels. Das grau verputzte Haus, umfunktioniert zum Bauernhof, stand noch bis in die jüngste Gegenwart, bis es abgerissen und in ähnlicher Grösse wieder aufgebaut wurde und nun sieben Wohnungen für Einheimische enthält.

Die Zentralheizung, die mit Ausnahme einiger weniger, entlegener Winkel das ganze Haus erfasste, stammte von Sulzer in Winterthur – übrigens nur ein Beispiel

Der später abgebrannte Südturm im Bau. Ansicht von Südosten

Mindestens so eklektisch wie heute:
die Halle in den 1920er-Jahren
(Foto Emil Meerkämper)

aus einer überraschend langen Liste von damaligen Unternehmen und Lieferanten, mit denen wir noch lange danach verkehrten. Die öffentlichen Räume und einige besonders exponierte Gästezimmer hatten Dampfheizkörper, im übrigen Haus waren es Warmwasserradiatoren. Die Heizkessel wurden mit Kohle befeuert. In den öffentlichen Räumen gab es zudem auch eine rudimentäre Ventilation. Unter den Fensterbrüstungen befanden sich hinter den Radiatoren Schlitze (Klappen) für den Lufteintritt. An den Saaldecken wiederum führten Ventilationsöffnungen zu Schächten, die bis aufs Dach gingen. Unten in diesen Schächten, gleich über der Decke, waren Heizkörper eingebaut, die die Luft im Schacht erwärmten und aufsteigen liessen. So kam im Saal neue Luft nach. Dieses System funktionierte nur zu gut: Es entstand so viel Durchzug, dass die Luftklappen an den Fensterbrüstungen sehr bald zugemauert werden mussten.

Zu den entscheidendsten Neuerungen gehörte die bemerkenswerte Zahl von fast 40 Privatbadezimmern – eine Einrichtung, die noch wenige Jahre zuvor als blosse englische Spinnerei gegolten hatte. Im Prinzip waren die Gästezimmer überhaupt so disponiert, dass man sie mit Verbindungstüren zu Appartements zusammenstellen konnte, jeweils drei oder vier Zimmer miteinander: eines vielleicht als Salon (einige Zimmer waren fest dafür eingerichtet, andere konnten je nach Bedarf als vom Schlaf- zum Wohnzimmer umdisponiert werden; 14 hatten und haben ein dekoratives eigenes Kamin), ein oder mehrere Schlafzimmer und ein Bad. Mit Ausnahme von ein paar Kombinationen mit bloss einer einzigen Türe zum Flur blieb es aber auch möglich, jedes Zimmer getrennt zu vermieten. Diese eingebaute Flexibilität, die weitgehend erhalten geblieben ist, illustriert einmal mehr die grosse Hotelerfahrung von Bauherrn und Architekt.

In den Gästekorridoren sieht man immer noch die grossen Anzeigetafeln der Sonnerie, der elektrischen Klingelanlage. Mit ihr liess sich das Zimmermädchen rufen, das umgekehrt sehen konnte, welches Zimmer nach ihm verlangte. Die Anlage diente in einer Zeit ohne persönliche «Piepser» oder Pager, effektiv bis 1976, auch der betrieblichen Kommunikation. Der Concierge konnte von der Loge aus auf allen Tableaux die Glocken betätigen: 1 × für den Etagenportier, 2 × für die Gouvernante, 3 × für den Direktor. An lebhaften Tagen mit vielen Ankünften und Abreisen war es ein dauerndes Klingeln. In aller Ruhe weiterhin in Betrieb bleibt die zentral gesteuerte Uhrenanlage «Magneta». Die grosse Pendeluhr beim Kassabüro, die jeden Tag aufgezogen werden muss, lädt als «Mutteruhr» unermüdlich immer wieder einen Magneten auf, der sich jede Minute entlädt und einen schwachen elektrischen Impuls an alle Wanduhren im Haus aussendet (heute sind es noch neun), worauf ihre Zeiger vorrücken und uns an das Vergehen der Zeit erinnern.

Nicht überlebt hat die «Entstaubungsanlage», ein eingebautes Röhrensystem, das in alle Korridore und öffentlichen Räume reichte und in dem ein kleiner Motor im Keller ein Vakuum erzeugte. In jedem Stockwerk gab es Anschlüsse für Schläuche – ein Staubsauger, Jahrgang 1908! Die Anlage war über 40 Jahre lang in Gebrauch. Mit der Zeit wurde das Röhrensystem aber leck und im Betrieb immer lauter und zugleich immer schwächer.

Neben die Telefonverbindung nach aussen – Sils war seit 1902 am schweizerischen Netz – trat auch eine ausgedehnte Haustelefonanlage, die schon 1908 die Wirtschaftsräume, die Etagen, den Keller usw.

Zimmer Nr. 51 als Privatsalon

miteinander verband. Selbst die grössten, teuersten Gästezimmer hatten bereits ein eigenes Telefon; auf einer Schalttafel im Untergeschoss konnte man feste Verbindungen zwischen einem Herrschaftszimmer und einem «Kurierzimmer» schalten, damit der Herr oder die Dame immer mit dem Diener oder der Zofe in Kontakt bleiben konnte. Man kann sich vorstellen, dass dieser technische Fortschritt den Herrschaften besser zusagte als ihrem Personal.

Zwei Personenaufzüge sorgten dafür, dass die oberen Gästeetagen ebenso bequem zu erreichen waren wie die unteren, obwohl die Präferenzen vieler Gäste dieser Annehmlichkeit noch hinterherhinkten; für sie blieben der nicht von ungefähr Bel Étage genannte sowie der erste Stock dennoch die bevorzugten Wohnlagen, die deshalb auch teurer waren als die höheren Stockwerke mit ihrem weiten Blick. Der Servicelift war elektrisch betrieben, und er tat uns 68 Jahre lang gute Dienste, bevor er ersetzt werden musste! Der Gästelift funktionierte hydraulisch. Ein Gegengewicht füllte sich jeweils mit Wasser, bis es den Lift in die Höhe ziehen konnte. Wollte man hinunter, wurde das Wasser entleert. Aus einem Springbrunnen unter den Speisesaalfenstern im Hotelpark schoss dann jedes Mal eine Wasserfontäne. Eine unbeabsichtigte Nebenwirkung war, dass es offenbar auch in der benachbarten Villa Spitzer jedes Mal mächtig rumorte, wenn wieder Wasser für den Waldhaus-Lift gebraucht wurde. Die Spitzers haben dann 1923 die Umstellung auf einen elektrischen Gästeaufzug mitfinanziert.

«Das Waldhaus steckt voller Überraschungen»

Beat Birchler

«Ich habe bei vielen Umbauten mitgewirkt. Die verrücktesten waren aus professioneller Sicht der Eingang und die Küche. In beiden Fällen mussten wir Stahlkonstruktionen erstellen, um die oberen Stockwerke abzustützen, eine knifflige Angelegenheit. Das Waldhaus steckt voller Überraschungen, denn die Baupläne von 1906 sind rudimentär und Änderungen während des Baus waren gang und gäbe. Die Grundstruktur ist klar, aber die Details ... So kann es immer sein, dass sich in gewissen Wänden andere Situationen als die erwarteten ergeben können. Darum muss ich die Wände vorher untersuchen. Meistens passiert das mitten in der laufenden Saison, wo man keine Sondierungslöcher bohren kann. Also habe ich eine einfache Technik entwickelt: Ich klopfe mit der Faust auf die Wand und höre so, wo die Holzbalken verlaufen.

BEAT BIRCHLER ist in Zürich geboren und lernte Tiefbauzeichner, bevor er die ETH absolvierte und 1986 ins Engadin zog. Bis 1992 arbeitete er in einem Ingenieurbüro in Silvaplana, danach machte er sich selbstständig. 2009 zog er nach Ardez im Unterengadin. Den ersten kleinen Auftrag fürs Waldhaus erhielt er 1992. «Man wollte eine Türe herausbrechen und zwei Zimmer miteinander verbinden, aber ein dicker Holzbalken verlief schräg durch die Wand», erinnert er sich. Gut, dass er eingriff.

Manches Mal habe ich gestaunt, das können Sie mir glauben. Das Gute ist, dass das Haus auf Fels steht. Die untersten drei Stockwerke, die sich unter der Küche befinden, sind solide gemauert. Im Erdgeschoss, auf Ebene der Gesellschaftsräume, wurde ebenfalls weitergemauert. Hier haben wir 60 bis 70 cm breites Bruchsteinmauerwerk. Backsteine gibt es im Waldhaus nicht, das Baumaterial, also die Steine, wurden wohl allesamt an Ort und Stelle in die richtige Form und Grösse geklopft, sie stammen aus der Umgebung. In den oberen Stockwerken wurde dann die Holzkonstruktion ausgemauert. Interessant ist der Übergang zwischen den Gesellschaftsräumen und der Bel Étage, wo die Wandabstände zwischen den Zimmern 3 bis 5 m beträgt. Im Erdgeschoss haben die tragenden Pfeiler viel grössere Abstände. Darüber wurden

Stahlträger eingebaut, über die die Korridorwände verlaufen. Ich kann mir kaum vorstellen, dass diese Träger, die sich z. B. über die gesamte Küchenlänge erstrecken, sicher 15 m, an einem Stück antransportiert wurden. Wie hätte man sie in die Höhe gehievt? Mit der Bahn hätte man sie nach St. Moritz transportiert und dann mit Pferden nach Sils? Das sind schwere Brückenträger, und ich stelle mir vor, dass auch sie vor Ort zusammengenietet wurden, denn der Transport wäre eine wahnsinnige Sache gewesen.

«Bezüglich des Waldhaus-Baus darf man ruhig auch relativieren: Der Eiffelturm in Paris, der 1887–1889 erbaut wurde, war eine viel grössere technische Herausforderung. Die Herausforderung beim Waldhaus waren die Umstände. Wer an so einem abgelegenen Ort und in diesem Klima baut, beweist Mut. Ich gehe nicht davon aus, dass im Winter gearbeitet werden konnte, was die kurze Bauzeit noch extremer verknappte.»

Wenn ich schätzen müsste, arbeiteten damals sicher 100 Menschen auf der Waldhaus-Baustelle, denn die mussten ja alles selber herstellen. Es gab keinen Baumaterialhändler, den man anrufen konnte und sagen: Bring mir 20 Kubik Beton um elf Uhr, bitteschön. Für die Holzbalken musste zuerst einer die Bäume fällen, diese exakt auf die richtige Balkenlänge zuschneiden und auf die Baustelle bringen. Das brauchte sehr viele Leute, vielleicht sind 100 noch zu wenig.

Zurück zum Übergang von den grossräumigen Sälen und Hallen in die kleinräumige Struktur der Zimmeretagen: Dieser ist aus meiner Berufssicht enorm herausfordernd. Darüber sind alle Zimmerwände tragend. Man hat also nicht eine dicke Decke eingezogen, sondern mauerte einzelne Trennwände, die die Lasten tragen, und einen Korridor in der Mitte. Heute würde man armierte Betonplatten giessen und die Wände daraufstellen, sodass man die Zimmergrundrisse auf jedem Stockwerk individuell gestalten könnte. 1908 war das nicht so, der armierte Beton kam im Hausbau erst schätzungsweise in den 1950ern zum Einsatz. Im Waldhaus muss man darum zweimal überlegen, bevor man eine Wand einreisst.»

Das Mobiliar

Blick in den Lesesaal (die heutige Bar)

Mit technischen Einrichtungen allein war es nicht getan. Es brauchte Betten (205 Herrschaftsbetten, 12 eiserne Kinderbettchen, 160 Personal- und Kurierbetten), Tische (566) und Stühle (1129) aller Art sowie Fauteuils (129), Sofas (24), Chaiselongues (111) und Garten- und Terrassenmöbel (218 Stück), aber auch 291 Nachttöpfe, 4 Palmenständer und die Hotelbibliothek (220 deutsche, 104 englische und 56 französische Bände). Nicht zu vergessen: ein ausgestopfter Steinadler für den Lesesalon, die heutige Bar, der Weihwasserwedel für die Kapelle, eine Hängematte, drei Klaviere, ein Flügel, zwei Schachbretter ...

Wir haben Josef Giger als einen Mann vorgestellt, der auch dem kleinsten Detail noch die grösste Aufmerksamkeit schenkte. Diese Eigenschaft zeigte sich nirgends deutlicher als gerade bei der Bestellung des mannigfaltigen Hotelinventars. Hier als Beispiel ein Auszug aus Gigers Korrespondenz mit Berndorf in Luzern, die Lieferanten vom Tafelsilber: «Ganz besonders wollen wir erwähnen, dass die beiden grossen Vorleglöffel höchstens 17 Centl. enthalten dürfen, besser nur 1.6, Stiel in der Länge den bestellten 10 Liter haltenden Suppenschüsseln angepasst, der Griff hübsch abgerundet, überhaupt recht bequem. Es ist wichtig, dass der Vorleglöffel recht praktisch & bequem, nicht zu gross & nicht zu klein ist.» Der Leser wird sich nicht mehr wundern, dass auch Josef Gigers Urenkel, der diese Zeilen schreibt, einen gewissen Hang zum Detail zeigt!

Das Welte-Mignon

Eines der interessantesten Stücke der ursprünglichen Einrichtung war das elektrische Reproduktionsklavier Welte-Mignon. Dieses mechanische Wunderwerk fiel später in einen Dornröschenschlaf von vielen Jahrzehnten.

Das «Mignon», erfunden und gebaut von der Firma M. Welte & Söhne in Freiburg i. Br., wurde 1910 angeschafft. Ausgeführt in Mahagoni «mit Empire-Bronce-Auflagen, allerdings in einfacher Ausführung, aber tadellos, fein ciselierte Bronce», war für den Musik- oder Empire-Saal bestimmt, in dem es auch heute wieder steht. Die Anregung zum Kauf kam offenbar von einem Gast, der sich in der Vorsaison gelangweilt hatte, weil das Hausorchester noch nicht eingetroffen war. Der Preis für zwei Instrumente – das zweite war für das Bristol in Ragaz bestimmt – wurde nach langen Verhandlungen auf 4200 Mark festgesetzt. Beim damaligen Wechselkurs kostete jedes Instrument also an die 2600 Franken, plus weitere 1000 für Fracht und Zoll.

Die Papierrollen oder Lochstreifen, auf denen die Musikstücke aufgezeichnet sind, wurden von Welte wie von einer Bibliothek leihweise zur Verfügung gestellt und periodisch gegen neue Titel eingetauscht. Später hat man sie offenbar gekauft; jedenfalls haben wir heute noch etwa 90 solche Rollen aus jener Zeit. Diese hatten übrigens einen stolzen Preis.

Das Welte-Mignon.
Nicht alles war früher einfacher

Auf einer von ihnen ist er mit Bleistift notiert: Fr. 30.–. Das entsprach unseren durchschnittlichen Tageseinnahmen für einen Gast – man muss sich das mal vorstellen: die ganzen Tageseinnahmen für einen Gast für zehn Minuten Musik!

Das grosse Instrument mit seiner komplizierten Mechanik muss in den 1920er-Jahren verstummt sein, blieb aber noch lange am angestammten Platz, bis es schliesslich in einen Abstellraum wanderte. Es gab einfach niemanden mehr, der es hätte reparieren können; Klavierbauer schüttelten nur resigniert den Kopf. Dabei blieb es, bis um 1980 unser unternehmungslustiger neuer Haustechniker Guido Schmidt das Instrument entdeckte und aus seinem Dornröschenschlaf erweckte. In dreijähriger geduldiger Kleinarbeit brachte er es wieder zum Klingen, zur grossen Freude der Familie und unserer Gäste und ganz besonders von Rolf Kienberger, der seit seiner Kindheit auf diese Wiedererweckung gehofft hatte.

«Ganz einfach, wenn man weiss, wie's geht»

Guido Schmidt

«Mein Herzensprojekt im Waldhaus ist und bleibt das Welte-Mignon-Reproduktionsklavier. Beim Aufräumen der alten Bäckerei fand ich irgendwann um 1980 allerhand Papierrollen mit Löchern, auf denen Komponisten und Werke verzeichnet waren. Insgesamt sind es 93 Originalrollen. Ich konnte sie nicht zuordnen und entschied nur, sie vorerst nicht wegzuwerfen. In einem anderen Magazin mussten wir Stühle und Tische ausräumen und ganz hinten in einer Ecke, da stand es, in desolatem Zustand: das Welte-Mignon, in Mahagoniausführung. Rolf Kienberger kannte das Gerät, aber er selbst habe es nie wirklich gehört, hat er mir verraten. Es sei 1910 von Josef Giger erworben worden und habe im Blauen Salon gestanden.

GUIDO SCHMIDT war 41 Jahre lang Chef der Haustechnik im Waldhaus, mit einer Vielfalt von Aufgaben (siehe S. 196). 2019 geht er in Pension. Auch in Zukunft wird er uns aber zusammen mit Urs Kienberger von Zeit zu Zeit musikalisch ins Waldhaus von 1910 zurückbegleiten.

Zögerlich fragte ich, ob ich hineinschauen dürfe. Rolf Kienberger freute sich, dass ich daran arbeiten wollte, denn vorher seien alle Versuche gescheitert. Die Klavierbauer hatten ihm geraten, die Finger davon zu lassen. Klavierbauer können ein solches mechanisches Wunderwerk nicht reparieren, denn das Welte-Mignon vereint Mechanik, Elektrik und Pneumatik. Dinge, die ich gelernt habe und die man im Grunde nur zusammenbringen musste. Ganz einfach, wenn man weiss, wie's geht. Aber eben, Google gab es noch nicht und Fachliteratur war spärlich, also musste ich selbst versuchen, es zu verstehen, und baute dazu ein Modell.

Nach rund drei Jahren gab das Klavier ein paar Töne von sich und da wusste ich, dass ich auf dem richtigen Weg war. Den Klavierteil revidierte ein Spezialist 1998 komplett, für 16000 Franken. Die Unterdrucklufttechnik, die neuen Blasbälge, die Membranen und Ventile, den Motor, also den ganzen Rest habe ich in Hunderten von Arbeitsstunden originalgetreu repariert. Das Instrument wurde erworben, um die Gäste zu erfreuen, aber ich bin mir sicher, dass es nicht lange funktioniert hat, denn die Luftfeuchtigkeit im Engadin ist viel zu gering. Der Hersteller besteht auf 60%, deswegen dürfen wir es noch heute nur im Sommer benutzen. Schade, dass wir keine Reklamationsschreiben mehr finden konnten, sicherlich gab es Korrespondenz dazu, denn die Anschaffung war teuer und auch die Rollen kosteten damals ein kleines Vermögen.

Mich fasziniert es ungemein, dass wir das Welte-Mignon noch heute an seinem ursprünglichen Bestimmungsort hören können und derselben Musik, die der Hotelgründer eigens für seine Gäste auswählte, lauschen können. Irgendein altes Gerät klimpern lassen, das kann jeder, aber bei unserem Exemplar geht es nicht um Geld, es geht um Geschichte. Seit dem 75-Jahr-Jubiläum vom Waldhaus führen wir das Welte-Mignon fünf- oder sechsmal pro Sommersaison vor. Die Restaurierung war, nüchtern betrachtet, ein Wahnsinnsprojekt, aber in meiner Karriere habe ich immer versucht, mich selbst und das Getane nicht in den Vordergrund zu stellen.»

Betriebliche Organisation

Die betriebliche Einteilung und Ausstattung eines Hotels springen einem flüchtigen Betrachter viel weniger ins Auge als etwa der Gästekomfort oder die Architektur der Aufenthaltsräume. Dabei ist es nicht übertrieben zu sagen, dass gerade die wohlüberlegte, in vielem geradezu meisterhafte Lösung dieser betrieblichen Fragen entscheidend dazu beitrug, dass das Waldhaus die vielen wirtschaftlich schwierigen Zeiten seit 1908 überhaupt überleben konnte. Eine ungeschickte Disposition kann den Personalbedarf leicht um 20% und mehr erhöhen, bei genau gleichen Leistungen für den Gast. Und wie viele Hotels – besonders, wenn sie in Etappen gebaut wurden – mussten und müssen für die Verbesserung von unrationellen Arbeitsabläufen und die Korrektur gemachter Fehler grosse Summen ausgeben! Im Gegensatz dazu haben sich Josef Giger und Karl Koller von Anfang an erstaunlich intensiv um eine möglichst rationelle Betriebsorganisation bemüht; dies in einer Zeit, als billige Arbeitskräfte noch in beinahe unbeschränkter Anzahl verfügbar waren.

Die Sorgfalt ihrer Überlegungen lässt sich gerade an einem Beispiel illustrieren, das auf den ersten Blick das Gegenteil zu beweisen scheint. Auf der Saaletage ist es ausgerechnet die Küche, die am meisten Sonne und Aussicht hat. Was wie ein grober Planungsschnitzer erscheint oder mindestens Ausdruck von Auffassungen, die wir heute nicht mehr teilen würden, hat bei näherem Hinsehen sehr gute Gründe. Erstens liegt die Küche auf der gleichen Ebene wie die beiden Speisesäle und ist mit diesen unmittelbar verbunden. Zweitens befindet sie sich dort, wo das

War alles einmal *State of the Art*, jetzt ist's im Waldhaus-Museum (Foto Irene Haberthür)

Gelände am meisten abfällt und deshalb unter der Saaletage noch drei Stockwerke liegen. So konnte man die Keller, die Vorrats- und Nebenräume (zu denen während der ersten 30 Jahre übrigens auch eine eigene Bäckerei gehörte) und die Esszimmer für die Angestellten und «Kuriere» direkt unter der Küche einrichten, was die internen Transportwege natürlich sehr verkürzt. Drittens werden bei den vorherrschenden Windverhältnissen in dieser Ecke des Hauses die Küchengerüche vom Dach – wohin die schon damals eingebaute Ventilation führt – fast immer vom Haus fortgetragen; an jedem anderen Standort wäre die Gefahr grösser, dass die Gerüche ins Haus eindringen und die Gäste belästigen.

Wir wären auch heute schlecht beraten, die Küche an einen anderen Ort zu verlegen.

Im Bestreben um einen rationellen Betrieb schaffte Josef Giger auch hinter den Kulissen alle erdenklichen technischen Hilfsmittel an. Das Inventar zählt sie auf: für die Küche eine Kartoffelschälmaschine, eine schwedische Fleischhackmaschine, eine Mandelreibmaschine und eine fürs Käsereiben sowie eine Bindenfleischmaschine, für die Patisserie eine «Schälmaschine für längliche Früchte», für die Kaffeeküche eine elektrische Kaffeemühle und eine Buttermaschine, für die Anrichte eine Brotschneidemaschine, eine elektrische Messerputzmaschine, im Keller eine Flaschenspülmaschine «Electric» und eine Verkapselmaschine «Germania», in der Lingerie eine Nähmaschine mit Fussbetrieb und eine elektrische Muldenmangel für die Bettwäsche mit einer Arbeitsbreite von zwei Metern usw.

Lieber Herr Koller!

Bevor wir Josef Giger und Karl Koller vollends ins Pantheon der perfekten Hotelbauer befördern, sei aber doch zugegeben, dass selbst ihnen nicht alles glückte. Sonst wären die nachstehenden Kapitel über Umbauten und Renovationen wohl etwas kürzer ausgefallen. Dass sie bei den Gästezimmern klar der Ost- und Nordseite den Vorzug gaben gegenüber der heute so nachgefragten West- und Südseite, kann man noch den Vorlieben der damaligen Zeit zuschreiben; vielleicht werden ja zukünftige Generationen wieder merken, dass sie eigentlich doch recht hatten. Über 60% der Zimmer gingen nach Osten oder Norden, dafür boten und bieten die Treppenhäuser und früher auch die Etagen-WCs traumhafte Ausblicke nach Maloja. Dass ein paar Personalzimmer zuerst kein anderes Fenster hatten als ein Oblicht in ein öffentliches WC, war hingegen schon damals ein Schelmenstück. Oder all die Flachdächer! Schon bald gab es Ärger mit den Terrassen über den öffentlichen Räumen, und seither ist das Wasser – mit oder ohne Schnee – mit schöner Regelmässigkeit mal hier, mal da eingedrungen. (Im Hochgebirge zu wohnen, hat seinen Preis!) Und bei allem Respekt: Auf den Bau des Bristol in Ragaz so kurz vor Inangriffnahme des grossen Projekts in Sils hätte man besser verzichtet, vielleicht stattdessen das Waldhaus noch solider finanziert oder sich zum Beispiel – wie schön das doch wäre! – gar eine kleine Standseilbahn zwischen Dorf und Hotel geleistet. Und wenn wir schon dabei sind: Warum nicht gleich 160 private Bäder statt 38?

Aber im Ganzen ist es doch ein wunderbares Werk. War es das auch in den Augen des strengen Josef Giger? Er war ja nicht einer, der sich leicht beschwichtigen liess, wenn etwas nicht ganz stimmte, und die Aufregung und die ganzen Sorgen der Bauzeit machten ihn, der alles stets so genau nahm, umso misstrauischer und streitbarer. Davon kann Lowe & Serin aus Brüssel ein Lied singen, die Firma, die die Badezimmer installierte: Zwei Jahre nach der Eröffnung erreichte Josef Giger, dass sie 16 der 40 Badewannen ersetzte, kostenlos, weil ihn deren Qualität nicht ganz befriedigte. Auch sonst traf sich mehr als ein Lieferant mit ihm vor dem Kreisgericht, wo Josef Giger aber durchaus nicht immer Recht erhielt.

Selbst sein eigentlich sehr herzliches Verhältnis zum Architekten kühlte sich während der Bauzeit zusehends ab. Sicher nicht hilfreich war eine Episode, die wohl wenig mit Giger selbst zu tun hatte: Schwiegersohn und Mitteilhaber Josef Wolflisberg liess im Winter 1907 Karl Mackensen, einen deutschen Architekten, der ihm seinen eigenen Hotelbetrieb in Russland umgebaut hatte und in St. Petersburg gerade sehr en vogue war, einen kompletten Gegenvorschlag für die Ausstattung der Gesellschaftsräume ausarbeiten. Wolflisberg fand Kollers Handschrift wahrscheinlich zu nüchtern und zurückhaltend (dabei waren das gerade die Qualitäten, die dem Waldhaus so zugutekamen, als der Überschwang der Gründerzeit einmal vorbei war), ein Vorwurf, den man dem üppigen, modisch-altmodischen Jugendstil von Karl Mackensen gewiss nicht machen konnte. Kurioserweise gibt es in den Tausenden von Seiten von Josef Gigers Korrespondenz keine Spuren von dieser Episode, nur in der Baurechnung. Am Schluss behielten jedenfalls doch Karl Koller und mit ihm, so ist zu vermuten, das eigene Stilempfinden und die Neigungen von Josef Giger die Oberhand.

Auch an den «Werten Herr Koller» (gar nicht so lange vorher noch «Lieber Herr Koller» und dann wenigstens «Sehr geehrter Herr Koller») ging im Herbst 1908 ein gepfefferter Brief, in dem Josef Giger aufzählte, was ihm nicht passte: Die Pläne waren «mit wenigen Ausnahmen von ausserordentlicher Flüchtigkeit, was uns grossen Schaden und Kosten verursachte». Die Wäscherei sei «vollständig verpfuscht, trotzdem mehr als genügend Raum hiefür vorhanden». «Die Behandlung des Haupttreppenhauses in der dritten Etage ist eine ganz misslungene und seitens des Architekten eine ganz unüberdachte», und «die Fenster der Courrierzimmer in der vierten Etage hätten mit wenigen Kosten in regelrechte Zimmerfenster umgewandelt werden können und der Wert dieser Zimmer wäre um mindestens Fr. 2.– per Zimmer und Tag gestiegen». Und seitenlang so weiter.

In der Tat wurde nach 20 Jahren ein grösseres Waschhaus angebaut, und es wären im vierten Stock grössere Fenster willkommen gewesen; es ist anzunehmen, dass Koller, der stets mehrere Grossprojekte gleichzeitig am Laufen hatte, dem einzelnen Bau nicht immer die nötige Zeit und Aufmerksamkeit schenken konnte. Aber das sind Kleinigkeiten neben all dem, was so gut und zweckmässig gelöst wurde – ausser eben für einen Perfektionisten wie Josef Giger. Zum Glück gelang es Gustav und den anderen Kindern, ihn umzustimmen und davon abzubringen, ein Schiedsgericht anzurufen. Karl Koller hat noch 30 Jahre lang fast jeden grösseren Um- und Ausbau des Waldhauses entworfen, sehr zum Wohl des Hauses.

Unsere erste Frage: «Was braucht das Waldhaus?»

Quintus Miller

«Man baut kein gutes Haus ohne gute Bauherren. Auch Auseinandersetzungen sind relevant für die Qualität. Qualität kann entstehen, wenn man als Architekt das Haus in seiner Seele erfasst, die Bauherrschaft und ihre Bedürfnisse kennt und versteht und darüber eine adäquate architektonische Form legt. Die Handschrift des Architekten kommt erst sehr viel später. Ein Hotel ist in erster Linie für die Gäste da und nicht für die Architekten. So lautet unsere erste Frage: ‹Was braucht das Waldhaus?› Anhand der Antworten planen wir die nächsten Schritte und bauen damit weiter an einem Hotel, das viel Geschichte hat und durch die bauliche Veränderung an Zukunft gewinnt. Die Bedürfnisse der Gäste ändern sich, und so ist auch das Waldhaus nicht mehr dasselbe, das es vor 111 Jahren war, es befindet sich in einer kontinuierlichen Transformation. Wenn man – so wie ich seit Kindesbeinen – mit der Ferienhotellerie liiert ist, dann weiss man, dass ein Hotel eine Mischung aus Vertrautheit und Neuheit braucht. Wenn immer alles gleich bleibt, entwickelt sich der Gast weg vom Hotel, weil sich auch seine Bedürfnisse entwickeln und verändern. Und wenn sich zu vieles zu schnell verändert, fühlen sich die Gäste nicht mehr zu Hause. Das Haus muss also immer besser werden, ohne dass es der Gast merkt. Mit vorsichtigem Vorgehen bringt man ein Ferienhotel erfolgreich in kleinen und grossen Schritten der heutigen Zeit entgegen, ohne die Gäste abzuhängen.

QUINTUS MILLER ist im legendären Hotel Schatzalp in Davos aufgewachsen und hat an der ETH Zürich Architektur studiert. Ab 1990 hat er gemeinsam mit Paola Maranta das Architekturbüro Miller & Maranta in Basel aufgebaut, das heute 40 Mitarbeitende beschäftigt. Seit 2009 ist er ordentlicher Professor an der Accademia di Architettura der Università della Svizzera Italiana.

Konkret sind die Raumstimmungen beim Entwerfen eines Hotels eine wichtige Referenzebene, denn Räume, Farben, Gerüche und vieles mehr erzeugen als Gesamterlebnis ein Gefühl der Vertrautheit, die ein Daheim schafft. Formal sind unsere Eingriffe ablesbar, wir wirken kaum historisierend; der Eingriff steht für den Moment, an welchem man ihn vornimmt. Das Bestehende sollte dabei jedoch nicht verändert werden, und so bleibt ein gewisses Mass der klassischen Art und Weise, wie man sich in einem Hotel bewegt, immer präsent. Unsere Aufgabe ist es, bei jedem Projekt den angemessenen Weg zu finden, der die Qualität des Bestehenden, wo sie relevant ist, ergänzt, und wo sie irrelevant ist, ein klares, sichtbares neues Statement setzt: neue Zeitschichten, wie man sie zum Beispiel in der Bar an der roten (statt grünen) Farbe, an der Bartheke und den grossen Leuchtern eindeutig ablesen kann.

«Ende der 1980er-Jahre fuhr ich im Oberengadin an einem Novembertag aus Interesse von Hotel zu Hotel. Im leeren Waldhaus kam mir ein Herr entgegen. Nach drei Stunden verabschiedeten wir uns. Jahre später schrieb mir Urs Kienberger, dass er sich an unser Gespräch erinnere, und bat um ein neues Treffen. So begann 1993 unsere Zusammenarbeit.»

Seit bald 30 Jahren ziehen wir mit der Familie Kienberger und Dietrich am selben Strick. Dass wir auf beiden Seiten einen Prozess durchwandelt haben, liegt auf der Hand. Aus Sicht der Familie lagen wir Architekten schon hundertmal daneben, ebenso viele Male haben wir diskutiert und manchmal mehr und manchmal weniger überzeugend eingewirkt. Dieses sich Einlassen aufeinander verlangt auf beiden Seiten Mut und eine gesunde Streitkultur. Die Familie, die ihr Haus spür- und sichtbar liebt, weiss heute, dass auch ich fürs Waldhaus kämpfe. So sind wir aneinander gewachsen und haben nach und nach jeden Raum auf seine spezifische Situation hin gestimmt. Das geht nur mit Menschen, die eine Haltung und eine Meinung haben und ein Interesse an Architektur, die lustvoll Räume schaffen wollen, mit denen sie selbst arbeiten, und dadurch etwas Neues anbieten können. Man tötet ein Charakterhaus, wenn alles nach Vorschrift läuft und nirgends Brüche auftauchen. Doch die Besitzer müssen diesen Charakter mit all seinen Brüchen auch bewusst leben wollen. Das Waldhaus hat viele Brüche, aber wenn man will, kann man das Verrückte am Leben erhalten. Dazu braucht es Menschen mit Feuer, Menschen, die auch zu etwas anderem als nur ihren eigenen Vorstellungen stehen können und die Verantwortung dafür übernehmen. Eine solch klare Haltung können Sie heute weit suchen. Darum bin ich dankbar, dass ich immer noch fürs Waldhaus arbeiten darf, auch wenn es anstrengend ist. Ich fahre nach wie vor sehr gerne und regelmässig hin, arbeite die Geschichte ab und kämpfe mich weiter vor. Das kann man nur mit Passion und Leidenschaft, alles andere hat nicht denselben Effekt.

Mit 15 Jahren Abstand darf ich sagen, dass ich besonders auf den Umbau des Einganges stolz bin. Er war eine grosse Herausforderung, weil wir versuchten, dem Haus und dem Nutzer gerecht zu werden. Urs Kienberger war besessen vom Blick in die vier Himmelsrichtungen und auch davon, dass die Sonne tief ins Foyer, in die Halle hineinstrahlen könne. Ein Dach vor dem Fenster ist da offensichtlich ein Widerspruch, jedoch können die Ankommenden dank ihm trockenen Fusses aussteigen und ins Hotel gelangen. Das Dach mit der Form einer kleinen Krone kragt immerhin 4,6 Meter aus – aber man sieht es von innen kaum! Wer will, kann alle Verknüpfungen lesen, wer das nicht tun mag, dem drängt sich auch nichts auf. Ich finde, dass gute Architektur Geschichten erzählen muss. Karl Koller konnte das. Er und sein Auftraggeber Josef Giger haben das Waldhaus präzise gesetzt: auf der Felsrippe, einem Orientierungspunkt in der Landschaft, am Eingang zum Fextal. Dieser Ort wird über das Gebäude in der Landschaft weithin sichtbar. Landschaftsgestalterisch hat das eine hohe Qualität, Koller hat mit ihm die Kulturlandschaft gestärkt und räumlich erlebbar gemacht.»

«Wir transformieren seit Jahren ein Hotel aus der Vergangenheit in die Zukunft.»

← Die Maloja-
passstrasse

Das Umfeld

Man darf sich nicht vorstellen, Josef Giger sei nach Sils gekommen wie der Kolumbus nach Amerika. Als er sich daran machte, seine grossen Pläne zu verwirklichen, waren Leben und Gesicht des Oberengadins und damit auch von Sils bereits stark vom Fremdenverkehr geprägt. Etwas weiter zurückgehend, bin ich aber in einem frühen Baedeker aus dem Jahr 1863 auf eine noch heute lesenswerte Schilderung der Gegend gestossen, als sie erst ganz am Rande vom Tourismus berührt worden war. Sie sei in Auszügen zitiert:

> *«Das Clima im Ober-Engadin, von Sils bis Puntota, ist rauh, dem des nördl. Schwedens oder Finnlands ähnlich. Das Ober-Engadin (im Gebiete der Seen) kennt weder Getreidebau noch überhaupt Bodencultur, einige Blumengärtchen in Maria und Pontresina, und sehr vereinzelter, höchst kümmerlicher Anbau von Kartoffeln oder Getreide (Hafer und in günstigen Sommern etwas Roggen) ausgenommen. Bei gänzlichem Mangel an Stroh dient in einigen Gemeinden langes Gras, welches das Vieh übrig gelassen hat, in anderen Moos und die gefallenen Nadeln zur Streu für's Vieh während der Wintermonate. Der Dünger wird von Mitte August auf die Wiesen gestreut.*
>
> *Die Luft ist so trocken, dass Fleisch oberhalb St. Moritz bis Soglio im Bergell vom October bis Mai nur durch ihren Einfluss gedörrt wird. Sie ist auch bei heissem Wetter ausserordentlich klar und gestattet deutliche Fernsichten auf weite Entfernungen; der Himmel*

tiefblau, wie in südlichen Ländern. Der Engadiner pflegt mit einiger Übertreibung von seinem Clima zu sagen: ‹Neun Monate Winter und drei Monate kalt.› Reif und Schnee im August sind nicht selten. ‹Engiadina, terra fina, se non fosse la pruina› (Reif), meinen die südlichen Nachbarn im Veltlin.

Auffallend ist die Stille, welche in den Bergen und auf dem schmalen Mattengrund des Ober-Engadin herrscht. Man hört kaum den Gesang eines Vogels, kein Rauschen der Blätter. Bei dem ersten Anblick scheint die Thalsohle des Ober-Engadin wie eine grosse, fast ganz von Bäumen entblösste Wiese. Die Viehtriften und Matten sind sehr ergiebig, sie werden aber von den Engadinern selten selbst bewirthschaftet, vielmehr jene meist an Bergamaskische Schäfer verpachtet, diese von Pächtern bis zur Maht gepflegt, worauf Tiroler und Veltliner Schnitter das Heumachen besorgen helfen. Solcher Arbeiter kommen dann an 1000 in's Thal. Die Heuernte ist, wie an andern Orten die Weinlese, ein Volksfest. Auch vornehme Frauen arbeiten oft mit.

Die Engadiner wandern zum grössern Theil in jungen Jahren aus, man findet sie durch ganz Europa, als Zuckerbäcker, Kaffeewirthe, Liqueur- und Chocolade-Fabrikanten, auch in höheren Geschäften. Die meisten kehren in älteren Jahren, nachdem sie ihr Geschäft jüngeren Landsleuten übertragen haben, wohlhabend in ihre Heimath zurück, um in ihrem engen Thal die letzten Lebensjahre zuzubringen. Solchen reich gewordenen Zuckerbäckern und Handelsleuten gehören die neuen stattlichen Wohnungen und die saubern, im Innern höchst behaglich eingerichteten blockhausartigen weissen Häuser, mit dem frisch angestrichenen Holzwerk und den der Kälte wegen kleinen Fenstern mit vergoldeten Gittern. Die Eigenthümer sind meist höchst achtbare und unterrichtete Leute, die ihr Deutsch, Französisch, Italienisch oder Englisch, selbst Spanisch, Portugiesisch und Polnisch fast geläufiger als die ladinische Mundart ihres Thals sprechen. Unter den Patriziern des Ober-Engadin begegnet man wohl bekannten Namen, süssesten Angedenkens, in Sils den Josty und

Giovanoli, in Silvaplana den Stehely, im Bergell den Spargnapani und Pomati und Andere. Der Engadiner ist nüchtern, betriebsam, sparsam, anstellig; seine Muttersprache giebt ihm den Schlüssel zu allen roman. Sprachen. Das Deutsche lernt er in der Schule; er spricht es reiner, als sonst gewöhnlich die Schweizer. Armuth ist selten, das unruhige Treiben der Industrie ist dem Engadin bis jetzt fremd geblieben.

Das Thal gehört mit geringen Ausnahmen dem reformirten Glaubensbekenntniss an. Im Ober-Engadin wird meistens monatlich einmal deutsch, sonst romanisch gepredigt. Die Verfassung des Thals ist demokratisch ‹auf der breitesten Grundlage›. Nächst Gott und der Sonne ist in Engadin der gemeine Mann die höchste Obrigkeit, sagt ein altes wahres Wort. Nichts destoweniger üben einzelne mit der Geschichte des Landes tief verwachsene Adelsgeschlechter, die Planta u. a., heute wie seit Jahrhunderten grossen Einfluss, der ihnen auch durch uneigennütziges gemeinsinniges Wirken gesichert bleibt.»

Ganz so harmonisch und problemlos, wie es die Ausführungen des Baedekers vermuten lassen, waren die damaligen Lebensumstände wohl kaum, wenn man daran denkt, dass ein grosser Teil der aktiven Bevölkerung auswandern musste, um überhaupt erst ein Auskommen zu finden. Es dürfte deshalb auch nicht zutreffen, im beginnenden touristischen Aufschwung allein oder vor allem den Einbruch einer fremden, fragwürdigen Zivilisation in eine bisher heile Welt zu sehen. Dazu kommt, dass ihre durch die wirtschaftlichen Umstände erzwungene Weltoffenheit es den Engadinern leichter gemacht haben dürfte als den Bewohnern anderer Berggebiete, sich auch selber an der Entwicklung zu beteiligen, statt sich einfach von ihr überfahren zu lassen.

St. Moritz

Was nun die Entwicklung im Einzelnen anbelangt, so muss auch ein Silser zugeben: Richtig losgegangen ist die Sache dann in St. Moritz! Wir können und wollen hier nicht die ganze Geschichte wiederholen; auf einen Aspekt davon, nämlich auf die Entstehung der grossen Hotels, wollen wir aber doch etwas näher eingehen, da sich daraus der grössere Zusammenhang ergibt, in dem Josef und Amalie Gigers Waldhaus-Projekt gesehen werden muss.

Einen gewissen Badebetrieb gab es bei den St. Moritzer Heilquellen zwar schon seit Jahrhunderten; ein erstes eigentliches Hotel, das Kurhaus mit zunächst 70 Gästezimmern, entstand aber erst um 1855. Es hatte einen solchen Erfolg, dass ihm bereits 1864 ein grosser Neubau hinzugefügt wurde (das heutige Kempinski). Zehn Jahre später folgten das Du Lac und das ähnliche Victoria, 1892 dann als letztes grosses Badehotel das Grand Hôtel des Nouveaux Bains oder «Stahlbad». St. Moritz-Bad war in kurzer Zeit zu einem Badeort von Weltruf geworden.

Oben im Dorf hatte unterdessen der unternehmungslustige Johannes Badrutt (1819–1889) aus Samedan 1856 eine Pension gepachtet und wenig später gekauft. Das kleine Haus mit zwölf Zimmern nannte er fortan «Engadiner Kulm» und baute es über die Jahre mit immer neuen Anbauten zu einem mondänen Riesenhotel aus. Er und seine Nachkommen erwarben darüber hinaus mit der Zeit in der ganzen Gegend viel Land und Liegenschaften; so besassen sie lange auch das heutige Hotel Margna in Sils Baselgia und die Fischereirechte auf einem Teil des Silsersees. Ein Sohn von Johannes Badrutt eröffnete 1896 das Palace in St. Moritz. Dieses stand – anders als das Kulm, das nach dem Tod des Gründers allmählich in andere Hände überging – bis in unsere Gegenwart hinein im Besitz und unter der Leitung seiner direkten Nachkommen und ist, mit dem vom letzten Hauptbesitzer der Familie als Erbe eingesetzten Hans Wiedemann, bis heute ein Eigentümerbetrieb.

Diese Erfolge und überhaupt der Aufstieg von St. Moritz-Dorf haben natürlich viel zu tun mit der berühmten Wette, mit der Johannes Badrutt einige englische Sommergäste überzeugen konnte, im Winter 1864/65 nach St. Moritz zu kommen. Ihr Aufenthalt gefiel ihnen so gut, dass sich daraus eine regelmässige und immer besser frequentierte Wintersaison entwickelte. So will es wenigstens die Legende, die in Wirklichkeit historisch nicht leichter zu belegen ist als die Existenz von

Wilhelm Tell. Unbestreitbar ist, dass bereits in den letzten Jahren vor dem Ersten Weltkrieg St. Moritz im Winter mehr Gästeübernachtungen zu verzeichnen hatte als im Sommer.

Darin kommt nicht zuletzt zum Ausdruck, dass die Zeiten für St. Moritz-Bad, das weiterhin nur den Sommerbetrieb kannte, nach der Jahrhundertwende bereits schwieriger wurden. St. Moritz-Dorf wurde hingegen nach der Fertigstellung der Rhätischen Bahn (1903 bis Samedan, 1904 bis St. Moritz) erst recht vom Baufieber gepackt. Allein an Luxushotels entstanden noch das Grand Hotel (1905), das Suvretta House (1911) und das Carlton (1913); jedes noch aufwendiger und luxuriöser als die vorhergehenden, was wiederum die bestehenden Häuser veranlasste, ebenfalls um-, aus- und anzubauen. Zu diesen neun Luxuspalästen (heute sind es noch fünf, wahrscheinlich immer noch mehr als in irgendeinem anderen Kurort der Alpen) gesellten sich zwei Dutzend Hotels der anderen Kategorien und an die 50 Fremdenpensionen. St. Moritz, überhaupt das ganze Oberengadin, zählte damit 1914 fast mehr Hotelbetten als heute.

Bald erfasste die Entwicklung die umliegenden Orte; auch dort blickten die alten Engadiner Häuser gelassen oder genervt auf immer mehr Hotels, Pensionen und anderes touristisches Beiwerk. Grössere Hotels entstanden zum Beispiel in Pontresina (Kronenhof, Saratz, Schlosshotel, Palace, heute Hotel Walther), Celerina (Cresta Palace) und bei Zuoz (Hotel Castell). Nirgends waren die Pläne aber ganz so gigantisch, städtisch und extravagant wie in St. Moritz. Ausser in Maloja! Gerade dort kam nämlich das wohl kühnste und unwahrscheinlichste Projekt in der Geschichte des Oberengadiner Fremdenverkehrs zur Ausführung.

Das Maloja Palace

Um 1880 war Maloja noch nicht einmal eine richtige Siedlung und nur in siebenstündiger Postkutschenfahrt von Chiavenna oder doppelt so langer Fahrt von Chur aus zu erreichen, der abgelegenste Ort in einem ohnehin abgelegenen Tal. Ausgerechnet dort entstand 1882–1884 ein Hotel, von dem es heisst, es sei damals das drittgrösste Gebäude der ganzen Schweiz gewesen, übertroffen nur vom Kloster Einsiedeln und vom Hauptgebäude der ETH in Zürich. Der belgische Graf Camille de Renesse hatte den Plan dazu gefasst, inspiriert vom wachsenden Erfolg von St. Moritz. Ohne viele eigene Mittel beschaffte er in kurzer Zeit ein Gesellschaftskapital von 3,5 Millionen Franken und noch einmal so viele Fremdmittel. Die Gesellschaft kaufte fast ganz Maloja (140 Hektaren Land – wir haben etwa 2,5) und begann mit dem Bau. Nach einer unglaublich kurzen Bauzeit von nur zwei Jahren, von denen noch die Winterpausen abzuzählen wären, wurde die Anlage genau nach Plan am 1. Juli 1884 eröffnet: das Hotel mit 300 Zimmer und 450 Betten, aufs allerbeste eingerichtet, plus die ganze Infrastruktur eines Fremdenortes mit Park- und Sportanlagen, Privatvillen, dem Schweizerhaus fürs pseudohelvetische Lokalkolorit, zwei Kirchen fürs Seelenheil (einer katholischen und einer anglikanischen) und später einem Golfplatz für die Briten. Für den Grafen als Residenz gedacht war eine regelrechte neugotische Burg, das Belvedere, dessen vermeintlich mittelalterlicher Turm noch heute von der Höhe hinter dem Dorf ins Bergell hinunterschaut. Bereits war in ganz Europa die Werbung für das neue Unternehmen angelaufen. De Renesse hatte seinen Geldgebern kühn ein volles Haus mindestens in den zwei besten Sommermonaten und in nicht weniger als vier Wintermonaten in Aussicht gestellt. Zudem spekulierte er offenbar darauf, trotz Spielverbot in der Schweizerischen Bundesverfassung von 1874 Maloja mit der Zeit auch zu einem alpinen Monte Carlo oder Baden-Baden zu machen. Jedenfalls nannte er die ganze Anlage passend «Kursaal»; zum «Palace» wurde es erst ein paar Jahre später.

Chicago avant la lettre: «Make no little plans!», empfahl Daniel Burnham, der Architekt der Weltausstellung von 1893 in Chicago. Camille de Renesse nahm ihn beim Wort – zehn Jahre, bevor dieser es sagte. Und wenn wir dabei so von Sprache zu Sprache springen, erinnert uns das gleichzeitig und zusammenhanglos an einen ganz besonderen Waldhaus-Gast: Ilda Legler (1888–1987) aus Ponte di San Pietro bei Bergamo und ihre Gewohnheit, stets die Sprachen ihres Alltags miteinander zu vermengen, Schweizerdeutsch, Italienisch und Französisch, oft im gleichen Satz. Auch das Waldhaus war ihr eine feste Gewohnheit. Von 1930 bis 1983 kam sie über 50 Mal für viele Wochen.

Aber zurück nach Maloja. Dass der Graf es tatsächlich schaffte, das Riesenprojekt zu finanzieren, an diesem abgelegenen Ort auszuführen und erst noch termingerecht fertigzustellen, war eine enorme Leistung.

So kann man nicht einfach von der Hand weisen, dass es mit genug Glück auch ein betrieblicher Erfolg hätte werden können.

Es kam aber anders. Im Eröffnungssommer brach in Südeuropa eine Choleraepidemie aus. Die Grenze zu Italien blieb monatelang geschlossen, obwohl doch die meisten Gäste gerade von dort her hätten anreisen sollen, von Chiavenna oder (zunächst) Colico als nächster Bahnstation. Das war fatal. Überhaupt machte die Konjunktur Sorgen; eine Reihe von Bank- und Börsenpleiten hatten die internationale Finanzwelt kopfscheu gemacht. Im Herbst verstarb zudem auch noch die Frau des Grafen mit erst 38 Jahren. De Renesse gab auf, erklärte noch im gleichen Jahr den Konkurs. Die Hauptgläubigerin, eine belgische Bank, übernahm den Betrieb. Unter verschiedenen Gesellschaften ging es bis zum Weltkrieg schlecht und recht weiter; die Gästelisten waren nicht ohne Prominenz, aber der zündende Erfolg blieb aus. Der Winterbetrieb wurde 1889 aufgegeben und erst 1913/14 wieder versucht. Der grosse englische Reiseunternehmer Henry Lunn belebte das Haus in den 1920er-Jahren im Sommer wie im Winter wieder, aber mit der Weltwirtschaftskrise war auch das zu Ende. In der Nachkriegszeit nach 1945 fand das monumentale Gebäude, nun wirklich nicht mehr als normales Hotel zu führen, eine sinnvolle Verwendung als riesiges Ferienheim für bis zu 700 Jugendliche, denen das grosse belgische Sozialversicherungswerk Mutualité chrétienne de Belgique erschwingliche Bergferien ermöglichte.

Und doch: Geschichte wird von den Gewinnern geschrieben. Was scheitert, findet nur schwer einen guten Chronisten. Und schnell denken alle: Was gescheitert ist, war sicher schon von Anfang an falsch angelegt. Lange hat man dementsprechend über das Maloja Palace vor allem den Kopf geschüttelt, aber sehr wenig gewusst. Georges Baggerman, langjähriger Palace-Direktor für die Mutualité chrétienne, trug endlich viele spannende Einzelheiten zusammen und publizierte sie zur Hundertjahrfeier des Unternehmens 1984 als Privatdruck: *Maloja entre cimes et lacs. Cent ans d'histoire d'un hôtel;* doch auch dieser fand keine grosse Verbreitung. Anders wurde es erst, als der prominente Wirtschaftsjurist Peter Böckli dem Hotel und seinem Schicksal ein vortrefflich dokumentiertes und geschriebenes Buch widmete: *Bis zum Tod der Gräfin. Das Drama um den Hotelpalast des Grafen de Renesse in Maloja* (Verlag NZZ, Zürich 1998, 10. Auflage 2015), das bis heute ein Bestseller geblieben ist. Wer unserer Gegend und ihrer Geschichte mit offenen Augen begegnet, darf es sich nicht entgehen lassen.

Ich habe aus Böcklis differenziertem und fachkundigem Buch viel gelernt. Zum Beispiel, dass die Gräfin de Renesse aus sehr reichen Verhältnissen kam, ihr Mann ihr Erbe aber sorgsam von dem riskanten Projekt in Maloja fernhielt, allerdings das Leben der so unzeitgemäss verstorbenen Gattin auch mit 1,5 Millionen (!) Franken versichert hatte. Dass er das Land in Maloja selber aufgekauft hatte, für insgesamt wohl etwa 100 000 Franken, und dann gegen einen zehnfachen Gegenwert in Aktien und Obligationen in die Gesellschaft einbrachte. De Renesse war fürwahr kein Heiliger; doch Böckli zeigt umgekehrt überzeugend, dass auch die ursprüngliche Vision des Grafen sowie der spätere unternehmerische Erfolg der Anlage in Maloja bis zum Untergang 1934/35 sehr viel achtbarer waren, als es die der hämischen Konkurrenz näher stehende Presse wahrhaben wollte.

Und Maloja heute? Ein visionärer italienischer Immobilienunternehmer, Amedeo Clavarino, kaufte 2006 oder 2007 das Palace den Belgiern bzw. ihrer Schweizer Partnergesellschaft Intersoc ab, mit dem Traum, wieder ein wirkliches Grandhotel daraus zu machen. Die Wirklichkeit hat ihn dann ziemlich schnell und schroff zurückgepfiffen. So harrt das Hotel weiterhin einer Zukunft, die bis jetzt nie kam und wohl auch nicht kommen wird.

Sils – Der Denker und der Kurverein

War Maloja vor dem «Kursaal» noch kaum ein richtiges Dorf, mehr ein Maiensäss, ein Sommerdorf der Bergeller, so belegen hier in Sils schon die stattlichen alten Häuser und hübschen Kirchen in Baselgia, Maria und im Fex, dass unser Ort auch «ante turistas» kein weisser Fleck auf der Landkarte war. Zwar weiss der Baedeker 1863 über den Ort noch

Waldhaushügel ohne Waldhaus: Sils Maria um 1850

recht wenig zu berichten: Sils liege «in rauher Gegend» und der Silsersee sei «gewöhnlich von Ende Dezember bis Mai so fest zugefroren, dass mit Lastwagen darüber gefahren wird». (Frühere Ausgaben sagten dem See gar nach, er sei gewöhnlich nur gerade drei Monate im Jahr eisfrei!) Wesentlich mehr über das damalige und heutige Sils und seine Vorgeschichte kann der interessierte Leser zum Beispiel aus einer 1980 erschienenen kleinen Schrift erfahren: *Sils im Engadin* von Rudolf Boppart (Zollikofer, St. Gallen 1980) ist eine Dorfchronik ohne literarische Ambitionen, aber mit einer Fülle von Informationen über den Ort und seine Geschichte. Wir verdanken sie einem Ferienhausbesitzer, der sich als Erster die grosse Mühe nahm, ihnen in verschiedenen Quellen und vor allem im Gemeindearchiv nachzuspüren. Wir haben im Waldhaus noch einige Exemplare auf Lager. Die Schrift liegt zudem auch in der Silser Bibliothek auf.

Wir lernen daraus zum Beispiel, dass Sils um 1860 50 bewohnte Häuser und etwas mehr als 200 Einwohner hatte. Gegen 1980 gab es rund doppelt so viele Silser, eine Zahl, die vielleicht schon in früheren Jahrhunderten erreicht worden war. Inzwischen sind wir bei etwa 800. Dass die Silser einst wie alle Engadiner ihr Brot oft nur im Ausland verdienen konnten, zeigt sich schon darin, dass es 1860 127 weibliche, aber nur

88 männliche Einwohner gab. Dennoch macht das Sils jener Zeit den Eindruck eines funktionierenden, lebendigen und mit der Aussenwelt verbundenen Gemeinwesens.

Die Entwicklung von Sils unterscheidet sich auch in einem zweiten Punkt von Maloja, vor allem aber auch von St. Moritz. Es wurde, als der Fremdenverkehr auch hier anlief, im Allgemeinen mit kleinerer Kelle angerührt, sodass die Verwandlung in einen Kurort allmählich und ohne grosse Einschnitte stattfinden konnte – wohl weniger Verdienst von Sils oder Fehler der anderen, sondern ein historischer Zufall.

Bereits um 1865 trat neben die herkömmlichen Gasthäuser – vielleicht war mindestens die Pension Chastè schon lange da? – ein erstes kleines Hotel: die Alpenrose. Zehn Jahre später folgte als zweites Hotel das Edelweiss. Es war in diesen beiden Häusern, dass Friedrich Nietzsche während seiner vielzitierten Sommeraufenthalte in Sils (1881–1889) abwechslungsweise seine Mahlzeiten einnehmen konnte. Überhaupt, der Nietzsche! Wenig deutet darauf hin, dass der ungewöhnliche Besucher die damaligen Einwohner sehr beeindruckt habe. Im Nachhinein gelangte er aber gerade beim Kurverein (heute Sils Tourismus) zu einer Wertschätzung, wie sie im Verhältnis zwischen solchen Vereinen und Philosophen sonst wohl eher selten ist. Allerdings konzentriert sich diese Wertschätzung im Allgemeinen auf einen eher kleinen Teil seines Œuvres, das heisst auf ein paar ebenso wohlwollende wie zutreffende Kommentare über den Ort und die Landschaft.

Doch ohne Ironie: Nietzsches Verbindung mit Sils Maria hat wesentlich dazu beigetragen, dass in den Gästelisten des Waldhauses und überhaupt von Sils zuerst weniger die Namen aus der mondänen Welt in die Augen springen (obwohl auch die nicht fehlen), sondern solche von Schriftstellern, Musikern und Gelehrten. Es ist mir auch in Nord- und in Südamerika wiederholt passiert, dass jemand, der kaum eine Ahnung von der Schweiz hatte, beim Stichwort «Sils Maria» sofort sagte: «Aha, Nietzsche!» Der Denker als Dorfpatron prägt Sils nachhaltig bis heute. Es hätte ja an seiner Statt Bismarck, Rockefeller oder etwa die japanische Kaiserfamilie sein können; dann wäre das Resultat wohl ein ganz anderes.

Sils mit den Hotels Barblan, Alpenrose und Waldhaus

Jedenfalls lief dann die Entwicklung in recht geordneten Bahnen weiter. Den erwähnten Kur- und Verkehrsverein gibt es schon seit 1883. Die anfänglich recht unscheinbare Alpenrose wurde 1874, 1894 und 1907 erweitert zu einem auch architektonisch sehr gelungenen Ferienhotel mit 100 Betten (ab 1974 geschlossen; 1990 Neubau mit Wohnungen und einem Restaurant). Ähnlich entwickelte sich das Edelweiss, das schliesslich bis 150 Gäste aufnehmen konnte. In Sils Baselgia kaufte Johannes Badrutt 1869 das herrschaftliche Haus, das sich der heimgekehrte Johann Josty, ein in Berlin als Zuckerbäcker und Kaffeehausbesitzer reich gewordener Silser, 50 Jahre vorher hatte bauen lassen. Ungefähr von 1871 bis 1885, dann wieder ab 1901 diente es als Fremdenpension, zunächst unter Namen wie «Hôtel de la Grande Vue», ab 1901 dann als «Margna». 1905/06 wurde es ausgebaut zu einem richtigen Hotel, 1913 noch vergrössert.

Im Zusammenhang mit dem gemeinsam mit dem Waldhaus erstellten Elektrizitätswerk haben wir schliesslich bereits das Hotel Barblan erwähnt, das 1907 fertig wurde. Es entstand auf Initiative der einheimischen Familie, deren Namen es trug, wie denn auch die anderen Gastbetriebe von Einheimischen oder dann von Leuten aus der näheren Umgebung begründet wurden, also nicht mit «fremdem» Kapital. Das gleiche gilt für die kleineren Häuser wie die Sonne im Fex und den Silserhof zwischen Maria und Baselgia.

Als das Waldhaus im Entstehen war, war Sils somit schon ein reger kleinerer Sommerkurort, der sich nicht entscheidend von dem Ort unterschied, wie er sich heute präsentiert. Was da auf dem Larethügel gebaut wurde, war dann allerdings weit grösser und aufwendiger als alles, was schon da war. Andererseits stand im übrigen Engadin, wenn auch nicht in Sils selbst, bereits sicher ein Dutzend Hotels ähnlichen Kalibers wie das Waldhaus, oder sie wurden wenig später gebaut. Das wirklich Besondere an dem neuen Hotel lag deshalb weniger in seiner Grösse, sondern erstens einmal in dem, wovon vorher die Rede war: in der in manchem so modern anmutenden Konzeption und der enormen Sorgfalt und Fachkenntnis, mit der alles geplant und ausgeführt wurde. Zweitens und vor allem lag das Besondere in dem, was nachher folgte: dass das Waldhaus durch die ganzen seitherigen 111 Jahre im Wesentlichen das geblieben ist, was es ursprünglich war, sodass heute die Grosskinder und Urgrosskinder des Erbauers – in einigen Fällen ganz wörtlich – die Grosskinder und Urgrosskinder der ursprünglichen Gäste beherbergen!

Von einer Wintersaison war in Sils um 1908 noch nicht viel zu spüren. Das Margna und der Silserhof hatten zwar einen bescheidenen Winterbetrieb begonnen, und möglicherweise war auch das Barblan vor 1914 schon einmal im Winter offen. Auch wissen wir etwa, dass Josef Gigers Töchter Fanny und Helen im Dezember 1908 aus Ragaz zu einem Skikurs nach Sils fuhren. Die meisten Hotels und Pensionen waren aber noch ausschliesslich im Sommer geöffnet.

Etwas vom Besten, das wir denen empfehlen, die sich wie wir besonders für die Geschichte des Fremdenverkehrs interessieren, ist schliesslich das sehr lesenswerte *Schweizer Pioniere der Hotellerie* von Louis Gaulis und René Creux (Editions de Fontainemore, Paudex 1976). Ebenso gut präsentiert wie recherchiert, mit erfrischendem Humor und wohltuender Distanz geschrieben, ist es leider längst vergriffen, aber im Zeitalter des Internets durchaus nicht unauffindbar.

Der interessierte Leser wird wenig Mühe haben, mehr über Vergangenheit und Gegenwart des Engadins und auch speziell von Sils zu erfahren. Die Auswahl reicht von hausgemachten Chroniken wie der erwähnten von Rudolf Boppart über meisterhafte und fachkundige Berichte wie das Maloja-Buch von Peter Böckli bis zum amüsanten, mit leichter Hand geschriebenen *St.Moritz – Die Geschichte des mondänsten Dorfs der Welt* von Curt Riess (Classen, Zürich/Stuttgart 1968, neu herausgegeben von Karl Lüönd, Europa Verlag, Zürich 2013). Ein gutes Angebot an solchen Werken findet man in der St.Moritzer Buchhandlung Wega, die ohnehin einen Besuch lohnt. Nicht zu vergessen ist aber die kleine, feine Biblioteca Engiadinaisa in Sils Baselgia mit (neben vielem anderen) Hunderten von Titeln aller Art über Sils, das Engadin und ganz Graubünden, samt Kostbarkeiten wie einer ins Romanische übersetzten, in Scuol gedruckten Bibel aus dem Jahr 1745.

«Bei allem Auf und Ab geht es immer irgendwie weiter»

Annatina Pinösch

ANNATINA PINÖSCH wuchs in einer Hoteliersdynastie auf, im Winter in Pontresina und im Sommer in Vulpera. Die Älteste von vier Kindern wollte eigentlich Tierärztin werden, trat dann jedoch überzeugt in die Fussstapfen ihrer Eltern und arbeitete als gefeierte Hotelière in der Schweiz und im Ausland. Nach wie vor ist die «Wander-Hotelière», wie Gastrokritiker Daniel Eggli sie nannte, als Beraterin und Verwaltungsrätin tätig. «Die Geschichte verbindet mich mit dem Waldhaus in Sils Maria», sagt sie, denn selbstverständlich kennen sich die beiden Familien seit langer Zeit und etliche historische Gegebenheiten verbinden sie bis heute.

«Mein Urgrossvater Duri Pinösch aus Ardez war, wie Josef Giger, ein Pionier der Tourismusentwicklung im Engadin. Um 1880 kauften er und sein Bruder Caspar Land und Bauernhöfe in Vulpera und errichteten dort pompöse Kurhotels. Den Schweizerhof baute ihm übrigens Karl Koller, der Architekt vom Waldhaus in Sils Maria. Das Grandhotel Waldhaus Vulpera stammte indes aus der Feder des Architekten Nikolaus Hartmann senior. Nach dem Ersten Weltkrieg kam ein Golfplatz dazu. Unsere Vorfahren waren Visionäre ohne Scheuklappen. Weitsichtig erkannten sie die Entwicklungschancen des Tourismus im Engadin, und so entstand ein Projekt nach dem anderen. Für Aufbruchstimmung sorgte sicher auch die Klientel aus England. Die Gästeschar bestand aus wohlhabendem Adel, sogar die Zarenfamilie kam. Von St.Petersburg nach Vulpera, das muss man sich erst einmal vorstellen. Ein unglaublicher Boom muss geherrscht haben. Auch nach dem Ersten Weltkrieg, in den glorreichen 1920er-Jahren, muss es im Engadin zu und hergegangen sein wie im hölzernen Himmel.

Die Dynamik der ersten Pioniere, die einen Riesenerfolg hatten, war ansteckend. Plötzlich kamen weitere auf die Idee, Hotels zu bauen. Dabei hatten unsere Vorfahren das grosse und ganze Bild im Kopf. Dieser Geist scheint mir heute, wo Hoteliers oft nur noch Könige bis zum eigenen Gartenzaun sind, abhandengekommen zu sein. Ich bewundere an unseren Vorfahren den Sinn, nach dem Gemeinsamen zu streben. Die unglaubliche Finanzierung vom Waldhaus in Sils Maria ist ein gutes Beispiel. Wenn einer ein Hotel aufbauen wollte, wurden Aktien gezeichnet. Man hat mitgemacht statt verhindert. Man wollte Teil des Neuen sein; sehen, wie es andere machen, und dann wollte man mitprägen. Meine Familie hielt etwa Aktien vom Hotel Edelweiss in Sils Maria und beteiligte sich an diversen anderen Projekten.

«Ein Hotel muss praktisch konzipiert und gebaut werden, sonst kann man es nicht betreiben. Das war gestern so. Das ist heute so.»

Die Gäste kamen und kommen ins Engadin wegen des Lichtes, der einzigartigen Seen- und Berglandschaft – die Tourismuspioniere erkannten das, und machten es sich zunutze. Aber auch sonst musste und muss etwas gehen, selbst wenn ein Unterhaltungs-, Sport- oder Kulturangebot kostenintensiv ist. Das war es damals auch schon, und trotzdem taten sie es. Wenn ich etwas von unseren Vorfahren gelernt habe, dann, dass es bei allem Auf und Ab immer irgendwie weitergeht. Die mutigen, visionären Geister von damals fehlen mir heute. Dem Engadin von heute fehlen die mutigen Leithammel.»

«Ich bewundere es, wie das Waldhaus von Generation zu Generation weiter unter Geschwistern geführt wird und wie sich die Jungen für das Hotel einsetzen.»

Zum Unterengadiner Hotelimperium der Familie Pinösch in Vulpera bei Scuol gehörten neben dem grandiosen Waldhaus von 1897 und dem Schweizerhof (in seiner ersten Etappe von 1900 Karl Kollers erster eigenständiger Hotelbau) das ebenfalls von Koller entworfene Kurhaus Val Sinestra von 1912, dazu viel Land, Villen, ein Golfplatz und eines der ersten und schönsten Freibäder der Schweiz. Im Waldhaus Vulpera, das 1989 durch Feuer zerstört wurde, wirkte 1900/01 Waldhaus-Sils-Teilhaber Josef Wolflisberg (S. 14, 32, 57, 98, 116) als Direktor und im Spitzenjahr 1928 der spätere langjährige Präsident «unserer» Familiengesellschaft, Alfred Kienberger (S. 128, 209) als Chef de Réception. Ca. 1942 fand dort auch Rolf Kienberger zwischen seinen langen Militärdienstzeiten für ein paar Monate ein Auskommen.

Das Berg- und Talhotel

Die zwei Schaubilder auf der rechten Seite sind zugleich Vorschau auf die folgenden Kapitel und Zusammenfassung der ersten 111 Betriebsjahre des Waldhauses. Sie zeigen die Sommer- und Winterfrequenzen für jedes Jahr, ausgedrückt in Übernachtungen oder, in der Hotelsprache, «Logiernächten». (Beispiel: Wenn ein Ehepaar zwei Wochen bleibt, so ergibt das 28 Logiernächte.)

Oft ist es ganz gut, dass wir nicht in die Zukunft blicken können. Ob Josef Giger das Hotel wohl gebaut hätte, wenn er das Auf und Ab in dieser Berg- und Tallandschaft erahnt hätte, vor allem die tiefen Täler und steil abfallenden Schluchten? Wir können es ihm also nicht verargen, dass er all die Schwierigkeiten der kommenden Jahre nicht voraussah. Jedenfalls gelang es ihm nicht nur, ein schönes Hotel mit für damalige Begriffe höchstem Komfort zu errichten, sondern es auch schon in den ersten Betriebsjahren zu füllen und mit Auszeichnung zu führen. Das war auch in jener «Gründerzeit» nicht selbstverständlich: Im Engadin und in der ganzen Schweiz stagnierten die Gästezahlen in den Jahren bis zum Ausbruch des Ersten Weltkriegs im Allgemeinen auf dem – freilich sehr hohen – Niveau von 1908, aber es wurden dauernd noch mehr neue Hotels eröffnet, sodass immer mehr Betriebe um diese Gäste buhlten.

Logiernächte Winter

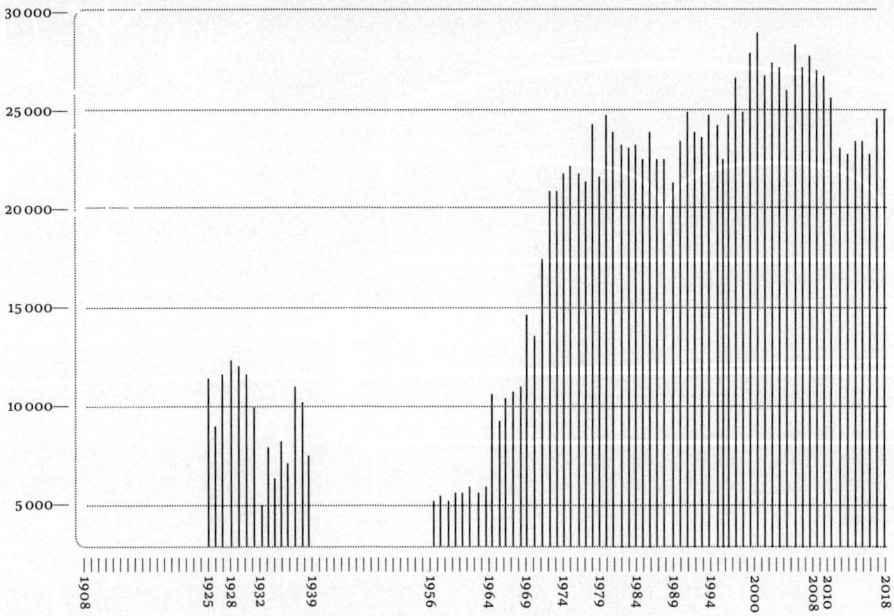

Logiernächte Sommer

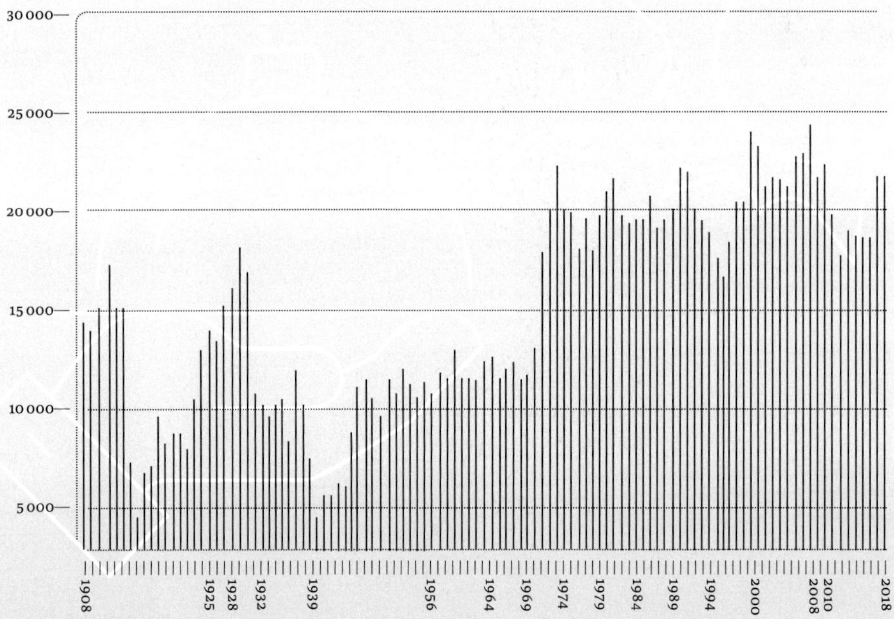

Levi's

← In der Halle,
20. Februar
2019

Eine schöne, gediegene Gesellschaft

Am 15. Juni 1908 stand Josef Giger im Gehrock und mit Zylinder im Haupteingang und empfing die ersten Gäste, einen Freiherrn von Pechmann und seine Frau Gemahlin, geborene Freiin von Feilitzsch. Es blieb nicht bei diesen zwei: In den folgenden drei Monaten dieser ersten Saison kamen noch 620 weitere. «Gesellschaftlich waren wir ausserordentlich vom Glück begünstigt», wusste der erste Jahresbericht zu berichten. «Wir hatten namentlich viel und guten italienischen Adel, desgleichen ziemlich viel deutschen Adel, eine ganz befriedigende Anzahl von Engländern und Amerikanern, mit einem Wort: eine schöne, gediegene Gesellschaft.» Und wer keinen Adelstitel vorweisen konnte («Baronin von Nolcken, geborene Marschall von Bieberstein & Bedienung, Berlin»), war wenigstens ein «Rat»: Landrat, Schatzrat, Kommerzienrat, Justizrat, Landgerichtsrat, Hofrat oder «königl. Preuss. Amtsrat», Geheimrat oder Wirklicher Geheimer Rat, auch in Kombinationen wie «Excellenz Geh. Rat Prof. Dr.» oder übertragen auf die trauernden Hinterbliebenen wie die Königliche Regierungsratswitwe und die «Frau Grossgrundbesitzerswitwe» mit Kindern und Bedienung.

Es liegt eine ausgleichende Gerechtigkeit darin, dass die Einträge, die uns heute zuerst auffallen, nicht unbedingt diejenigen mit den längsten Titeln sind («Son Excellence Mlle de Hahn, Demoiselle d'honneur de Ses Majestés les Impératrices de Russie, avec dame de compagnie»): «Madame Henri Schliemann» aus Athen etwa (tatsächlich die Witwe des Altertumsforschers) oder etwas später zum Beispiel Herr und Frau Professor A. Pringsheim aus München, die Schwiegereltern Thomas Manns.

Gewiss hätten noch viele Namen in den Gästelisten jenes Eröffnungssommers 1908 ihre Geschichte, wenn man Zeit hätte, dem nachzugehen. Prof. Liebermann aus Berlin, kann das Max Liebermann gewesen sein? (Inzwischen wissen wir es: Es waren – wiederholt – seine Frau und seine Tochter, er war aber offenbar nicht selbst dabei. Eigentlich schade. Es hätte ihm gutgetan.) Wäre «W. W. Asquith» eigentlich «H. H. Asquith» und damit der Mann, der noch im gleichen Jahr britischer Premierminister wurde? Usw.

Dass der Jahresbericht die adligen Besucher speziell hervorhob, entsprang durchaus nicht bloss einem Snobismus, der einem republikanischen Schweizer schlecht anstehen würde. Die Anwesenheit von klingenden Namen hatte nämlich auch ganz deutliche Auswirkungen auf den Geschäftsgang, wie zum Beispiel der Jahresbericht 1913 illustriert:

«Trotz der anhaltenden Regenperiode im Juli und mit wenigen Ausnahmen ungünstigen Witterung im August, hat sich die Frequenz günstiger gestaltet, als wir anfänglich annehmen durften. [...] Am 7. Juni traf Prinzessin zu Loewenstein-Wertheim-Freudenberg zu längerem Aufenthalte ein, die jedenfalls noch andere Gäste zu einem Aufenthalte im Waldhaus bewog. Der Juni verlief dann auch mit der höchsten Frequenz seit Eröffnung des Waldhauses. [...] Über alle Erwartungen hinaus gut, gestaltete sich schliesslich noch der September. Dazu beigetragen mag der hohe Besuch des Deutschen Reichskanzlers von Bethmann Hollweg haben.»

Zur geografischen Herkunft der Gäste ergibt sich in den ersten Jahren folgendes Bild (Anteil an den Logiernächten in den Jahren 1908 und 1911):

Deutschland	44 %
Italien	14 %
Frankreich	10 %
Grossbritannien	9 %
Vereinigte Staaten	8 %
Österreich-Ungarn	7 %
Schweiz	4 %
Andere	4 %

Es mag etwas überraschen, dass die Briten nicht noch stärker vertreten waren. Es zeigt sich darin jedoch eine gesamtschweizerische Entwicklung, nämlich, dass in jenen Jahren bereits so viele Besucher vom Kontinent – besonders aus dem sich rasch industrialisierenden Deutschen Reich – und aus Übersee in die Fussstapfen der Engländer getreten waren, sodass sich die Letzteren, die ja den schweizerischen Tourismus in vielem erst eigentlich begründet hatten, an vielen Orten bereits in der Minderheit befanden. (Übrigens nur im Sommer; in den Wintersportorten hatten die Engländer noch auf manche Jahre hinaus die Oberhand.) Natürlich gab es auch Unterschiede von Ort zu Ort und von Hotel zu Hotel.

Eine eigentliche Hausspezialität der frühen Waldhaus-Jahre war der relativ hohe Anteil italienischer Gäste, besonders aus dem Adel – Fürsten, Herzöge, Marchesi und Grafen mit klingenden Namen wie Borromeo, Doria und Gonzaga –, aber auch Industriellenfamilien wie Agnelli und Pirelli. Allein schon der Aufenthalt von Fürst und Fürstin Marco und Anna Maria Borghese mit Kindern und Gefolge, insgesamt acht Personen vom 1. Juli bis 9. September, trug im Eröffnungsjahr gegen 5 % zum Total der Übernachtungen des ganzen Sommers bei. Sogar zu neunt waren bei ihrem ersten Besuch vom 4. bis 28. August 1910 «Comte et Comtesse Joseph Visconti di Modrone avec 5 enfants, gouvernantes et 2 domestiques» (in den Zimmern 51-52-53-54 und 91-92-93-94 sowie 130). Mit von der Partie war da auch der dreijährige kleine Luchino, dessen Besuche sich mit und ohne Familie bis in die 1950er-Jahre immer mal wiederholen sollten, sodass man wohl nicht fehl geht mit

Syed Waris Ameer Ali (kniend) aus Indien als Gast im Eröffnungsjahr 1908

Syed Waris Ameer Ali und Lady Eleanor
60 Jahre später im Waldhaus-Eingang

der Vermutung, das Bild vom Leben im Grandhotel, wie er es in seinem *Tod in Venedig* von 1971 zeichnete, trage auch ein paar Reminiszenzen aus Sils Maria in sich.

Kaum auffallen wird einem Aussenstehenden neben diesem Titelsegen der Name des «Right Hon. Syed Ameer Ali, CIE, PC» aus Indien mit seiner Frau und zwei Söhnen. Einer dieser Söhne, der spätere «Judge» Syed Waris Ameer Ali, CIE ICS (1886–1975), kam bis 1928 ausser im Krieg fast jeden Sommer, zuerst in Begleitung seiner Eltern, dann allein und mit seiner Frau, nach einer längeren Unterbrechung (in der Zwischenzeit hatte er in Britisch-Indien Karriere gemacht) ab 1957 dann wieder fast jedes Jahr bis 1970 – wie ein Besucher aus unserer eigenen Geschichte!

Hotelleben anno 1908

Wenige dieser Gäste kamen allein. Viele reisten mit grossem Familienanhang, mit Freunden und allerlei Gefolge an: mit Kinderfrau, Kammerzofe und Diener, gelegentlich auch einem Kurier (einem privaten Reiseführer). Sie brauchten Schlaf-, Wohn- und Badezimmer, Kinderzimmer, Dienerzimmer, manchmal halbe Stockwerke auf einmal. Bei vollem Haus entfielen auf nicht ganz 200 eigentliche Gäste bis gegen 50 private Bedienstete, hoteldeutsch «Domestiques»; dazu kamen noch die 115 Hotelangestellten (heute wären es 150 und mehr). Für die Bediensteten der Gäste gab es sogar einen eigenen Speisesaal im Parterre, einen Stock unter der Küche, Kuriersaal genannt. Heute isst dort das Hotelpersonal, aber der Name ist ihm lange haften geblieben.

Hotelleinnahmen pro Gast und pro Tag (also auf gut Hoteldeutsch «pro Logiernacht», mit Kindern und Bediensteten nur als halbe Logiernächte gerechnet): 1908 Fr. 28.90, 1911 Fr. 34.80, ohne Trinkgeld. Die Summe entsprach damals etwa dem monatlichen Barlohn eines Kellners oder eines Zimmermädchens. Eine Umrechnung auf den heutigen Geldwert ist über eine so lange Zeitspanne fast nicht möglich; Baukosten müsste man zum Beispiel wohl mit 40 multiplizieren, den Preis einer Flasche Mineralwasser mit 4.

Und die Gäste, die da kamen, blieben lange. Der erwähnte zehnwöchige Besuch von Fürst Marco Borghese mit seiner Familie war gewiss überdurchschnittlich, aber nicht ungewöhnlich. Im Durchschnitt betrug die Aufenthaltsdauer mehr als drei Wochen – fast das Vierfache von heute. Bei Hotelleinnahmen von 30 Franken und mehr pro Gast und pro Tag kann man sich vorstellen, was so ein Urlaub die Gäste gekostet hat!

Noch heute erinnern einige Einbauschränke in den Korridoren des Westflügels (die anderen sind über die Jahre bei Umbauten verschwunden) an die Berge von Gepäck für diese langen Aufenthalte, für die in den Zimmern selbst oft nicht genug Platz vorhanden war.

Dass die Leute wochen- und monatelang und nicht nur für ein paar Tage ins Engadin fuhren, hatte natürlich auch mit der langen und umständlichen Anreise zu tun. Die Gäste konnten mit der Rhätischen Bahn bis St. Moritz fahren oder in Italien bis Chiavenna, aber schon die Bahnfahrt nahm sicher wesentlich mehr Zeit in Anspruch als heute. Weiter ging es dann mit der regulären Postkutsche oder mit Sonderfahrten. Von St. Moritz nach Sils dauerte das eine Stunde, von Chiavenna her wegen der Steigung sogar sieben Stunden. Das Waldhaus hatte keine eigenen Stallungen und Pferde; man nahm vielmehr die Dienste der Fuhrhaltereien in der Gegend in Anspruch, von denen einige Hunderte von Pferden hatten. Mit Automobilen war in Graubünden noch lange nichts zu wollen; bis 1925 waren sie im Kanton generell verboten (S.140).

Josef Giger kommt in seinen Briefen immer wieder auf verschiedenste Projekte zu sprechen, die Sils enger mit der grossen weiten Welt verbinden sollten. An eine durchgehende Bahnverbindung von Chiavenna nach Österreich durch das Engadin oder gar eine Nord-Süd-Bahn unter dem Murettopass nach Maloja und dann unter dem Septimer weiter nach Norden, Projekte, die dem Erbauer des Maloja Palace vorgeschwebt hatten, dachte man zwar nicht mehr ernstlich, wohl aber an eine Verlängerung der Rhätischen Bahn von St. Moritz nach Sils und Maloja. Ausgefallener war die Idee, die Seen mit Schleusen miteinander zu verbinden und so einen durchgehenden Bootsverkehr von St. Moritz bis Maloja zu ermöglichen. Keines dieser Projekte kam aber zur Ausführung.

Man kann sich ausmalen, wie umständlich unter diesen Bedingungen nicht nur die Anreise der Gäste, sondern auch die Beschaffung aller Warenvorräte, Lebensmittel, Weine und Brennmaterialien bis hin zu den täglich benötigten 200 bis 500 kg Eis sein musste. Nicht von ungefähr schlug in der Betriebsrechnung der Warenaufwand um ein Mehr-

Fünfspännige Postkutsche bei der Post Sils Maria, 1909

faches höher zu Buche als die Löhne für das Personal. (Wobei man in Betracht ziehen muss, dass die vom Betrieb ausbezahlten Löhne unter dem damaligen Trinkgeldsystem weniger als die Hälfte des effektiven Einkommens der Angestellten ausmachten.)

Wenn die Gäste einmal da waren, unterschied sich ihr Ferienalltag wahrscheinlich nicht wesentlich von heute. Sie wanderten, stiegen vielleicht auch auf die Berge, mieteten Ruderboote auf dem See, spielten Tennis auf den zwei Hotelplätzen; Golfspieler konnten mit dem Motorboot nach Maloja zum dortigen Golfplatz fahren, dann noch im Palace essen und wieder nach Sils zurückkehren. Die Anlage ist leider vor langer Zeit schon aufgegeben worden, aber die historischen Motorboote verkehrten noch bis 1984 und haben dann zum Glück (und mit der tatkräftigen Mithilfe der Gemeinde Sils) wenigstens einen modernen Nachfolger gefunden. Stolze 5 Franken kostete 1908 übrigens die Fahrt von Sils nach Maloja; verglichen damit sind die 17 Franken von heute angesichts der Teuerung ein recht preisgünstiges Vergnügen. Wer im Waldhaus wohnt, fährt aber sowieso gratis. Wie viel besser als früher es doch heute unsere lieben Gäste haben!

Im Hause sorgten bis zu acht Musiker unter Maestro Romualdo Moro vom Orchester der Covent Garden Opera in London für Unterhaltung –

allerdings nur im Juli und August, sodass wir heute schlau behaupten können, im Saisondurchschnitt habe das Waldhaus nicht weniger Musiker als damals. Falls getanzt wurde, dann wahrscheinlich in der Halle. Oder wars im Musiksaal? Die heutige Bar war Lese- und Billardzimmer, samt Hotelbibliothek und ausgestopftem Steinadler; also eigentlich, ohne dass das Wort verwendet wurde: der Herrensalon. Eine Bar im annähernd heutigen Sinne als «Bar américain», wie man damals sagte, befand sich in einem Teil des heutigen «Sunny Corner». Der Empire-Salon mit seiner wunderschönen, bis heute praktisch unverändert erhaltenen Ausstattung war der «Musiksaal» – wobei mir allerdings nie ganz klar wurde, woher er denn diesen Namen hatte; vielleicht, weil die Gäste auch selber ausgiebig musizierten? Oder spielte das Hausorchester ursprünglich dort statt in der Halle? Das Welte-Mignon-Klavier (S. 47) stand jedenfalls immer dort.

Die beiden Speisesäle dienten unterschiedlichen Funktionen. Im vorderen, grösseren Saal wurde die «Table d'hôte» serviert: Allen Pensionsgästen, die dort assen, wurde gleichzeitig das gleiche Menü serviert, wenn auch bereits an einzelnen Tischen und nicht mehr, wie in der Frühzeit des Fremdenverkehrs, an langen Gemeinschaftstafeln. Ein Gong rief punkt 12 und 19 Uhr zum Essen, und jeder Gang wurde wie bei einem Bankett immer für alle gleichzeitig aufgetragen. («Latecomers will be served cold!», soll ein Schild in einem anderen Hotel in etwas missverständlichem Englisch gewarnt haben.) Im hinteren Saal, dem heutigen Hochzeitssaal, den man damals (nicht im heutigen Sinn des Wortes) «Restaurant» nannte, assen für einen höheren Pensionspreis diejenigen, die sich den strikten Regeln der Table d'hôte nicht unterwerfen wollten. Sie konnten innert einer gewissen Zeitspanne kommen und gehen, wann es ihnen beliebte, ähnlich wie heute alle Gäste, und wohl auch auf Wunsch nach der Karte essen. Diese Unterscheidung von «Restaurant» und «Saal» hielt sich bis 1931 und wurde erst im Zuge der Weltwirtschaftskrise aufgegeben.

Über das gesellschaftliche Leben jener ersten Jahre vor dem Ersten Weltkrieg im Waldhaus wissen wir nicht mehr viel, da uns niemand davon erzählen kann. Sicher war es stark geprägt durch den Umstand, dass viele so lange blieben und damit nicht zuletzt mehr Gelegenheiten hatten, miteinander bekannt zu werden. Auch dürfte man annehmen, dass die Waldhaus-Gäste der Zeit im Allgemeinen ein weniger angestrengtes Leben führten als heute und für sie deshalb wahrscheinlich weniger die Erholung als das Bedürfnis nach Abwechslung und einer neuen Umgebung im Vordergrund gestanden hat.

«Die erste Kaffeeköchin»

Claudia Duschletta-Müller

«1976 konnte man sich die Lehrstellen noch aussuchen, und so ging ich in die Waldhaus-Geschichte ein als erste kaufmännische Lehrtochter. Seltsam, dass ich das Gefühl hatte, ich wüsste mehr als das neue ‹Direktionspärchen› namens Felix und Maria Dietrich. In meiner Logik war das so, weil ich ja vor ihnen da war und zu wissen glaubte, wie der Hase läuft. Das führte zu heftigen Diskussionen, vor allem mit Felix. Maria verstand es, mir die doppelte Buchhaltung und die Logik dahinter zu erklären, aber Felix ist genau wie ich: dickköpfig und stur. Geschrieben wurde mit der Schreibmaschine und natürlich hielt Felix jeden Brief von mir in die Luft, um zu kontrollieren, an wie vielen Stellen ich Tipp-Ex eingesetzt hatte. Noch heute lachen wir über solche Szenen. Wenn er in Zernez ist, meldet er sich, und wir treffen uns auf einen Kaffee. Bei einer solchen Gelegenheit gab ich ihm einmal ein Foto der ersten Kaffeeköchin des Waldhauses. Sie hiess Anna Joos. Ich habe über sie berichtet in der Personalzeitung, die wir 1979 für die Mitarbeitenden produzierten. Die war nicht so professionell wie die Waldhaus-News von heute, es waren lose, zusammengeheftete A4-Blätter, auf denen ich verschiedene Berichte versammelt hatte. Dass ich auf Anna

CLAUDIA DUSCHLETTA-MÜLLER absolvierte 1975–1978 die KV-Lehre im Waldhaus und kehrte später als Praktikantin der Hotelfachschule Luzern wieder in die Küche und den Saal zurück. Lange leitete sie das Tourismusbüro in Zernez, wo sie heute als Landwirtin tätig ist, im Betrieb, den sie und ihr Mann ihrem Sohn übergeben haben. Im Sommer führte sie während 26 Jahren die Cluozza-Hütte im Nationalpark.

Joos traf, war ein Zufall, denn während meiner Lehre musste ich einen Fuss operieren, und so bin ich ihr im Spital im Münstertal begegnet. Sie lebte dort im Altersheim, und als sie erfuhr, dass ich im Waldhaus arbeitete, kam sie ins Erzählen. Von 1908 bis 1914 war sie jeweils im Sommer im Waldhaus tätig. Mit 23 kam sie vom südtirolischen Taufers im Münstertal nach Sils. Die Kriegszeit verbrachte sie wieder zu Hause, wo sie Johann Albert heiratete. Ich glaube, er war Bauer. Leider weiss ich nicht mehr viel von ihren Erzählungen, zu lange ist es her. Aber ich weiss noch, wie sie mir die riesige, dampfende, monströse Kaffeemaschine beschrieb. Heute steht sogar die, die ich in meiner eigenen Waldhaus-Zeit zischen hörte, schon längst im Museum. Sie stammt aus dem Jahr 1946. Anna Joos sprach auch über die Arbeitsbedingungen und über die Besitzer, aber wenn ich meinen Text von 1979 lese, weiss ich, warum aus mir keine Schriftstellerin geworden ist.

«So einen Umgang mit dem Personal habe ich nirgends mehr erlebt. Dieses familiäre Gefühl, zu Hause zu sein, wirkte sich auch auf die Gäste aus. Sie gaben mir jedenfalls nie das Gefühl, dass sie Geld hätten und ich nicht. Sehr spezielle Gäste.»

Ich würde sofort wieder ins Waldhaus, es war eine coole Zeit, in der ich mich dort wie zu Hause fühlte. Anscheinend habe ich mich auch in der Hotelfachschule in Luzern so geäussert, denn alle dachten, das Hotel gehöre meinen Eltern.»

Vielleicht der Onkel Gustav?

Josef Giger eröffnete und führte das Haus zunächst nicht anders, als er es gebaut hatte. Persönlich kümmerte er sich noch um das kleinste Detail des täglichen Betriebs.

Wohl standen ihm seine beiden noch unverheirateten Töchter Fanny und Helen und sein Sohn Gustav zur Seite: Gustav an der Réception, Helen auf den Etagen und Fanny in der «Unterwelt» der Küchen und Vorratsräume. Und als Fanny und Helen beide 1911 heirateten, Fanny den Rechtsanwalt Gebhard Lutz aus dem Kanton St. Gallen und Helen Oskar Kienberger, von dem noch ausführlich die Rede sein wird (S. 122), trat die älteste Tochter Amalie (Mali) an ihre Stelle. Deren Mann, Josef Wolflisberg, hatte nach einem eigenen kurzen russischen Gastspiel von Josef Giger die Leitung des Europe in St. Petersburg übernommen; mit grossem Erfolg, und es gefiel ihm ganz ausgezeichnet. Mali hingegen konnte sich für Russland einfach nicht erwärmen, kam mit ihren zwei Kindern schon bald zu immer längeren Aufenthalten in die Schweiz zurück und blieb schliesslich ganz hier, während ihr Mann Russland erst nach der Revolution verliess; er harrte anscheinend sogar bis 1919 aus.

Auch die betagte Amalie Giger nahm, obwohl sie auf einen Rollstuhl angewiesen war, regen Anteil am Hotelbetrieb. Im Zwischenstock, in dem sich die Direktionswohnung befindet, waren mehrere Fenster mit Blick auf die verschiedenen öffentlichen Räume und die Wirtschaftsräume eingerichtet worden, sodass sie zum Beispiel vom Esszimmer aus ins Office (d. h. die Anrichte) vor der Küche hinunterblicken konnte.

Das mächtige Europe in St. Petersburg, Wirkungsstätte von Josef Giger im Winter 1900/01 und von Schwiegersohn und Waldhaus-Mitinvestor Josef Wolflisberg bis zur Revolution

Bemerkte sie etwas, das nicht ganz in Ordnung war, konnte sie mit einem Anruf per Haustelefon umgehend Abhilfe schaffen.

Dennoch war es eindeutig Josef Giger, der im Kleinen wie im Grossen die letzten Entscheidungen fällte. Das ging so lange gut, als er sich noch mit ganzer Kraft dem Betrieb widmen konnte. Nun war er aber schon bei der Eröffnung nicht mehr der Jüngste und auch nicht bei bester Gesundheit. Da er sich weiterhin keine Schonung gönnte, verschlechterten sich sein Augenlicht und sein allgemeiner Gesundheitszustand nach wenigen Jahren so sehr, dass er immer mehr von der Leitung des Hotels abgeben musste und die letzten acht oder zehn Jahre seines Lebens völlig zurückgezogen, teils in Sils und teils im Neuhof in Ragaz, verbrachte.

Damit wurde nun unversehens Gustav zur zentralen Figur. Josef Wolflisberg, den sein Schwiegervater sehr gerne als Nachfolger gesehen hätte, zeigte wenig Lust, seine glanzvolle Stellung in Russland aufzugeben. Oskar Kienberger, glücklich und erfolgreich auf der Rigi, hatte sich, wie wir aus alten Briefen erfahren, bei der Vermählung mit Helen Giger sogar ausdrücklich ausbedungen, dass man ihn nicht drängen solle, nach Sils zu ziehen.

Der gut 30-jährige Gustav war, abgesehen von kurzen Lehr- und Wanderjahren in der französischen Schweiz, in England und sogar in Ägypten und einem offenbar nicht sehr glücklich verlaufenen Experiment als

«Es spahrt so zu sagen Jeder; sogar wir vom Hôtel Verwöhnten schränken uns ein. [...] Es kommt auch nur Most auf den Mittagstisch u. sogar Gustav, der diesen früher immer ächtete, trinkt davon; er verträgt ihn seit dem Krieg viel besser.» Amalie Giger-Nigg, Das Kriegsjahr 1914 (siehe auch S. 105)

Hoteldirektor auf Sizilien, nie richtig aus dem Bannkreis seines Vaters herausgekommen. Er hatte ihn als Assistent und rechte Hand fast überall hin begleitet, ohne dabei aber je viel eigene Kompetenzen zu erhalten. Er bekam in ganzem Ausmass den Widerspruch zu spüren, dass Josef Giger das Waldhaus zwar «für seine Kinder» gebaut hatte, bei dessen Einrichtung und Führung aber niemandem die kleinste Abweichung von seinen eigenen, strikten, in jahrelanger erfolgreicher Tätigkeit entstandenen Vorstellungen erlauben wollte. Das war wenig hilfreich, Gustav auf eine selbstständige Führung des Unternehmens vorzubereiten – abgesehen von der Frage, ob die Aufgabe seinen Neigungen überhaupt entsprach. Er war ein geselliger und gutmütiger Mensch, der das Leben, ganz in Gegensatz zum gestrengen Vater, lieber von der leichten Seite nahm und immer zu Spässen aufgelegt war, mit einem gewissen Hang zu dem, was sein Vater «unsolide Wirtschaftsbesuche» nannte.

Es lief aber zunächst durchaus nicht schlecht. Zahlen und Gästebücher deuten an, dass der Betrieb weiterhin gut und zur Zufriedenheit der sehr anspruchsvollen Gäste geführt wurde. Dann kam jedoch ein ganz neuer Abschnitt: die Kriegszeit mit ihren grossen Problemen. Diese wuchsen Gustav rasch über den Kopf. Vor allem beunruhigte er die am Unternehmen mitbeteiligten Verwandten immer mehr mit einem in ihren Augen unbesonnenen und ungeschickten Umgang mit Finanzen, Banken und Behörden, der in jener schwierigen Zeit verheerende Folgen haben konnte. In einer Kollektivgesellschaft wie Giger & Cie. hafteten die Teilhaber ja gegebenenfalls nicht nur mit ihrem Anteil am Gesellschaftskapital, sondern mit ihrem ganzen Vermögen. Besonders die eigentlich nur mit einer geringen Einlage beteiligten Erben von Anton Bon drangen auf eine Neuorganisation des Betriebs und seiner Führung.

Der Suvretta-Gründer und Ehemann von Amalie Gigers jüngerer Schwester Marie Bon-Nigg war 1915 gestorben, im besten Mannesalter. Seine fünf selbstsicheren und erfolgsgewohnten Söhne hatten wenig

Geduld mit dem sorgenbeladenen Geschäft und ihrem glücklosen Vetter in Sils. Mit der Drohung, ansonsten die Liquidation der Gesellschaft zu erzwingen, setzten sie es durch, dass 1918 Oskar Kienberger die Oberleitung in Sils übernahm und sich dort zugleich auch finanziell erheblich engagierte. Oskar und Helen Kienberger gaben ihre Stellung auf Rigi Kaltbad auf, übernahmen aber parallel zum Waldhaus auch die – im Übrigen sehr lukrative – Direktion des weniger sommerlastigen Palace Lugano, während Gustav Giger weiterhin Mitdirektor bleiben sollte. Dies ging aber aus verschiedenen Gründen immer weniger gut, sodass die Kienbergers schliesslich nach sieben Jahren ganz nach Sils zogen.

So unumgänglich sie für das Unternehmen auch gewesen sein mag, war diese Ablösung für Gustav Giger natürlich hart und ging nicht ohne Spannungen über die Bühne. Es sagt aber viel aus über seinen Charakter, dass er dann die ganzen Jahrzehnte bis zu seinem Tod ohne Groll als «Homme à tout faire» in dem Haus verblieb, das er einmal selber geleitet hatte, und als Onkel und Grossonkel mit seiner Liebenswürdigkeit und seinen Spässen die Herzen der nachfolgenden Waldhaus-Generationen eroberte. Auch bei uns von der vierten Generation, die wir ihn nur noch als kleine Kinder erlebten (er starb 1957), war sein Ruf als Spassmacher und Urheber von allerlei Schabernack so fest etabliert, dass wir, wenn wir etwas angestellt hatten und mit der Frage konfrontiert wurden, wer das denn wieder gemacht habe, uns schon mal mit der Gegenfrage herauszureden versuchten: «Vielleicht der Onkel Gustav?»

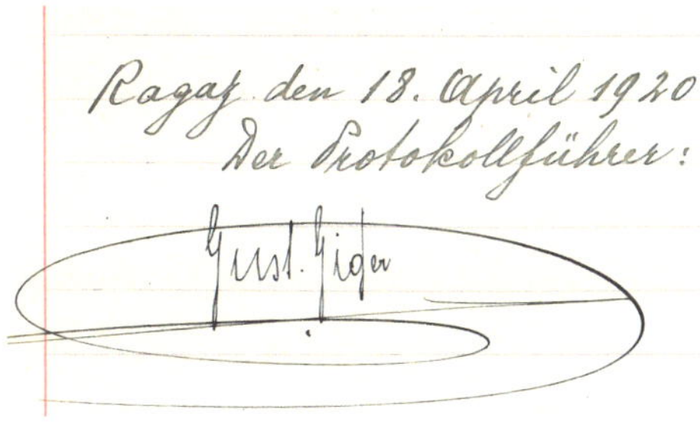

Unterschrift von Gustav Giger

Er behielt übrigens noch ziemlich lang eine Zeichnungsberechtigung für die Firma. Wenn er etwas zu unterschreiben hatte und vielleicht am Vorabend einen seiner «Wirtschaftsbesuche» hinter sich gebracht hatte, sass er am Pult und übte zuerst eine Weile, bis ihm seine schöne schwungvolle Unterschrift wieder zu seiner Zufriedenheit gelang.

«Er war Brissago-Grosskunde»

Christina und Maria Godly

«Wer in unser Restaurant wollte, musste durch den Kolonialwarenladen gehen, wo der Schrank mit den Zigaretten, den ‹Rössli-Stumpen›, dem offenen Tabak, den Toscani und Brissagos stand. Damals gab es noch Kunden für solche Sachen! Sils hatte etliche Brissago-Raucher, aber Gustav Giger war ein Grosskunde. Er holte täglich die Post fürs Hotel, und auf dem Rückweg kam er bei uns vorbei. Aber nur dann, wenn sich seine ‹Brissago Originale›-Vorräte dem Ende zuneigten. Ohne Brissago im Mund sah man ihn fast nie. Sorgfältig prüfte er vor dem Kauf jede Tessiner Virginia-Cigarre, er zog den Halm heraus, drehte sie zwischen den Fingern, wollte sich die besten Stücke sichern. Nach dem Kauf setzte er sich jeweils, bestellte ein ‹Zweierli› und machte Witze. Ich könnte Ihnen seine Witze nicht mehr erzählen, aber oft machte er sich über seine eigene Glatze lustig. Oder er erzählte von seinen Reisen. Er war ein vergnügter und ganz lieber, grundfreundlicher Mensch. Nach einem Weilchen nahm er dann seine Mappe unter den Arm und ging wieder ins Waldhaus hinauf.»

CHRISTINA und MARIA GODLY haben ein Leben lang die Marchetta mit der Pensiun Andreola mitten in Sils Maria geführt. 1947 übernahmen sie das Restaurant und das Geschäft, den Kolonialwarenladen führten sie bis 1969, das geliebte Restaurant bis 2016. Auch verantworteten sie die Pensiun Chastè, wo sie heute leben. «Wir haben immer noch zu tun», sagt Christina Godly.

← «Kuhstall» der Alp Präsura im Furtschellas-Gebiet, im Ersten Weltkrieg vom Waldhaus für die Versorgung mit Milchprodukten gepachtet

Weltkrieg!

So ist mit roter Tinte das Blatt vom August 1914 in der «Rekapitulation» überschrieben, dem Buch mit den Hoteleinnahmen. 1911 war ein Glanzjahr, auch 1912 und 1913 waren sehr befriedigend, sodass das junge Unternehmen für das Geschäftsjahr 1912 erstmals eine Dividende von 4 % auszahlen konnte. Wer hätte damals vorausgesehen, dass das bis 1970 nur noch ein einziges Mal vorkommen würde, nämlich in den späten 1920er-Jahren?

Der Kriegsausbruch traf das Waldhaus so unvorbereitet wie alle anderen. Die Saison hatte zwar etwas zögerlich begonnen, aber ungeachtet der Schüsse von Sarajevo vom 28. Juni stieg die Gästezahl gegen den 25. Juli auf über 200. Selbst ein preussischer Generalleutnant war da, wie auch «Herr und Frau Verlagsbuchhändler S. Fischer» aus Berlin und Herr und Frau Fritz Thyssen aus Mülheim an der Ruhr (samt Tochter mit Erzieherin und Jungfer), dazu Österreicher, Ungarn, Russen, Briten, Franzosen, Belgier, Niederländer, Amerikaner und Italiener und sogar ein Herr aus Serbien – alle noch friedlich vereint.

Nach dem Ultimatum Österreichs an Serbien vom 23. Juli begannen sich verschiedene Familien zu beunruhigen und reisten vorzeitig ab. Als dann die fatale Kettenreaktion der gegenseitigen Kriegserklärungen und am 2./3. August der deutsche Überfall auf Luxemburg und Belgien erfolgte, war kein Halten mehr. Ab dem 1. August kam es, wie es der Jahresbericht ausdrückt, zum «Auszug aus Ägypten». Vier Tage später waren alle weg, das Haus war leer und die Saison vorzeitig zu Ende.

Aber lassen wir uns das doch gleich von einer Person erzählen, die selber im Waldhaus mit dabei war: unsere Urgrossmutter Amalie Giger. Sie hat das Geschehen jener Tage und der ersten Kriegsmonate eigenhändig aufgezeichnet, und zwar gleich in vierfacher Abschrift in vier identischen schwarzen Heftchen, bestimmt für ihre Kinder Mali (Mally), Fanny, Gustav und Helen. Es war ihr offensichtlich ein grosses Anliegen, kommenden Generationen von dieser furchtbaren Zäsur zu berichten. Gerne nehmen wir ihren Wunsch auf und machen sie hier mit einem ausführlichen Auszug zu unserer Co-Autorin.

Am 28. Juli 1914 hat Östreich den Serben den Krieg erklärt. Allenthalben war man der Meinung, dieser werde bald beendet sein u. zu Gunsten der Östreicher ausfallen. Doch rechnete man nicht mit den andern Mächten. Dass den Verhältnissen entsprechend die Schweiz am 31. Juli die Mobilisation beschloss, ist begreiflich. Am 2ten August musste die Armee einrücken und mussten alle Pferde vorgeführt werden. Unser Fuhrhalter Herr Meiser allein stellte 120 Pferde u. durfte nur 4 Stück behalten. Ebenso mussten seine Kutscher u. von uns der grösste Theil der Angestellten einrücken.

In den ersten Tagen der Kriegserklärung verloren die Leute den Kopf. Jeder, der ein kleineres oder grösseres Guthaben an den Banken hatte, zog sein Spahrheft zurück, u. dieses überstürzte Gebahren brachte diese Institute bereits dem Ruin entgegen. Es fehlte nachher an Kleingeld, das man doch so nothwendig brauchte. Ebenso unvernünftig ging es mit dem Einkauf von Lebensmitteln. Man hatte das Gefühl, man gehe schon diesen Winter einer Hungersnoth entgegen, obwohl wir noch mit Vorräthen reichlich versehen waren.

[Im Waldhaus] fühlten wir schon im Juli die geldlose Zeit, denn die Gäste rückten viel spährlicher wie andere Jahre ein. Dies machte uns viel Kummer, bis dann von Mitte Juli an die Aussichten sich zusehend besserten u. Gustav sagte mit fröhlichem Ton: So Mamma, jetzt lass die Sorgen, bis am 27ten haben wir volles Haus u. lauter feine Gäste. Doch der Mensch denkt u. Gott lenkt.

Als am 28. Juli die Östreicher den Serben den Krieg erklärten, reisten die Gäste dieses Landes sofort ab, u. von diesem Tage an hörten der Jammer u. die Aufregung im Hause nicht mehr auf. Als am 31ten Juli die Kriegserklärung von Deutschland bekannt wurde u. die meisten männlichen Angestellten einberufen wurden, war Alles aus Rand u. Band. Die Fremden verzichteten, trotz schönstem Wetter, auf die gewohnten Spaziergänge, belagerten Vestibul, Bureau u. Post, um ja bei der Hand zu sein, wenn Telegramme ankamen. Am 1. Aug. sind über 200 Depeschen im Waldhaus allein abgegeben worden. In den Bureaux waren nur noch Gustav u. Cécile thätig; die viele Arbeit wurde ihnen durch die immerwährenden Störungen der Gäste sehr erschwert u. sie waren kaum im Stande die Rechnungen der vielen Abreisenden zu erstellen. Hätte die Bahn bei dem mächtigen Andrang Alle befördern könne, ich glaube sie wären am gleichen Tage fort. Mit blutendem Herzen sahen wir in 3 Tagen 147 Personen abreisen u. die 40 Gäste, die uns noch blieben, konnten ihre Noten nicht wechseln u. ihre Cheks nicht einlösen, da die Banken keine fremden Valoren mehr annahmen. So wurden viele Rechnungen nicht bezahlt u. waren bei Schluss des Hauses 18 000 Frk. ausstehend. Verschiedenen musste noch Reisegeld vorgestreckt werden u. so musste Herr von Mumm mit einem Chek von 10 000 Mark in der Tasche, mit entlehntem Gelde reisen. An der Kasse fehlte es an Kleingeld, das doch unerlässlich war. Man schrieb umsonst an Banken, Geschäfte etz. Man gelangte erst in dessen spährlichen Besitz, als die Nationalbank 20 Frk. Noten herausgab, später auch Kassascheine zu 10 u. 5 Frk.

Bunt ging es an den Bahnhöfen zu. Ganze Berge von Gepäck sollen die Zugänge versperrt haben, u. es soll fraglich sein, ob alle Koffern ihren Bestimmungsort erreichten. Herr Lipp, unser Condukteur meint, dies sei unmöglich, denn in Basel sei es noch viel schlimmer; an der Grenze sei die Confusion schauderhaft.

So nun waren die Meisten verabschiedet u. wir mit getäuschten Hoffnungen, schwerem Herzen u. leeren Kassen bereits allein in dem grossen Hause. Die wichtige Frage, ob wir mit 40 Personen schliessen sollen oder nicht, hat uns manch schlaflose Nächte bereitet. Wir waren sehr unentschlossen, eine Stunde sagten wir Ja, die andere Nein. Als wir aber sahen, dass selbst die Gäste vorzogen, in der Nähe der Bahn u. eines grösseren Verkehrs zu sein, so entschlossen wir uns, die Gäste dem Suvrettahaus zuzuweisen, womit die Meisten einverstanden waren. Nur eine gute Holländerfamilie zog vor, nach Pontresina zu gehen. So waren die Würfel gefallen u. das schöne Waldhaus musste am 5. August seine Thore schliessen; welch bittere Stunden u. schwere Tage dies uns brachte, kann nur der ermessen, der in gleicher Lage war. Die Überzeugung haben wir, dass die meisten Gäste zufrieden fort sind, denn wie oft hatten sie sich geäussert, die Reinlichkeit, Bedienung u. hauptsächlich die Verpflegung sei dies Jahr tadellos. So hoffen wir, dass bei normalen Zeiten u. mit Gottes Segen das Waldhaus sich wieder fülle; denn die Gäste versprechen, wieder zu kommen.

Am 2. August kam von Amtes wegen ein Befehl, in ½ Stunde müsse von den Viktualien ein Verzeichniss erstellt werden, um zu wissen, was man davon für das Militär abgeben könne. Diese Aufforderung regte uns, nebst den vielen andern Missgeschicken nicht wenig auf. Aber dem amtlichen Gebot musste Folge geleistet werden. Schon am andern Tag kam ein Offizier, um zu prüfen, ob die Liste auch stimme. Trotz der traurigen Lage durfte man nicht müssig jammern u. klagen, sondern es war geboten, rüstig an die Arbeit zu gehen u. zu sorgen, dass das Haus bald aufgeräumt werde, um die Angestellten der Kosten wegen bald entbehren zu können. Zum Glück ging es mit aufräumen rasch u. hatte Gustav bei Zeiten das Geld für die Löhne bei Seite gelegt, u. so konnten wir dieselben voll ausbezahlen. Natürlich hat auch das Personal, durch den Abbruch der Saison in der besten Zeit, grossen Schaden erlitten, u. wird sich dies im Winter in der ganzen Schweiz fühlbar machen.

Das Reinigen der Teppiche musste fast ausschliesslich durch die Mädchen geschehen, denn unsere, nicht einberufenen Portiers reis-

ten gleichwohl am 3. Aug. zu ihren Frauen u. liessen ihre Putzarbeiten im Stich. So ging es dann an ein fieberhaftes Klopfen, Putzen u. Bürsten u. der Vacuum [Staubsauger] kam lange Zeit nicht zur Ruhe. Mally half von Morgens bis Abends u. ihr war es hauptsächlich zu verdanken, dass nach einer Woche bereits alle Angestellten entlassen werden konnten.

Das Orchester wurde schon am 2ten Aug. abgeschoben, da kein Mensch mehr nach Musik verlangte. Mit den wenigen zurückgebliebenen Leuten wurden noch alle Betten geklopft u. gesonnt, denn das Wetter war grossartig. Es galt auch, die Voräthe wie Fisch, Fleisch, Eier, Früchte etz. zu versilbern, u. ist uns das Suvrettahaus in dieser Hinsicht sehr entgegen gekommen. Es blieb aber noch genug Essbares übrig, das nicht veräussert werden konnte, u. so assen wir 3 Wochen von dem Vorath u. mussten wenigstens diese Zeit nichts kaufen, denn ohne Baargeld erhielt man nichts.

Anstatt die Fülle von Gästen u. dem damit erträumten Glück, brachte uns der August eine Kriegserklärung nach der andern. Dieses Morden im 20igsten Jahrhundert spricht Hohn allen Friedensbewegungen u. der ganzen Zivilisation. Den Friedenspalast in Haag könnte man ruhig schleifen oder ein Lazarett für Verwundete aus ihm machen. [...] Wir alle waren auch um Joseph in Petersburg bekümmert, denn man las in den Zeitungen von Gefechten der Deutschen u. Russen nicht sehr weit von der Stadt. Nach 4 Wochen des Hangen u. Bangen, kam endlich ein Telegramm, das uns beruhigte, denn wie er sagte, war er munter u. auch der Geschäftsgang liess nichts zu wünschen übrig. Briefe wurden keine spedirt. Ebenso wenig können Russen bis jetzt in der Schweiz ihre Rubel wechseln und sind dadurch in der grössten Schwierigkeit. Auch Mally hat noch von der Ankunft her einen 500 Rubelschein, den sie des niedern Kurses wegen nicht wechselte. Auf dem Rigi waren unsere Kinder [Helen und Oskar Kienberger] in der gleichen Lage wie wir. Sie wurden in ihrer Hoffnung auf eine gute Saison ebenso getäuscht. Nach der Kriegserklärung reisten ihnen im Kaltbad in 4

Tagen 200 Gäste ab. Mit zirka 40 Östreichern reiste Oskar, um ihnen mit Gepäck u. sonst behilflich zu sein, bis an die Grenze.

Mir, der sonst in den Stürmen des Lebens Tapfern, fehlte in den ersten Tagen des Kriegsausbruches der Muth zum Leben. Nicht um meine Person war es mir bange; es waren Sorgen anderer Art, die mich drückten. Denn wenn die Quelle versiegt, woher soll man Wasser nehmen, um den Brand zu löschen? Gott Lob nimmt der gute Papa alles ruhig u. meint, er hätte schon lange gesagt, es gebe bald ein Weltkrieg, u. jetzt müsse man die Sache nehmen, wie sie sei. Es wird an allen Ecken gekämpft, aber obwohl wir zu Ende Aug. angelangt, ist noch kein Resultat heraus gekommen. Die Nachrichten sind nicht zuverlässig. Heute gewinnt eine kriegführende Macht, morgen wird der Sieg dementirt. Heute zählen wir den 9ten Sept. u. nach den verschiedenen Nachrichten drängt sich mir die Sorge auf, der Krieg nehme ungeahnte Dimensionen an, denn auch die Balkanstaaten, ja sogar die Mohamedaner regen sich u. zwar nicht im friedlichen Sinne. Müssig muss man zusehen, wie die besten Kräfte der menschlichen Gesellschaft gemordet werden. Obwohl man die Tapferkeit aller bewundert, muss man dabei an die zahllosen Eltern, Wittwen u. Waisen denken, denen der Krieg ihre Liebsten u. ihre Ernährer geraubt. Wenn diesem Gemetzel ein Ende bereitet werden soll, muss Hilfe von Oben kommen, denn die Kämpfenden geben nicht nach, sie wollen Sieg oder Tod.

Auf Maloja bewachen 1000 Mann die Grenze gegen Italien, auch auf der Bernina, St. Moritz, Silvaplana etz. ist Militär. Überall im Oberengadin wurde die Mannschaft gut aufgenommen, ebenso wurde wenigstens in den grössern Orten für richtiges Unterkommen gesorgt. Viele konnten in den öffentlichen Räumen der Hôtels auf Matrazzen mit Decken u. Kissen schlafen u. waren da vor Wind u. Wetter geschützt. Am 7ten Sept. war hier in Sils auf der Wiese hinter dem Silserhof gegen das Hôtel Margna eine Übung von 700 Mann. Von der Terrasse bei Nr. 58 im Waldhaus konnte man den ganzen Verlauf beobachten u. auch die Musik hörte man prächtig.

Mir machte dies viel Spass, denn schon lange war es mein Wunsch, einmal viel Militär beisammen exerzieren zu sehen. Die vielen Saumthiere, mit Schaufeln u. Pickeln beladen, interessierten mich auch. Am 8ten Sept. machte General Wille den Engadiner Truppen einen Besuch. Helen u. Hansi [die Kinder von Mally] wollten in Baselgia, wo er im Auto vorbeifuhr, mit ihrem Eselsfuhrwerk Parade stehen, kamen aber um einige Minuten zu spät.

Heute am 10ten Sept. hat Mally von Joseph den ersten Brief erhalten. Diesen konnte er einem Schweizer, der einberufen wurde mitgeben; sonst erhält man von Russland keine Briefe, u. Depeschen werden seit einigen Tagen auch keine mehr befördert. Gottlob ist er munter, u. auch das Geschäft arbeite nicht schlecht.

Heute ist der 20igste Sept. u. eidgenössischer Bettag. Mich stimmt der strahlende Himmel wehmüthig. Der Krieg wüthet mit einer Grausamkeit, die in unserer vielgepriesenen Fortschrittszeit für unmöglich gehalten wurde. Die Kultur hat wieder einmal gründlich versagt u. auch in ihrer modernen Form sich nicht stärker erwiesen als die Kultur der Alten. Bündnisse u. Verträge sind mit u. ohne Gewissensskrupeln missachtet u. zu Boden getreten, friedliche Länder, Städte u. Dörfer überfallen u. zerstört u. tausende von Einwohnern dem Elende preisgegeben worden. Unsägliches Weh ist über einen grossen Theil Europas hereingebrochen.

Die wirthschaftlichen Folgen machen sich auch bei uns stark geltend u. werden sich mit der Zeit noch drückender gestalten, aber trotz alldem darf die Dankbarkeit nicht fehlen. Viel ist uns gegeben, was Andre schwer entbehren, vieles geblieben, was unsere Nachbarn nun schmerzlich vermissen, vor Allem Friede u. Freiheit u. Ordnung im eignen Lande u. vornehmlich das Leben unserer Wehrmänner.

Der ausgebrochene Krieg offenbart vor aller Welt die völlige Wertlosigkeit vieler Dinge, auf die der moderne Mensch so stolz war u. die er als besondere Errungenschaft der Neuzeit verehrte.

Dieser Wahrheit dürften sich auch leichtlebige Gemüther nicht verschliessen. Aber es wäre zu wünschen, dass die eigene, persönliche Schuld eingesehen u. bekannt würde. Es ist nicht schwer zu sagen: «Sie haben gesündigt.» Es geht schon schwerer mit dem: «Wir haben gesündigt», aber am schwersten kommt das persönliche Bekenntnis: «Ich habe gesündigt» über die Lippen. Möchten es viele lernen in diesen Tagen des Gerichts, denn nur so wird die Grundlage gelegt zu einem «Bettag», der uns Gott näher bringt.

Heute sind sieben Wochen verflossen, seit ich die letzten Zeilen in dies Büchlein geschrieben. Die Schlachtfelder dehnen sich immer weiter aus u. die Lazarethe füllen sich unheimlich. Wie mag dieser schreckliche Weltkrieg noch enden? Doktor Bernhard [Dr. med. Oscar Bernhard, St. Moritz], der zur Leitung eines deutschen Lazaretts berufen wurde, hätte den Seinen nach St. Moritz geschrieben, in seiner ganzen langen Praxis hätte er nie so etwas Schreckliches erlebt u. gesehen, was dort. Er wünschte nur, diejenigen, die die Verantwortung des Krieges tragen, müssten vierundzwanzig Stunden das Stöhnen u. Seufzen der armen Soldaten hören u. ihre Thränen u. ihre Verzweiflung sehen, sie würden sich gewiss besinnen, ehe sie wieder zu einem Kriege die Hand bieten würden.

Amalie Giger-Nigg, Das Kriegsjahr 1914

Wir wussten zwar von dem kleinen schwarzen Heft, konnten aber die alte Schrift nicht mehr lesen. Dass hier ihre Stimme wieder erklingt, verdanken wir dem Archivar Markus Kaiser vom Staatsarchiv St. Gallen, der beim Auswerten des Nachlasses der Familie Lutz aus Rheineck (SG) auf das Exemplar von Fanny Lutz stiess und darauf Kontakt mit uns aufnahm.

Nun war also Krieg. Sils lag fernab von den Schlachtfeldern, die Berge blieben so schön wie immer und das Wetter war in diesem August und September 1914 so prächtig wie seit vielen Jahren nicht mehr, aber in die Geschäftsbücher des Waldhauses schien lange keine Sonne mehr! Eine kleine Statistik illustriert die Lage:

Waldhaus-Gäste	Schweizer	Ausländer
1911	38	692
1915	62	22
1916	95	74
1917	151	72
1918	226	95
1919	142	146
1920	97	184

Ein Grossteil der ausländischen Kundschaft blieb naturgemäss aus, und Schweizer hatten Hotels wie das Waldhaus in der Vorkriegszeit nur vereinzelt beherbergt. Nun kamen zwar mehr, z. B. Industriellenfamilien wie Geigy, Brown (-Boveri) und Hoffmann-La Roche, aber sie konnten den Ausfall an ausländischen Gästen nicht annähernd wettmachen. Man hat ausgerechnet, dass dazu jeder Schweizer im Durchschnitt 18 Tage pro Jahr in einem Hotel hätte verbringen müssen – dies zu einer Zeit, als die meisten Schweizer überhaupt noch keine Ferien im heutigen Sinn hatten, erst recht nicht das Geld für teure Hotels!

Dass trotz allem auch noch Ausländer kamen – gelegentlich sogar amerikanische Familien –, zeigt, dass die Grenzen längst nicht so hermetisch abgeriegelt waren wie später 1939–1945. Die beispiellose Freizügigkeit der Belle Époque war allerdings endgültig vorbei.

Es wurde auch sehr schwierig, die wenigen Gäste, die kamen, zu verpflegen und zu bedienen. Die ausländischen Angestellten fielen aus, und von den Schweizern mussten die Männer zu langen Militärdienstzeiten einrücken und viele Frauen ihrerseits zu Hause bleiben, wo ganz wörtlich «Not am Mann» war. Die importierte Kohle wurde ungemein knapp und teuer. Bei den Lebensmitteln gab es eine eigentliche Rationierung erst ab 1917, auch dann noch ungenügend vorbereitet und durchgeführt; lange wurden die vorhandenen Lebensmittel praktisch an den Meistbietenden verkauft, mit entsprechenden Preissteigerungen. Zugleich war aber der Umstand, dass Hunderttausende von Hotelbetten auf einige wenige Gäste warteten, wenig dazu angetan, Preiserhöhungen zu erlauben. In der Tat lagen die Durchschnittseinnahmen pro Gast im Waldhaus 1918 noch unter denen von 1908, während sich die Preise für Lebensmittel und Brennmaterial verdoppelt hatten.

Mit diesen Schwierigkeiten konfrontiert, kam man auf einen überraschenden Einfall: Giger & Cie. pachtete die Silser Alp Prasüra, um wenigstens die Versorgung mit Milchprodukten sicherzustellen.

Jedenfalls ist zu bewundern, dass die Familie nicht einfach resignierte. Am ärgsten war das erste volle Kriegsjahr, 1915. Die Gästezahl stieg nie über 44 und betrug im Durchschnitt der kurzen Saison ganze 28 Personen. Der Umsatz fiel auf ein Zehntel der Vorkriegsjahre. Dennoch gelang es, mit dem Aufbrauchen von Vorräten und einem weitgehenden Lohnverzicht der Direktion, das Jahr mit einem ausgeglichenen Betriebsergebnis abzuschliessen. (Alle Achtung, Onkel Gustav!) Aber damit war noch kein Rappen verdient für die Kreditzinsen, ganz zu schweigen von allfälligen Unterhaltsarbeiten und Amortisationen. So gut die ersten Betriebsjahre ausgefallen waren, so hatten sie doch bei Weitem nicht gereicht, um die anfänglich ja nicht übermässig solide Finanzlage des Unternehmens entscheidend zu verbessern. Noch waren Hypotheken von 1,25 Millionen Franken zu verzinsen, daneben auch Darlehen der Teilhaber und anderer Verwandten.

Die Bank reagierte auf den Notstand mit einer Erhöhung des Hypothekarzinssatzes von 5 auf 5,5 und schliesslich 6 %, und natürlich wurden die unbezahlbaren Zinsen zu neuen, ebenfalls wieder zu verzinsenden Schulden. So kam es zu dem Paradox, dass es dem Waldhaus in den nächsten neun Jahren von Jahr zu Jahr wieder besser und doch gleichzeitig immer noch schlechter ging. Jedes dieser Jahre (mit der einzigen Ausnahme von 1922) brachte ein besseres Betriebsergebnis als das vorangegangene, 1916 zum Beispiel nach der roten oder schwarzen Null von 1915 bereits einen Überschuss von 20 000 Franken; zugleich reichten aber diese steigenden Überschüsse nicht, um die fälligen Jahreszinsen voll zu decken, weshalb die Schulden und mit ihnen die Zinsenlast jedes Jahr höher wurden. Noch 1923 entsprach die jährliche Zinsenlast fast der Hälfte der Gesamteinnahmen. Erst die Einführung der Wintersaison und die ausserordentlich guten Resultate der Jahre ab 1924 machten es möglich, aus diesem Teufelskreis auszubrechen.

← Kapital: heisses Thema, eiskalter Kern, wie die Omelette surprise von Patissier Renato Pellegrini

Kapital zum Zweiten

In dieser schwierigen Situation kam es per 1.1.1918 neben dem Direktionswechsel auch zu einer finanziellen Reorganisation. Die bisherige Kollektivgesellschaft Giger & Cie. erhielt neu die rechtliche Form einer Aktiengesellschaft, was längerfristig den Vorteil hatte, dass die Teilhaber nicht mehr unbeschränkt mit ihrem ganzen Privatvermögen für allfällige ungedeckte Schulden der Gesellschaft hafteten, sondern gegebenenfalls nur noch ihre Kapitaleinlage (ihren Aktienbesitz) verlieren würden. Bei den sehr ungewissen Zukunftsaussichten des Unternehmens war diese Unterscheidung alles andere als blosse Theorie. Allerdings änderte sich die Stellung der ursprünglichen Teilhaber zunächst kaum, weil die Bank als Hauptgläubigerin ihre Zustimmung zur Reorganisation an die Bedingung knüpfte, dass diese bis auf Weiteres die Hypotheken der AG persönlich verbürgen würden. Diese Bürgschaft wurde erst 1930 aufgehoben.

Bei der Gründung der AG wurde das ursprüngliche Gesellschaftskapital um 40 % abgeschrieben; Josef Gigers Einlage von 315 000 Franken schlug nun also zum Beispiel nur noch mit 189 000 zu Buche. Zweitens wurden persönliche Darlehen der Teilhaber und anderer Verwandten in Aktien umgewandelt (womit sie nicht mehr verzinst und erst recht nicht mehr zurückgezahlt werden würden), und drittens stellten Oskar Kienberger und in geringerem Masse die Erben Bon in Form einer weiteren Aktienbeteiligung noch zusätzlich neue Mittel zur Verfügung, mit denen einige Schulden abbezahlt werden konnten. Das Aktienkapital der neuen AG belief sich schliesslich auf 500 000 Franken, mit Josef

Giger (Fr. 213 000), Josef Wolflisberg (Fr. 115 000) und Oskar Kienberger (Fr. 89 000) als Hauptaktionären.

Oskar Kienberger hatte nun also nicht nur einen neuen Job, nämlich die Riesenaufgabe, den schönen, aber sorgenreichen Hotelbetrieb in Sils zu retten und zu leiten, sondern auch bereits ein beträchtliches finanzielles Engagement. Vergessen wir nicht, dass wir nicht von heutigen Franken sprechen, sondern von einer Zeit, als jeder Franken noch viel schwerer wog. Und das war erst der Anfang, auch wenn das in dem Moment wohl kaum einer der Beteiligten realisierte. Oskar und Helen Kienbergers Engagement lief im Laufe der folgenden zehn, zwölf Jahre darauf hinaus, dass sie den anderen für gutes Geld und Schritt für Schritt das ganze Waldhaus – oder jedenfalls einen wesentlichen Teil davon – abkauften. Das hatte vor allem zwei Gründe.

Josef Giger starb 1921, seine Witwe Amalie Giger-Nigg drei Jahre später. Mit ihrem Tod gingen Josef Gigers Anteile theoretisch auf seine vier Kinder über. Nur standen diesen auch hohe private Schulden gegenüber, und keines der Kinder wie auch ihre Ehegatten hatten wirklich die Mittel, um diese zu begleichen. Die eine Ausnahme war Oskar Kienberger, der darum nolens volens den Löwenanteil übernahm.

Der zweitgrösste Teilhaber nach Josef Giger war 1918 weiterhin Josef Wolflisberg, obwohl natürlich auch er vom 40-%-Abschreiber von 1918 betroffen war. Schon länger getrennt, aber offenbar noch nicht geschieden von Mali, hatte der vorher vom Erfolg Verwöhnte in der russischen Revolution einen grossen Teil seines Vermögens verloren, nicht aber seine Ambitionen. In der Nachkriegszeit engagierte er sich zunächst im Hotel Kaiserhof in Berlin, in den späten 1920er-Jahren verfolgte er ein grosses Hotelprojekt an der dalmatinischen Küste, aus dem nichts wurde, und 1930 gründete er in Dietikon (ZH), wo er bis zu seinem Tod lebte (er starb 1963 mit 90 Jahren), eine Knäckebrotfabrik. Jahrelang deckte er den (Ex-)Schwager in Sils mit bittenden und fordernden Briefen ein und brachte ihn dazu, ihm *peu à peu* zum Nennwert all seine Waldhaus-Anteile abzukaufen. So war Wolflisberg der einzige Waldhaus-Gründer, der einen nennenswerten Teil seines Kapitaleinsatzes wieder zurückerhielt. Und Oskar Kienbergers Aktienanteil stieg Ende der 1920er-Jahre auf 324 000 Franken, was 65 % entsprach.

Für das Unternehmen waren diese Transaktionen ein Nullsummenspiel. Und doch wurde der Umstand, dass das Ehepaar Kienberger überhaupt Mittel hatte und Bereitschaft zeigte, zu einem grossen und doppelten Glücksfall für das Waldhaus. Nicht nur gewann das Hotel fast im letzten Moment als sehnlichst erwartete Nachfolger der abgetretenen Gründer ein neues Traumpaar von begnadeten Hoteliers sowie mit Oskar Kienberger einen Steuermann, der die Herausforderungen der boomenden späten 1920er-Jahre ebenso souverän zu meistern wusste wie die in vielerlei Hinsicht diametral entgegengesetzten unternehmerischen Herausforderungen der zermürbenden Krisenjahre, die ihnen vorausgingen und auch gleich wieder folgten: ein Skirennfahrer, der gleichzeitig das Zeug zum Abfahrtsmeister und zum Slalomsieger in sich hat. Die folgenden Kapitel aus der Hand meines Vaters schildern mit unverhohlener Bewunderung diese Qualitäten und Leistungen.

Helvetisch diskret, kommt mein Vater aber nur ganz nebenbei auf den zweiten zentralen Aspekt der Geschichte zu sprechen: das enorme finanzielle Engagement seiner Eltern. In Anbetracht der Eigentümerkonstellation von 1918 ist es im Nachhinein offensichtlich, dass unsere Familie sonst die Kontrolle über das Unternehmen sehr bald verloren hätte. Weder die anderen Erben Giger noch Josef Wolflisberg hätten jedenfalls ihre Anteile noch lange selber halten können oder wollen. Dass die Transaktionen Oskar Kienberger gleichzeitig zum unangefochtenen Chef des Unternehmens machten, war ihm sicher nicht unwillkommen.

Schnell zeigte sich dann aber die andere Seite dieser Medaille, denn kaum war dieser Prozess gegen 1930 mehr oder weniger abgeschlossen, folgte eine neue, bittere und schier endlose Krise. Und diese lag nun vor allem auf seinen Schultern. Ging es vorher nur um die Ablösung von Aktionären, die nicht mehr konnten oder wollten, ging es jetzt ums nackte Überleben. Meisterhaft und unerschrocken stellten sich meine Grosseltern dieser neuen Situation – menschlich und betrieblich, aber auch (wieder) finanziell. Jetzt landeten auch noch ihr letzter Heller und

Pfennig im Betrieb. Trotz aufs Minimum reduzierter Ansätze türmten sich die Ausstände des Hotels gegenüber ihnen auf bald über 100 000 Franken. Oskar Kienberger verpfändete sogar seine Lebensversicherung, um noch etwas Kapital frei zu machen. Schliesslich willigten sie 1936 (oder 1940?) ein, nahezu alles, plus weitere 50 000 Franken von anderen Familienmitgliedern (v. a. von Oskars Bruder Josef), in einer neuen Restrukturierungsaktion dem Aktienkapital zuzuschlagen, das zuvor einmal mehr drastisch abgeschrieben wurde, nämlich gleich um 90 %. Für Oskar und Helen Kienberger ging es um Riesenbeträge: 123 000 Franken liessen sie stehen ohne Rückzahlung und Zins, und ihr alter Anteil von 324 000 Franken war um 90 % abgeschrieben.

Da klingt es schon beinahe trivial, dass 1943 das Aktienkapital noch einmal um 50 % abgeschrieben wurde. Für einen kumulierten Kapitaleinsatz von geschätzten 450 000 Franken hatten Helen und Oskar Kienberger nun in der Waldhaus-Bilanz einen offiziellen Gegenwert von gerade noch 77 750 Franken (zwei Drittel des gesamten Aktienkapitals von nun 117 000 Fr.). Dabei blieb es über ihren Tod hinaus; sie starb 1959, er 1965. Erst 1971 (!) gab es erstmals wieder eine bescheidene Dividende. Eine unerfreuliche Geschichte, wenn man es nur von einem ökonomischen Standpunkt aus betrachtet; eine wundervolle Geschichte hingegen, wenn man zurückblickt und sieht, welche Zukunft unsere Vorfahren uns und unserem Waldhaus damit sicherten.

Nun aber wieder zurück zu kurzweiligeren Aspekten unserer Waldhaus-Geschichte! Die nächsten elf Hauptkapitel (S. 122–204) stammen von 1983 und, wie schon erwähnt, aus der Hand von Rolf Kienberger (1917–1994); sie wurden für diese Ausgabe nur leicht überarbeitet.

Banken und Hotels: die andere Seite der Medaille

Aldo Balzer

Es ist kaum verwunderlich, dass der Erste Weltkrieg, der Crash an der New Yorker Börse 1929 und der Zweite Weltkrieg auch die Geschichte der Banken in Graubünden prägten. Viele von ihnen, auch die 1870 gegründete Graubündner Kantonalbank, waren in der Tourismusfinanzierung tätig.

ALDO BALZER wuchs in Chur auf, wo er nach der Kantonsschule 1948 in die Bündner Privatbank eintrat. Nach Sprachaufenthalten in Genf und England arbeitete er in der Kreditanstalt in Zürich, bevor ihn die Bündner Privatbank wieder abwarb, «mit dem schlagenden Argument, man könne in St.Moritz gut Skifahren». Von da an war Balzer zuständig für das Waldhaus-Portfolio.

In arge Schwierigkeiten geriet 1933 die Bank für Graubünden. Zwei Jahre später hob man zu ihrer Rettung die Bündner Privatbank aus der Taufe. «Diese übernahm die tragbaren Hypotheken, wie die vom Waldhaus», erzählt Aldo Balzer. Man müsse schonungslos sagen, dass die Banken in Graubünden, zum Beispiel die St.Moritzer Bank oder die Bank für Davos und auch die Engadiner Bank, die 1934 die Türen schloss, vor allem wegen Tourismus- und Hotelfinanzierungen pleitegingen oder in andere Hände übergingen, meint er. «Die Hotels konnten einfach keine Zins- und Amortisationszahlungen mehr leisten, also haben sie sie eingestellt. Das war furchtbar», fügt er an. Für die Banken wurde es zum Verhängnis. Die Hoteliers hätten irgendwie weitergemacht, und als es besser lief, auch wieder damit begonnen, Zinsen zu bezahlen. «Zum Waldhaus ist die Bank immer gestanden, man sah es als gutes Hotel an, und die Hypothek galt als nicht gefährdet», erinnert er sich. 1962 ging die Bündner Privatbank an die Schweizerische Bankgesellschaft, die heutige UBS AG über. «Auch in diesen Jahren hielt man hohe Stücke aufs Können der Besitzerfamilie, wobei für mich auch der persönliche Austausch wichtig war», betont er. Dieser schien beidseitig geschätzt worden zu sein. «Zu meiner Pensionierung luden mich Rolf und Rita Kienberger ins Waldhaus ein. Wir durften im obersten Stock des Hotels im besten Zimmer übernachten. Das vergesse ich nie mehr.»

Noch heute arbeiten die UBS AG und das Waldhaus eng zusammen.

← Loggien, 5. Stock, Wintersaison: Alle drei gehen auf O. K. zurück

Oskar Kienberger-Giger (1879–1965)

Oskar Kienberger erblickte das Licht der Welt im Quellenhof in Ragaz. Seine Eltern, Josef und Sophie Kienberger-Singer, führten seit der Eröffnung im Jahre 1870 dieses berühmte Badehotel. Oskar wuchs auf als viertes von sechs Geschwistern in der Atmosphäre dieses Hauses, in dem die Grössen jener Zeit abstiegen. Bei seinem Ableben konnte Vater Josef Kienberger jedem seiner drei Söhne eine goldene Uhr vermachen, die er seinerseits von einem König zum Geschenk erhalten hatte. Zweifellos lernte Oskar schon in seiner Kindheit die Probleme, die Leiden und Freuden kennen, die mit der Führung eines grossen Hotels zusammenhängen.

Nicht nur die Hunde liess er tanzen. Oskar Kienberger im Haupteingang mit Barry, dem Hund der Betreuer der Villa Spitzer, ca. 1935

Mit dem Wunsch, Ingenieur zu werden, besuchte Oskar die technische Abteilung der Kantonsschule in St. Gallen. Im Alter von 18 Jahren musste er die Schulbank verlassen, um die von seinem Vater eingegangene Pacht des damals grössten Hotels der Schweiz, des Grand Hotels in Gurnigel Bad (BE) zu übernehmen. Sein Vater hatte nämlich nach dem Tod seiner Frau den Quellenhof verlassen und das erwähnte Hotel gepachtet. Josef Kienberger verstarb

Wo Oskar Kienberger mit 19 das Fürchten verlernte und das Führen erlernte: Grand Hotel Gurnigel Bad

ganz unerwartet vor Ablauf seines Vertrages. Oskars ältester Bruder Josef hatte als Nachfolger seines Vaters die Leitung des Quellenhofes in Ragaz übernommen. Die Geschwister baten deshalb Oskar, mit der Fernhilfe seiner Brüder die Pacht in Gurnigel Bad zu Ende zu führen. Offenbar gelang es Oskar, trotz seiner Jugend und seiner Unerfahrenheit diese anspruchsvolle Aufgabe zur Zufriedenheit aller Beteiligten zu lösen. Das überraschende Zwischenspiel veranlasste den jungen Mann zur Änderung seiner Berufspläne, und er beschloss, die Hotelkarriere zu ergreifen. Er begab sich erneut auf die Schulbank und absolvierte die École supérieure de commerce in Neuenburg, wo er Gelegenheit hatte, sich gründliche Kenntnisse in der französischen Sprache und in den kaufmännischen Belangen zu erwerben. Dann kam ein dreieinhalbjähriger Aufenthalt in England, wo er nicht nur ausgezeichnet Englisch lernte und überhaupt für sein Leben zum «Anglophilen» wurde, sondern auch im piekfeinen Claridge's in London von Grund auf in die Geheimnisse der Hotellerie eingeweiht wurde. Wahrscheinlich hat er da in den verschiedensten Sparten als Praktikant gearbeitet; wir wissen zum Beispiel, dass er eine Zeit lang jeden Morgen um 4 Uhr mit dem Küchenchef zum Markt ging, um persönlich Fleisch, Fisch, Gemüse und Früchte für das Hotel auszuwählen (und darum nachher ganz ausgezeichnet darüber Bescheid wusste).

Helen Kienberger-Giger (1882–1959)

In Lugano mit Rolf und Gertrud, Helen jun. und Oskar jun., um 1920

Weitere Stationen in seiner Karriere waren das Grand Hotel in Neapel, das Shepheard's in Kairo und das Métropole in Cannes. Während einiger Sommersaisons betätigte er sich als Chef de Réception im Du Lac in St. Moritz-Bad unter der Leitung seines späteren Schwiegervaters, Josef Giger.

Als erste selbstständige Aufgabe übernahm Oskar Kienberger für kürzere Zeit die Direktion des Hotels Engadinerhof in St. Moritz-Bad (dieses wurde später zusammen mit dem Hotel Metropol in das heutige Hotel Laudinella umgebaut und erweitert). Im Jahre 1909 wurde ihm die Leitung des Grand Hotels Rigi Kaltbad übertragen. Dieser vielseitige Betrieb in freier Lage, hoch über dem Vierwaldstättersee, entsprach voll und ganz den Wünschen und der Veranlagung des 30-jährigen Hoteliers und erlaubte ihm, seine natürliche Begabung und seine im In- und Ausland erworbene Erfahrung voll zu entfalten. Er fühlte sich wie der Vogel im Hanfsamen.

Am 28. Mai 1911 meldete er seinen Geschwistern seine Verlobung mit Helen Giger, der jüngsten Tochter seines früheren Lehrmeisters Josef Giger-Nigg. In diesem Brief schreibt er unter anderem: «Darum bin ich allein meiner Wege gegangen, mir selbst einen Platz an der Sonne zu schaffen. Habe ich auch, wie ihr wisst, mit Kaltbad gefunden. Eigener Herr und Meister, in unabhängiger, angenehmer Stellung, ein sicheres Einkommen, im Sommer und Winter reichliche Betätigung, dazwischen hinein im Frühjahr und Herbst jeweils ein paar Wochen freie Zeit, doch gewiss ein erträgliches Los!»

Im November 1911 führte Oskar Helen zum Traualtar. Sie wurde ihm nicht nur eine treubesorgte und verständnisvolle Gattin, sondern ergänzte ihn auch im Geschäft in idealer Weise, als eine tüchtige, umsichtige Meisterin und gütige Hausmutter. Dem sich so vorbildlich ergänzenden Hotelierpaar gelang es, selbst nach Ausbruch des Ersten Weltkriegs das Grand Hotel auf Rigi Kaltbad mit guten Ergebnissen über die Runden zu bringen.

Anders entwickelten sich die Dinge im Waldhaus. Die Ausgangslage war dort wegen der Abgelegenheit des Ortes und wegen der finanziellen Belastung des Betriebes grundverschieden von jener auf Kaltbad (siehe die Kapitel «Onkel Gustav», «Weltkrieg!» und «Kapital zum Zweiten», S. 98ff.). Gustav Giger, der einzige Sohn des Waldhauserbauers, erzielte im Verhältnis zu den bescheidenen Logiernächtezahlen ganz ordentliche Betriebsresultate. An eine Verzinsung des Kapitals war aber nicht zu denken, und die Schulden wuchsen und wuchsen. 1918 erfolgte die Umwandlung der Kollektivgesellschaft in eine Aktienge-

Palace Lugano, nach langen Jahren des Verfalls heute Standort des grandiosen Kulturzentrums LAC (Foto H. Rüedi, Lugano)

Curling um 1930. Im Vordergrund Oskar Kienberger, links mit Schirmmütze Gustav Giger

sellschaft. Als Bedingung für ein weiteres Mitmachen verlangten die Mitbesitzer, dass O. K. sich finanziell an der zu gründenden AG beteilige und die Oberleitung des Betriebes übernehme. Schweren Herzens entschloss sich O.K. zur Aufgabe seiner Tätigkeit auf Rigi Kaltbad und zur Übernahme der Hauptverantwortung für den notleidenden Betrieb in Sils Maria. Zunächst teilte er sich die Leitung des Hauses mit seinem Schwager Gustav Giger. Dies erlaubte ihm, parallel zur Aufgabe in Sils die Direktion des Palace Hotels in Lugano zu übernehmen. Dieses gehörte damals der Gruppe Bucher-Durrer und erlebte in den ersten Nachkriegsjahren unter der Führung von Oskar und Helen Kienberger einen erfreulichen Aufschwung.

Während der für Lugano ruhigen Sommermonate überliess O.K. die Leitung des Palace in Lugano seiner Frau und seinem erfahrenen Chef de Réception und zog ins Waldhaus nach Sils. Dort stellte sich bald heraus, dass trotz einer stark zunehmenden Sommerfrequenz mit einer einzigen Saison pro Jahr dem Schuldenberg nicht beizubekommen war. Angesichts der sich gut entwickelnden Wintersaison an anderen Orten und besonders in St. Moritz entschloss man sich, das Waldhaus ab 1924 auch im Winter offen zu halten. Schon der erste Versuch wurde zum Erfolg, und es gelang, mit dem Ergebnis der ersten Wintersaison die mit der Einführung des Winterbetriebs verbundenen Investitionen im Betrage von rund 100 000 Franken gleich abzubezahlen.

Die Einführung des Winterbetriebs im Waldhaus bewog O.K., zu Gunsten des Familienunternehmens ein weiteres grosses Opfer zu bringen und die ihm lieb gewordene Tätigkeit in Lugano aufzugeben, um sich ab 1925 ausschliesslich dem Waldhaus zu widmen. Dies erwies sich als richtig. Bis 1931 gelang es ihm, nicht nur die Finanzen der Gesellschaft in den Griff zu bekommen, sondern auch die nachfolgend beschriebenen dringenden Verbesserungen und Erneuerungen zu realisieren.

In den 1930er-Jahren: «Le rendez-vous de l'élite internationale».
Auch in schwierigen Zeiten ein stolzes Haus

Doch das Glück war leider nicht von langer Dauer. Ende 1931 erreichte die Weltwirtschaftskrise auch das Waldhaus. Als 15-jähriger Gymnasiast verbrachte ich die Weihnachtsferien zu Hause. Statt der erwarteten 250 beherbergte das Waldhaus am Silvester 1931 bloss 46 Gäste. Die Stimmung am Silvesterball in der Waldhausbar war derart gedrückt, dass ich mich kaum entsinne, seither je wieder einen so niederschmetternden Anlass erlebt zu haben. O. K. war ein Realist und gab sich darüber Rechenschaft, dass nun die sieben – wie es sich nachher herausstellte, sogar die 15 – mageren Jahre angebrochen waren. Er verstand es, den Betrieb und dessen Organisation sehr rasch auf Sparflamme umzustellen. Ein kurzes Strohfeuer nach der Abwertung des Schweizerfrankens im Herbst 1936 erlaubte ihm, kurz aufzuatmen, bevor der Zweite Weltkrieg das Waldhaus ein neues Mal an den Rand des Ruins brachte.

Ab 1939 musste der Winterbetrieb aufgegeben und der Sommerbetrieb auf eine minimale Frequenz eingestellt werden. O. K. bezog mit seiner Familie die Garagenwohnung als Winterquartier und liess das Wasser- und Heizsystem des Hotels entleeren. Wenn zu Beginn und am Ende der Sommersaison die Gästezahl bloss eine einstellige war – und das dauerte manchmal 14 und mehr Tage –, liess er in der Bel Étage zwei grosse Salons einrichten, den einen als Speise-, den anderen als Aufenthaltsraum. In der Halle wurde zur Entlastung der Zentralheizung ein grosser Ofen aufgestellt. Gertrud, meine jüngere Schwester, eine talentierte und fantasiebegabte Köchin, besorgte die Küche. Für die «Hochsaison» lieh sich O. K. von seinem Neffen Fredy den Küchenchef vom Hotel Drei Könige in Basel aus. Aus dieser Zeit stammt der Ausspruch eines Diplomaten, der meinem Vater bewundernd sagte: «Monsieur Kienberger, vous n'êtes pas un hôtelier, vous êtes un acrobate.»

«Zum ersten Mal war ich mit meinen Eltern und meiner Schwester 1933 im Waldhaus. Ein beeindruckendes Hotel. Zum Abendessen kamen die Herren im Smoking, auch die Damen waren gut gekleidet. Aber bei unserem nächsten Besuch trug nur noch die Hälfte einen Smoking. Nachdem Hitler an die Macht gekommen war, jedenfalls: Da habe ich gemerkt, dass sich etwas verändert hatte.» DR. PETER HEFTI (1922–2012) 2008 im Gespräch mit Andrin C. Willi. Peter Heftis Kinder und Enkel (und die Kinder und Enkel seiner Schwester) sind immer noch Stammgäste. In der ersten Zeit war mit seinen Eltern auch der Grossvater – der Vater der Mutter – mit von der Partie, der frühere Bundesrat und zweifache Bundespräsident Dr. Robert Haab.

O. K. hatte 1918 bitter erfahren müssen, in welch katastrophale Finanzlage vier Kriegsjahre ein Saisonhotel bringen konnten. Ein ähnliches Schicksal am Ende des Zweiten Weltkriegs wollte er sich selbst und der nächsten Generation ersparen. Unter Ausnützung der vom Bund erlassenen Hotelschutzmassnahmen und in sehr geschickten Verhandlungen mit Behörden, Banken und der Hoteltreuhandgesellschaft brachte er eine Entschuldungsaktion zuwege. Diesem Arrangement und der vorsichtigen Geschäftspolitik meines Vaters haben wir es zu verdanken, dass das Waldhaus erstens der Familie erhalten blieb und zweitens gleich nach Kriegsende wieder einen einigermassen normalen Betrieb aufnehmen konnte.

Die Interessen meines Vaters beschränkten sich keineswegs auf sein Geschäft und dessen Ruf. Er war sehr belesen, liebte Theater und Musik und konnte sich mit seinen Gästen über irgendein Thema glänzend unterhalten. Wenn wir Kinder beim Vater etwas durchsetzen wollten, nützten wir die Stunden, wenn er in ein Buch vertieft war. Er hörte dann nur mit halbem Ohr auf unsere Wünsche und sagte zu allem Ja, wenn wir ihn nur seine Lektüre fortsetzen liessen. Seine Haupttugend bestand aber sicher darin, dass er sich selbst in der schwierigsten Situation einfach nicht unterkriegen liess.

«Oskar Kienberger hatte doppelte Ohren»

Rose-Marie Hunziker

«1934 kam ich als sechsjähriges Mädchen zum ersten Mal ins Waldhaus. Ein Foto beweist's (S. 130). Unbeschreiblich, was ich in den folgenden Jahren dort oben alles erlebt habe. Meine Sommerferien verbrachte ich im Waldhaus, umgekehrt kam Rolf zu uns nach St.Gallen. Rolf hatte immer gute Laune, auch als das Geld im Hotel knapp war. Und Gertrud Kienberger behandelte mich wie eine jüngere Schwester, sie war mein ganzes Leben unwahrscheinlich liebevoll zu mir und hat mir immer wieder geholfen. Rolf versuchte mir das Schwimmen beizubringen, im kalten Silsersee. Ich war ein ‹Schisshaas›. Er packte mich einfach auf den Rücken und schwamm los, weit hinaus in den See – aber ich habe es überlebt...

Zu dritt bauten wir Zwergenhäuser, aus Stein und Moos und Tannenzapfen, Lego gab es ja nicht. Überhaupt gab es kein ‹Kinderparadies›, es gab ein paar Ringe und man konnte Purzelbäume schlagen. Anne Frank hätte uns damals im Wald begegnen können, sie war 1935 und 1936 in den Sommerferien in der Villa Spitzer (Villa Laret) hinter dem Hotel. Im Waldhaus logierten bekannte Gäste, und am Familientisch wurden ihre Marotten und mehr besprochen. Wir Kinder wussten, dass es tabu war, mit jemandem ausserhalb der Familie darüber zu reden. Einmal war eine Prinzessin im Haus. Ich stellte mir eine Märchenprinzessin vor und war bitter enttäuscht, als ich sie dann sah: dick und alt, schwarz gekleidet mit einer grossen Perlenkette. Sie hatte so gar nichts von einer Prinzessin. Wir Kinder hatten uns aber sowieso weniger im Gästebereich aufzuhalten, viel spannender war es für uns hinter den Kulissen. Ich habe immer gerne gewaschen und war viel unten in der Waschküche. Im Lift begegnete mir einmal der

ROSE-MARIE HUNZIKER, deren Tante Annie Reich viele Jahrzehnte lang im Waldhaus arbeitete (siehe S. 193, 234), wäre nach der Matura gerne als Krankenschwester zu Albert Schweitzer nach Afrika gefahren, ihrem Vater war es aber lieber, dass sie nach Genf an die Dolmetscherschule ging. Mit Übersetzerinnendiplom und der Note sechs in internationalem Recht kam sie als Sprecherin und Ansagerin zum Radio nach St.Gallen und dann nach Zürich. Nach einer Pause, während ihr Mann Alfred Hunziker (1928–2018) eine der ersten Gemeinschaftspraxen für Ärzte aufbaute, arbeitete sie von 1978 bis 1988 an der ETH am Institut für Denkmalpflege, wo sie u.a. Fachliteratur ins Englische übersetzte. Ab und an war Urs Kienberger zu Besuch bei ihnen. «So lernten wir auch die nächste Generation kennen und sind dem Waldhaus immer verbunden geblieben», sagt sie.

«1934 kam ich zum ersten Mal ins Waldhaus. Das Beweisfoto zeigt Rolf Kienberger, und im Rucksack stecke ich.» (Rose-Marie Hunziker, geb. Engeler)

Pianist Dinu Lipatti, 1945 muss das gewesen sein. Unglaublich.

Von der Schule her kannte ich Namen wie Thomas Mann oder Marc Chagall. Im Waldhaus sassen sie vor meiner Nase in der Halle. Zum Reden war ich viel zu schüchtern, überhaupt war damals alles strikter getrennt. Wir Kinder und die Familie benutzten den Mitarbeitereingang. Alles war anders als bei uns zu Hause. Im Esszimmer der Familie, die auch von den Mitarbeitern getrennt lebte, im Zwischengeschoss, im Mezzanin, hatte man einen Pass, in dem die Speisen auf magische Weise zu uns hochgefahren kamen. Eine Küche sah man keine. Zuhause mussten wir viel im Haushalt helfen, im Waldhaus mussten wir nichts tun. Nur anständig essen. Mich faszinierte auch das schöne WC neben dem Esszimmer. Es hatte einen Hochsitz und war für uns Kinder ein Glück und ‹öppemohl› die Rettung, denn man konnte dort den Porridge, den es zum Frühstück gab, aus den Hosentaschen herausnehmen und die Toilette hinunterspülen. Porridge mag ich nicht.

Am Abend sind wir manchmal ‹abdüüselet›, ganz leise setzten wir uns im Pyjama hinter die grossen runden Fenster und schauten in den Speisesaal hinunter. Das tat ich gerne. Die Damen trugen schwarze Röcke, die Herren grosse Krawatten. Es war, wie wenn man in einer Kirche auf der Empore sitzt und schaut, wer so alles kommt. Damals waren alle Gäste schwarz und vornehm gekleidet, wie wenn man ins Konzert gehen würde. Das Haus war ohnehin immer voller Musik und Musiker.

«Freude hatte ich an den Spielsachen, die ich einfach brauchen durfte. Es gab ein Puppenhaus, das vom Keller bis zum Estrich eingerichtet war. Es war voll von alten Puppen, die da drin lebten.»

Beim Mittagsschläfchen hat mich manchmal die Musik der Hauskapelle, die im Wald auf der Terrasse zum Tee aufspielte, aus der Ferne geweckt. Bei uns in

Gertrud Kienberger (1919–1995).
«Gertrud behandelte mich wie eine jüngere Schwester.» (Rose-Marie Hunziker)

St.Gallen gab es das nicht. Es ist eine meiner wunderbarsten Erinnerungen. Auch der starke Patschuligeruch, der mir im Mezzanin entgegenkam. Dort spielte Oskar Kienberger Geige und seine Frau Helen Klavier, klassische Musik, oft eine Stunde am Tag. Oskar Kienberger war sehr musikalisch. Er kannte alle Opern und Operetten und alles, was am Nachmittag gespielt wurde. Er hatte so etwas wie doppelte Ohren. Für mich war er aber vor allem der Geschäftsmann. Er war kleiner als seine Frau, die beim Musizieren und bei allem das Weiche hineinbrachte.

Und dann war da der lustige Onkel Gustav, Helen Kienbergers Bruder. Kalbereien konnte der machen! Oft spielte er mit uns, hielt uns zum Narren, er war immer fröhlich. Manchmal ging er ins Dorf hinunter, zum ‹poschten› und um einzukehren. Danach kam er noch etwas lustiger zurück. Wir hatten ihn unerhört lieb.

Für Helen Kienberger mussten wir immer in bestimmten Geschäften in St.Gallen die Weihnachtseinkäufe tätigen. Manchmal hat sie sie wieder zurückgeschickt, weil die Grösse nicht stimmte. Wie Helen Kienberger während des Krieges arbeiten musste! Sie wohnten in der Garagenwohnung, unter einfachsten Umständen hat sie gekocht. Ihr grosser Vorteil war, dass sie wenigstens Vorräte hatten. Auch wenn gar keine Gäste im Hotel waren, war sie vornehm dunkel angezogen. Geheizt haben sie mit einem kleinen Kanonenofen. Es war still. Abends spielte man Karten, Rommé, Canasta, mit Onkel Gustav und dem Pfarrer. Was hätte man auch sonst tun wollen? Es gab ja nicht einmal ein offenes Gasthaus. Die Kienbergers kamen mir überhaupt immer etwas abgesetzt vor. War es, weil sie katholisch waren? Oder weil sie einfach ein ganz anderes Leben führten als die Leute im Dorf?»

«Gertrud Kienberger war an einer ganz wichtigen Stelle, im Economat, tätig. Eine Art Comestible-Laden im Haus. Dort war sie verantwortlich dafür, dass die Lebensmittel an die Gäste und in die Küche gelangten und nicht an die Angestellten.»

Ein Garagenbericht aus Kindersicht

Dr. Walter Natsch

Protagonist:
DR. WALTER NATSCH,
Herrliberg

«Haben Sie das gedrungene Garagengebäude gegenüber dem Hotel einmal genauer angesehen? Es entstand, nachdem die stimmberechtigten Männer Graubündens am 21. Juni 1925 das kantonale Fahrverbot aufgehoben hatten.» Auch nach Sils kamen in der Folge immer mehr Gäste in ihren Autos, wobei das «Fahren» in dieser Zeit vornehmlich den Chauffeuren überlassen wurde. «Dass ein gewöhnlicher Mensch selber Auto fahren könnte, war undenkbar», erzählt Walter Natsch schelmisch. Dank der Garage standen den Chauffeuren jedenfalls vier kleine Zimmer und ihren Fahrzeugen vier Boxen und eine Wartungsbox zur Verfügung. Dann kam der Zweite Weltkrieg. Nicht nur die Garage blieb leer, was auch dem ehemaligen Direktor der Deutschschweizer Schule in Lugano, Walter Paul Natsch (* 1888), bekannt gewesen sein musste. In Lugano hatte er die Kinder von Oskar und Helen Kienberger unterrichtet, die die Chauffeurzimmer inzwischen zu einer kleinen Wohnung umfunktioniert hatten und als Winterquartier benutzten, da ab 1939 der Winterbetrieb eingestellt war und das leere Hotel nicht mehr geheizt wurde. Im Sommer blieb umgekehrt die Wohnung leer, und Oskar Kienberger willigte ein, dass die Familie Natsch mit den Kindern Walter, Peter und Ruedi in den Jahren 1940, 1944 und 1946 ihre Sommerferien in dieser Garagenwohnung verbringen durften.

«So wurden wir zwar nicht zu richtigen Waldhaus-Gästen, aber insbesondere wir Kinder zu Zaungästen des Hotels, die unzählige, unvergessene Eindrücke empfangen durften», erzählt Walter alias Walterli Natsch, der dann übrigens mit 75 doch noch zum «richtigen» Waldhaus-Gast wurde. «Damals waren wir die einzigen Kinder», berichtet er, es sei nicht üblich gewesen, Kinder mit in die Ferien zu nehmen. Teenager gab es sehr wohl, die man so in die feine Gesellschaft einführte.

Autos und Chauffeure vor dem Waldhaus

«Es waren die allerletzten Reste der Belle Époque, die uns Kinder aus kleinbürgerlichem Haus faszinierte», sagt er. Da waren die eleganten Kutschen, zierliche, zweispännige Landauer, die an der Garage vorbei ins Fextal fuhren, und die Kellner, die das Besteck bis zum Funkeln polierten und die weissen Tischtücher aufdeckten. Teuer gekleidete Gäste: überwältigende und unvergessliche Eindrücke für den damals zwölfjährigen Jungen. «Wir gingen selten zum Essen ins Hotel. Vielmehr wurde auf der Kochplatte in der Garagenwohnung gekocht. Als Selbstversorger kauften wir die Lebensmittel bei Zuan an der Dorfstrasse, und für besondere Zwecke konnten wir auch bei Frau Rageth im Economat einkaufen», erzählt er und seine Erinnerungen wirken so lebendig, wie wenn alles gestern geschehen wäre. Dabei waren die Kriegsjahre alles andere als einfach. Auch im Hotel, das die Sommersaison mit neun Gästen eröffnete, wie sich Walter Natsch erinnert. «Der Speisesaal machte im Sommer 1944 einen alles andere als vornehmen Eindruck», erzählt er: «Die wenigen Gäste bediente man in der Arvenstube.»

«Mich beeindruckten die jungen Fräuleins der Upper Class. In kurzen, schneeweissen Röcklein erlernten sie unter den gestrengen Augen des Tennislehrers den Sport oder praktizierten ihn mit ihren Liebhabern. Die verschlagenen Bälle durfte ich als Balljunge barfuss einsammeln und den Spielerinnen überbringen, wofür ich ein bezauberndes Lachen aus rotem Mund erntete. Rote Lippen stiessen damals im Bürgertum auf heftige Kritik. Ich bekam aber auch einen Franken pro Spiel. Mein erstes selbst verdientes Geld.»

Damals war oft auch Militär im Waldhaus untergebracht. Einerseits Offiziere in den Hotelzimmern, anderseits Soldaten, wie etwa eine Kompanie Infanteristen auf Strohsäcken im zum Kantonnement umfunktionierten «Kuriersaal» im Parterre unter der Küche. «Der Zugang wurde streng bewacht», erinnert sich Walter Natsch. Mitten im Korridor, der von der Halle in die Küche führt, stand ein Soldat mit einem Gewehr. Nicht einfach ein Karabiner, ein «Chrottengewehr» sei es gewesen, ein Krötengewehr, wie es die Kinder nannten. Eine in Tarnfarben gestrichene Maschinenpistole, die der Soldat vorne im Anschlag auf der Brust trug und die (nicht nur bei den Kindern) offenbar grossen Eindruck hinterliess.

Doch der 1. August, der Nationalfeiertag, wurde gebührend gefeiert. «Für mich war der Ball der Höhepunkt an Eleganz. Freilich erlebten wir nur die Ankunft der Gäste aus anderen Hotels. Niemals wären wir auf die Idee gekommen, ins Waldhaus zu schleichen, um zu ‹spienzeln›. Wir standen mit offenen Mündern am Strassenrand, denn so etwas hatten wir Kinder noch nie gesehen. Die Damen stiegen vorne auf der Fexer Strasse aus Kutschen und Taxis in ihren langen Röcken, die sie mit den Fingern zierlich rafften, elegant die steinerne Treppe zum Hoteleingang hinauf. Mein Vater empörte sich, wie man seinen Reichtum so schamlos und unschweizerisch zum Geburtstag unseres Landes zur Schau stellen könne», sagt Walter Natsch.

Auch seine Grossmutter habe die Nase gerümpft, aber vor allem über den Kehrichtwagen, der tagein, tagaus direkt vor der Kellertüre an der Strasse so ziemlich das Erste war, was man vom Waldhaus sah. «So ein Dreckwagen gehört doch nicht vor ein solches Hotel», habe sie gefunden und des Öftern diese «Schande» moniert. Der unansehnliche hölzerne Kastenwagen mit den grossen Speichenrädern und einer Deichsel für ein Pferd wurde periodisch mit einem Ross, später dann mit einem Jeep geholt und auf der Kehrichtdeponie nahe beim Silvaplanersee geleert. Auch das wohl eine Schande – denken wir Nachgeborenen.

Die Sommerferien seien jeweils im Nu verflogen. 1946 verbrachte Familie Natsch dann zum letzten Mal einen langen Sommer in der Waldhaus-Garage. «Sie diente langsam wieder ihrem ursprünglichen Zweck. Aber die Gäste sassen nun selber am Steuer. Herrschafts-Chauffeure gab es keine mehr, und so engagierte die Hoteldirektion einen Tankwart und Pfleger für die Autos. Für uns war er einfach der Franz. Er musste die Wagen waschen, kleine Pannen beheben, und vor allem die Autos betanken. Die Garage hatte nun eine

Zapfsäule mit zwei länglichen Schaugläsern und mit einem unterirdischen Tank. Franz pumpte bei Bedarf mit Muskelkraft ein Schauglas voll, legte dann den Hebel um, und der Inhalt floss über einen Schlauch in den Autotank.»

«Heute ist die Zapfsäule weg, aber das Waldhaus hat für mich immer noch dieselbe Faszination. Wir durften hier damals eine andere Welt miterleben als jene des schrecklich kleinbürgerlichen St.Gallens und freuten uns schon auf die nächsten Sommerferien, die immer knapp fünf Wochen dauerten. Stadtkinder galten damals allesamt als krank, und die gute Bergluft, nahm man an, tat ihre Wirkung erst, wenn man mindestens vier Wochen blieb. Wir waren und sind sehr zufrieden mit dem Waldhaus, damals wie heute.»

Erste bauliche Ergänzungen und Erneuerungen

Der Zahn der Zeit nagt an Bauten und Einrichtungen, die Technik schreitet unentwegt fort, und die Ansprüche der Gäste werden immer grösser. Das Durchhaltevermögen eines Hotelbetriebes hängt daher zu einem guten Teil davon ab, ob es gelingt, ihn baulich, technisch und einrichtungsmässig auf der Höhe zu halten. Die Crux liegt

Neue Zeiten bringen neue Bedürfnisse. Siehe auch «Die Quadratur des Bäderbauens» (S. 269; Foto Ralph Feiner)

in der Finanzierung des Erneuerungsbedarfes. Hiefür bieten sich verschiedene Möglichkeiten. Verkauf des Betriebes an eine finanzkräftige Hotelgruppe oder andere Interessenten, die es sich leisten können, Millionen und Millionen, vorwiegend à fonds perdu, zu investieren; Bau und Verkauf von Appartements und Verwendung des resultierenden Gewinnes für die Renovation des Hotels. In beiden Fällen gibt man seine Unabhängigkeit ganz oder teilweise preis. Und gerade das ist es, was wir unter allen Umständen vermeiden wollen. Allem Konkurrenzkampf zum Trotz, haben wir uns für die Erneuerung in Etappen entschieden: Dass auch diese Politik der kleinen Schritte schlussendlich zum Erfolg führen kann, zeigt sich am Erreichten und an der Tatsache, dass unser Betrieb seit Jahren eine Auslastung von 70 bis 75 % aufweist im Vergleich zu einem Durchschnitt von 40 bis 50 % in der gesamten Schweizer Hotellerie.

Das von uns gewählte System bedingt die Festlegung von Prioritäten und die Kunst zu entscheiden, wie weit man sich von Fall zu Fall finanziell auf die Äste hinauswagen darf. Dabei muss man bei jedem Schritt alle späteren Entfaltungsmöglichkeiten im Auge behalten. Die 75-jährige Geschichte unseres Hauses [so schrieb Rolf Kienberger vor 36 Jahren] weist wiederholt Durststrecken auf, während welcher kaum ein Nagel eingeschlagen werden konnte. Leider ist es so, dass die Mittel für Erneuerungen meistens dann verfügbar sind, wenn das Bauen am teuersten zu stehen kommt.

«Mein Mann war Schreiner, damals noch Geselle in einer grösseren Schreinerei. Die Kienbergers hätten die Fensterläden wieder instand bringen sollen. Herr Kienberger diskutierte mit dem Patron meines Mannes, was man denn tun könnte. ‹Für ein Gerüst haben wir im Moment einfach nicht das Geld, und doch sollten wir sie reparieren.› Und der Patron sagte: ‹Ich hätte da einen Mann.› Er war dann manche Wochen oben und hat Laden um Laden bearbeitet, ohne Gerüst. Er setzte sich rittlings aufs Fensterbrett und arbeitete auf der einen Seite, dann kehrte er sich um und konnte auf der anderen Seite arbeiten. Das hat ihm Rolf Kienberger nie vergessen.»
MARCELLA MAIER (1920–2018), St. Moritzer Ehrenbürgerin, 2008 im Gespräch mit Andrin C. Willi.

Das Waldhaus verfügte bei seiner Eröffnung über 40 Appartements mit Privatbädern und WC. Die übrigen Zimmer wurden erst im Laufe der Jahre mit fliessendem Wasser und nach und nach auch mit Privatbädern ausgerüstet. Im Übrigen wurden die ersten Ergänzungs- und Umbauten vor allem durch zwei Ereignisse ausgelöst: die Zulassung des Automobils im Kanton Graubünden und eine Feuersbrunst.

Das Automobil

Die Bündner sind zurückhaltende Leute und sträubten sich lange mit Händen und Füssen und sogar mit Steinen gegen die neuartigen Fahrzeuge, die mit ihren Abgasen und dem Staub, den sie aufwirbelten, die gute Bergluft verpesteten und mit ihrem Geratter die Stille der Alpentäler durchbrachen. Es brauchte nach der Einführung des Automobilverbots im Jahre 1900 sage und schreibe neun kantonale Volksabstimmungen, bis im Sommer 1925 in Graubünden das Auto offiziell zugelassen wurde.

Ende Oktober 1925 übersiedelten meine Eltern mit ihren vier Kindern aus Lugano ins Engadin, um dort definitiv die Leitung unseres Familienbetriebes zu übernehmen. Am Bahnhof St. Moritz erwartete uns ein schicker Pferdeschlitten und brachte uns mit hellem Glockengeklingel nach Sils Maria, das uns zur neuen Heimat werden sollte. Der Autoverkehr auf dieser Höhenlage beschränkte sich damals auf das Sommerhalbjahr, und selbst die Post, die PTT, bewältigte ihre Aufgabe im Winter noch mit romantischen fünfspännigen Schlitten. Das Waldhaus verfügte zu diesem Zeitpunkt über zwei ebenso romantische Holzhütten mit Blechdach als Einstellplätze für zwei Wagen. In der Folge kamen eine dritte Hütte und zwei stattliche Garagengebäude hinzu. Für den Bau des einen dienten Eisenbalken, die mein Vater beim Abbruch des durch einen Brand zerstörten Grand Hotels in St. Moritz günstig erworben hatte. Ein Garagenchef wies den Gästen die «Boxen» zu, versorgte ihre Wagen mit Öl und Benzin und putzte sie auf Hochglanz. Heute [sprich: 1983] rollen nicht nur die Gäste, sondern auch

Das erste Winterpostauto zwischen St.Moritz und Maloja

Da waren Autos schon fast normal: Rolf und Rita Kienberger fahren 1951 im Topolino auf Hochzeitsreise. (Schwester Helen stieg vor Abfahrt wieder aus)

unsere Mitarbeiter im Wagen an. Die Zahl der abzustellenden Fahrzeuge überschritt schon vor einiger Zeit die Hundertergrenze, und das Parkplatzproblem wurde je länger je prekärer. Im Dezember 1982 eröffneten wir eine Tiefgarage für 60 Wagen und verfügen damit über total 150 Abstellplätze, wovon 80 überdeckte.

«Heute hiesse das Ross Zalando»

Martin (Tino) Conrad

«Als Bub habe ich in den Schulferien kutschiert. Das war in den 1950ern. Die Strassen waren im Winter schneebedeckt und so konnte man Gäste mit dem Pferdeschlitten von St. Moritz aus ins Val Fex bis zur Sonne fahren – ein Tagesausflug. Im Zweispänner kostete der 50 und im Einspänner 35 Franken. Plus 5 Franken Trinkgeld notabene. Ich hatte zwei mittelgrosse norwegische Fjordpferde. Die machten zwar kleine Schritte, aber das waren die schnellsten. Für die Gäste hatten wir Decken parat und darunter meterlange Bettflaschen aus Kupfer, die man mit heissem Wasser füllte. Man stellte vor dem Hotel auf und empfing die Gäste, die zum Mittagessen ins Hotel Sonne einkehrten, und am späteren Nachmittag war man wieder zurück in St. Moritz. Mein Grossvater kam um 1900 von Chur nach St. Moritz und begann im Bauboom mit der Fuhrhalterei. Es musste alles mit dem Ross herangeführt werden. Zeitweise hatten wir bis zu 350 Pferde, untergebracht in Ställen in Samedan, St. Moritz und Maloja. Das weiss ich vom Hörensagen von meinen Tanten. Nach dem Konkurs des Maloja Palace konnte mein Grossvater viel Land in Maloja kaufen, das Schweizerhaus musste er auch nehmen und das Schloss Belvedere mit den Gletschermühlen. Hotels und so hatten damals wenig Wert, und mein Grossvater interessierte sich eher fürs Land. In die Gletschertöpfe fiel aber immer wieder Vieh hinein, Tiere, die zur Tränke wollten. Mein Vater ärgerte sich und hätte am liebsten alle Marmiten zugeschüttet. Es kam nicht so weit, weil der Schweizerische Bund für Naturschutz eine ‹Schoggitaler›-Aktion startete und das Gelände kaufte. Für unsere Familie war jeder Franken im Sack ein guter Franken, alle mussten schauen, wie sie

MARTIN (TINO) CONRAD ist in einer Fuhrhalterfamilie gross geworden. Sein Grossvater Martin kam um 1900 ins Oberengadin und erbaute an der Via Somplaz in St. Moritz sein Domizil. Sohn Martin führte die Fuhrhalterei in den schwierigen Kriegsjahren weiter, doch die Weltkriege forderten mit dem Einzug der Pferde durch die Armee ihren Tribut. «Ich habe in der Kulm Garage in St. Moritz Mechaniker gelernt», sagt Tino, der den Wechsel vom Pferd hin zum Automobil unmittelbar miterlebte. Sein erstes Auto war in den 1960ern übrigens ein Alfa Giulietta – «Occasion», fügt er hinzu.

durchkamen. Die Hotels hatten Stallungen, aber keine Pferde. Die Tiere stellten die Fuhrhalter. Wir waren das Fuhrunternehmen des Badrutt's Palace. Wir brachten auch die Post vom Bahnhof in das Postamt St. Moritz hinauf, das sich damals in der Dorfmitte befand. Weil so viele Päckli vom Jelmoli dabei waren, tauften wir unser Postpferd Jelmoli. Heute hiesse das Ross Zalando ...

Im Winter haben wir auf dem See in St. Moritz Eis gesägt. Grosse Würfel wurden herausgelöst, und die luden wir auf und transportierten sie dann ins Palace, die hatten einen grossen Kellerraum mit Eis drin, das bis zum nächsten Winter ausreichte. Geheizt wurde mit Kohle, auch die haben wir geliefert. Neun Mal wurde in Graubünden gegen das Automobil abgestimmt. Fuhrhalter, Sattler, Schmiede, die waren natürlich alle gegen die Stinkkarren, aber aufhalten konnten sie die Entwicklung nicht. Auch mit den Autos brauchte es die Pferde noch. Irgendwann wurde die Strasse dann im Winter leider für das Postauto bis auf den Boden geräumt, und so konnten wir nicht mehr mit den Pferdeschlitten nach Sils Maria, und ich kam nicht mehr am Waldhaus vorbei. Mein Vater sah sich gezwungen, die Pferde eins nach dem anderen zu verkaufen. Er begann mit Landwirtschaft, was aber auch keine Zukunft hatte. Das letzte Pferd lief dann 1962 aus dem Stall, und mein Vater begann mit dem Taxidienst. Die Fahrbewilligung holte er in Zürich, in Chur gab es noch gar keine Motorfahrzeugkontrolle. Er musste sich anpassen, fortschrittlich denken, und als ich im Alter von 21 aus Kanada zurückkehrte, ging es bei uns langsam mit den Lastwagen los. Harzig, aber es gab praktisch keine Konkurrenz. Aus drei Lastwagen wurden 30, um die sich heute die vierte Generation kümmert.»

«Nach dem Krieg hat mein Vater doch kein Geld gehabt, nichts. Wenn mal wieder ein gelbes Couvert mit ein paar Franken eintraf, kam schon der Schmied vorbei. Der wollte auch etwas abhaben.»

Hotel Phoenix

Am 11. März 1927, einem sonnigen Vorfrühlingstag, sass ich in der Schule. Mein Verhältnis zu Lehrer Josef Gotsch war seit einigen Tagen etwas getrübt. In der Geografiestunde hatte er uns nämlich erklärt, dass Wasser stets abwärts fliesse. Das wollte mir nicht richtig in den Kopf. Ich wies auf die Steigleitung der Heizung und rief: «Ma co l'ova vo tuottüna insü – aber hier fliesst das Wasser doch aufwärts!» Eine schallende Ohrfeige war die Quittung des Schulmeisters ... und an diesem 11. März sollte ich auf grausame Weise erfahren, wer recht hatte. Kurz nach 9 Uhr ertönte vom nahen Kirchturm die Sturmglocke, der Lehrer wurde von seiner Frau an die Türe gerufen, erschien bald darauf mit dem Feuerwehrhelm auf dem Kopf und entliess uns nach Hause. Auf dem Schulplatz sahen wir mit Schrecken, dass das Waldhaus lichterloh brannte und aus dem Südbau eine schwarze, dichte Rauchsäule aufstieg.

Am Vorabend hatte ein Monteur mit der Lötlampe in einem Badezimmer im dritten Stock eine Reparatur vorgenommen. Dabei muss das Isolationsmaterial in der Wand Feuer gefangen haben. Das Feuer mottete im Innern der Wand bis zum fünften, dem obersten Stock und kam dort in den mit Tanne getäfelten Personalzimmern zum Ausbruch. Mein Vater verabschiedete sich eben von seinem letzten Wintergast, denn an diesem Tag schloss das Waldhaus nach einer recht belebten Wintersaison seine Pforten. Dieser Gast berichtete meinem Vater, er hätte beim Verlassen seines Zimmers im Korridor einen ausgeprägten Brandgeruch wahrgenommen. Fast gleichzeitig meldete ein Postchauf-

11. März 1927: Das Waldhaus brennt …

feur am Telefon aus Champfèr, er sähe aus dem Waldhaus eine grosse Rauchsäule aufsteigen.

Die Hausfeuerwehr trat in Aktion und wurde erstaunlich rasch abgelöst durch die Silser Feuerwehr unter dem Kommando von Lehrer Stefan Hartmann. Von den Nachbargemeinden rollten in Postautos und Pferdeschlitten Verstärkungen an, und der Silser Feuerwehrkommandant verfügte gegen Mittag über die stattliche Zahl von 150 Feuerwehrleuten und acht Hydrantenleitungen. Obwohl gegen 11 Uhr ein frischer Westwind einsetzte und das Feuer neu anfachte, gelang es den vereinten Kräften, dank selbstlosem Einsatz und klugen Dispositionen ihres Kommandanten, der Situation Herr zu werden und den Brand zu löschen.

Der ungläubige Schüler konnte sich an den Sturzbächen, in denen das Löschwasser über Treppenhäuser und durch Liftschächte hinunter plätscherte, von der Richtigkeit der Theorie seines Lehrers überzeugen! Andernorts suchte sich das Wasser seinen Weg durch die Zwischenböden von Stockwerk zu Stockwerk und richtete ein unbeschreibliches Chaos an. Das Feuer hatte im Südbau das Gebäude bis zum dritten

Wiederaufbau (Ansicht von Südwesten)

Stock zerstört und den Dachstock zum Einstürzen gebracht.

O. K. als Leiter des Hauses mag sich beim Départ des letzten Gastes auf die gemütliche Zwischensaison gefreut haben, auf das vermehrte Zusammensein mit seiner Familie, auf das Lesen in seinen geliebten Büchern, auf Ferien und Ausspannen. Stattdessen begann wohl die hektischste Zeit seines Lebens. Schon bevor die erste Equipe sich daran machte, den Schutt wegzuräumen, war sein Entschluss gefasst: Erstens musste das Hotel auf Beginn der Sommersaison wieder betriebsbereit sein, denn es war nicht zu verantworten, auf die Einnahmen einer Saison zu verzichten und die in mühsamer Aufbauarbeit gewonnene Kundschaft in andere Häuser abwandern zu sehen; zweitens musste die Gelegenheit am Schopf gepackt und neu geplant werden. Im abgebrannten obersten Halbstock mit der einzigartigen Sonnen- und Aussichtslage befanden sich nämlich Personalzimmer. Diese sollten nun gegen die Gästezimmer im Parterre ausgetauscht werden. Drittens galt es, zugleich auch noch die erst zaghaft begonnene Erneuerung des Hauses und den Einbau von weiteren sanitären Anlagen fortzusetzen.

Mit ungeheurer Energie und einer wahren Schaffenswut machten sich die beiden «K», Oskar Kienberger, der gewiegte Hotelier, und Karl Koller, sein alter Freund und Berater, der erfahrene und bewährte Architekt, ans Werk. Parallel zu den Verhandlungen mit Versicherungen, Behörden, Banken und dem Verwaltungsrat machten sie sich ans Planen. Am 25. März, 14 Tage nach der Feuersbrunst, lagen die Pläne bereit und wurden durch die Gemeindebehörden in Rekordzeit bewilligt. Um weitere Schäden auszuschliessen, überdeckte man den betroffenen Teil des Gebäudes gleich nach dem Brand mit einem Notdach.

Der Neuaufbau erhielt im obersten Stock ein elegantes Gästequartier mit acht Zimmern, vorwiegend mit Bad und mit Balkon. In den übrigen Etagen erfolgte der Einbau von weiteren Privatbädern und die Auffrischung von zahlreichen Zimmern, die ja zum Teil unter dem Wasserschaden arg gelitten hatten.

Am 8. Juni 1927, also weniger als drei Monate nach dem Brand, gab O. K. die Order, die Fahne zu hissen als Zeichen der Wiedereröffnung, und der erste Sommergast hielt Einzug. Ich begreife, dass mein Vater sich oft und gerne an das Frühjahr 1927 im Waldhaus erinnerte und an seine damals vollbrachten Leistungen. Meine Mutter, Helen Kienberger-Giger, dachte mit etwas weniger Begeisterung an diese Zeit zurück, trug sie doch die Verantwortung, dass die Gäste beim Eintreffen ihre Zimmer, den Zugang zu denselben und die öffentlichen Räumlichkeiten in einem würdigen und tadellosen Zustand vorfinden sollten. Meine Mutter war eine vorbildliche Haus- und Hoteliersfrau, und ich glaube, dass ihre Untergebenen für sie alles getan hätten. Sie hatte schon manche Saisoneröffnung unter erschwerten Umständen miterlebt. Aber, was ihr nach dem Auf- und Umbau im Frühjahr 1927 bevorstand, war beinahe nicht zu bewältigen. Kaum hatten ihre Leute ein Zimmer, ein Stück Korridor oder Treppenhaus gesäubert, folgten auf ihren Fersen die Arbeiter und Handwerker und liessen wieder Spuren ihrer Arbeit zurück.

All die Mühen und Strapazen meiner Eltern und ihrer tüchtigen Mitarbeiter wurden zum Glück durch eine glanzvolle Sommersaison wettgemacht.

Die Kosten für den Wiederaufbau nach dem Brand und die damit verbundenen sonstigen Verbesserungen beliefen sich auf 220 000 Franken, woran die Kantonale Gebäudeversicherung 61 000 und die Mobiliarversicherung 25 000 Franken beitrugen.

15
16

← Minigolf-Anlage von 1952/53: eine Initiative von Rolf Kienberger, in geldlosen Zeiten aus dem eigenen Sack bezahlt

Die dritte Generation

Nach Abschluss meiner Matura im zweisprachigen Fribourg hielt ich 1937 mit meinem Vater eine Lagebesprechung. Ich liebäugelte mit einem Hochschulstudium. Oskar, mein älterer Bruder, stand zu jener Zeit in einer Banklehre in Genf und sah seine Zukunft im Bankwesen. Meine Schwester Helen hatte sich soeben ein Diplom als Krankenschwester erworben und meine jüngere Schwester Gertrud war daran, in der Westschweiz und in England ihre Sprachkenntnisse zu

Nachfolger im Familienbetrieb – wer wagt's? Im Suvretta House, um 1935, rechts Rolf Kienberger und links sein Vater Oskar, dazwischen Hans Bon (1882–1950, grossartiger Leiter des Suvretta) und links von ihm Anton Bon oder Fritz Bon

«Mein Entschluss war gefasst. Das war meine Lebensaufgabe!» Rolf Kienberger (1917–1994) nimmt das Heft in die Hand

erweitern. Geld für ein Studium war keines vorhanden … doch da war das Waldhaus, in welches zwei Generationen alles investiert hatten, was sie sich in harter Arbeit und mit zähem Fleiss verdient hatten. Während der langen Sommerferien war ich jeweils im Waldhaus in Küche und Saal in die Belange der Gastronomie eingeführt worden, eben für den Fall, dass ich … Mein Vater erklärte sich einverstanden, mir ungeachtet des akuten Geldmangels auf irgendeine Weise ein Studium zu finanzieren. Indessen hielt er es für richtig, mir seine Beurteilung der Zukunftsaussichten unseres Waldhauses darzustellen. Er meinte, eines Tages könnte es doch wieder gelingen, aus dem darniederliegenden, aber so gut konzipierten und so phantastisch gelegenen Betrieb ein blühendes Geschäft zu machen. Allerdings wären die Chancen hiefür nur klein, wenn man diese Aufgabe fremden Leuten überlassen würde. Mein Entschluss war gefasst. Das war meine Lebensaufgabe!

Alle ein wenig vom Waldhaus gezeichnet, nicht wahr? Rolf Kienberger und seine Geschwister Helen, Gertrud und Oskar, um 1960

Wie fast jeder Schweizer rückte ich mit 20 Jahren in die Rekrutenschule ein. Wir schrieben das Jahr 1937. Das harte, doch unbeschwerte Leben im Militär sagte mir zu, und ich erhielt das Aufgebot in die Unteroffiziers- und später in die Offiziersschule. Mitte Juli 1939 hatte ich meine dritte Rekrutenschule, jene als Leutnant, glücklich hinter mich gebracht. Nun sollte die zivile Karriere an die Reihe kommen mit möglichst vielen Aufenthalten im Ausland. In Luzern wechselte ich von der Kaserne in

Die vierte Waldhaus-Generation, Oktober 1960: hinten Maria und Urs, vorne Jürg und Claudia

das traditionsreiche Hotel Schweizerhof und arbeitete dort als Sekretär, nachdem ich mich im vorangehenden Winter im Engadiner Kulm in St. Moritz in der Warenkontrolle betätigt hatte.

Auf den ersten Oktober 1939 hatte ich den Vertrag als Assistant Manager im Brown's Hotel in London im Sack. Engagements in Paris und Berlin waren auch schon eingeplant. Doch dann brach der Krieg aus, und statt in der Weltstadt London landete ich in der Val Chamuera, einem wilden Seitental des Engadins, bei meiner Grenzschutzeinheit. Es folgten lange Militärdienste unterbrochen von Gastspielen in verschiedenen Hotels wie Park Hotel Lugano, Suvretta St. Moritz, Bristol Lugano, Waldhaus Vulpera, Flüela Davos, Parkhotel Waldhaus in Flims sowie unserem Haus. Dazwischen besuchte ich verschiedene Fortbildungskurse und benützte jede freie Minute, um meine Fremdsprachenkenntnisse zu fördern.

So sehr ich es bereute, wegen des Krieges auf die Auslandsaufenthalte verzichten zu müssen, auf die ich mich so sehr gefreut hatte, so muss ich doch zugeben, dass ich beim Militär vieles lernte, was mir auch im zivilen Beruf zugutekam.

1946 wurde mir die Direktion des Park Hotels Lugano übertragen. Mein Vater klopfte mir auf die Schulter und meinte, es sei sehr wertvoll, wenn ich meine Erfahrungen auf Kosten von fremden Leuten sammeln könnte. Zurückblickend möchte ich – in aller Bescheidenheit – behaupten, dass ich den fremden Leuten nicht nur Kosten verursachte, sondern auch Geld einbrachte. Im Sommer 1950 trat ich in die Leitung unseres Waldhauses in Sils ein, die ich mir mit meinem Vater teilte, ähnlich wie ich heute [1983] unseren Familienbetrieb gemeinsam mit meinem Schwiegersohn Felix Dietrich führe.

Da unser Waldhaus damals nur im Sommer geöffnet war, übernahm ich im Winter von 1950 bis 1953 die Leitung des Hotels Seehof in Davos und von 1953 bis 1963 jene des Hotels Chantarella, hoch über St. Moritz.

1951 fand ich in Rita Müller (1926–2006) aus St. Gallen meine Lebensgefährtin. Sie wurde von meiner Mutter nicht nur mit offenen Armen empfangen, sondern auch mit Liebe und Gründlichkeit in ihren so vielseitigen Pflichtenkreis eingeführt. Rita lernte von ihr die grosse Kunst, ihre Zeit zwischen Geschäft und Familie so einzuteilen, dass niemand zu kurz kam. Wenn ich in den Häusern, die unter meiner Leitung standen, zu Erfolg kam, so hat Rita in ihrer stillen und bestimmten Art ganz wesentlich dazu beigetragen.

Neben meiner Frau zählte meine Schwester Gertrud zu einem wichtigen und wertvollen Glied in unserer Organisation. Ähnlich wie ich hatte sie in anderen Häusern Erfahrungen gesammelt und besorgte im Waldhaus während Jahrzehnten den Einkauf und die Verwaltung von Lebensmitteln sowie die Kontrolle der Lieferantenrechnungen, und sie hatte die Aufsicht über Economat, Kaffeeküche, Office und Keller.

Rolf und Rita Kienberger-Müller (1926–2006)

Mein Bruder Oskar betätigte sich im Restaurant du Théâtre in Bern als Buchhalter und Personalchef, konnte sich aber im Sommer meistens für einige Wochen für uns frei machen und leistete uns vortreffliche Dienste, besonders auch in den schwierigen Zeiten der Lebensmittelrationierung. Helen, die Krankenschwester, kehrte ebenfalls von Zeit zu Zeit für länger oder kürzer ins Elternhaus zurück, pflegte kranke Familienmitglieder, Gäste und Mitarbeiter und entlastete meine Mutter und später meine Frau in ihren umfangreichen Tätigkeiten.

«Den Kienberger-Stil kann man nicht kopieren»

Annalisa Cavelti

«Toni kannte Rolf Kienberger schon seit 1944, sie haben zusammen in Lugano gearbeitet. Im Waldhaus war ich zum ersten Mal 1953, kurz nach unserer Verlobung. Rolfs Eltern Oskar und Helen Kienberger haben mich bei diesem Treffen tief beeindruckt. Die Mama von Rolf war eine richtige Hoteliersdame und der Papa ein Vorbild für mich. Zusammen sassen wir im Privé, eine Holzstube mit einem Tisch in der Mitte. In den Ecken gab es schöne Sessel, Rolfs Mama sass immer im gleichen Sessel. Gertrud war natürlich auch da. Rolf und Toni haben sie liebevoll ‹Tübli› genannt, Täubchen, weil sie schnell in die Luft gehen konnte. Sie war sehr tüchtig, hat zur Sache geschaut. Manchmal energisch, immer korrekt. Bei unseren Treffen trank man Tee oder Sherry und hat geredet, für mich waren das die schönsten Momente. Rolf und Rita waren edle, aufrichtige und ehrliche Menschen. Richtige Freunde.

ANNALISA CAVELTI und ihr verstorbener Ehemann Toni (1920–2012) waren eng und lange mit Rolf und Rita Kienberger und der gesamten Familie Kienberger-Dietrich befreundet. Bis 1959 leiteten sie das Hotel Du Lac in St. Moritz, wie einst Josef Giger. Annalisa Cavelti eröffnete mit ihrem Mann 1960 das Hotel Cristal in St. Moritz. Gemeinsam leiteten sie danach bis 1986 das Cresta Palace in Celerina.

Ja, wir standen in Konkurrenz, aber unsere Freundschaft war wichtiger. Natürlich haben wir zwischendurch auch Hoteliers probleme gewälzt, aber es hat sich nicht andauernd alles um unseren Beruf gedreht. Ich glaube übrigens, dass die Männer, die auch gemeinsam Bergtouren gemacht haben, besser abschalten konnten als wir Frauen. Ich bin ruhig, aber mit offenen Augen durch andere Hotels gegangen und habe von jedem Hotel etwas kopiert. Man kann immer dazulernen. Rolf und Rita machten vieles ganz anders als Toni und ich, aber den Kienberger-Stil, den kann man nicht kopieren. Ein Stil, den ich auch gar nicht beschreiben kann, wahrscheinlich hatte ihn Rolf von seinem Vater adaptiert. Noch heute fühle ich mich als Teil der Familie und mit allen im Waldhaus verbunden, es ist ein Haus der Freundschaft, in dem ich mich nie alleine fühle. Darum sitze ich am liebsten in der Halle, wo viele Menschen um mich herum sind. Die Halle ist das Gegenteil vom Privé – aber beides ist ein Teil von mir, denn ich wurde als junges Mädchen hinausgeworfen in die grossen Häuser der Welt. Ich liebe grosse Häuser und kleine Stuben. Hauptsache, man fühlt sich darin geborgen.»

Das Hotel Du Lac (rechts) in St. Moritz Bad, 1875 eröffnet und 1974 abgerissen. Jetzt entsteht dort ein Pflegeheim. Werden wir unsere letzten Jahre an dem Ort verbringen, wo unsere Vorfahren einst Herren im Haus waren?

← Der Engadin Skimarathon, seit 1969 eine willkommene Stütze der Wintersaison

Wiedereinführung des Winterbetriebs

In den ersten Nachkriegsjahren blieb das Waldhaus im Winter geschlossen. Der Betrieb beschränkte sich auf drei bis dreieinhalb Monate im Sommer mit Jahreseinnahmen von 270 000 bis 390 000 Franken. Dank einer nur geringen hypothekarischen Belastung und einer äusserst sparsamen Betriebsführung konnte das Unternehmen damit seine laufenden Verpflichtungen erfüllen. An eine Fortsetzung des seit 1931 stillstehenden Erneuerungsprogramms war aber nicht zu denken. In kurzen Worten: Es war zu viel, um zu sterben, doch zu wenig, um zu leben.

Angesichts dieser Sachlage drängte ich vehement auf die Wiederankurbelung der Wintersaison im Waldhaus. Mein Vater, der vor 30 Jahren mit gutem Erfolg das Risiko der Wintersaison eingegangen war, glaubte nicht mehr daran und legte sein Veto ein. Ich musste zugeben, dass sich die Gewohnheiten der Skifahrer inzwischen geändert hatten und dass ein Wintersportplatz ohne mechanische Beförderungsanlagen nur geringe Chancen hatte. Wir waren aber nur zwölf Kilometer von St. Moritz entfernt, und ich schlug vor, für unsere Gäste einen Gratisbusdienst zu den St. Moritzer Bahnen einzurichten. Ausserdem wurde in Sils 1953 ein Skilift gebaut, der wenigstens die Anfänger und mittleren Skifahrer einigermassen befriedigen konnte.

Im Winter 1955/56 wagten wir den Schritt. Resultat: 2464 Logiernächte, 113 000 Franken Einnahmen, Nettobetriebsdefizit 10 000 Franken. Ich möchte beifügen, dass wir das Pech hatten, in einen der härtesten Winter der Nachkriegszeit zu geraten. Das Thermometer sank wiederholt unter -30 °, der gefürchtete Ostwind machte uns das Leben sauer. Vor dem an einem der sonnigsten Punkte des Engadins gelegenen Hotel Chantarella massen wir mittags in der Sonne -18 °. Die Eisdecke auf dem Silvaplanersee erreichte eine Dicke von 130 cm. Man hätte wahrscheinlich ein Haus daraufstellen können.

In Berücksichtigung der widrigen Verhältnisse, der Tatsache, dass es sich um die erste Wintersaison seit 17 Jahren handelte und im Hinblick auf die zukünftige Entwicklung schienen mir die roten 10 000 Franken ein erträgliches Resultat. Mein Vater war anderer Ansicht, und wir einigten uns auf den Kompromiss, das Waldhaus in den folgenden Jahren im Winter nur während drei bis vier Wochen über Weihnachten/Neujahr offen zu halten. Diese Lösung bewährte sich. Von 1956 bis 1963 erzielten wir in diesen Miniatur-Saisons jeweils zwischen 2600 und 3200 Logiernächten und Einnahmen zwischen 142 000 und 200 000 Franken. Die Ergebnisse gestatteten uns, in beschränktem Masse die Erneuerung unseres Hauses einzuleiten. Der erste Schritt in eine bessere Zukunft war getan!

Der Bau der Corvatschbahn im Jahre 1962 brachte unser Haus näher ans Skigebiet. Die Distanz vom Waldhaus zur Corvatschbahn beträgt nur fünf Kilometer. Leider erfolgte die Eröffnung der ersten Sektion dieser Bahn mit einer dreimonatigen Verspätung statt an Weihnachten 1962 erst am 23. März 1963.

Am 17. Mai 1963 traf sich unser Verwaltungs- oder Familienrat zu einer der spannendsten Sitzungen, seitdem ich zwölf

Zeitlos: Das Waldhaus im Winter

11. März 1973. Das alte Waldhaus und der auf diesem Bild noch junge Engadin Skimarathon waren von Anfang an eine gute Partie füreinander

Jahre zuvor in diesem Gremium Einzug gehalten hatte. Auf meinen Antrag sollte der Rat der definitiven Eröffnung unseres Hauses für eine volle Wintersaison ab 1963/64 zustimmen. Ich wies auf den enormen Erneuerungsbedarf hin, der nach meinem Dafürhalten nur durch eine Ausdehnung der Betriebsdauer und eine entsprechende Steigerung der Einnahmen bestritten werden könne. Die Meinungen meiner Kollegen waren geteilt, und mein Vater traute der Sache offensichtlich ganz und gar nicht. Mein Credo: «Chi non risica, non rosica», schien nicht nach seinem Geschmack zu sein. Nach einem kurzen Silentium schaute mich mein Vater fest an und erklärte sich mit meinem Vorschlag einverstanden, vorausgesetzt, dass Rita und ich die Leitung des Chantarella aufgeben und das Waldhaus auch im Winter führen würden. Ich brauchte meinerseits nicht lange, um mich zu einem Entschluss durchzuringen und erklärte die Annahme von Vaters Vorschlag.

Die Wintersaison 1963/64 brachte erwartungsgemäss neben einigen Spitzenfrequenzen um Weihnachten/Neujahr, Fasnacht und Ostern viele und lange Tiefs. Im Januar sank die Gästezahl bei einem Personalbestand von 56 und einem dreiköpfigen Orchester während zweimal einer Woche auf eine einstellige Zahl. Was uns aber Mut machte, war die Tatsache, dass die gleichen Gäste im Januar 1965 wieder zu uns kamen und sogar noch Freunde mitbrachten. Die Wintersaison 1963/64 ergab folgende Zahlen: 8598 Logiernächte und einen Umsatz von 488 965 Franken.

Was mich bei allem am meisten freute, war, dass mein betagter Vater diesen Erfolg noch miterlebte.

Seither halfen Faktoren wie die ungeahnte Entwicklung des Skilanglaufes, die Eröffnung der Furtschellasbahn im Februar 1972 und der Bau unseres «Hallenbades im Lärchenwald» unserer Wintersaison zu einem nie erhofften Aufschwung.

«Am liebsten hätten wir ihn umarmt»

Michael Matantos

MICHAEL MATANTOS stammt aus einer griechischen Reederfamilie. Aufgewachsen ist er in England. 1956 war er als Achtjähriger zum ersten Mal im Waldhaus, 1961 ein zweites Mal: «Eine ganz andere Erfahrung» sei dies gewesen. «Sehr angenehm, nur anders». Ein Zeitungsinserat verriet ihm 60 Jahre nach dem ersten Besuch, dass es das Waldhaus immer noch gebe, und so kehrte er 2017 zurück und kommt seither jedes Jahr wieder – wohlgemerkt immer mit der Bahn.

«Zu sechst waren wir an diesem 23. Dezember 1956 auf dem Weg aus London in den Winterurlaub: meine Eltern, unsere Gouvernante Sophie und unsere englische Nanny, die uns seit meinem sechsten Lebensmonat betreute, meine Schwester Anna und ich. Ich war acht und schon wohl vertraut mit der Victoria Station, vor allem dem vornehmen Perron 8, der exklusiven Londoner Heimat des legendären Golden-Arrow-Pullman nach Folkestone auf dem Weg zum Kontinent, zu der Zeit der schickste Erstklasszug des Königreichs. Vom Golden Arrow sah ich an dem Tag um 13 Uhr aber nur noch die roten Schlusslichter und dachte schon, wir hätten ihn verpasst. Doch unser Zug war diesmal der Ersatzzug Relief Golden Arrow, zum Glück ebenfalls ein Pullman erster Klasse. Er fuhr zehn Minuten später auf dem etwas weniger exklusiven Perron 7. Auch dieses durfte man nur mit einer gültigen Fahrkarte betreten, es wurde aber nicht wie Nummer 8 auf der ganzen Länge von einer grünen, hohen Holzwand gegen alle Blicke abgeschirmt. Unser Zug war ebenfalls komfortabel und luxuriös, wenn auch schon etwas älter. Sein Interieur, ‹late Edwardian›, verriet, dass er wohl noch aus der Zeit vor dem Ersten Weltkrieg stammte und jetzt nur noch in Stosszeiten zum Einsatz gelangte.

Nach der Abfahrt wurde rasch die Suppe serviert, danach gab es gefüllten Truthahnbraten, Würstchen, Rosenkohl, Bratensauce, Brot mit Brandy-Butter und Christmas Pudding. Vor Folkestone blieb der Zug für zehn Minuten stehen, sodass ich schon wieder dachte, wir kämen zu spät und würden unser Schiff, die S.S. Invicta, verpassen. Es klappte dann aber alles. Als Pullman-Reisende durften auch wir auf dem Palm-Court-Deck in die Korbsessel sitzen und aus den Panoramafenstern schauen. Es war eine vertraute Umgebung. Das Schiff kannte ich bereits von unzähligen Überfahrten. Kurz vor 18 Uhr sassen wir in Calais erneut im Zug, im Engadine Express, der uns laut unseren Fahrkarten über Nacht nach Coire bringen sollte. Ohne Frühstück, denn der Zug führte ab Chaumont kein Wagon-Restaurant mehr.

In Coire herrschte absolute Stille. War es wirklich Coire, dieses Chur? Wir hatten bloss die Zusicherung des Schlafwagenschaffners, und der war schon wieder fort. Es war früh morgens und eiskalt, wir standen auf dem leeren Perron: die zehn kältesten Minuten meines noch jungen Lebens, wir froren alle bis auf die Knochen. Irgendwann gingen plötzlich die Lichter auf dem Bahnsteig an, aus dem Lautsprecher drang eine unverständliche Ansage und aus der Dunkelheit tauchte eine elektrische Lokomotive der Rhätischen Bahn auf.

Unser Zug nach St. Moritz, eine Art Miniatur-Pullman, war gut geheizt, und ich schlief kurz nach acht ein, während sich die Lokomotive mit klagenden Pfiffen die Berge hinaufschlängelte. Plötzlich wachte ich auf. Keine Augenlider konnten das gleissende Licht aufhalten, das den Wagen durchströmte. Ich hatte noch nie zuvor richtigen Schnee gesehen, nur den künstlichen, der den Weihnachtsmann im Londoner Warenhaus Selfridge's an der Oxford Street umgab. Um 10:20 erreichten wir Saint-Moritz. Strahlender Sonnenschein, Eiseskälte, alles war schneebedeckt, sodass kein Perron, kein Pfad, keine Strasse zu sehen war. Doch irgendwie schafften es wir und unsere Koffer zu den zwei Wagen, die uns das Hotel geschickt hatte. Wie würden sie uns im Schnee, auf dem wir mit unseren Stadtschuhen kaum stehen konnten, bis nach Sils Maria bringen? Ketten: Sie hatten Ketten auf den Rädern. Durch das tief verschneite Tal fuhren wir zu dem Ort, der für die nächsten zweieinhalb Wochen unser Zuhause sein sollte, zum Waldhaus.

Die kurzen Wintersaisons von 1955 bis 1963, jeweils beschränkt auf drei Wochen über Weihnachten/Neujahr, haben in der Familienerinnerung nur wenig Spuren hinterlassen. Die dritte und vierte Generation war dann ja gar nicht am Ort; sie zogen jeden Winter ins Chantarella nach St. Moritz. Darum war es eine grosse Freude, als uns vor einigen Jahren ein Gast aus England schrieb, er habe noch sehr schöne und lebhafte Erinnerungen an zwei Kindheitsbesuche im Waldhaus in jener Zeit. Er hat sie später detailliert notiert. (Übersetzung aus dem Englischen durch die Redaktion)

Halb Schloss, halb Hotel, schien es in der Belle Époque stecken geblieben zu sein. Altmodisch, aber warm und einladend, wunderbar sauber und mit viel Personal. Begrüsst wurden wir von einem älteren Gentleman mit einer musikalisch beschwingten Stimme, der sich als der Inhaber entpuppte: Herr Oskar Kienberger. Meine Schwester und ich fanden ihn so ziemlich den nettesten älteren Herrn, den wir kannten. Unsere Zuneigung, die er erwiderte, war ihm während des gesamten Aufenthaltes sicher. Wenn es nicht ungehörig gewesen wäre, wir hätten ihn am liebsten umarmt.

Meine Eltern hatten eine Suite gebucht, mit einem Salon. Die Gouvernanten waren in einem anderen Teil des Hotels untergebracht. Für uns Kinder war es das erste Mal, dass wir so weit weg von unserer geliebten englischen Nanny schliefen und so nah bei unseren Eltern.

Damals war in Schweizer Hotels Vollpension üblich, und wir merkten schnell, dass wir hier nicht verhungern würden. Das Essen war völlig anders, als wir es von England und unserer englisch-griechischen Herkunft her gewohnt waren. Für mich war die Waldhaus-Küche eine Offenbarung. Es gab Kalb – das wir vorher noch nie gekostet hatten – in verschiedenster Art, wie Schnitzel oder Zürcher Geschnetzeltes. Die Pasta Bolognese war nicht zu vergleichen mit jener, die wir aus Griechenland kannten. Die Sauce enthielt Hühnerleber, geschmortes Fleisch, Speck und Champignons, und obendrüber Sbrinz statt Parmesan. Es gab Blätterteigpasteten mit Huhn in Champignonrahmsauce und Lardons, aufgetischt wurden auch Brathähnchen Maryland mit Speck, Mais-Beignets und gebratenen Bananen oder heisser Schinken in Madeirasauce und Spinat. Die Auswahl war so reichhaltig, dass ich mich kaum an alles erinnern kann. Serviert wurde klassisch von gedeckten Silberplatten, vor dem Gast wurde einem am Tisch auf heisse Teller vorgelegt, was man sich wünschte. Auch die wunderbar gemischten Wintersalate boten viel mehr Abwechslung, als wir bislang kannten: Sellerie, blanchierte grüne Bohnen, Karotten, Gurken und rote

Rüben, alle häppchenweise auf dem Teller angerichtet. Last but not least, das Frühstück: Als Brot nicht einfach weisse Scheiben aus einer Packung wie in England, auch keine Baguettes wie in Frankreich, sondern frisch gebackene, knusprige Brötchen, ungesalzene Butter, viel, viel besser als in England, und nicht zu vergessen der Schweizer Honig und die Kirschenkonfitüre.

Im Gegensatz zu heute, wo jeder Hotelgast am liebsten bei sich selbst und seinem Mobiltelefon bleibt, sprachen die Gäste miteinander. Man nahm einen Drink, wir Kinder spielten mit Anderssprachigen. Am Heiligabend sang beim geschmückten Weihnachtsbaum ein rätoromanischer Chor vertraute Melodien mit fremden Texten. Die Erwachsenen kamen nicht im Smoking und langen Roben, wie das bei uns in England der Fall gewesen wäre. Alle waren sportlich gekleidet. Egal, woher sie kamen, bildeten die Gäste an jenem Abend eine in festlichem Geist vereinte Gemeinschaft, fern von zu Hause und doch ganz daheim. Ich ging mit vielen denkwürdigen Eindrücken zu Bett.»

WALDHAUS

Gäste

Die Waldhausgäste zeichnen sich aus durch ihre Treue und ein phänomenales Beharrungsvermögen. Geschätzte 80 % sind Stammgäste. Kürzlich feierte einer von ihnen seinen tausendsten Waldhaustag und ist damit noch keineswegs der Rekordinhaber. Es gibt auch Familien, die bereits in der fünften Generation bei uns absteigen.

Bruno Bandini, ein italienischer Oberkellner und Meister seines Faches, der lange Jahre bei uns war, erklärte mir einmal, er komme sich in seinem Verhältnis zu den Gästen oft wie ein Löwenbändiger vor. Ich hatte nie dieses Gefühl. Der Gast ist König, aber auch ein König muss sich an die Spielregeln halten. Aufgabe des Hoteliers ist es, diese Spielregeln aufzustellen und auf möglichst unauffällige und diplomatische Weise für ihre Einhaltung zu sorgen.

Der 1995 verstorbene österreichische Diplomat und Waldhaus-Jahrgänger Max Baron von Löwenthal, im Hotel lange Zeit schlicht als «der Baron» ein Begriff, brachte es auf 2247 Waldhausnächte.

An einem Weihnachtsmorgen platzte ein ausser sich geratener Gast in unser Direktionsbüro herein und gab mit lautem Schreien seinem Unmut Ausdruck. Was war denn geschehen? Am Vorabend hatten sich einige jüngere Mitgäste über das reichlich ausgefallene Kleid seiner Tochter lustig gemacht! Mein Vater liess zunächst den aufgebrachten Herrn sich etwas austoben und stimmte dann in aller Ruhe «Stille Nacht, heilige Nacht» an. Die Wirkung war verblüffend und der Gast besänftigt.

Zu unseren prominenten Gästen zählten unter anderem Nationalrat Gottlieb Duttweiler, der dynamische Gründer der Migros-Genossenschaft. Kurz zuvor hatte er im Bundeshaus in einem Wutausbruch eine Scheibe eingeschlagen, als er im Parlament mit einem Antrag nicht

Seit je ein Haus für grosse Gäste: Um 1950 im Haupteingang, von links: Geschwister Rolf, Oskar und Helen Kienberger, Eltern Helen und Oskar Kienberger senior und John Steele, ein britischer Freund

durchkam. Nun rollte er, der grosse und breitschultrige Mann, in seinem winzigen Fiat Topolino an, um bei uns seine verdienten Ferien anzutreten. Kurz vor Ankunft des streitbaren Politikers entdeckte meine Mutter mit Schrecken, dass im für Herrn und Frau Duttweiler bestimmten Zimmer eine Scheibe gesprungen war. Wenige Minuten vor dem Arrivée konnte unser Hausschreiner den Schaden beheben.

Eines Morgens verlangte mich ein sonst ruhiger und angenehmer Gast am Telefon, um mir mitzuteilen, seine bald 25-jährige Ehe drohe auseinanderzubrechen und ich sei schuld daran. Auf meine Frage, wie er das meine, erklärte er mir, die grüne Tapete in ihrem Zimmer mache ihn und seine Gattin derart nervös, dass sie, die bisher immer so gut auskamen, nichts als Krach hätten. Ich möchte beifügen, dass der nun unglückliche Ehemann einen Monat vor Ankunft eigens von Holland nach Sils gefahren war, um sich das besagte Zimmer an Ort und Stelle auszuwählen. Ich schlug ihm zur Wiederherstellung des «Status ante» vor, in ein anderes Zimmer umzuziehen. Er wählte eines mit einer blauen Tapete aus und äusserte erleichtert, blau wirke beruhigend. Als wir schon an der Türe standen, kehrte er in das blaue Zimmer zurück und stellte mir die Frage, in welcher Himmelsrichtung ich zu schlafen pflege. Meinte Antwort, ich würde unabhängig von der Himmelsrichtung schlafen wie ein Murmeltier, verblüffte ihn und er versuchte mir zu erklären, dass der Kopf immer westwärts und die Füsse immer ostwärts gerichtet sein müssten. Da im blauen Zimmer die Betten Süd-Nord standen, komme dieses Zimmer für ihn doch nicht in Frage. Ich liess die Betten im blauen Zimmer auf West-Ost umstellen, und die Situation und die Ehe waren gerettet.

«Wer fünf Tage bleibt, kommt meistens wieder»

Walter Nana

«Neulich sassen bei uns im Speisesaal wieder drei Stammgast-Generationen an einem Tisch. In welchem Hotel gibt's denn so etwas? Es ist ein gutes Gefühl, wenn ich sehe, dass junge Familienmitglieder weiterhin gerne zu uns kommen, nicht nur mit ihren Eltern. So bleibt das Waldhaus lebendig und fasziniert eine Generation nach der anderen. Viel hat sich im zwischenmenschlichen Kontakt in meinen 30 Arbeitsjahren nicht verändert. Mein Vorgänger Roberto Schilirò arbeitete mit Karteikärtchen, auf denen die Vorlieben der Gäste vermerkt wurden. Dort stand sinngemäss ‹Karaffe mit Eiswasser›, ‹Mineralwasser mit Kohlensäure›, ‹Bordeaux›, ‹gemischter Salat› und so weiter. Heute kriegen wir eine Info-Mail. Meistens steht drin: ‹glutenfrei›, ‹vegan›, ‹vegetarisch› oder ‹laktose-intolerant›.

WALTER NANA begann 1985 als Commis im Waldhaus zu arbeiten. Im Zimmerservice, in der Arvenstube, im Saal. Nach acht Jahren war er Dritter Oberkellner und weitere drei Jahre später die Nummer eins, Maître d'Hôtel, im Saal. Heute sind allein dort 27 Kellner tätig, die bis zu 300 Gäste bedienen. Ausserhalb des Hotels trifft man ihn meistens auf dem Fahrrad, auf den Skis oder auf dem Motorrad an. Er kennt die Natur wie kein zweiter, denn wenn immer möglich treibt er Sport.

Verändert haben sich die Servicezeiten, die Gäste kommen und gehen später. Zum Frühstück kommt man heute um 10:30 Uhr, auch das Abendessen verschiebt sich nach hinten, was die Mitarbeiterplanung anspruchsvoller gestaltet. Die Gäste schät-

«Viele Gäste verraten uns, dass sie viel lieber hierherkommen, statt ihr Geld zu vererben.»

zen, dass es im Waldhaus meiner Erinnerung nach nie Tenueregeln gab, aber ich bin mir nicht sicher, ob sich vor 30 Jahren ein Gast barfuss in den Saal getraut hätte. Heute kommt das vor, und man wundert sich, denn handkehrum sind die Gäste generell viel anspruchsvoller geworden. Besonders die Schweizer. Sie wissen, dass Ferien im eigenen Land ihren Preis haben, und dafür verlangen sie tadellosen Service und Qualität in allen Belangen. Sie wollen das Beste fürs Geld. Klar kann ich nicht generalisieren, aber diese Franzosen neulich ..., jeden Tag haben sie in jedem Gericht etwas gesucht und alles hinterfragt. Warum diese Kombination? Das Entrecôte zu kurz, das Kalbsgeschnetzelte zu lange gegart. Die Portion zu klein, die Sauce zu wenig tief, bei jedem Gericht gab es etwas zu bemängeln. Sie brachten uns an den Rand der Verzweiflung. Als Italiener sage ich es nicht gerne, aber auch die Italiener sind nicht immer einfach. Macchiato, Caffè con la schiuma, Ristretto, dieses Gericht mit dem, das andere Gericht mit jenem, bei uns halten sie sich noch im Zaun, aber Italiener im eigenen Land, das kann für einen Kellner sehr anstrengend werden. Die Deutschen sind mir die liebsten. Sie geben sich alle Mühe, italienisch mit uns zu sprechen, sind zufrieden und glücklich, wenn wir gute Arbeit leisten und zeigen sich erkenntlich, was die Schweizer und die Italiener seltener tun. Die Deutschen sprechen uns zum Teil mit Namen an, die Schweizer sprechen Schweizerdeutsch, und den Italienern käme es nicht in den Sinn, irgendetwas anderes zu sprechen als ihre Muttersprache. Klar, Ausnahmen bestätigen die Regel.

«Es gab einmal einen Gast, der jeweils für drei Monate kam. Er sass immer am selben Tisch, schlief immer im selben Zimmer, ass jeden Morgen um sieben Frühstück und jeden Abend ein Kalbssteak.»

Unerträgliche Gäste kommen unglücklicherweise überall vor, aber darüber spricht man als Maître nicht gerne. Wir verhalten uns diskret und professionell. Viele Menschen sind mit dem Kopf eben woanders, und ich sehe unsere Aufgabe darin, dass wir sie aufbauen, ohne dass sie es merken. Vier Tage Waldhaus wirken unglaublich beruhigend, und wer fünf Tage bleibt, kommt meistens im nächsten Jahr wieder. Wenn wir sie dann wiedererkennen, sie mit ihrem Namen begrüssen, dann ist die Welt in Ordnung. Viele Gäste kommen seit Jahren. Es schmerzt, wenn sie mir am letzten Tag sagen, dass sie im nächsten Jahr bitte einen anderen Tisch möchten. Das hätten sie doch schon am ersten Abend sagen können, wir tun doch alles, um den passenden Tisch für jeden Gast zu finden. Ich selber mag übrigens speziell diesen bestimmten, unauffälligen Tisch im Hintergrund. Dort sitzt man mit dem Rücken zur Wand, man bleibt praktisch ungesehen und hat den ganzen Saal im Blickfeld. Die Gäste hingegen wollen alle ans Fenster. Selbst, wenn sie alleine sind, möchten sie am liebsten einen Achtertisch am Fenster. Es gibt Gäste, die immer an demselben Tisch sitzen wollen und solche, die an Tisch Nummer so-und-so sitzen wollen. Nur an diesem. Bloss nicht eine Nummer daneben.

«Früher hat man jemandem eine Freude gemacht, ihm einen schönen Tisch zugeteilt und daneben hat der Gast sich eine Zigarre angezündet. Zum Glück wird heute nicht mehr im Speisesaal geraucht.»

Exzentrische Gäste, die auch andere Gäste zum Staunen bringen, treten leider immer seltener in Erscheinung. Schade. Mir gefällt es, wenn sich Gäste ihrem Stil entsprechend kleiden, so wie jene Dame, eine Italienerin, die in Paris lebt, drei Monate bleibt und ausschliesslich Kleider aus den 1930ern trägt. Sie kennt uns alle, trinkt nur Wasser. Das Waldhaus hat grösstenteils fantastische Gäste, und so ist meine schwierigste Aufgabe auch nicht, sie glücklich zu stimmen, sondern die Mitarbeitenden zu führen. Man muss ständig präsent sein, immer schauen, die Augen überall haben. Wenn alles rund läuft, vergessen die Gäste meine Primärfunktion, wir sprechen dann auf einer anderen Ebene miteinander, nicht nur übers Essen, sondern ich erzähle ihnen, in welchem See man gerade gut schwimmen kann, welche Velotour geeignet für sie wäre, welche Pisten gut sind, wo es am meisten Schnee hat und so weiter. Ach ja. Wenn ich in meiner Zimmerstunde keinen Smoking trage und in einer Gondel neben einem Waldhaus-Gast sitze, erkennen mich die wenigsten. Ein Gefühl, das ich als angenehm empfinde.»

1986: Die Waldhauskapelle als «Definitivum», ein Herzenswunsch von Rolf Kienberger (Architektur Ferdinand Pfammatter, künstlerische Ausstattung Willi Buck)

Der Letzte Wille des Pierre Petrov

Zu unseren treuesten Wintergästen in den 1960er-Jahren zählte eine russische Emigrantin, Madame Olga Petrov aus Paris. Nach ihrem Ableben kam regelmässig ihr Gatte Pierre Petrov zu uns und wünschte immer, das früher von seiner Frau belegte Zimmer zu bewohnen. Im Verlauf seiner Engadiner Aufenthalte entstand in ihm der Wunsch, nach seinem Ableben zusammen mit seiner Frau in Sils seine letzte Ruhestätte zu finden. Er erhielt vom Pfarramt die Bewilligung für ein Urnengrab in einer Nische der katholischen Kirche. In seinem Auftrag liess ich in der Kirche eine entsprechende Nische ausmeisseln. Im Juli 1973 erschien Herr Petrov wieder einmal, schaute sich die Nische in der Kirche an und äusserte Bedenken, sie möchte für die vorgesehene Urne zu klein sein. Bei seiner Abreise am 13. Juli reservierte er sein Zimmer erneut auf den 13. September und bat mich, auf den Morgen des 14. Septembers einen Maurer in die Kirche zu bestellen, damit dieser die Nische entsprechend vergrössere. Pierre Petrov kehrte wie abgemacht am 13. September zurück und meldete mir am darauffolgenden Abend sichtlich erleichtert, der Maurer sei pünktlich erschienen und die Nische hätte nun die gewünschten Dimensionen. Nun sei alles in bester Ordnung.

Am Morgen des 15. September verlangte er mich am Telefon, um mir mitzuteilen, er hätte eine miserable Nacht verbracht und fühle sich sterbenselend. Der herbeigerufene Arzt stellte eine Herzkrise fest und bat mich in Herrn Petrovs Zimmer. Ich kam, um von unserem sterbenden Gast auf immer Abschied zu nehmen.

In seinem Testament verfügte Pierre Petrov, dass während der vier auf seinen Tod folgenden Jahre seine beiden Freunde mit ihren Familien zu Lasten seines Nachlasses pro Jahr je eine Ferienwoche im Waldhaus verbringen sollten. Sie haben den Wunsch des Dahingegangenen erfüllt und zählen auch heute noch zu unseren regelmässigen Gästen.

Die «provisorische» Waldhauskapelle von 1908
(Foto Guido Schmidt, 1983)

Antoinette

Hin und wieder passiert es, dass ein Gast Alarm schlägt und behauptet, sein Geldbeutel, die Schmuckdose seiner Gattin oder sonst ein kostbares Stück sei ihm abhandengekommen. Oft wissen die Leute schon genau, wer der Übeltäter sein könnte. Meistens wurden die Gegenstände aber bloss verlegt.

Meine Frau hat sich im Laufe der Jahre eine derartige Fertigkeit im Aufspüren von vermissten Gegenständen angeeignet, dass sie zu Ehren des heiligen Antonius, des grossen Helfers in solchen Fällen, von uns «Antoinette» getauft wurde.

Einst verlangte mich ein distinguierter französischer Gast und war ganz bestürzt darüber, dass während seines Aufenthalts in unserem Hallenbad der gesamte Schmuck seiner Frau aus seinem Zimmer verschwunden sei. Die zu Hilfe gerufene «Antoinette» begab sich mit den Herrschaften an den Tatort. Von den Bestohlenen erfuhr sie, der Herr würde beim Verlassen des Zimmers den Schmuck seiner Frau im Kleiderschrank in der Brusttasche eines seiner Anzüge verstecken, und das habe er auch diesmal getan. Ein Abtasten sämtlicher Kleidungen ergab, dass der Schmuck durch ein Loch in der Tasche zwischen Stoff und Futter an den unteren Rand der Jacke hinuntergerutscht war. Der Verbrecher entpuppte sich als ein Zufall!

Ein andermal vermisste eine Grossmutter, die ihre Ferien zusammen mit ihren drei Enkelinnen bei uns verbrachte, ihr Portemonnaie mit reichlichem Inhalt. Als unsere «Antoinette» den Fall mit der alten Dame besprach, wollte ihr eine der Enkelinnen ihr Mäuschen zeigen, das sie in einem Käfig von daheim mitgebracht hatte. Als sie den Käfig vom Tisch abhob, lag Grossmutters Geldbeutel darunter!

Meine Frau könnte Dutzende von ähnlichen Begebenheiten berichten und darüber ein recht amüsantes Büchlein schreiben.

«Hotelleben? Fragen Sie nicht den Hotelier!»

Urs Kienberger

«Man sagt von uns Hoteliers, wir seien die Diskretion in Person, wie wir da so taktvoll schweigen über das, was in unseren Mauern passiert. Die einen loben und bewundern uns dafür, andere finden es ärgerlich und affektiert. Was aber nur die wenigstens merken: Oft ist der Grund, warum wir so wenig erzählen, ein ganz anderer als die Diskretion. Oft wissen wir schlicht und einfach nicht Bescheid: Wir sehen und verstehen vieles nicht, was sich unter unseren Dächern Tag für Tag ereignet an banalen und geheimnisvollen, zauberhaften und bösen Momenten. Gut so! Es wäre fürwahr ein armseliges Haus, wo man nur gerade das erlebte und wahrnähme, was die Hoteliers selber verstehen und sich vorstellen können.

Wenn Sie also wirklich wissen wollen, wie es so zu und her geht in einem Waldhaus, fragen Sie nicht den Hotelier, der weiss eh nicht viel. Fragen Sie zum Beispiel einen Autor, eine Autorin. Oder gleich neunzehn (und dann am besten noch einen zwanzigsten, der nicht schreibt und doch etwas sagt)!

Werden Sie's dann wissen? Ja und nein. Wer diesen Band zur Gänze liest, wird sich freuen und ärgern zugleich – witzigerweise jede und jeder an unterschiedlichen Orten. Es ist, man merkt es schnell, keine ganz gezielt und mit fester Hand kuratierte Anthologie, sondern eine freimütig heterogene Sammlung. Und das passt nicht schlecht zum Waldhaus. Der unergründliche Mann von gegenüber, die laute Familie am Nebentisch in der Halle, das alte Paar, das Abend für Abend in der Bar tanzt, als ob die Titanic nie untergegangen wäre: Jede und jeder von ihnen sucht und sieht in diesem Hotel wieder etwas anderes als Sie selbst und erst recht als wir und trägt gerade damit wieder bei zu dem, was das Haus für Sie und für uns ist und bedeutet. Es ist eine Veranstaltung, die einlädt zum Mitdenken und

Mitgestalten, deren Deutungshoheit wir keineswegs nur uns selbst vorbehalten, allerdings auch keinem anderen ganz allein für sich gewähren.»

Auszüge aus dem Vorwort von Urs Kienberger zu
Wie gross ist die Welt und wie still ist es hier
(weissbooks, Frankfurt a. M. 2014)

Ein früherer Mitarbeiter erzählt

(Was die Direktion alles nicht weiss)

«Ich lernte eine sehr hübsche junge Frau aus Deutschland kennen. Sie war jünger als ich, und ihr Vater sollte nichts davon erfahren. ‹Kontakt mit Angestellten›, und so weiter. Aber eben. Es war nicht meine Schuld, sie hatte mich eingeladen. Als wir im Zimmer waren, klopfte es, und ihr Vater kam rein. Ich verschwand schnell im Schrank. Leider sah er meine Schuhe da stehen, und öffnete den Schrank. Ich sagte, ‹Buona sera!›, bin raus und weg. – Ich glaube, sie hatte dann grosse Probleme.»

Name des früheren Mitarbeiters der Redaktion bekannt

← Das Hallenbad von 1970: ein grosses Wagnis, bis heute ein grosser Gewinn

Unterhalt und Erneuerungen, 1955 bis 1983

Eine Zusammenstellung aller ausgeführten Arbeiten dieser Jahre würde den Rahmen hier sprengen. Ich möchte darum nur einige besonders hervorspringende Erneuerungen herausgreifen.

Das Hallenbad (1969/70)

Anfang der 1960er-Jahre nahm die Frequenz im Winter zu, stagnierte jedoch im Sommer. Es erwies sich, dass unser altes Haus eines Impulses bedurfte, um wieder attraktiver zu werden. Die Lösung sah ich bei der isolierten Lage unseres Hauses im Bau eines Hallenbades. Architekt Otto Glaus aus Zürich entwarf 1966 ein Vorprojekt. Leider stiess ich bei den möglichen Kreditgebern auf taube Ohren. Sie erklärten sich bereit, Geld zur Verfügung zu stellen für die Realisierung eines zentralen Hallenbades für den ganzen Kurort im Dorf, vertraten jedoch die Ansicht, dass der Bau eines Hallenbades für einen einzelnen Betrieb wirtschaftlich nicht zu verantworten sei. Obwohl ich diese Meinung nicht teilte, ergriff ich die Initiative und stellte in Zusammenarbeit mit der Gemeinde und mit dem Kurverein eine Arbeitsgruppe zusammen. Diese liess ein Projekt ausarbeiten für ein Hallenbad im Dorf und stellte einen Finanzplan auf. Die Sache scheiterte dann aber daran, dass die Bürgergemeinde von Sils der Benützung eines Teils des erforderlichen Bodens im Baurecht nicht zustimmen wollte.

Inzwischen waren drei wertvolle Jahre verstrichen. Gleich nach dem negativen Entscheid der Bürgergemeinde klopfte ich erneut bei den Kreditgebern an, diesmal mit Erfolg. Otto Glaus arbeitete sein Vorprojekt aus

Frühling 1968: Als das Waldhaus zwar nicht seine Unschuld, aber den Helm auf dem Türmchen verlor. Irgendwann werden wir ihn vielleicht wiederherstellen. Und die Unschuld? Die war eigentlich gar nie eingeplant (Foto Hans Plattner)

zu einem gediegenen Bau, der sich sehr gut in unsere Waldlandschaft einfügt und mit den letzten technischen Errungenschaften ausgestattet ist. Die Ausführung der Arbeiten stand unter der Leitung von Architekt Robert Obrist, St. Moritz, einem ehemaligen Mitarbeiter von Otto Glaus.

Gleich zu Beginn zeigten sich Schwierigkeiten. Die mit den Sprengarbeiten betraute Unterfirma unseres Bauunternehmers war ihrer Aufgabe ganz und gar nicht gewachsen. Wegen ungenügender Abdeckung der Sprengstellen entstanden am Hotel Schäden von Tausenden von Franken. Ein 93 g schwerer scharfkantiger Stein landete auf dem Dach eines Autos, das auf dem Dorfplatz vor dem Gemeinde- und Schulhaus abgestellt war.

Der Bauunternehmer, mit dem wir seit Jahrzehnten verkehrten, liess uns fast völlig im Stich. An Weihnachten 1969, drei Monate nach Baubeginn, hatten wir bereits einen Rückstand von zwei Monaten auf dem Bauprogramm. Wir sahen uns genötigt, mit dem Bauunternehmer einen neuen Vertrag abzuschliessen. Er verpflichtete sich darin, erstens die Bauführung seinem besten Polier zu übertragen und uns zweitens für jede Verspätung auf das neu aufgestellte Bauprogramm pro Tag eine Entschädigung von mehreren hundert Franken zu leisten. Ab Frühjahr 1970 ging es mit den Bauarbeiten gut voran.

Weiteres Kopfzerbrechen verursachte uns eine Kostenüberschreitung um einige hunderttausend Franken. Glücklicherweise wurden wir durch den bauleitenden Architekten über die finanzielle Situation stets auf dem Laufenden gehalten. Zur Eindämmung der Baukosten verzichteten wir auf den Bau einer Sauna. Im Übrigen wollten wir aber bei der technischen Ausrüstung des Bades auf keinen Fall einer billigeren Lösung zustimmen.

Hallenbad, eröffnet im Dezember 1970:
Vorprojekt von Architekt Otto Glaus, 1966

Auf Beginn der Wintersaison 1970/71 wurde das Hallenbad dem Betrieb übergeben. Es hat unsere Erwartungen voll und ganz erfüllt; bei den Gästen fand es sofort grossen Anklang und führte schon innert kurzer Zeit zu der erhofften Steigerung in der Belegung unseres Hauses.

Erneuerung und Erweiterung des Speisesaals (1978)

Die erfreuliche Steigerung der Frequenzen mit einer länger dauernden Vollbelegung des Hauses hatte einen spürbaren Platzmangel in unseren Aufenthaltsräumen und Speisesälen zur Folge. Das Problem in den Aufenthaltsräumen lösten wir 1973 durch die Verlegung des Kinderspielzimmers und der Toiletten von der Saaletage ins Parterre und durch den Bau unseres «Sunny Corners». Dieses gediegene Lokal dient als zweite Halle, kann aber bei Bedarf in einen Sitzungs- oder Bankettraum umgewandelt werden.

Die Zukunft von einst ist schon wieder Geschichte, und die Aschenbecher sind es erst recht! Nur der Bogen ist noch da: der «Sunny Corner» von 1973 (Foto Hans Steiner)

Als Architekten für diesen Umbau konnten wir Dr. Ferdinand Pfammatter aus Meilen gewinnen, der nicht nur ein Meister seines Faches ist, sondern als wiederholter Waldhausgast unser Hotel, seinen

Bei starkem Ostwind war's fertig lustig: die innere Speisesaal-Veranda von 1908 in den 1960er-Jahren. Rechts: Bruno Bandini, der Löwenbändiger (siehe S. 167)

Die ungeliebten 1970er-Jahre, besser als ihr Ruf?! Die 1978 angebaute äussere Veranda von Architekt Ferdinand Pfammatter mit Lampen von Roberto Niederer (Foto Lukas Pfammatter)

Charakter und seine Gäste bereits kannte. Es ist für einen Architekten bestimmt viel schwieriger, in einem alten Hause etwas Neues zu kreieren, das ja in den bestehenden alten Rahmen passen muss, als ein Gebäude von Grund auf neu zu konzipieren.

Dem gleichen Architekten erteilten wir an Weihnachten 1977 den Auftrag, dem Platzmangel in unseren Speisesälen ein Ende zu bereiten. Nach eingehendem Studium fand er eine ausgezeichnete Lösung, indem er die Veranda des Saales auf ihrer ganzen Länge von 26 m durch einen Vorbau von 4,5 m Breite zu vergrössern wusste.

In einem Saisonhotel ist die Zeit für Umbauten immer knapp bemessen. Die Gäste sehen gerne Erneuerungen, von Baulärm wollen sie jedoch nichts wissen. Dr. Pfammatter und seinem bewährten Bauführer Karl Hofmann standen genau 60 Tage zur Verfügung, nicht nur um den Saal zu erneuern und zu erweitern, sondern auch noch die darunter liegenden Personalzimmer nach vorne zu verlegen. Dazu kam als retardierendes Moment die Unbill der Witterung. Obwohl ich den Architekten eine Ausdehnung der Bauzeit um drei Wochen angeboten hatte, war das Werk pünktlich zur Wiedereröffnung des Hauses am 10. Juni vollendet, und die ersten Sommergäste speisten am Mittag des Eröffnungstages bereits in der neuen Veranda.

Der neue Speisesaal strahlt in seiner Einfachheit Licht und Eleganz aus und macht Gästen, Mitarbeitern und uns selbst grosse Freude. Bei einer Hotelbettenkapazität von 220 verfügen wir nun im Verpflegungssektor über 330 Sitzplätze.

Palais du Garage

Im Frühjahr und Herbst 1982 und Frühjahr 1983 entstand auf der Westseite unseres Hotels unterhalb der Fexer Strasse unser «Palais du Garage». Die Pläne hierzu stammen erneut von Dr. Ferdinand Pfammatter, und für die Bauführung zeichnete auch wieder Karl Hofmann verantwortlich. Der Bau enthält eine Tiefgarage, eine Tennishalle, einen Tennisplatz im Freien und ein Zwischengebäude mit den Vorräumen für die Tennishalle, einem Spielraum, dem Treppenhaus, einem Lift und den Räumen mit den technischen Installationen. Er wird 1984 und 1985 ergänzt werden durch zwei Wohnhäuser für Mitarbeiter.

Das Palace in St. Moritz besass früher – wohl als eines der ersten Hotels der Welt – eine Tennishalle. Diese wurde später anderen Zwecken zugeführt. Unser Waldhaus ist im Jahre 1983 wieder das erste Oberengadiner Hotel mit einer eigenen Tennishalle.

Auf die 1984 und 1985 entstehenden Häuser Nord und Süd – bessere Namen werden uns sicher noch einfallen – warten verschiedene unserer Mitarbeiter mit Spannung. Sie freuen sich darauf, jeweils nach Feierabend das Hotel, ihre Arbeitsstätte, verlassen und die Gemütlichkeit einer eigenen Wohnung geniessen zu dürfen.

Ohne Berücksichtigung der inzwischen eingetretenen Geldentwertung belaufen sich die Baukosten für das «Palais du Garage» auf mehr als das Doppelte des Betrags, den unsere Ahnen vor 75 Jahren für den Bau des ganzen Hotels mit allem Drum und Dran aufwenden mussten.

Bis 10 Meter tief im Fels: «Palais du Garage» im Bau, 1982. Links oben das Garagengebäude von 1928, Direktionswohnung in kargen Krisenzeiten (siehe S. 127, 131)

Kampf mit den Elementen und den Tücken der Technik

Das Klima auf 1800 m und die sich immer weiter ausdehnende technische Ausrüstung eines Hotels bescheren dem Hotelier immer wieder neue Überraschungen und sorgen dafür, dass es ihm nicht langweilig wird.

Eine der aufregendsten Pannen erlebten wir am 22. Februar 1971. Am Nachmittag dieses Tages alarmierte mich meine Frau und meldete einen Wassereinbruch im Korridor neben der Wäscherei, am tiefsten Punkt des Hauses. Zusammen mit einem Sanitärmonteur versuchte ich, die Herkunft des Wassers zu ergründen, doch ohne Erfolg. Wir beschlossen, auf den nächsten Morgen einen Maurer aufzubieten und die Mauer beim Austritt des Wassers öffnen zu lassen. Bei meinem «Tour du Maître» – meinem Routinegang durchs Haus – fand ich um 18 Uhr die Temperatur in der Halle ungenügend, obwohl das brennende Kontrolllämpchen darauf hinwies, dass die Heizung eingeschaltet war. Mit einem unguten Vorgefühl eilte ich in den Heizraum und stürzte beinahe ins Wasser. Der Raum stand 1,3 m tief unter Wasser. Die Ölbrenner der beiden tiefer liegenden Heizkessel waren nicht mehr, jener des höherliegenden noch zur Hälfte sichtbar. Das Hotel war mitten im Winter ohne Heizung! Wir zählten 200 Gäste und über 100 Mitarbeiter. Die Aussentemperatur betrug -5°, bei Windstille.

In meinem Kopf jagten sich die Gedanken, und ich war mir bewusst, dass die Panne unter allen Umständen in kürzester Zeit behoben werden musste, wenn ich dem Betrieb eine Katastrophe mit Einfrieren der Wasser- und Heizleitungen und mit Auszug der Gäste ersparen wollte. Zusammen mit dem wieder herbeigerufenen Sanitärmonteur fanden wir bald heraus, dass die Zuleitung zum Hallenbad, die vom Heizraum unter den Vorplatz des Hauses führt, geborsten sein musste. Das war auch die Erklärung für den Wasseraustritt neben der Wäscherei, die drei Etagen tiefer liegt. Durch Abstellen eines Hauptschiebers konnten wir den Wasserzufluss abstoppen. Dem erstaunlich rasch eintreffenden Pumpenzug der Feuerwehr Sils gelang es, in etwa einer Stunde den Heizraum leer zu pumpen. Der aus St. Moritz herbeigefahrene Ölbrennerspezialist meinte, er könne in ca. zweistündiger Arbeit den einen Ölbrenner, der nicht ganz untergetaucht war, wieder in Gang bringen. Damit hatten wir gute Aussicht, die

Zimmerheizung und die Beheizung des Hallenbades zu gewährleisten. Auch die Warmwasserversorgung war sichergestellt.

Dagegen erklärte sich der Techniker ausserstande, die beiden ganz untergegangenen Ölbrenner zu retten. Ersatzstücke gab es nur in Zürich! Damit waren die öffentlichen Räume und verschiedene andere Teile des Hauses ohne Heizung. Ein Telefon mit einem Herrn der Fabrik in Zürich ergab, dass er – in Zürich!! – keine Möglichkeit sah, einen Wagen aufzutreiben, der die beiden Ersatzbrenner noch in der Nacht nach Sils gebracht hätte. Nachdem er den einen Ölbrenner repariert hatte, fuhr also der Brennerspezialist zusammen mit unserem langjährigen Fahrer Oskar Frey kurz nach Mitternacht von hier aus los, um am nächsten Morgen die Ersatzstücke in Zürich in Empfang zu nehmen.

Fast wie Steve Jobs. Apple wurde 1976 in einer Garage gegründet; das Waldhaus hat sich 2008 in einer Garage gefeiert. Genauer: in der Tennishalle im «Palais du Garage». Marthaler-Theater, Juni 2008 (Foto Dorothea Wimmer)

Inzwischen kam mir noch der rettende Gedanke, für die Beheizung der öffentlichen Räume riesige elektrische Öfen mit Ventilatoren einzusetzen. Unsere Elektrofirma in St. Moritz fuhr um 21:30 Uhr mit einer Equipe vor und installierte je eines der Riesendinger im Speisesaal, in der Halle und in der Bar. Damit erreichte die Temperatur in diesen Räumen immerhin die 20 °-Marke.

Ich kam mir vor wie ein General nach gewonnener Schlacht. Eine Inspektion des bereits leeren und im Dunkeln liegenden Speisesaals brachte aber eine neue Überraschung: Der elektrische Ofen hatte Feuer gefangen! Die Feuerwehrleute und Elektriker sassen zum Glück noch beim verdienten Glas Wein im Angestelltenessraum und konnten den Schaden beheben und den Ofen reparieren.

Am nächsten Tag um 13 Uhr kehrten unsere beiden Emissäre mit den Ersatzölbrennern aus Zürich zurück, und zwei Stunden später funktionierte die gesamte Heizung wieder normal. Unsere Gäste hatten vom ganzen Drama kaum etwas gemerkt.

← Felix Dietrich, Urs Kienberger und Maria Dietrich in der Abendsonne

Die vierte Generation

Unser Nachwuchs besteht aus einem vierblättrigen Kleeblatt. Urs, unser Ältester, hat Volkswirtschaft studiert und sich zu einem Spezialisten in Geldmengentheorien und ähnlich komplizierten Dingen ausgebildet. Im Nebenamt gehört er als jüngstes Mitglied und als einziger Nicht-Hotelier unserem Verwaltungsrat an. Unsere beiden Töchter, Maria und Claudia, wurden in der Hotellerie ausgebildet. Jürg, der jüngste, der sich neben Musik für moderne Sprachen und Kunstgeschichte interessiert, studiert an der Universität in Lausanne.

Maria ist das einzige unserer Kinder, welches nicht im Spital, sondern im Waldhaus zur Welt kam.

Ich war 1963 zum Firmgötti [Firmpaten] eines vielversprechenden St. Galler Jungen namens Felix Dietrich erkoren worden. Dieser Felix verbrachte seine Ferien, zuerst als Sekundarschüler und später als Banklehrling, oft bei uns. Um sich das Benzin für sein Töffli, sein Moped und Reisefahrzeug, abzuverdienen, amtete er jeweils als Golfkassier, als Aushilfe im Saal, im Büro und anderswo. Als er in seinen Weihnachtsferien wieder einmal hier war – er zählte damals etwa 16 Jahre –, hatten wir auf Wunsch des Kurvereins die Führung einer Getränkeecke im Eispavillon übernommen. Felix wurde zum Eisplatzwirt ernannt und zog jeden Morgen aus mit

Wir waren Hotelkinder, wir waren keine Gäste: Jürg Kienberger, um 1964

Urs und Jürg Kienberger, 1980

einer Ladung Mineralwasser, etwas Kaffeepulver und so weiter. Die Eisplatzwirtschaft wurde kein grosser Erfolg, weil die Curler ihren grossen Durst nicht bei Felix löschten, sondern in den Restaurants im Dorf. Der jugendliche Wirt war über die spärlichen Einnahmen ganz und gar nicht glücklich und kam auf die Idee, den Umsatz aufzurunden, indem er sich selbst zum besten Konsumenten machte.

Diese und andere Beobachtungen veranlassten mich zu Gesprächen mit Felix über seine Zukunft. Die Banklehre stand bereits auf dem Programm, doch nachher wäre ihm das Umsteigen in die Hotellerie ein Herzenswunsch. Nach Abschluss der Lehre zog Felix nach England, um etwas fremde Luft einzuatmen, das Land und seine Sprache kennenzulernen. Danach schrieb er sich in der Hotelfachschule Lausanne ein. Zur dreieinhalbjährigen Ausbildung an dieser Schule gehören drei fünfmonatige «Stages» in Hotels oder Restaurants, im Service, in der Küche und in der Administration. Im Waldhaus hatten und haben wir regelmässig Schüler von Lausanne oder anderen Hotelfachschulen zur Weiterausbildung. Ich offerierte Felix, sein sogenanntes Bürostage im Waldhaus abzuleisten, wobei er sich allerdings verpflichten müsste, nach Ablauf der fünf Monate als «Stagiaire» weitere sieben Monate als Direktionsassistent bei uns zu bleiben. Als Gegenleistung würde ich dafür sorgen, dass er unseren vielseitigen Saisonbetrieb mit all seinen Vor- und Nachteilen gründlich kennenlernen würde. Er kam, fand Gefallen an unserer Maria und wurde unser Schwiegersohn. Tu autem, Felix, nube!

Felix und Maria Dietrich-Kienberger, 11. Januar 1975

«A family affair» zum Ersten, Zweiten und Dritten. HEDY DIETRICH, geb. Mäder (1913–2009) arbeitete 1930 und 1931 für zwei Saisons als Patron-Zimmermädchen im Waldhaus. «Ich bin einfach überall ein wenig eingesprungen», erzählte Felix Dietrichs Mutter 2008 Andrin C. Willi. Auf Hedy Dietrichs Empfehlung kam 1948 auch RITA MÜLLER (später Kienberger; 1926–2006) ins Waldhaus, um ein paar Monate im Service mitzuarbeiten. Sie und Hedy waren über ihre Mütter miteinander verwandt. Und so kam, wieder etwas später, Hedy Dietrich auf die Idee, Rolf Kienberger als Firmpaten für den jungen Felix anzufragen. «Und er hat tatsächlich zugesagt.»

Das junge Paar arbeitete in der Folge abwechselnd in anderen Betrieben im In- und Ausland und wieder bei uns. Dazwischen hinein besuchte Felix das Unternehmerseminar des Schweizer Hoteliervereins, eine ausgezeichnete Grundlage für einen angehenden Hotelier.

Im August 1977 fiel ich infolge eines Herzinfarktes für einige Monate aus. Urs, der soeben sein Studium an der Hochschule St. Gallen abgeschlossen hatte, übernahm an meiner Stelle die Leitung eines Küchenumbaus im Waldhaus. Felix und Maria gaben ihre Stellung im führenden Hotel in Interlaken auf, eilten uns zu Hilfe und liessen sich ab Winter 1977/78 definitiv im elterlichen Hause nieder. Zum gleichen Zeitpunkt hatte ich meine gesundheitliche Krise überwunden und durfte meine Tätigkeit wieder voll aufnehmen. Ich hatte drei Monate Zeit gehabt, um mir zu überlegen, auf welche Weise sich die beiden Ehepaare und im Besonderen die beiden Männer in der Hotelleitung vernünftig und rationell teilen könnten. Rita und die Jungen waren mit meinem Vorschlag einverstanden. So kommt es [schrieb Rolf Kienberger 1983], dass bis auf Weiteres zwei Generationen den Karren gemeinsam ziehen und dies – zu meiner Beruhigung – alle in die gleiche Richtung

Felix Dietrich mit Filmregisseur Fred Zinnemann, der seinen letzten Spielfilm, *Five Days One Summer*, 1982 im Engadin drehte

«Auch die fünfte Generation weiss, wo man uns findet»

Claudia Klotz

Mit ihren Eltern und zwei, dann drei Geschwistern zog Rolf und Rita Kienbergers jüngste Tochter in ihren ersten Lebensjahren Jahr für Jahr viermal um, vom Chantarella in die Villa, ins Waldhaus und wieder zurück, wie es Jürg Kienberger auf S. 260 beschreibt. «Die Umzüge fand ich toll», sagt sie. «Definitiv nach Sils Maria kamen wir im Frühling 1963. Es war mein erster Schultag, ich erinnere mich noch genau an den Tag, als unser Papa Jürg, Maria und mich von St. Moritz in die Primarschule nach Sils fuhr. Wir Erstklässler kamen um neun Uhr, die älteren begannen um acht Uhr, der Unterricht fand im selben Schulzimmer statt, und da Maria in die vierte Klasse ging, wusste sie, wenn ich etwas falsch gemacht habe. Nach der Schule gingen wir den Hügel hoch ins Waldhaus, und dort blieben wir dann. Es war das Jahr, in dem im Waldhaus die Wintersaison wieder eingeführt wurde.

CLAUDIA KLOTZ (*1956), ihr Ehemann Peter, die beiden Töchter Beatrice und Manuela und deren Familien trifft man bei den Familienfeiern meistens gemeinsam im Waldhaus an. Claudia Klotz hat die Lehre als Hotelfachangestellte im Hotel Sandi in Bad Ragaz und die Hotelfachschule Belvoirpark in Zürich absolviert. Sie arbeitete u.a. im Hotel Bellevue in Braunwald und eine Saison im Waldhaus.

Gewohnt haben wir im Hotel. Urs und Jürg in der Nummer 30, Maria und ich … das weiss ich gar nicht mehr. Vergessen habe ich nicht, dass wir von Tante Gertrud erzogen wurden. Sie mag der Grund sein, warum wir derart wohlerzogen sind. Mit uns war sie streng, mit anderen, wie etwa Oreste Copes, der beim Concierge arbeitete, nicht. Er hatte Narrenfreiheit. Natürlich haben wir sie, sagen wir mal, provoziert. Wenn wir zum Beispiel ganz bewusst durch den Vordereingang ins Hotel gingen, auf dass sie uns erwische und uns hinausspediere, damit wir wie vorgeschrieben den hinteren Personaleingang benutzten. ‹Bei den Gästen rennt man nicht›, was haben wir das zu Ohren gekriegt. Dabei hatte ich fürs Stillsein gar nichts übrig. Mein zweieinhalb Jahre jüngerer Bruder Jürg empfand das anders. Trotz oder gerade wegen dem habe ich ihn oft angestiftet. Selbst wenn er nicht wollte, er musste mit mir mitziehen und bekam dann auch die Schimpfereien zu spüren. Urs und Maria waren die Grossen, wir die Kleinen, so wurden wir auch behandelt.

«Als Kind wollte ich Bäuerin werden. Als Tante Gertrud mir dann erklärte, dass ich als Bäuerin auch ausmisten müsse, erwiderte ich kaltschnäuzig, dafür hätte ich dann meine Knechte.»

Im Dorf dachten viele Kinder, dass wir da oben alles dürften, täglich mit den Gästen essen und feiern und so weiter. Dabei haben wir immer dasselbe gegessen wie das Personal. Unsere Schulfreunde haben nicht gemerkt, dass wir mehr oder weniger unter uns waren, sie konnten das Leben, das wir führten, nicht einordnen. Für mich war es immer etwas Spezielles, wenn wir zu den Gästen durften oder, wenn es nicht viele Kinder hatte, bei den Kinderfesten mitmachen durften. Herr Knina, der Kapellmeister, liess uns teilhaben, aber die ‹Priisli› haben wir nicht bekommen, die waren für die Gästekinder reserviert. Wir hätten sie schon gerne gehabt, konnten aber auch leben ohne.

Unsere Geschwisterbeziehung hat sich mit der Zeit verändert. Heute stehen sich Maria und Jürg näher und Urs und ich. Ich kann nicht sagen, warum das so ist, es hat sich so ergeben, und ich weiss nicht einmal, ob die anderen mein Gefühl teilen. Dass sich mein Mann Peter und ich nicht im Waldhaus engagiert haben, obwohl wir beide in der Hotellerie tätig waren, habe ich nie bereut. Wir sind nach wie vor eine grosse Familie, wenn jemand etwas braucht, ist man füreinander da. Ich helfe zum Beispiel bei den Zimmerkontrollen gegen Ende der Saison. Da kontrolliere und protokolliere ich in allen Zimmern, ob etwas fehlt, etwas repariert werden muss etc. In zwei Stunden schaffe ich zehn Zimmer. Maria hilft mit, aber sie ist viel langsamer, weil es bei ihr immer wieder piepst.

Die Geschwister Jürg, Maria, Claudia und Urs Kienberger (v. l. n. r.)

Küchenchef René Zigerlis Brigade mit Peter Klotz (sitzend, zweiter von rechts), dem nachmaligen Ehemann von Waldhauskind Claudia Kienberger

Ich finde es wichtig, dass die, die operativ im Waldhaus am Ruder sind, auch die Entscheidungen treffen. Meistens bin ich einverstanden. Ich mische mich nicht ein, denn es muss für die stimmen, die mit dem Waldhaus arbeiten. Den Aussenstehenden der Familie steht es meiner Meinung nicht zu, harsche Kritik zu üben, denn auf den Entscheidungsträgern lastet auch die Verantwortung. Zum Glück muss ich nicht mit Einfluss nehmen, sonst wäre das Waldhaus noch gleich wie vor 100 Jahren. Auch würde ich wohl alle im Hotel verrückt machen mit meiner fehlenden Zuversicht. Das Waldhaus braucht jemanden wie Felix, wie Claudio, die vertrauensvoll sehen, was schon gemacht ist, und nicht nur, was noch nicht gemacht ist.

Viele sagten, dass sich die Familie mit der Investition in den Spa das Genick brechen werde. Aber die Investition war und ist richtig, und ich finde es toll, wie Patrick und Claudio an die Erfolge der vierten Generation anknüpfen. Wir wissen alle, dass es ganz schnell sehr kompliziert und anders werden kann, aber bisher waren wir noch nie in dieser Situation. Wichtig ist für uns nicht die Dividende, sondern das gemeinsame Interesse, dass das Waldhaus weiterexistiert. Wenn es uns braucht, sind wir zur Stelle. Auch die fünfte Generation weiss, wo sie uns findet.»

← Von wegen «Geister»! Im Bild: Paolo Tafani

Die dienstbaren Geister

Ähnlich wie bei den Gästen haben wir auch in unserem Mitarbeiterstab sehr stabile Verhältnisse und dürfen auf eine grosse Anzahl Leute zählen, die uns jahre- und jahrzehntelang treu zur Seite stehen. In einzelnen Positionen gab es sogar eine Erbfolge vom Vater auf den Sohn wie z. B. bei jener des Heizer-Mechanikers, die 1908 bis in die 1930er-Jahre von Vater Ugo Bianchi und nachher für Jahrzehnte von seinem Sohn Antonio betreut wurde, und jener des Casseroliers mit der Ablösung des Vaters Giuseppe Vetti durch seinen Sohn Giulio. Die Gebrüder Peter und Josef Lipp versahen ihre Dienste bei uns von der Eröffnung des Hauses bis gegen 1930, der erste als Concierge, der zweite als Conducteur. Franz Waldegg trat mit 14 Jahren als Balljunge in unsere Dienste und wurde später der Nachfolger seines Lehrmeisters Peter Lipp, bis er 1964 aus gesundheitlichen Gründen zurücktrat. Seine Schwester Therese Waldegg sorgte jahrzehntelang im Speisesaal für das Wohl unserer Gäste.

Den Rekord stellten aber die Kassierinnen auf, die zugleich als Privatsekretärinnen der jeweiligen Patrons amteten. Fräulein Cécile Murith (1870–1938) aus Gruyères hatte schon im Du Lac in St. Moritz und beim Bau des Hauses in den Diensten von Josef Giger gestanden und stand noch bis kurz vor ihrem Ableben am Kassenschalter des Hotels. Fräulein Annie Reich (* 1894) kam 1924, noch im Palace in Lugano, zunächst als Kinderfräulein und Hauslehrerin zu uns, trat später die Nachfolge von Cécile Murith an und brachte es auf über 50 Dienstjahre.

Das langjährige Ausharren der Leute auf ihren Posten bringt neben grossem Nutzen manchmal auch Probleme mit sich wie das nachstehend beschriebene Hierarchie-Denken, gegen das wir ständig ankämpfen müssen.

An einem ruhigen Vorsaisonnachmittag befanden sich nur zwei Gäste in unserer Halle, die sich beim anwesenden Chef de rang Tee bestellten. Dieser trägt einen schwarzen Schlips und ist im Speisesaal für eine Station verantwortlich, die je nach Belegung des Hauses und je nach Routine des Kellners 20 bis 40 Couverts umfasst. Dem Chef de rang sind ein bis zwei Commis als Speiseträger zugeteilt. Als ich am fraglichen Nachmittag zehn Minuten später feststellte, dass die beiden Gäste immer noch auf ihren Tee warteten, erkundigte ich mich beim danebenstehenden Chef de rang, warum er den Tee noch nicht serviert hätte. Er erklärte mir, er müsse halt auf seinen Commis warten, der daran sei, ein Mineralwasser in ein abgelegenes Zimmer zu servieren. Als ich ihm zumutete, in einem solchen Fall die 40 Schritte zur Kaffeeküche eben selbst unter die Füsse zu nehmen und dort den Tee zu holen, war er in seinem Berufsstolz verletzt und beleidigt!

Von Zeit zu Zeit führen wir in unserem Betrieb einen Kaderkurs durch, unter Beizug eines Spezialisten, um unsere alteingesessenen Abteilungsleiter auf Draht zu halten und Vorfälle wie den geschilderten zu vermeiden. Wir vermitteln unsere Leute auch in andere Betriebe im In- und Ausland. René Zigerli z. B., unser Küchenchef seit 1974, besuchte vor einigen Jahren ein «Séminaire gastronomique» in Bordeaux und gab im Frühjahr 1983 ein Gastspiel im Grand Hôtel in Stockholm.

Dass wir selbst alles tun, um einen guten Geist im Haus und das Teamwork zu fördern, ist selbstverständlich. Wir erleben dabei viel Positives, manchmal aber auch Enttäuschungen.

Die versäumte Reise um die Welt

Kein guter Stern stand offenbar über der Wintersaison 1970/71. An anderer Stelle schilderte ich den ungeheuren Röhrenbruch und seine Folgen.

Im Sommer 1970 hatte mir unser hervorragender Küchenchef, Albert Naef, mitgeteilt, die Aufgabe werde ihm allmählich zu beschwerlich und

«Haben Sie eine gute Küche?» Ja, wir haben sie gerade umgebaut. Dezember 1977: die Waldhaus-Küche nach dem ersten grossen Umbau, mit Chef René Zigerli (links)

ich möchte auf den Winter nach einem Nachfolger Ausschau halten. Zu meiner Enttäuschung meldeten sich für den sonst recht begehrten Posten nur drei Kandidaten. Nach Rücksprache mit einem Kollegen, bei welchem der von mir ins Auge gefasste Mann während drei Jahren gearbeitet hatte, traf ich meine Wahl. Diese erwies sich aber als ein solcher Reinfall, dass ich den neuen Küchenchef schon nach drei Wochen fristlos entlassen musste. Er war ein leidlicher Koch, das Arbeitsklima in seiner Küche und sein Verhältnis zu den Oberkellnern und Kellnern war aber miserabel, und er vergeudete die Waren in geradezu beängstigender Weise. Mit dem Geld für die von ihm während der drei Wochen seines unseligen Wirkens in unserem Hause verschleuderten Waren hätten meine Frau und ich eine Reise um die Welt unternehmen können. Unser alter Chef, Albert Naef, sprang glücklicherweise in die Bresche und blieb uns erhalten, bis es mir gelang, einen würdigen Nachfolger zu finden.

Das Geburtstagsgeschenk

Am Morgen des 10. Februar 1978, an meinem 61. Geburtstag, meldete mir unser Concierge, dass Agostino, unser langjähriger und tüchtiger italienischer Hausmechaniker, aus Italien angerufen habe. Er sei mit seiner Freundin Antida, die als Zimmermädchen ebenfalls seit vielen Jahren bei uns beschäftigt war, per sofort und auf Nimmerwiedersehen ausgezogen. Agostino hatte zwar einige Zeit zuvor die Absicht geäussert, er möchte in seine Heimat zurückkehren, und hatte auch begonnen, einen Mitangestellten in seinen recht anspruchsvollen und komplizierten Aufgabenkreis einzuführen, jedoch mit dem Versprechen, bis zum Ende der Wintersaison bei uns zu bleiben.

ANNI KNINA:
«Mein Mann war von 1950 bis 1974 Waldhaus-Kapellmeister. Ich selbst hatte eine Wäscherei in Heiden. Eines Tages fragte mich Frau Kienberger an, ob ich nicht im Waldhaus einspringen könnte. Da hatte ich die Wäscherei bereits aufgegeben. So kam es, dass mein Mann und ich zusammen im Waldhaus arbeiteten. Rudi hatte mich gewarnt: ‹Wenn sie Dich fragen wegen Arbeit, dann sage auf keinen Fall, dass du auch Gouvernante bist. Das sind nämlich immer die Bösen.› Als ich in Sils ankam, sagte mir Frau Kienberger: ‹Willkommen, sie sind jetzt die Gouvernante.›»

Der Herr Kapellmeister als «Schwarzarbeiter»

Unser Kapellmeister Rudi Knina (S. 300) erfreute unsere Gäste und uns selbst während 23 Jahren mit seiner Musik und seinem Talent, für Erwachsene und Kinder unvergessliche Feste zu arrangieren. Wenn die Moral der Truppe auch im schwierigen Anlaufwinter 1963/64 immer auf «Hoch» blieb, so war dies in erster Linie das Verdienst des stets gut gelaunten Rudi aus Wien.

An einem der gefürchteten Februar- und März-Wochenenden mit über 100 Départs und Arrivées am selben Tag machte ich einen Rundgang, um herauszufinden, welche Zimmer schon bezugsbereit wären. Zu meinem Erstaunen stiess ich dabei in einem der kurz vorher frei gewordenen Zimmer auf den Kapellmeister, der mit der grössten Selbstverständlichkeit daran war, die Betten frisch zu beziehen! Ich muss allerdings verraten, dass seine Frau den Posten der Etagengouvernante versah.

«Jeder Spezialist hat für jede Lösung ein Problem»

Guido Schmidt

«Wenn ich das Hotel betrete, weiss ich nie, was mich erwartet. Als ich das im April 1978 zum ersten Mal tat, wurde gerade der Saal erweitert. Ein Grossumbau. Jetzt, wo ich das Waldhaus 41 Jahre später wieder verlasse, wird die Saal-Veranda wärmetechnisch saniert und der Kreis schliesst sich. Mein Vorgänger war damals Hals über Kopf verreist. Aus Italien rief er noch an, dass er nicht mehr wiederkomme. So musste ich mir eines ums andere selbst aneignen. Ich hatte keine Ahnung, wo was ist, zum Glück war die Technik damals wesentlich einfacher. Die Heizung bestand aus nur einer Gruppe fürs gesamte Hotel. Mich beeindruckte, dass man so einen Riesenkasten mit derartig vielen Zimmern und Räumen mit nur einer Heizung und einer Umlaufpumpe betreiben und beheizen konnte. Heute sind verschiedenste Zonen separiert und können differenziert gesteuert werden. Lüftungen hatten wir nicht viele, in der Küche wurde nur Luft abgesaugt. Heute sieht es anders aus: Stichworte sind Filter, Wärmerückgewinnung und so fort.

Meine Dauersorge galt der Heizung, denn der riesige Dampfkessel funktionierte nicht zuverlässig, und man musste die Wassermengen exakt regulieren. Dampfheizungen gab es damals in vielen Hotels. Sie stammte aus der Zeit, in der man das Waldhaus wintertüchtig gemacht hatte. Einige der alten Doppelfenster von damals haben bis heute überlebt, selbst wenn bei allen Umbauten sukzessive Fenster und Türen ausgewechselt wurden. Ein weiteres Sorgenkind war die Küche. Ich wartete alle Küchenapparaturen. Der Elektroherd war zum Glück neu und im Vergleich zum Kohleherd von früher ein technischer Fortschritt und eine grosse Investition. Mit dem neuen Herd war ich zwangsläufig ständig in Kontakt, weil immer die eine oder andere Platte nicht lief. Die Küche ist, was Verschleiss und Unterhalt anbelangt, extrem. Heutzutage ist das kostenintensiver. Eine Elektroplatte, ein Kabel, einen Schalter, das konnte ich selber rasch reparieren – bei einem Induktionsherd jedoch sind mir die Hände gebunden.

GUIDO SCHMIDT ist seit dem 13. April 1978 der alles könnende Haustechniker im Waldhaus. Der gebürtige St. Moritzer, übrigens auch ein passionierter Berggänger und Naturfotograf, machte eine Feinmechanikerlehre bei Oerlikon-Bührle und hatte als Lehrer und Betreuer in einer Behindertenwerkstätte gewirkt. Nun geht er in Pension. Einige seiner Lieblinge im Waldhaus wird er aber weiterhin betreuen, insbesondere das Welte-Mignon-Piano von 1910.

Viele Hände hätte ich brauchen können, was die Beleuchtung betrifft. In meiner Anfangszeit gab es nur konventionelle Glühlampen, also musste ich mindestens einmal pro Woche den öffentlichen Sälen nachgehen und Glühbirnen austauschen, meistens tat ich das um 5 Uhr morgens. Eine Sisyphusarbeit. Wie das tägliche Aufziehen der Mutteruhr, die im Kassabüro steht. Ich habe die Magneta-Uhren restauriert und das System wieder in Gang gesetzt, und so steuert diese alte Uhr noch heute alle Uhren auf den Etagen, im Personalrestaurant, in der Küche, in der Kaffeeküche, jene im Blauen Salon und die über dem Gästelift. Ein rein mechanisches System, das man übrigens je nach Temperatur justieren muss. Genial!

Eindrücklich war auch der Umbau der Halle, die 1991 um 6 m in den Wald hinein vergrössert wurde. Es gab damals nur einen Hubschrauber, der die langen Stahlträger dafür hinters Haus bringen und platzieren konnte: ein russischer Kamow mit Koaxial-Rotor. Der Aufwand hat sich gelohnt. Die Halle strahlt für mich noch heute eine zeitlose Wärme aus, die mich freut, weil gewisse andere Räume und Zimmer in meinen vielen Dienstjahren bereits zweimal umgebaut wurden. Ein Hotel ist ein ewiger baulicher Kreislauf, bei dem ich nach unzähligen Umbauten nur eine Gewissheit gewonnen habe: Jeder Planer, jeder Architekt, jeder Spezialist hat für jede Lösung ein Problem. Das könnte das Resümee meiner gesamten Arbeitszeit sein. Der kleine Hausmechaniker ist eben kein Studierter, aber oft ist Erfahrung die bessere Medizin. Natürlich gibt es hervorragende Planer, und ich kann es sehr gut nachvollziehen, wenn jemand richtig argumentiert, aber wenn einer die Hintergründe nicht kennt, wird es schwierig mit mir. Beim Bauen spart man oft nur auf den ersten Blick, weil man die Folgekosten nicht bedenkt. Das habe ich schon so oft repetiert, dass sogar ich verstehen kann, dass man im Waldhaus manchmal genug von mir hat.

«Das Hotel war technisch von Anfang an auf einem hohen Stand. Es gab eine Sonnerie, einen Vakuumcleaner und noch so viel mehr, das ständig kaputtgeht. Ein Reparaturprozess, der nie aufhört.»

Sauna, Tennishalle, Parkgarage, Fex-Garage, Personalhäuser, noch mehr Zimmer, alles wurde erneuert und vergrössert, aber für den Unterhalt blieben der Hausschreiner Erwin und ich zuständig. Irgendwann wurde alles zu viel, und wir konnten noch einen in der Technik einstellen, denn auch die Komplexität der Systeme nahm zu. Wir hatten doch anfangs keine Brandmeldeanlage, kein TV-System. Das Waldhaus besass drei Fernsehapparate, die die Gäste mieten konnten, aber der Gast hat das eigentlich gar nicht verlangt. Im Lesezimmer gab es ein öffentliches TV-Gerät, berauschend waren weder die Senderauswahl noch der Empfang. Schritt für Schritt wurde das ganze Hotel verkabelt. Die Digitalisierung habe ich in allen Facetten miterlebt. Den alten Telefonraum durfte man nur mit Filzpantoffeln betreten, heute beansprucht die Telefonie keinen Platz mehr. Es ändert sich alles permanent.»

Vor dreiundfünfzig (bzw. 89) Jahren als Sekretärin im Hotel Waldhaus

Adeline Burger

Als wir 1983 75 Jahre Waldhaus feierten, nahm das auch die *Neue Zürcher Zeitung* zum Anlass für einen schönen Artikel. Als Folge davon wurden wir einige Monate später am 23. Februar 1984 von einem Beitrag in derselben Zeitung überrascht. Leider verpassten wir damals die Chance, mit seiner Urheberin (wieder) einen persönlichen Kontakt zu suchen. So können wir heute den spannenden Erinnerungen von Adeline Burger keine weitere Details hinzufügen.

«Vor 75 Jahren, am 15. Juni 1908, wurde das Hotel Waldhaus in Sils Maria eröffnet: eines der Häuser, die mit zum Weltruf der Schweizer Hotellerie beigetragen haben. 1924 wurde das «Waldhaus» erstmals auch im Winter geöffnet. Auf den Artikel zu diesem Jubiläum in NZZ, Nr. 239, vom 13. Oktober 1983 erreichten uns die nachstehenden persönlichen Erinnerungen.»

«Noch heute sehe ich mich, wie ich vor 53 Jahren mit dem Köfferchen in der Hand durch die Drehtür hereinkam und schüchtern in der grossen Halle stand. Ich war ganz benommen: die vielen Gäste beim Nachmittagstee und die schöne Musik! Ein Chasseur weckte mich mit der Frage, was ich suche. ‹Das Büro›. ‹Oh, da stehen Sie gerade davor›. Er öffnete die Türe, und eine liebenswürdige Dame nahm mich in Empfang. Es war Mademoiselle Cécile, meine Vorgesetzte. Die Herren Sekretäre rauchten ihr zu viel, und so wurde ihr eine weibliche Hilfe bewilligt. Und ich hatte, nach einem Telegramm: ‹Wollen Sie Sekretärinstelle Hotel Waldhaus Sils Maria annehmen?›, das Glück, in diesem feudalen Hotel angestellt zu werden.

Das Waldhaus war nicht nur für die Gäste ‹ein Musterbeispiel der schweizerischen Hotellerie›, sondern auch für die Angestellten. Schon damals wurden diese im Waldhaus in guten Zimmern untergebracht, und das Essen für die drei Angestelltentische wurde jeden Tag von Frau Kienberger persönlich gekostet. Da gab es keinen sauren Kartoffelstock, der nach dem Zurückschicken anderntags als Kartoffelsuppe auf den Tisch kam und die Köchin zur Bemerkung veranlasste: ‹Gell, den Kartoffelstock von gestern habt ihr nicht gegessen, wohl aber die Suppe von heute.› (Auch mit der Unterkunft haperte es an vielen Orten. So kam ich im Hotel B. in Andermatt zuerst auf einen Laubsack zu schlafen, und anstelle eines Schrankes gab es eine Schnur.)

Wer da im September 1930 diskret als Comte et Comtesse d'Ourem et suite in den Waldhaus-Büchern erscheint, war effektiv nicht Alfonso XIII. von Spanien mit Gattin, sondern Manuel II., der letzte König von Portugal. König Manuel (1889–1932) hatte 1910 abdanken müssen und lebte mit seiner Gattin Auguste Victoria (1890–1966) in komfortablem Exil in Twickenham, einem Stadtteil von London. Sie war die Schwester von Friedrich Fürst von Hohenzollern (Sigmaringen), der seinerseits mit seiner Familie damals hier Stammgast war.

Im Waldhaus gab es viele prominente Gäste. Vom Büro aus konnte ich zum Beispiel Elisabeth Bergner auf dem Balkon bewundern. Für etliche Gäste durfte ich in der Zimmerstunde auch Diktat aufnehmen. In bleibender Erinnerung ist mir Professor de Quervain, den seine Frau jeweils holte: ‹Komm, spazierengehen!› Und das Diktat wurde unverzüglich auf den nächsten Tag verschoben. Auch König Alfons von Spanien war mit Gefolge da. Sie bewohnten den ganzen fünften Stock, und der beste Kellner musste sie – mit weissen Handschuhen – bedienen. A propos bester Kellner: Er bediente einmal den Patron mit Gästen, glitt aus, konnte die Platte hochhalten, aber hinten aus dem Frack flog ein Pouletbein. Herr Kienberger schilderte uns die Szene mit Schmunzeln, aber der Kellner bekam doch einen Verweis.

Einen grossen Eindruck machte mir auch das Auto von König Alfons: ein Maybach mit eingeschnittenem, goldenem Wappen an der Wagentüre. Der Chauffeur erklärte alles dem Concierge, und ich durfte zuhören. Einmal holte mich der Oberkellner, damit ich aus dem Mezzanin in den Speisesaal hinunterschauen konnte. Ich müsse das sehen! Es waren Neureiche, die so schlechte Essmanieren hatten, dass man einen Paravent um ihren Tisch platzierte. So ist eben ein Erstklasshotel: Man denkt an alles und schützt die einen vor den anderen.

Als ich las, dass im letzten Jahr die Einnahmen im Waldhaus nahezu 6 Millionen Franken betrugen, erinnerte ich mich an das erste Mal, als ich im Journal einen Zehntausender hatte. Ich war so begeistert, dass mir Herr Kienberger eine Schachtel Pralinés schenkte, wie sie die Gäste jeweils bei der Abreise erhielten. Und für jeden weiteren Zehntausender sollte ich wieder eine Schachtel bekommen! Es gab einige Schachteln, denn sobald sich die Addition den Zehntausend näherte, bat ich den Barman um eine Akontozahlung. Er rechnete alle drei bis vier Tage mit dem Büro ab. Es war eine aufregende Zeit.

Ende der Saison bekam ich das Zeugnis. Es war so gut, dass ich mich kaum fassen konnte. Herr Dr. Stumm, für den ich auch ab und zu schrieb, war gerade im Büro. Er riet mir, die Treppe bis in den fünften hinaufzurennen und hinten wieder hinunter, und dies so lange, wie ich könne. Und ich tat es. Als ich ausser Atem wieder im Büro ankam, meinte er – Fräulein Cécile hatte ihm das Zeugnis gezeigt –, er könne dieses voll und ganz unterschreiben, nur vom ‹ruhigen Charakter› habe er nichts gesehen. Im Zeugnis stand noch, dass sie mich für den Winter gerne wieder engagieren.

So verlebte ich auch die Wintersaison 1930/31 dort. In diesem Winter war Sils Maria einige Tage vollkommen eingeschneit und von der Welt abgeschnitten. Das Postauto kam nicht durch, und die Telefonverbindungen waren unterbrochen. Es war herrlich und machte den meisten Gästen Spass. Aber es gab doch einige, die beinahe verzweifelten, so ein belgisches Börsenmaklerehepaar. Bewundernswert war, dass das Waldhaus alle Gäste und die Angestellten in gewohnter Weise verpflegen konnte; so viele Vorräte waren vorhanden. Und es spricht auch für die gute Organisation des Hotels. Ich machte noch einige Saisons in Erstklasshäusern, aber am schönsten war es doch in Sils Maria im Hotel Waldhaus.»

← Von Waldhaus-Generation fünf (auf dieser Doppelseite) zu sechs auf der vorherigen Doppelseite: Elias, Flavia, Selena, Christian, vier der dreizehn Urenkel von Rita und Rolf Kienberger

Wie wird es weitergehen?

Mit mehr als 40 000 Logiernächten und Einnahmen von beinahe 6 Millionen Franken pro Jahr haben wir heute (1983) sicher ein schönes Ziel erreicht.

Die ferne Entwicklung unseres Betriebes liegt in den Händen der sieben Zwerglein, unserer Enkel, die allem Anschein nach mit Vertrauen und Optimismus in die Zukunft blicken.

Im Folgenden übernimmt wieder Urs Kienberger das Erzählen.

Claudio Dietrich, *27. März 1977

Franca Dietrich, *7. August 1978

Beatrice Klotz, *7. Februar 1979
(Foto Fritz, Wengen)

Manuela Klotz, *25. August 1982
(Foto Fritz, Wengen)

Patrick und Sandra Dietrich, *4. Dezember 1980

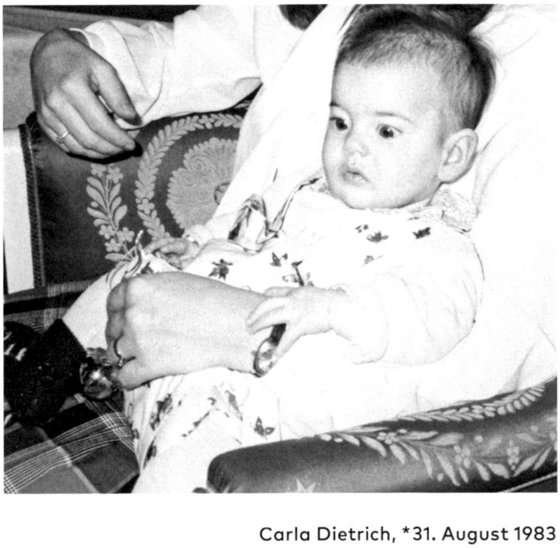

Carla Dietrich, *31. August 1983

Lena Kienberger, *1. Juni 1986: Ihr achtes Enkelkind hiessen Rolf und Rita Kienberger drei Jahre später ebenso herzlich willkommen

1984–1988: Wachablösung

Vom 28. auf den 29. Juni 1984 wurde die Schweiz von Sils aus regiert

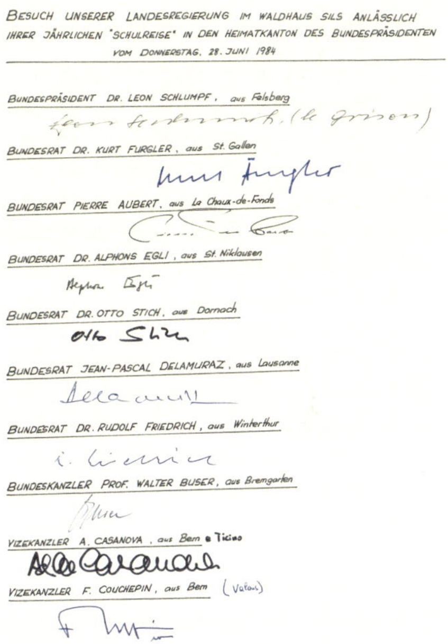
BESUCH UNSERER LANDESREGIERUNG IM WALDHAUS SILS ANLÄSSLICH IHRER JÄHRLICHEN "SCHULREISE" IN DEN HEIMATKANTON DES BUNDESPRÄSIDENTEN VOM DONNERSTAG, 28. JUNI 1984

BUNDESPRÄSIDENT DR. LEON SCHLUMPF, aus Felsberg

BUNDESRAT DR. KURT FURGLER, aus St. Gallen

BUNDESRAT PIERRE AUBERT, aus La Chaux-de-Fonds

BUNDESRAT DR. ALPHONS EGLI, aus St. Niklausen

BUNDESRAT DR. OTTO STICH, aus Dornach

BUNDESRAT JEAN-PASCAL DELAMURAZ, aus Lausanne

BUNDESRAT DR. RUDOLF FRIEDRICH, aus Winterthur

BUNDESKANZLER PROF. WALTER BUSER, aus Bremgarten

VIZEKANZLER A. CASANOVA, aus Bern e Ticino

VIZEKANZLER F. COUCHEPIN, aus Bern (Valais)

Vom 28. auf den 29. Juni 1984 wurde die Schweiz von Sils aus regiert. Jedenfalls logierten damals alle sieben Bundesräte, also die komplette Schweizer Regierung, im Waldhaus. Es war das Präsidialjahr von Bundesrat Leon Schlumpf, der aus Graubünden stammte. Nach alter Tradition organisiert der jeweilige Bundespräsident im Frühsommer für das ganze Gremium eine Art Schulreise in seinen Heimatkanton.

Solche Momente, aber auch besondere Bauprojekte und ehrenvolle Auszeichnungen sind stolze Höhepunkte. Einige der entscheidendsten Marksteine und stolzesten Leistungen in unserer Geschichte sind aber gerade die, die man kaum sieht. Das gilt beispielhaft für den Übergang von der dritten auf die vierte Waldhaus-Generation.

1987, Rolf Kienberger war jetzt 70, ging die Direktion nach zehn Jahren des gemeinsamen Wirkens ganz an Felix und Maria Dietrich über. Der Start der zehn gemeinsamen Jahre war zwar nicht ganz so leicht, wie es Rolf Kienberger beschreibt (S. 188). Die Dietrichs, damals erst 27 und 24, waren wegen der schweren Herzkrise unseres Vaters vom August 1977 hergeeilt und hatten ab Dezember 1977 die Verantwortung

1978: Rolf Kienberger und Felix Dietrich sind sich einig

übernommen. Erfreulicherweise bald leidlich genesen, wollte Rolf Kienberger dann das Steuer wieder ganz selbst in die Hand nehmen. Doch Felix war jetzt ja auch da, und es wurde ein schwieriger Winter mit vielen ungeklärten Fragen. Im Frühling fanden sich Rolf und Felix zum Gespräch auf einem denkwürdigen Ausflug, der zur Waldhaus-Legende geworden ist. Sorgfältig und sauber trennten sie ihre Verantwortlichkeiten. Klug überlegt, konsequent implementiert, mit gegenseitiger Achtung und harter Arbeit, bildete ihre Vereinbarung eine harmonische und produktive Basis für ein segensreiches gemeinsames Waldhaus-Jahrzehnt.

Das war keineswegs «gute alte Waldhaus-Tradition», im Gegenteil: Die schwierige und letztlich gescheiterte Ablösung des alten und erschöpften Josef Giger durch seinen Sohn Gustav und den forschen Beizug von Oskar und Helen Kienberger ab 1918 haben wir schon geschildert. Der zweite Generationenübergang war auch nicht viel einfacher: Der 71-jährige Oskar Kienberger hatte zwar 1950 die Leitung an Rolf (und bald Rita) übergeben, sich aber die grossen – und viele kleinere – Entscheidungen immer noch vorbehalten, und er besass weiterhin die überwältigende Mehrheit der Aktien. Dabei blieb es mehr als zwölf lange Jahre. Gerade wegen der zentralen Frage der Wiedereinführung eines vollen Winterbetriebs, gegen die sich Oskar Kienberger mit der ganzen Kraft seiner Persönlichkeit stemmte, kostete uns das fast den Betrieb. Ein Wunder, dass Rolf und Rita Kienberger in dieser ganzen, langen Zeit die Geduld und Ausdauer nie verloren haben.

«Wie im Wald rund um unser Hotel müssen die alten Bäume den jungen Platz machen, damit sich diese entfalten können. Das ist nun im übertragenen Sinne in unserem Familienbetrieb geschehen, und ich stelle mit Genugtuung fest, dass die Operation geglückt ist. Seit dem 1. Juni 1987 stehen Felix und Maria Dietrich auf der Kommandobrücke unseres Betriebes.»
Rolf Kienberger im Jahresbericht 1987

Jedenfalls folgte nun nach dem erfolgreichen gemeinsamen Jahrzehnt 1987 der nächste Schritt genauso über-

«D'autre part nous pouvons vous recommander le Waldhaus à Sils Maria qui est situé à quelques kilomètres de St.Moritz seulement et qui dispose encore de chambres libres pour la période en question.»
In den schwierigen Zeiten, als das Waldhaus in den 1950er-Jahren zum ersten Mal endlich wieder im Winter öffnete (aber zuerst zaghaft nur über Weihnachten/Neujahr), schrieb Albert Candrian jedem Gast auf der Suvretta-Warteliste diesen schönen Satz.

legt und harmonisch: «Rolf K. geht ganz in Pension. Er bleibt Präsident und Delegierter des VR. In Absprache mit FD und MD zuständig für Buchhaltung, Weineinkauf; Mitsprache bei Finanzen, Investitionen, Anstellungsbedingungen für Direktion und Vize-Direktor(en).»

Präsident war Rolf Kienberger noch nicht lange. Bis zu seinem Tod hatte sich sein Vater dieses Amt vorbehalten. Dann übernahm unser Cousin, der Basler Trois-Rois-Hotelier Alfred Kienberger (1907–1983); als Vizepräsident wirkte Albert Candrian (1904–1985), der 1954–1968 das Suvretta House und davor die Seiler Hotels in Zermatt geleitet hatte. Seine Frau, Helene Candrian-Wolflisberg (Tochter von Mali und Josef Wolflisberg), war ebenfalls eine Cousine. Mit ihrer enormen Erfahrung und freundschaftlichen Verbundenheit zum Waldhaus waren Onkel Fredy und Onkel Bert für unsere Eltern sehr wertvolle Berater und Gesprächspartner und eine starke und unverzichtbare Stütze in vielen schwierigen Tagen.

Der Tod der beiden legendären Hoteliers kurz nacheinander liess auch das Waldhaus nicht unberührt. Präsident wurde nun Rolf Kienberger. Felix Dietrich und auch ich hatten schon früher im Verwaltungsrat Aufnahme gefunden.

Von Generation zu Generation: das Waldhaus als Wirkungsstätte und Arbeitsort. Doch nicht nur Arbeitsort, auch ein Zuhause! Unsere Familie hat immer mitten im Hotel gelebt. (Die einzige Ausnahme waren unsere Grosseltern in der Zwischensaison, in den kargen Jahren, als die Schliesszeiten viel länger waren.) Es gab im Waldhaus keine richtige Direktionswohnung, nur im Mezzanin ein paar Zimmer sowie ein Patron-Esszimmer und in der Saaletage ein schönes Wohnzimmer. «Privé» stand auf dessen Türe, und das war

1983: Rita Kienberger mit den Senioren des Waldhaus-Verwaltungsrates, Rolf Kienberger mit Fredy Kienberger und Albert Candrian-Wolflisberg. Lange waren sie ein starkes Team

es dann auch für uns. Betrieblich alles sehr praktisch: Aus dem Privé gelangte man auf der einen Seite gleich in den Hallenkorridor und auf der anderen Seite in die Hotelbüros. Aus dem Elternschlafzimmer sah man direkt auf den Eingang und das Concierge-Pult, und man hörte auch die Musik aus der Halle und der Bar. Das Esszimmer hatte Blick auf den Vorplatz; man musste gar nicht erst auf einen Anruf vom Concierge warten, um zu wissen, dass jemand am Ankommen oder Abreisen war. Auf dem Weg vom einen Familienzimmer zum anderen hatte man zudem einen Blick hinunter in den Speisesaal. Nichts war sehr privat, und wir hatten nicht einmal eine Küche. Mit den zwei Familiengenerationen Seite an Seite, einerseits Rolf und Rita Kienberger (und Tante Gertrud), anderseits die Dietrichs mit einem, dann zwei, vier und schliesslich fünf Kindern, wurde die Wohnsituation zunehmend prekär. Man kann sich das gar nicht mehr richtig vorstellen. Doch Abhilfe war in Sicht.

Unsere Urgrossmutter Amalie Giger, von Gicht geplagt, war bereits auf einen Rollstuhl angewiesen, als das Waldhaus eröffnet wurde. Waren sie also für sie gedacht, all die Fenster im Mezzanin mit Blick in die öffentlichen Räume – damit auch sie das Geschehen verfolgen und eingreifen konnte, wenn etwas nicht richtig lief? Die Familienüberlieferung will es so, auch wenn uns Kenner der Architekturgeschichte sagen, man habe vor 111 Jahren auch sonst und ganz generell jedem gefangenen Raum ein Fenster oder ein Oblicht in einen anderen Raum gegeben.

1985 wurde die letzte Etappe des Gebäudekomplexes fertig, den wir scherzhaft «Palais du Garage» nennen (S. 181). Es sind zwei Häuser mit richtigen Wohnungen und Studios – ein Novum in der Waldhaus-Geschichte: 1984 die Chesa Spuonda (romanisch für Abhang) und 1985 die Chesa Godin (God – der Wald, Godin – das Wäldchen). Sie waren gedacht für Mitarbeitende, samt einer Alterswohnung für Rolf und Rita Kienberger. Unversehens blieb aber eine der grösseren Wohnungen übrig. Man hatte sie für den Küchenchef René Zigerli vorgesehen, doch dessen Familie wollte aus verständlichen Gründen lieber im Dorf bleiben. So fassten die Dietrichs den Plan, mit ihren Kindern ebenfalls in die neue Chesa Godin zu ziehen. Zuerst war Rolf Kienberger gar nicht begeistert – Grossmama Rita allerdings sehr! «Ein Hotelier gehört in sein Hotel», befand er; doch zögernd liess er sich umstimmen. So hatten denn beide Generationen zum ersten Mal eine richtige, eigene Wohnung.

Das neue Haus wurde im letzten Moment kurz vor Weihnachten fertig, die Zimmer der Familie im Hotel waren für die Festtage bereits fest gebucht. So musste dann alles im Nullkommanichts geräumt werden, und der Umzug war eine reinste Hetzerei. Typisch Hotel, dieser unbedingte Vorrang des Betriebs vor dem Privaten. Doch das Resultat war paradiesisch, gerade für die Dietrichs – und wirkt bis heute nach. Hätten Claudio und Patrick sich auch dann als Teenager für eine Berufslehre als Koch entschieden – dieses solide praktische Fundament für alles, was später kam in ihrer Laufbahn in der Hotellerie –, wenn sie nicht in ihrer Kindheit die Gelegenheit gehabt hätten, in der eigenen Küche mit Freude selbst mit anzupacken? Es ist bezeichnend (und nur auf den ersten Blick paradox), dass uns vier Hotelkindern aus der vierten Generation, die wir noch ganz anders aufwuchsen, lange und zum Teil bis heute gerade das Kochen eher fremd geblieben ist. Bezeichnend ist übrigens auch, dass Rolf und Rita Kienberger ihre neue Wohnung in der Chesa Godin zwar sehr genossen, aber praktisch nie dort kochten. In ihrem Kühlschrank war kaum mehr zu finden als das Nötigste fürs Frühstück sowie Getränke für sich und für ihre privaten Gäste. Und natürlich für ihre Enkel, die auch nie darben mussten, wenn sie bei den Grosseltern hereinschauten.

Wie ist es heute? 1996/97 kam ein drittes Mitarbeiterhaus dazu mit 17 weiteren Wohnungen und Studios. Claudio und Cornelia sowie Patrick und Ursina mit ihren Kindern leben auf dem Hotelareal, während Felix und Maria sowie Carla und meine Frau und ich ins Dorf gezogen sind.

«Das fand ich so schön, eine Direktionsfamilie mit kleinen Kindern.» DONATA WILLI vom Posthotel Löwen in Mulegns, die Tante von Andrin C. Willi, arbeitete im Winter 1958 und 1959 bei Rolf und Rita Kienberger im Chantarella in St.Moritz («unter Rolf Kienberger», sagt sie). Die Kienberger-Kinder Urs, Maria und Claudia waren sechs, fünf und zwei; Jürg kam 1958 zur Welt. «Bei schönem Wetter sind die drei Grösseren mit dem Kindermädchen am Vormittag zu mir ins Kontrollbüro gekommen. Sie haben artig angeklopft, und ich sagte: ‹Herein›. Maria kam als erste, dann Urs und Claudia. Ich fragte jedes Mal, was sie wünschten. ‹Wir hätten gern unsere Schlitten›, sagte Maria. ‹Ja, die sind hier›, antwortete ich. Sie deponierten sie immer bei mir, weil sie befürchteten, dass sie der Skimann sonst vermieten würde. Sie fassten also ihre Schlitten und zogen los.»

«Die Kinder fürs Waldhaus begeistern»

Maria Dietrich-Kienberger

«Im Sommer 1977, nach dem Herzinfarkt meines Vaters, kamen wir ungeplant ins Waldhaus. Niemand wusste, wie es weitergehen sollte. Claudio war wenige Monate alt. Felix arbeitete als Personalchef im Victoria Jungfrau in Interlaken, wo eine Woche nach Claudios Geburt die Saison losgegangen war. Unsere kleine Familie verbrachte nicht viel Zeit zusammen, weil ihn die Aufgabe stark forderte. So fuhr ich eben allein mit Claudio nach Sils Maria, um dort so gut wie möglich zu helfen. Nicht in der Direktion, dazu wäre ich damals noch nicht fähig gewesen, aber die Hauptkasse konnte ich übernehmen und meine Mutter in vielen anderen Belangen unterstützen. Das war eine schöne Zeit, ich habe viel von ihr profitiert.

MARIA DIETRICH (*1953), hat nicht weniger als 55 ihrer bis jetzt 66 Jahre im Waldhaus verlebt. Sie kam wörtlich darin zur Welt, wuchs dort auf, im Winter jeweils im Chantarella in St. Moritz, und kehrte im Alter von 24 Jahren definitiv zurück. Gemeinsam mit ihrem Mann Felix leitete sie es 33 Jahre lang. Die Mutter von Claudio, Franca, Patrick, Sandra und Carla sorgte und sorgt bei den Menschen wie bei den Zahlen stets für den Ausgleich.

Als der Sommer vorbei war und der Winter losging, stiess auch Felix zu uns. Mein Vater hatte sich bald gut erholt und für ihn war dann klar, dass wir jetzt wieder gehen könnten. Aber wir wollten bleiben! Mein Vater war 60, ich 24 und Felix 27, als wir uns zusammenrauften. Die erste Saison war schlimm. Felix wollte ja nicht irgendeinen Job machen, er hatte klare Vorstellungen, wie er das Waldhaus mitgestalten wollte. Papa sah das anders, nach wie vor entschied er alles selbst und führte alles genau so weiter wie bis anhin. Felix ärgerte sich.

Zum Glück unternahmen die beiden nach dieser Saison eine ausgedehnte Bergtour, auf der sie sich aussprachen. Sie erstellten ein Konzept, teilten sich die Verantwortlichkeiten auf – und siehe da, mein Vater und auch Felix haben sich daran gehalten. Von da an hatten wir's gut. Felix engagierte sich am Anfang stark in der Mitarbeiterführung, der Umgang mit Menschen ist seine grosse Stärke.

Papa widmete sich dem Einkauf und dem Weinkeller, und beide kümmerten sich um die Gäste. Der Keller, das war seine grosse Leidenschaft und hat ihm bis am Schluss grosse Freude bereitet.

Ich übernahm nicht so viel, da wir unsere kleine Familie hatten. Ich wollte nicht, dass unsere Kinder von Kindermädchen grossgezogen würden, sondern wollte Zeit mit ihnen verbringen. Alleine hätten wir niemals fünf Kinder grossziehen können. Im Waldhaus, mit der Unterstützung meiner Eltern, war das hingegen möglich, und es ging so, bis mein Vater 70 wurde. Das war der Zeitpunkt, an dem sich meine Eltern zurückzogen, obschon meine Mutter hinter den Kulissen nach wie vor mithalf und uns auch mit den Kindern stark unterstützte.

Wir assen immer zusammen, alle wohnten im Hotel, wir hatten einen engen Kontakt, und unsere Kinder bekamen viele Geschichten zu hören. Meine Eltern haben sie richtig fürs Waldhaus begeistert. Als wir später das Museum einrichteten, freute sich speziell Carla, dass sie jetzt auch die Objekte zu den einzelnen Geschichten von Nana und Non ansehen konnte.

In unserer eigenen Kindheit gab es für unsere Familie sehr harte Zeiten, aber meine Eltern liessen uns das nie spüren. Einmal, als Claudia meine Mutter fragte, warum wir denn nie in die Ferien ans Meer reisten, antwortete sie: Weil wir ja kein Gel…, also keine Zeit hätten. ‹Oha›, dachten wir Kinder, ‹es ist also nicht nur die fehlende Zeit.› Trotzdem waren meine Eltern immer fröhlich, sie gaben uns nie das Gefühl, es bedrücke sie etwas, obwohl das Waldhaus eine schwere Last war. Sie aber vermittelten uns und unseren Kindern das Haus immer als etwas Schönes und zeigten uns, dass es sich lohnt, seine Zeit und seine Kraft hier hineinzustecken. Die sanften Generationenübergänge haben wir von meinen Eltern gelernt, mein Vater hatte es viel schwieriger, da mein Grossvater die Herrschaft übers Haus bis zu seinem Tod nicht aus den Händen gab. Wir haben also gelernt, wie man es macht, sie haben gelernt, wie man es nicht macht.

← Maître d'Hôtel Walter Nana, im Waldhaus seit 1985, hat schnell frei. Siehe auch S. 169.

«A Cast of Thousands»

Wo Familie draufsteht, ist auch Familie drin. Das belegt dieses Buch ausführlich. Das Waldhaus hätte aber keinen Saisontag lang überlebt ohne all die anderen Menschen, die an ihm mitgearbeitet und mitgewirkt und es mitgestaltet haben. Das geht weit über die triviale Feststellung hinaus, dass das Hotel viele Hände und Köpfe braucht, um zu funktionieren. «Ein Hotel» ist ja nicht bloss die Summe seiner Steine, Stühle und Steckdosen, es ist darüber hinaus, und erst recht, auch die Summe seiner Dienstleistungen und der Menschen, die diese ausführen. Mit ihrer Zeit, ihrem Leben, ihrer Persönlichkeit, ihrem Können, ihren Eigenheiten, ihren eigenen Träumen und Ambitionen, auch ihren Sorgen und ihren Grenzen gestalten diese Menschen das Hotel mit.

Zudem ist das Waldhaus hinter den Kulissen so etwas wie ein kleines Dorf. Mit über 50 Mitarbeiterzimmern im Haupthaus und fast 30 Wohnungen und Studios in den Nebengebäuden ist es für fast drei Viertel aller Mitarbeitenden nicht bloss Arbeits-, sondern auch Wohnort – sei es nur während der Saison oder sogar das ganze Jahr über. Es wird auch über die Arbeit hinaus zu einem festen Teil ihres Lebens, und umgekehrt bringen sie ins Waldhaus weit mehr als «nur» ihre Arbeit. Ort und Mitarbeitende sind auf eine besondere Weise miteinander verschränkt. Wäre es

Das versteckte Dorf hinter den Kulissen. Fasnacht 2013 – Mitarbeiterfest nach Arbeitsschluss

nicht schliesslich doch «bloss» ein Hotel, möchte man geradezu von einer Schicksalsgemeinschaft sprechen.

Also müsste unsere Hotelgeschichte ebenso ausführlich von diesen anderen Menschen berichten. Es sind viele. «A Cast of Thousands», Tausende von Mitwirkenden – damit prahlten einst Grossproduktionen aus Hollywood wie *Ben Hur* oder *Cleopatra*. Beim überschaubaren Waldhaus würden niemandem solche Sprüche einfallen. Unsere Lohnliste vom Sommer 2019 zählt 161 Namen (noch ohne die elf Musiker, die reihum als Mitglieder des Trios wirken). Und doch: Zählte man alle zusammen, die nur schon seit der Jahrtausendwende hier gearbeitet haben, wären es bereits tausend Namen. Diese Zahl wird gerade Waldhaus-Kenner überraschen: Fallen einem nicht beim Zurückkommen immer wieder die gleichen bekannten Gesichter auf? Es gibt eben beides. Es gibt die, die viele Jahre bleiben; Mitarbeitende, von denen man mit Fug und Recht sagen kann: Das Waldhaus ist nicht nur unser Lebenswerk, sondern auch das ihre. Dann aber auch die, die nur eine Saison oder ein oder zwei Jahre im Waldhaus sind, zur Ausbildung oder als Teil der Karriere. In einem Saisonbetrieb fällt das Weiterziehen nicht schwer, man muss nicht laut und heftig kündigen, man sagt einfach: «Danke, im Sommer mache ich etwas anderes.» Für den Betrieb ist es gut, dass wir beides haben. Wir sind froh und stolz über unsere Veteranen, denen wir sehr viel verdanken – aber *nur* mit altgedienten Veteranen wäre es auch nicht immer leicht.

«Das Waldhaus würde keinen Saisontag überleben ohne all die Menschen, die mit uns an ihm mitarbeiten.» Nur im ohnehin auf ein Minimum reduzierten Betrieb während des Zweiten Weltkriegs war in den allerruhigsten Wochen am Saisonbeginn und -ende tatsächlich fast allein die Familie am Werk, als unser Grossvater im Eingang die Gäste empfing, die betagte Grossmutter die Zimmer machte und die beherzte Tante Gertrud ganz allein die Pensionsmenüs kochte.

Ob sie kurz oder lang bleiben, natürlich übernehmen nicht alle Mitarbeitenden gleich grosse Rollen. Für einige bleibt das Waldhaus wohl nur eine Episode ohne viel Belang, wie auch sie die Waldhaus-Geschichte nur flüchtig und vorübergehend berühren, oder sie lassen das Waldhaus nicht sehr nahe an sich herankommen. Viele andere hinterliessen und hinterlassen aber tiefe Eindrücke mit der Kraft ihrer Initiative, ihres Könnens, ihrer Persönlichkeit – manchmal schon innert kurzer Zeit. Erst recht die, die ein halbes Arbeitsleben bleiben oder manchmal gar ein

Udo trifft. Udo Nagiller, der legendäre Barman, ab 1953 immer wieder im Waldhaus. Als das Jahrtausend zu Ende ging, ging auch er

ganzes. Bisweilen sind die Eindrücke auch ungewollt und ungeplant. Der Mann, der einen teuren fremden Wagen beim Parkieren beinahe in den Abgrund fuhr, weil er statt zu bremsen mit Vollgas über die Stützmauer hinausfuhr, die den Vorplatz von der Fexer Strasse trennt, wird das Waldhaus lange nicht vergessen und das Waldhaus ihn auch nicht. Zum Glück blieb er vor dem Abgrund stecken, mit den Vorderrädern in der Luft; nicht auszudenken, was noch hätte passieren können. Wie viel mehr erst bei der jungen Frau, die in einer kalten Winternacht im allerobersten Stockwerk aus dem Fenster stürzte und fast unbeschadet überlebte, dank dem doppelten Wunder, dass es genau dort, und nur dort, zwei Etagen unter ihrem Personalzimmer einen Balkon hatte und dass dieses Balkonzimmer gerade besetzt war und die Gäste sie hörten.

Für Generationen von Gästekindern war sie die Hauptperson: Anita Bryner im Kinderclub

So viele Geschichten, so viele Mitarbeitende, die am Waldhaus mitschreiben und unsere Achtung, Zuneigung und Dankbarkeit verdienen! Ihnen gelten seit 2002 die einmal pro Jahr erscheinenden *Waldhaus News*, die in erster Linie ihnen das Wort geben. 16 Mal in ebenso vielen Jahren erschienen sie unter der Ägide des vielseitigen Waldhaus-Veteranen und Teilzeit-Chefredaktors Hubert Halter, mit mir zum Gegenlesen und Texten von Überschriften und Zwischenbemerkungen. Das macht zusammengezählt bereits 348 Zeitungsseiten – in diesem Buch wären es wohl an die 1000 Seiten. Und es geht weiter: Schon sind es wieder 36 Zeitungsseiten mehr in der jetzt von Felix Dietrich und Direktionsassistentin Sandra Fuchs verantworteten Jubiläumsausgabe «111». Man sieht das Problem! 1000 Seiten – wer spielte den Schiedsrichter, wer würde entscheiden, wer und was ins Buch käme und wer nicht? Dieses heikle Spiel wollten wir nicht spielen, es sind uns nicht nur ein paar Auserwählte lieb und wichtig, sondern viele. So beschränkt sich dieses Buch nun eben weitgehend auf die Willkür einiger Gespräche von Andrin C. Willi mit «Augenzeugen». Eines Tages machen wir's dann richtig, vielleicht mit einem Sammelband aus den *Waldhaus News*.

Wer kommt denn überhaupt in unser Team? Seine Qualitäten erhält das Waldhaus nicht dadurch, dass wir grossspurig «nur die Besten» gut genug finden. Selbstverständlich geben wir uns jede Mühe, erstklassig qualifizierte Leute zu finden und ihnen umgekehrt gute Arbeitgeber zu sein. Wie Patrick Dietrich in Erinnerung ruft (S. 309), ist aber nicht minder wichtig, wie wir und sie miteinander und gegenüber unseren Gästen als Menschen funktionieren. Dazu gehört, dass wir nicht gleich beim ersten Zeichen von Schwäche schon die Pferde wechseln. Wir scheuen die Herausforderung nicht, mit denen weiterzuarbeiten, die das Richtige wollen, aber noch nicht immer das Richtige tun. Loyalität ist keine Einbahnstrasse.

Erfreulich oft dürfen wir von Gästen hören, dass das Waldhaus damit gut in Fahrt sei. Das ist ja das unabdingbare Ziel. Denn eines bleibt klar: Selbst alle Bereitschaft zum Abwägen und zur Suche nach einem menschlichen Gleichgewicht macht den Arbeitsprozess nicht zu einem Sonntagsspaziergang. Ein Hotel am Laufen zu halten, ist harte, intensive, anspruchsvolle Arbeit.

Was uns ebenfalls treu begleitet, ist ein Dilemma, das dem Familienbetrieb innewohnt: Initiative und qualifizierte Mitarbeitende wollen nicht nur mitarbeiten, sie wollen und sollen auch mitgestalten. Nur so werden sie wirklich heimisch, und nur so kann das Waldhaus voll profitieren von dem, was sie sind und können. Andererseits lebt unser Betrieb sehr stark von drei besonderen, ineinander verschränkten Faktoren: von der starken Präsenz der Familie, von grosser Kontinuität und von seinem bewussten, gezielten Anderssein. Das Waldhaus gewinnt daraus einen Zauber, eine Eigenwilligkeit, die man nicht einfach in Worte fassen kann. Das ist nicht automatisch deckungsgleich mit dem, was unsere Mitarbeitenden können und wollen, oft gerade die besten unter ihnen. Auf beiden Seiten gibt's da mehr als genug Fallstricke. Wie vermeiden wir, die Mitarbeitenden über Gebühr zu bremsen und zu demotivieren? Wie vermeiden wir aber auch, dass aus plausiblen und legitimen Initiativen und notwendigen Freiräumen ein Hüst und Hott und Hin und Her entsteht und die wesensbestimmende Kontinuität des Waldhauses untergräbt? Wie vermeiden wir, dass Kontinuität zu Starrheit und Stillstand wird? Wie bewahren wir unsere starke Familienpräsenz und lassen denen, die mit uns arbeiten, trotzdem genug Raum? Wer wehrt sich gegen eine allzu starke Dominanz des Praktischen, das die Arbeit im Hotelalltag erleichtert, aber das Hotel auch bequem, banal und gewöhnlich machen kann? Zugleich: Wer bewahrt uns vor dem allzu Abgehobenen? Diese Spannungen und Zielkonflikte kann man nicht einfach aus der Welt schaffen mit einigen wohlfeilen Rezepten aus dem Organisationshandbuch, sondern wir müssen ihnen immer wieder hellhörig, offen und ernsthaft begegnen.

Die Bedeutung der Mitarbeitenden findet ihren Niederschlag natürlich auch in unserer Betriebsrechnung. Beinahe jeder zweite Franken, den wir einnehmen, geht in den Personalaufwand – für Köche, Kellner und Kellermeister, aber auch die Direktion und den Schreiner, die Wanderleiter, die Masseurinnen, die Musiker. 45 % der Einnahmen waren es konkret 2018. Es war ein gutes Jahr; in schwierigen Jahren ist der Anteil sogar noch höher, weil sich der Arbeitseinsatz nicht einfach linear mit dem Geschäftsgang reduzieren lässt.

Eigentlich unterstreicht die Zahl ja bloss, was wir über die Wichtigkeit der Mitarbeitenden sagen. Aber sie stellt uns vor grosse wirtschaftliche Herausforderungen. Fast die Hälfte der Einnahmen ist damit schon mal weg, wenn die Rechnungen für alles andere kommen – vom Wareneinkauf über die Energie bis zum Marketing, die Gratis-Gästepässe für den öffentlichen Verkehr und im Sommer die Bergbahnen und das Boot auf dem See und vieles andere mehr, für Briefmarken, Kreditzinsen und Versicherungen, auch die Ergebnisbeteiligungen der ersten Mitarbeitenden und der Direktion. Darum kann man sich lebhaft vorstellen, was es heisst und wie schwierig es ist, die rund 20 bis 25 % des Ertrags für Unterhalt und In-

Giovanni Rosano zeigt Flagge
(Foto Stefan Pielow, 2008)

vestitionen freizusetzen, die das Hotel idealerweise braucht, um auf die Länge zu überleben – auf dass das Waldhaus weiter Geschichte mache und nicht einfach Geschichte werde.

Warum dann dieser anhaltende wirtschaftliche Druck, der uns und die Zahlungskraft und Zahlungsbereitschaft unserer Gäste immer wieder so fordert? Wenn das Waldhaus tatsächlich eine so gute Sache ist, wie wir beharrlich behaupten: Müsste es dann nicht nach über einem Jahrhundert endlich etwas leichter und bequemer rentieren? Dem steht, volkswirtschaftlich betrachtet, ein zentraler, einfacher und doch auch sehr komplexer Grund entgegen: Viele Tätigkeiten im Hotel sind heute kaum produktiver als zur Zeit unserer Urgrosseltern. Ein guter Koch produziert nicht x-mal so viele gepflegte Mahlzeiten, eine geschickte und erfahrene Kellnerin bedient nicht x-mal mehr Gäste, eine gründliche Mitarbeitende in der Hauswirtschaft macht im Tag in harter Arbeit nicht x-mal mehr Zimmer als ihre fleissigen Vorgängerinnen und Vorgänger in der Belle Époque. Das liegt in der Natur dieser Arbeiten und bedeutet keineswegs, wir Menschen im Gastgewerbe hätten seit 1908 nichts mehr dazugelernt. Was auf den Tisch kommt und was wir von denen erwarten, die es servieren, was in ein Fünf-Sterne-Gästezimmer gehört und worauf man bei dessen Wartung alles achten muss, hat sich technisch, gesellschaftlich und kulturell ungemein verändert. Natürlich gab's auch technische Erleichterungen und Vereinfachungen, die aber

Zimmerfrauenballett (Foto Stefan Pielow, 2007)

vielfach mehr als wettgemacht wurden durch gestiegene Ansprüche und einen Ausbau des Angebots. Auf der Etage zum Beispiel muss man keine Nachttöpfe mehr leeren oder dauernd Krüge mit frischem heissem oder kaltem Wasser bringen, hat dafür aber bei jedem Zimmer ein komplettes Badezimmer zu putzen.

In vielen anderen Sektoren der Schweizer Wirtschaft hat sich derweilen die Arbeitsproduktivität enorm erhöht, und mit ihr wuchsen die Löhne und änderten sich die Arbeitsbedingungen. Und da wird die Sache kompliziert. Denn eine offene und vernünftige Gesellschaft kann es natürlich nicht zulassen, dass diese Vorteile nur denen zugutekommen, in deren Arbeitsbereich sie entstehen. Auch die Arbeitsbedingungen und Löhne im Gastgewerbe dürfen sich nicht radikal vom Rest der Wirtschaft und Gesellschaft unterscheiden. Doch wie laufen solche Anpassungen ab, wie weit müssen und sollen sie gehen? Das ist nie einfach linear und automatisch. Und wo und wenn es geschieht, treibt es unaufhaltsam unsere «Stückkosten» nach oben und setzt uns damit wirtschaftlich permanent unter Druck.

Renato, der Spielleiter.
Typisch Renato Pellegrinelli, seit bald 30 Jahren weit mehr als «nur» Chef-Patissier

Die Herausforderung wäre schon gross genug, wenn sie allein unser Verhältnis zu anderen Wirtschaftssektoren beträfe. Noch grösser wird sie aber durch den Umstand, dass in der Ferienhotellerie Landesgrenzen und Distanzen eine immer kleinere Rolle spielen. Wir stehen im direkten Vergleich mit Ländern und Hotels mit völlig anderen wirtschaftlichen und gesellschaftlichen Voraussetzungen, gänzlich anderen Produktionsbedingungen. Das ist absolut legitim, stellt aber unsere Wettbewerbsfähigkeit auf eine dauernde, harte Probe.

Überschlagsmässig hat ein Tellerwäscher bei uns im Durchschnitt im Minimum einen Brutto-Stundenlohn von Fr. 19.50 pro effektive Arbeitsstunde (ohne Sozialbeiträge des Arbeitgebers gerechnet). Für Schweizer Verhältnisse ist das nicht üppig. Aber in wie vielen anderen Ländern, die uns ebenfalls gute und komfortable Ferien anbieten, gelten solche Ansätze?

Es ist unvernünftig, dagegen zu wettern, auch gegen die (für uns) nachteiligen Wechselkursverhältnisse. Das gehört zum Standort Schweiz wie die Landschaft, das gute Verkehrssystem und so viele andere Dinge, auf die wir gemeinsam stolz sind. Aber es bleibt der Druck. Dass wir die «111 Jahre Waldhaus» ziemlich heftig feiern, hat schon seinen Grund. Sie sind nicht selbstverständlich.

Lange galt im Gastgewerbe, jedenfalls in der Ferienhotellerie, ein ziemlich archaisches Lohnsystem. Nur Mitarbeitende hinter den Kulissen, etwa die Köche, hatten fixe Löhne. Die an der Front dagegen – Kellner, Zimmermädchen, Etagenportiers, der Concierge und sein Team – erhielten nur einen sehr kleinen Festlohn, allerdings mit freier (wenn auch karger) Unterkunft und Verpflegung. Der Löwenanteil ihres Lohns kam stattdessen noch bis und mit 1970 aus einem obligatorischen Servicezuschlag, der auf jede Rechnung draufgeschlagen wurde und dessen Total, der «Tronc», nach einem komplizierten Punkteschema auf die Mitarbeitenden aufgeteilt wurde. Die Löhne waren damit extrem abhängig vom Geschäftsgang, wie man das in den USA zum Teil bis heute kennt.

Erst 1971, mit der Einführung des «Service inbegriffen», wurden die Löhne fix, wie auch die Preise für die Gäste.

Nicht so viel früher begann ein anderer, ähnlich einschneidender Wandel: Lange gab es in der Saisonhotellerie schlicht keine Freitage. Man war angestellt zum Arbeiten, und damit basta. Als dann zum ersten Mal arbeitsfreie Tage eingeführt wurden, hielten viele Mitarbeitende zuerst gar nichts davon. (Und rückwärtsgewandte Hoteliers, die sich selber ja kaum freie Tage gönnten, waren noch so gerne bereit, ihnen zuzustimmen.) In Wirklichkeit ging es natürlich zuerst ums Trinkgeld. Weil ausser dem obligatorischen Serviceanteil auch die freiwilligen, zusätzlichen Trinkgelder im Verhältnis so viel stärker ins Gewicht fielen, wollte niemand fehlen, wenn die hoffentlich spendablen Gäste abreisten. Aber offensichtlich

Etwas gebeugt, aber nicht geknickt:
Luca Cristiano, Paula Suhner, Dino Rosano und Jennifer Sigg am Ende ihrer dreijährigen Lehrzeit, Juni 2015

hatten die Hotelangestellten bis dahin auch gar keine Gelegenheit gehabt, während der Saison wirklich an ein Leben neben der Arbeit zu denken. Wie unvorstellbar wäre doch ein Walter Nana gewesen – unser dynamischer und geschätzter Maître d'Hôtel und Herr über die Waldhaus-Speisesäle (S. 169; Bild S. 214) –, der in seiner Freizeit als Sportler brilliert und sich dazwischen auf sein Motorrad schwingt?

Seit jenen Zeiten haben sich die Löhne sowie die generellen Arbeitsbedingungen eindrücklich verändert. Es ist aber auch vieles komplizierter geworden, auch für die Arbeitnehmer; man denke an die Pensionskasse, die staatliche Altersvorsorge, Arbeitslosenversicherung, Krankenkasse und Unfallversicherung. Zudem schreibt der Staat vor, wie viel im Minimum berechnet (und folglich versteuert) werden muss für Unterkunft und Verpflegung, die früher einfach inbegriffen waren.

Der institutionelle Rahmen für solche Entwicklungen war und ist neben gesetzlichen Veränderungen – Arbeitsgesetz, Ausbau der sozialen Sicherheit etc. – vor allem auch die spezifisch schweizerische Einrichtung der sogenannten Gesamtarbeitsverträge. Wenn Gewerkschaften und Arbeitgeberverbände einer Branche einen Tarifvertrag aushandeln, kann der Staat diesen für allgemeinverbindlich erklären. Er gilt dann für alle, nicht nur für die Mitglieder der beteiligten Gewerkschaften und Verbände. Das Gastgewerbe kennt solche Verträge seit den frühen 1970er-Jahren. Dass Rolf Kienberger damals, trotz seiner grossen Belastung im Betrieb, selber an vorderster Front mitwirkte, und zwar als Verhandlungsführer auf Seiten der Arbeitgeberverbände, belegt seine Offenheit und die des Waldhauses für diesen Wandel.

Offen wollen wir weiterhin sein, uns aber auch wehren für den Betrieb und seine Bedürfnisse. Vor allem aber bleibt das Waldhaus, was es ist, weil uns so viele mittragen mit ihrer Arbeit und ihrem Leben. Ganz wörtlich: *a work in progress.*

«Vieles war spontan»

Felix Dietrich

«Ich war als Direktor nicht ein Solist, sondern ein Spieler, der mit einer Mannschaft Erfolg haben kann. Ich spüre, welche Menschen an welchem Posten richtig stehen. Das half mir früher im Mannschaftssport und später im Hotel. Alleine hätte ich nie hinbekommen, was wir im Team geschafft haben. Ich wusste, dass ich im Waldhaus Menschen um mich scharen muss, mit denen ich das Besondere umsetzen kann.

FELIX DIETRICH (*1950) stammt aus einer Wirte- und Bäckerfamilie in St.Gallen. Schon dem Teenager imponierte das Waldhaus und das, was Rolf und Rita Kienberger darin und damit machten. Rasch imponierte Felix auch dem Waldhaus. Nach der Lehre auf einer Bank absolvierte er die Hotelfachschule in Lausanne, arbeitete unter anderem im Dorchester in London, im Du Rhône in Genf und im Victoria Jungfrau in Interlaken. 1975 heiratete er Maria Kienberger – der Rest ist Waldhaus-Geschichte.

Angebote zu kreieren, die andere nicht kopieren können, ‹äs bizzeli› einzigartig zu sein, Nischen zu finden, Erlebnisse zu produzieren, die anders sind: Das ist die Kunst eines guten Gastgebers. Ich bin überzeugt, dass der persönliche Kontakt zu Menschen nicht abbrechen wird. Roboter können repetitive Arbeiten in der Gastronomie übernehmen, aber sie können keine Wünsche von den Augen der Gäste ablesen.

Wir bieten keinen Service ab der Stange, sondern haben Dinge auf die Beine gestellt, die es so noch nicht gab. Planung ist das eine, Mut zur Improvisation das andere. Als wir einmal eine Gruppe von Waldhaus-Gästen in Chur am Bahnhof begrüssten, bat ich ganz spontan ein mexikanisches Musikerquintett, zehn Minuten für uns auf dem Perron zu spielen, als kleine Überraschung für die Ankommenden. Für sie fühlte es sich an, wie wenn wir das geplant hätten, für mich war es einfach eine spontane Idee, um Freude zu stiften.

Menschen zu finden, die für uns arbeiten könnten, fiel mir leicht, weil ich immer und überall mit offenen Augen und Ohren durch die Welt gehe. In erster Linie registriere ich, wie die Menschen auf mich reagieren. Wenn das einen positiven Effekt hat, stelle ich ein paar Fragen, versuche, herauszufinden, ob die Person Qualitäten hat, die mich überzeugen. Wenn ich Fähigkeiten oder Talente entdecke, mit denen ich irgendwann etwas gestalten kann, muss ich den Kontakt warm halten. Ich habe immer ‹Chärtli› dabei (zückt eine Visitenkarte).

Das Glück liegt auf der Strasse, viel zu oft läuft man daran vorbei, weil man nicht im Moment lebt, immer schon weiter ist und dadurch an den spannendsten Menschen, Gebäuden, Situationen vorbeiläuft. Ich habe den 180-Grad-Möwenblick – sehe und höre manchmal auch hinter mir, was passiert. Das kann belastend sein. In einem Supermarkt mit seiner Riesenauswahl kommen mir dann 20 Menüs in den Sinn, und so kaufe ich statt für einen Tag für eine Woche ein.

Immer wieder habe ich für Menschen, die ins Waldhaus passen, massgeschneiderte Jobs kreiert, respektive Menschen eingestellt, für die wir im Moment gar keinen Job hatten. Sei es der Grafiker, den wir nicht hätten in der Küche einstellen sollen, der dann aber das Team bereicherte und mit dem wir endlich ein Kochbuch kreieren konnten, seien es jene zwei Durchreisenden aus Amerika, die uns halfen, in der Zwischensaison 7000 Schachteln mit einem ‹Zweierli› Blauburgunder aus Jenins für unser Mailing zu verpacken. Künstler, Musiker, Kellner, Schriftsteller oder wer auch immer, wir konnten das Haus mit Leben füllen.

Klar spreche ich hier von 10% aller Angestellten, die anderen haben wir auch auf herkömmlichen Wegen gesucht. Wobei – dass wir einmal ein Stelleninserat aufgaben, in dem wir sinngemäss schrieben, es tue uns leid, dass das Waldhaus keine Stellen zu vergeben habe, weil die meisten lange blieben und wir deswegen auch entsprechend langfristig planen würden, gab ein enormes Echo. 50 Eingänge, manche kamen spontan vorbei. Peter Durrer (heute Direktor im Palace Luzern) war einer von ihnen, er begann bei uns seine Hotelkarriere. Ziel sollte es sein, dass Mitarbeitende zu Botschaftern unseres Hauses werden. Umgekehrt ist es mir nie leicht gefallen, Entlassungen auszusprechen. Wir gaben mindestens eine zweite und dritte Chance, und den Vorwurf, dass ich zu gut sei, den habe ich oft gehört. Mit Lehrlingen und Praktikanten hatte ich besonders viel Geduld, weil ich finde, dass sie in der Entwicklungsphase viel lernen müssen. Ich darf sagen, dass fast alle, die in ihrer Lehre Probleme hatten, heute einen unglaublichen Job machen. Dass ein Kadermitarbeitender mit jemandem seines Teams nicht mehr zusammenarbeiten wollte, habe ich respektiert. Vielleicht hätte ich manchmal früher handeln sollen, aber letztlich war es eine gemeinsame Entscheidung, uns von jemandem zu trennen. Fest steht, dass ein Hotel ohne dienstbare Geister nicht machbar ist. Ein guter Mitarbeiter muss fachlich gar nicht der Beste sein, sondern einen positiven Effekt aufs Team und die Gäste haben. Die Fähigkeit, andere anzustecken, besitzen oft Quereinsteiger.

«Es gibt viele ehemalige Mitarbeitende, die den Waldhaus-Virus weiter verbreiten. Und es gab Mitarbeitende, die ich am liebsten auf ewig engagiert hätte.»

Das Waldhaus ist Arbeitgeber für 160 Angestellte. In meiner Funktion habe ich mich schätzungsweise zu 20% um Mitarbeitende gekümmert, 50% sass ich am Pult und habe die Pendenzen des Alltags geregelt, und zu 50% war ich bei den Gästen und zirkulierte. Trotz Arbeit fand ich immer auch Zeit für die Familie und den Kontakt zu Freunden. Das Hotel gab mir auch die Freiheit für Öffentlichkeitsarbeit oder spontane Freiwilligeneinsätze. Ich hatte noch im Jahr 2000 keinen Computer und trug so die Informationen von Departement zu Departement. Vor den Kulissen, Concierge, Saal, Bar, Reservationsbüro, da war ich stets auf dem Laufenden. Von den entfernteren Abteilungen wie der Schreinerei, der Etage oder dem Hallenbad musste ich dann öfters hören, dass ich sie informativ vernachlässige. Vieles war spontan bei mir.

Ich war bis zu einem Workshop, an dem uns ein Psychologe einen Spiegel vor die Augen hielt, sogar der Auffassung, ich hätte einen partizipativen Führungsstil. Es stellte sich heraus, dass unsere Kadermitarbeiter fanden, ich würde den Laden autoritär führen. Das gab mir zu denken. Sie wussten jedoch, wie sie mich zu verstehen hatten, und meistens pressierte es ja. Gute Mitarbeitende sind nicht immer entscheidungsfreudig, und so habe ich im Zeitdruck Dinge eben vorweggenommen. Es zeigte sich übrigens, dass die Kadermitarbeitenden gerade das auch schätzten. In all den Jahren habe ich gelernt, dass es viele Wege gibt, um etwas zu erreichen. Ich höre hin, wenn mir jemand sagt, wie man etwas machen könne, denn man kann dem Neuen immer wieder eine Chance geben. Dazu benötigt man Respekt vor dem Gegenüber. Ich habe gelernt, das Potenzial der Mitarbeitenden zu erkennen und es richtig einzusetzen. Faszinierend, dass die fünfte Generation das noch viel bewusster und fokussierter macht. Sie richten die Führung aufs Können und die Verantwortung der Kadermitarbeitenden aus und geben ihnen mehr Gewicht und Entwicklungschancen. Ich finde das sehr gut und bin gleichzeitig froh, dass ich noch gewisse Dinge umsetzen und dem Betrieb und der Familie nützlich sein kann.»

«Im Waldhaus habe ich 47 Lehrlinge ausgebildet»

Kurt Röösli

«Bevor ich 1991 als Chef de partie ins Waldhaus kam, kochte ich auf einem der modernsten Schiffe der Welt, die Bedingungen in der Küche waren die besten, die man sich vorstellen konnte. Die Waldhaus-Küche war dagegen das reinste Mittelalter. Der hohe Raum, veraltete Geräte, der Elektroherd, die Abwärme, die rudimentäre Lüftung – ja, ich war konsterniert. Nach ein paar Tagen erst spürte ich die Energie und merkte, wie gut man in dieser Küche arbeiten konnte. Das Moderne bringt viele Vorteile mit sich, aber Herz und Seele liegen oft im Alten. Ich habe die alte Küche über die Jahre hinweg sehr geschätzt, sie war der Bauch des Hotels. Die neue Küche ist immer noch ein Ort der Begegnung, eine Kathedrale, sehr hell und klar, wohl die schönste Küche der Welt. Die Lüftung hat den Blick nicht verstellt, die Wände sind sauber, die Lampen unwahrscheinlich elegant. Aber in den alten Mauern war die positive Energie gespeichert, und ich weiss, dass die neue Küche Zeit brauchen wird, bis sie wieder Patina annimmt und Geschichten erzählen kann.

KURT RÖÖSLI hatte seinen ersten Waldhaus-Arbeitstag am 18. Dezember 1991. Als er nach einem Vierteljahrhundert weiterzog, hatte er die Waldhaus-Küche grundlegend verändert und nicht nur in seinem unmittelbaren Arbeitsbereich viele Menschen berührt. Seit 2016 leitet er die Küche und Gastronomie in der Stiftung Wagerenhof in Uster. Auch seine Frau Sissi traf Kurt im Waldhaus. Sie kam als Service- und Food & Beverage-Praktikantin und wurde Personalchefin. Heute ist sie verantwortlich für Human Resources im Savoy Hotel in Zürich. Sie haben zwei erwachsene Töchter, Anna und Lena.

Den Holzkohlengrill aus der Gründerzeit konnten wir in die Moderne retten. Stünde ich heute nochmals an derselben Stelle, würde ich mich für einen kleinen Holzherd gleich daneben einsetzen. Gerichte wie eine Polenta, ein Risotto werden auf dem Feuer einfach besser als auf einer kalten Induktionsplatte. Auch finde ich, dass die jungen Köche wieder das Fingerspitzengefühl für das Kochen auf Feuer lernen könnten, und ich bin mir sicher, dass die Gäste die Geschichte sofort verstehen und lieben würden.

Sehr schnell war ich die rechte Hand vom damaligen Küchenchef René Zigerli. Er hatte ein Riesenwissen und ich einen guten Draht zu ihm, es war wie eine Vater-Sohn-Beziehung, und mir fiel eine klassische Vermittlerrolle zu. Es ging um Disziplin und Gehorsam gegenüber dem Chef, aber auch um die Motivation des ganzen Teams und ein offenes Ohr für dessen Anliegen. Als ich 1995 einen Sommer lang erneut auf einem Schiff arbeiten durfte und vertreten wurde von einem, der den diplomatischen Austausch nicht so verinnerlicht hatte wie ich, kam es zum Eklat, und so wurde ich im Sommer 1996 zum neuen Küchenchef ernannt. War das der richtige Schritt? Mich hat das sehr lange beschäftigt. Das persönliche Verhältnis zu René Zigerli war mir nach wie vor sehr wichtig. Und ich war sehr unsicher. Plötzlich sah ich die Dinge aus einer anderen Perspektive, kontrollierte jede Bestellung, es war viel, meine Tage wurden sehr lang, und doch wollte ich nichts sehnlicher tun als diese Arbeit. Mit 30 will man noch mit dem Kopf durch die Wand, aber selbst ich lernte zu delegieren und das Vertrauen zu verteilen, und ich liebte meine Rolle als Ausbildner und liebe sie nach wie vor. Im Waldhaus habe ich 47 Lehrlinge ausgebildet. Mit den meisten stehe ich nach wie vor in Kontakt. Als Lehrmeister hat man einen grossen Einfluss auf die Ausbildung, egal, ob das nun heute noch zum Schulstoff zählt oder nicht: Wir haben ganze Tiere selbst verarbeitet, Saucen, Fonds, Suppe von Grund auf zubereitet, bei uns konnte ein Lehrling in jeden Bereich eintauchen und am Chef's Table, am Frühstücksbuffet oder am Buffet Gerichte dem Gast vorstellen, ein Jungkoch muss das sichere Auftreten lernen.

HARTLY MATHIS (1926–2007): «Im Sommer 1955 war ich Küchenchef im Waldhaus, im Winter 1953/54 und 1954/55 im Chantarella bei Herrn Rolf Kienberger und seiner Frau», erinnerte sich 2008 Hartly Mathis (1926–2017), der spätere Herr am Herd im Suvretta und ab 1967 Pionier der gehobenen Berg-Gastronomie im La Marmite auf Corviglia. «Damals legte man viel Gewicht auf die klassische Küche, das musste man, denn man hatte die alte Klientel. Man konnte schon moderne, etwas leichtere Sachen machen, aber im Grunde genommen mussten wir kolossal aufs Klassische achten. Zum Beispiel ein ganzer Kalbsrücken. Oder ein Filet Wellington. Die ‹grosses pièces›, die man im Saal tranchiert hat, waren Standard. Und am Mittag einen guten Schmorbraten, einen Bœuf braisé, oder eine Choucroute garnie. Ich könnte noch viel aufzählen: Ente, Truthahn, Poulet, viel Fisch, viele Forellen. Die Fischer von Isola brachten uns lebendige Forellen für unseren Forellentrog.»

In meiner Zeit gab es viele Veränderungen. Felix Dietrich wollte den Tellerservice einführen, ich wollte das Handwerk zeigen, so haben wir die wöchentlichen Themenbuffets eingeführt, die es noch heute gibt. Wir begannen, konsequent auf lokale Produkte zu setzen, bauten das Netzwerk mit Lieferanten und Bauern aus, organisierten Besuche auf den Betrieben für unsere Gäste, zu einer Zeit, als der Trend zum Regionalen ganz und gar nicht angesagt war. Wir waren 20 Köche, im Jubiläumsjahr 2008 erweiterte sich das Team auf 26.

In meiner Lehrzeit war die Gastronomie noch moderne Sklaverei. Heute hat man vor allem die Arbeitszeit im Auge, diese acht Stunden. Ich plädiere für einen gesunden Mix. Wir alle wissen, dass ein Leben als Koch positive und negative Seiten hat, aber wer viel investiert, bekommt auch viel, und Spass an der Arbeit lässt sich mit keiner Stempeluhr berechnen. Mit dieser Philosophie sind die Führungsleute im Team dem Waldhaus oft fünf Jahre und länger treu geblieben. Mein unmittelbarer Nachfolger, Dennis Remo Brunner, war zwölf Jahre dort. Auch das spricht für die Arbeitsbedingungen im Waldhaus.»

HARTLY MATHIS:
«Nie vergessen habe ich, wie Rolf Kienbergers Vater Oskar Kienberger sagte: ‹Bloss nicht sparen bei der Küche! Wir haben ein gewisses Handicap bei den Zimmern, da sind wir etwas im Rückstand, es sind schöne Zimmer, aber vielleicht nicht das, was man heute unter Luxus versteht. Die Küche sollte das kompensieren.›»
Hartly Mathis war 1955 als Küchenchef im Waldhaus der Vor-Vor-Vor-Vor-Vorgänger von Kurt Röösli.

sets
games
games

Rekorde und Herausforderungen

Ich bin der Leiter des Hauses». Zurückhaltend, aber selbstbewusst hatte sich Rolf Kienberger jeweils mit diesen Worten den neu ankommenden Gästen vorgestellt.

Im Sommer 1987 übernahmen Felix und Maria die Direktion. Da hatten sie das Waldhaus und dessen Entwicklung an der Seite unserer Eltern schon ein Jahrzehnt lang führend mitgeprägt («Wachablösung», S. 207). Jetzt konnten sie vollends zeigen, was in ihnen steckte. Mit Freude, Leidenschaft, Geschick und Können widmeten sie sich dem weiten Spektrum ihrer Aufgaben. Unterdessen waren sie auch fünffache

«Ich bin der Leiter des Hauses»: Rolf Kienberger (1917–1994) mit Annie Reich (1894–1984), um 1975 (Foto Toni Cavelti)

Eltern geworden. Claudio, der Älteste, war zehn, Carla als Jüngste noch nicht einmal vier. Deshalb war gerade Maria sehr dankbar, dass sich ihre Position im Hotel zunächst weniger stark veränderte als die von Felix. Weil unsere Mutter Rita Kienberger beinahe zehn Jahre jünger war als der Vater, konnte sie weiterhin intensiv im Hotel mitarbeiten. Dies ermöglichte Maria, bei allem Engagement für den Betrieb ein recht gutes Gleichgewicht von Mitarbeit und Mutterfreuden und -plichten zu finden. Es lasse sich aber keine und keiner jetzt dazu verleiten, Marias Rolle im Hotel und in dessen Leitung zu unterschätzen, denn in späteren Jahren wird sie mit dem Heranwachsen der Kinder noch sehr an Gewicht gewinnen.

Auf Felix' breiten Schultern landete viel, und er nahm es mit grosser Tatkraft und Unternehmungslust in Angriff, seien es die Reservierungen oder das Marketing, das Finden, Motivieren, Lenken und Weiterbilden der Mitarbeitenden, spezielle Momente wie die persönliche Abholung der Teilnehmerinnen und Teilnehmer einer grossen Tagung mit RhB-Salonwagen in Chur oder das Organisieren von ersten, fürs Waldhaus noch ungewohnten Jazz-Abenden in der Halle oder in der Bar, der Kontakt mit Lieferanten, mit Handwerkern, jungen Lehrlingen, mit Berufskollegen, mit der Presse und erst recht mit den Gästen.

Das Hotel eilte von einem Erfolg zum anderen. Auch wenn man das nicht einfach auf Zahlen reduzieren kann, tun wir es für einmal trotzdem: Nach einem etwas gedämpften 1987 konnte Rolf Kienbergers Jahresbericht schon für 1988 stolz Resultate melden, «wie wir sie uns schon längst erträumten und wohl noch nie erlebten». 1989 «übertraf der Jahresumsatz zum ersten Mal die 8-Millionen-Grenze», der Bericht für 1990 rapportierte «eine Steigerung um 12,2 %», und für 1991 hiess es: «Zum dritten aufeinanderfolgenden Mal weist der Umsatz eine Steigerung von rund 1 Mio. Fr. auf und übersteigt erstmals die Zehnmillionengrenze.»

Maria und Felix hatten die Hilfe eines guten Teams, und zum Glück konnte Felix schon in der Übergangszeit auf eine Reihe von hervorragenden, zupackenden Direktionsassistenten zählen wie Patrick Ghielmetti, von dem noch die Rede sein wird (S. 317), und auch Ernst und Silvia Wyrsch (später in Davos lange Jahre Direktoren des Steigenberger Belvedere und er Präsident des HCD, ebenso verdienter Präsident des Bündner Hoteliervereins, heute umtriebig unterwegs als Glückscoach und Hotelexperte) oder Marzio und Hanni Forni aus Airolo und viele andere mehr. Dahinter verbarg sich allerdings ein altes Dilemma: Je besser qualifiziert und je ambitionierter die Assistenten waren, desto eher würde er oder sie sich auch für eine weiterführende Karriere und eine eigene, selbstständige Direktion interessieren.

Jedenfalls kam schnell ein Riesenprogramm zusammen. Dabei war von grossem Einfluss, wie umfassend Rolf Kienberger seine eigene Rolle verstanden hatte. Er war kein Patriarch und kein Autokrat; sonst hätte er einen Menschen wie Felix kaum so stark fürs eigene Métier und für das Waldhaus begeistern können. Aber er war ein Patron alter Schule: ruhig, verlässlich, menschlich und mit einem feinen Humor, auch streng und fordernd, zielstrebig, präzis und diszipliniert. Ein Patron, der das Hotel – mit unserer Mutter an seiner Seite – mit ungeheurer Arbeitskraft bis in viele kleinste Details dominierte. Das hatte nicht zuletzt auch wirtschaftliche Gründe, denn in den langen Jahren der Kargheit und des Aufholens danach wollte und konnte man sich keinen grossen Stab von verantwortlichen Mitarbeitenden leisten.

«Ich bin der Leiter des Hauses»: Felix Dietrich hegte bei aller Bewunderung nicht die Absicht, dieses Rollenverständnis einfach zu übernehmen. Das Waldhaus hatte ihn stark geprägt, doch hatte er selber auch schon einige andere mögliche Führungsmodelle beobachten können, im Positiven wie im Negativen. So hatte er nicht nur die Hotelfachschule in Lausanne mit allen Auszeichnungen absolviert, sondern später berufsbegleitend auch das wertvolle Unternehmerseminar des Schweizerischen Hotelier-Vereins bis zum Titel des «eidgenössisch diplomierten Hoteliers/Restaurateurs» absolviert. Zudem war er auch in seiner Persönlichkeit keine blosse Kopie des bewunderten Schwiegervaters. (Wer wäre das schon?) «Ein geborener Hotelier»: Diese Bezeichnung fällt jedem ein, der ihn schon in Aktion erlebt hat –

1968 ging viel drunter und drüber in der Welt. Manchmal auch ein wenig in der Waldhaus-Telefonzentrale. Urs Kienberger, ein Ferienjob

vielleicht noch schneller als bei Rolf Kienberger selbst, bei dem es einem aus der Distanz immer etwas unwahrscheinlich vorkam, dass er in seinem Fach so erfolgreich war. Zu Felix fallen einem, neben seinen profunden Fachkenntnissen und Führungsqualitäten und darüber hinaus einer ausgesprochenen Zahlenfertigkeit, auch «Impresario» und – um einen seiner Lieblingsbegriffe zu gebrauchen – «Spieler-Trainer» ein: Der Hotelier als Impresario mit Freude am Theatralischen, am Organisieren und Inszenieren, wohl auch mit einem gewissen Hang zur Selbstdarstellung; der Spieler-Trainer einer, der immer gleich mitmacht, und es schon immer getan hat, aber nicht nur mitlaufend, sondern mitbestimmend, motivierend, organisierend – wie einst in der katholischen Jungwacht und gerade auch im Sport, obwohl ihm der sonst eigentlich nicht besonders lag, im Handballclub, beim Fussballspiel. Und bei all dem mit einer angeborenen Leichtigkeit, ja einem Drang, zum Zugehen auf die Menschen.

Wegen diesem reichen Angebot von Fähigkeiten und Neigungen drohte die Arbeit für Felix bald zu einem übergrossen Paket von Aufgaben und Verantwortungen anzuwachsen, zumal das prägende Vorbild des Vorgängers und die entsprechenden Erwartungen der Familie, der Gäste und Mitarbeitenden den Druck noch verstärkten. Alle wollten Felix als Felix, und gleich auch noch möglichst als Rolf Kienberger.

Felix und Maria waren deshalb aktiv interessiert, in der Hotelleitung wieder eine neue, dauerhafte Partnerschaft auf gleicher Augenhöhe zu finden, wie sie sich in der «Kohabitation» mit der vorherigen Generation bis 1987 so gut bewährt hatte. Während einiger Zeit hatten sie und ich sogar diskutiert, ob wir es vielleicht miteinander probieren sollten. Das war nun allerdings nicht das Naheliegendste.

Felix und mich verband seit der Jugendzeit eine herzliche Freundschaft und eine hohe gegenseitige Achtung für unsere so unterschiedlichen Neigungen und Fähigkeiten. Zudem einte uns die Wertschätzung für das Wirken und die Werte meiner Eltern und für diesen schönen, besonderen Ort. Doch bin ich (paradoxerweise) alles andere als «der geborene Hotelier». Was meinen Schwager treffend beschreibt, lässt sich von mir nicht wirklich sagen. Natürlich bin ich wie meine Geschwister mitten im Hotel aufgewachsen, wie Bauernkinder auf dem Hof, wie Zirkuskinder im Wohnwagen hinter dem grossen Zelt; wir hatten ja damals nicht einmal eine separate Wohnung. In den Ferien wurden wir allenthalben eingespannt, und gebannt hatte ich seit der frühen Kindheit am Familientisch viel über den Betrieb mitbekommen; ich hatte auch beim Blumenrichten oder am Abend im Privé, auf dem Weg zur Kirche oder in den Wald und die Berge den unablässigen Geschichten vom Geschehen im Hotel in den Gesprächen der Eltern, Tanten, Onkel, Grosseltern und vieler anderer gelauscht, mit denen wir unser Hotelleben teilten.

Ich war ein Hotelkind durch und durch, aber eines mit zwei linken Händen – wie damals, als ich beim Abräumen ein Tablett mit 16 Gläsern fallen liess und alle Kellner applaudierten; einer, der vieles vermissen liess und lässt, was einem im praktischen Hotelalltag nützt; zudem ein ziemlicher Einzelgänger, der mit gesenktem Kopf durch die Gänge lief, um nicht aufzufallen, den Bücher mehr lockten als das gemeinsame Spiel (ich kann immer noch nicht Karten spielen!) und der liebend gern viele Stunden allein unterwegs war auf weiten Streifzügen in der Natur.

So ist es kein Wunder, dass es mir lange höchst unwahrscheinlich schien, im Waldhaus eine nützliche Rolle einzunehmen. Ich ging fort, studierte nach der Internatszeit im Collège St-Michel in Fribourg und einem wunderbaren Austauschjahr in den USA Ökonomie an der Hochschule St. Gallen, war wieder in Amerika und auch eine Zeit lang in Brasilien, kam dann, glücklich verheiratet mit Nancy Wiedeman aus Peoria, Illinois, zurück in die Schweiz und arbeitete als Ökonom beim Schweizerischen Bankverein in Basel.

Mit den Jahren erkannte ich aber, dass mein Herz trotz aller schönen Erfahrungen in der Fremde immer noch dem Waldhaus gehörte. Dessen Vergangenheit, Gegenwart und Zukunft beschäftigten mich nach wie vor intensiv. Das aber immer im Wissen, dass das Waldhaus eigentlich weder gute noch gut gemeinte Ideen und Ratschläge aus der Ferne brauchte, sondern in erster Linie Menschen, die zupacken können vom frühen Morgen bis zum späten Abend.

Die Zeit fern von Sils hatte mich selbstsicherer gemacht, mir mehr Leichtigkeit im Umgang mit Menschen statt nur mit den Büchern und mehr Gewandtheit in der Öffentlichkeit geschenkt. Und obwohl mein gewähltes Fach, das mir durchaus gefiel, ein akademisches war, so waren doch das HSG-Studium und die Arbeit in der Bank weit mehr als blosse Fingerübungen in praxisfernen Elfenbeintürmen. Kurz: Es wuchs mein Vertrauen, auch Situationen meistern zu können, die ausserhalb meiner natürlichen Komfortzone lagen. Allerdings hatte ich sehr wenig Führungserfahrung. Das Angebot von Felix und Maria zum Zusammenspannen hatte aber nicht zuletzt den grossen Reiz, dass ihre eigene grosse Hotelerfahrung und ihre Fähigkeiten viele von den weissen Flecken in meiner Biografie und auf meiner Palette kompensieren könnten.

«Messieurs, soignez les détails!», schärfte Napoleon Bonaparte immer wieder seinen Generälen ein. (Dass er bei Waterloo dann doch den Kürzeren zog, lassen wir jetzt mal schön beiseite.)

Ich hatte dafür ja andere Pfeile im Köcher. Wie sie, war ich bereit und in der Lage, mich mit Haut und Haaren und ganzem Herzen zu engagieren. Ich hatte schon viele Freiräume gehabt und würde sie jetzt nicht vermissen. (Was der Wechsel nach Sils für meine liebe Frau, das abrupt in die Berge versetzte Stadtkind bedeutete, steht auf einem anderen Blatt.) Konkret beitragen konnte ich meinen Hang zur Präzision, einen ausgeprägten Sinn fürs Kommunizieren in Wort und Schrift, einen Sinn für Atmosphäre, für Feinheiten, für – oft verborgene – Zusammenhänge, einen Sinn schliesslich auch für die «Grenzen der Vernunft» – das sind alles durchaus wichtige Elemente für den Erfolg unseres Betriebs. Kommunikation: Das liegt auf der Hand, in diesem Betrieb sogar in besonderem Mass. Das Waldhaus konnte nur ungewöhnlich bleiben, wenn es sich immer wieder überzeugend erklärte. Aber «Grenzen der Vernunft»? Damit meine ich natürlich nicht ein wörtliches Plädoyer für Unvernunft – auch wenn an dieser Stelle nochmals höflich daran erinnert sei, dass das Waldhaus wohl nicht existierte, wenn unsere Vorfahren immer nur vernünftig gewesen wären. Ich glaube aber fest daran, dass wir, um dem Hotel seine Ausstrahlung, seinen Zauber und seine besonderen Qualitäten zu erhalten, über das rein Praktische und Pragmatische hinausgehen müssen, so unerlässlich es für das alltägliche Funktionieren des Hotels auch ist. Grundsätzlich weiss das ja jeder gute Hotelier; nur kann es gerade der gewiefte Praktiker im Druck des hektischen Hotelalltags leicht aus den Augen verlieren, wie auch oft bei Zahlen und Worten ein energischer Fürsprecher für Präzision fehlen mag, vom Rechnungswesen bis zur Schreibweise der Gästeadressen und der Tagesmenüs.

Die elegante Klarheit der Himmelsmechanik: Was einen Satelliten im All hält, ist das Gleichgewicht von gegensätzlichen Kräften, das Zusammenspiel von Anziehungskraft und Fliehkraft. Eine komplexe, anspruchsvolle, zerbrechliche «Menschenmechanik»: Auch wir haben durch ein subtiles Gleichgewicht von gegensätzlichen Kräften das Waldhaus auf einer eindrücklichen Flugbahn gehalten.

Gleichzeitig war ich Hotelkind genug, um zu wissen: Was am Schluss am meisten zählt, ist immer noch das Eingehen auf unsere Gäste in ihrer Person und ihren Anliegen, und dabei auch die Mitarbeitenden und die vielen anderen, die mit uns zu tun haben, nicht auszulassen. Entsprechend machte das auch ich zu meiner zur ersten und zentralsten Aufgabe, nicht anders als die anderen Familienmitglieder im Betrieb. Dieses kann einem nur dann tatsächlich und authentisch und in möglichst vielen Fällen gelingen, wenn man selber solide im Hotelalltag verankert ist. Man kann nicht einfach rumschwirren und mit allen ein bisschen reden. Man braucht eine feste Basis, um von den Menschen etwas zu wissen, und gute Gründe, um mit ihnen zu tun zu haben. Im eigenen Fall suchte ich diesen Anker vor allem in der intensiven Arbeit mit den Reservierungen.

Ab 1989 wagten wir das Experiment (notabene mit Abmachungen, die dem Betrieb schliesslich für uns alle drei kaum grössere Kosten verursachten als die branchenüblichen Ansätze für einen einzigen Geschäftsleiter). Das Resultat war stark. Was wir miteinander suchten und oft fanden, waren nicht so sehr die harmonischen Kompromisse oder der kleinste gemeinsame Nenner; vielmehr waren es kreative Entscheidungen mit einer klaren individuellen Handschrift, aber eben nicht einsam gefällt, sondern geprüft, geschärft und gehärtet in der gemeinsamen Diskussion. Die Vielfalt der Handschriften gab dem Waldhaus mehr als nur ein Gesicht: Sie gab ihm neue, zusätzliche und ungeahnte Dimensionen. Es war stimulierend, erfüllend und erfolgreich, aber auch fordernd und sehr anstrengend. Man merkte die Spannung; sie machte das Waldhaus umso interessanter und markanter, offen auch für ein breiteres Spektrum von Menschen.

Zusammen waren wir stark. Doch die Spannung, die wir dem Betrieb vermittelten, bekamen auch wir zu spüren, wir Alphatiere am gemeinsamen Tisch. Als Nicht-Musiker bin ich mir nicht sicher, ob das Bild taugt, aber ich sah uns immer wieder als so etwas wie ein sehr ambitioniertes Kammerensemble, das gemeinsam probt und auftritt. «Management als Kammermusik»: anspruchsvoll, anstrengend und nicht ohne Risiken für einen selbst und für den Familienfrieden. (Versuchen Sie es nie, wenn Sie nicht auch eine Maria Dietrich mit dabeihaben!) Immer wieder müssen sich die eigenen Zielvorstellungen und Ideen vor der Skepsis der anderen bewähren. Dabei gewinnen sie entweder an Kraft und Kontur, oder es zeigt sich, dass sie eben doch nicht so brillant waren. Das ist nie leicht, selbst wenn sich zum Glück wie bei uns das Grundverständnis der Aufgabe weitgehend deckt. Und leicht gemacht haben wir es einander – und jede und jeder sich selbst – nicht; gerade auch der Schreibende nicht, getrieben vom Ehrgeiz, immer noch mehr zu erreichen, gebremst von den eigenen Grenzen.

Lange, bevor das Internet auch die Unbelesensten zu Zitatenmeistern machte, beendete Rolf Kienberger 1992 seinen Jahresbericht mit diesen Versen von Wilhelm Busch:

Niemals

Wonach du sehnlich ausgeschaut,
Es wurde dir beschieden.
Du triumphierst und jubelst laut:
Jetzt hab ich endlich Frieden!
Ach, Freundchen, rede nicht so wild,
Bezähme deine Zunge.
Ein jeder Wunsch, wenn er erfüllt,
Kriegt augenblicklich Junge.

Mit dem erhofften gegenseitigen Entlastungseffekt war es auch nicht so weit her. Fast im Gegenteil: Mit geteilter Leidenschaft und unterschiedlichem Blick haben wir uns gegenseitig immer wieder angestiftet. War einer geneigt, fünf gerade sein zu lassen, drängte der andere garantiert darauf, weiterzumachen, noch mehr zu versuchen, es noch besser zu machen.

Hat es sich gelohnt? Felix und Maria hätten auch allein das Zeug gehabt, das Waldhaus gut zu führen und hätten es dabei oft leichter gehabt. Wir hätten es alle leichter gehabt, wären wir auf separaten Wegen geblieben. Doch so viel Spannendes und so viel Schönes wurde erst möglich durch unser Zusammenwirken. Seien wir einfach dankbar, und lassen wir das Abwägen! Das Waldhaus ist auch darum ein so interessanter Ort, weil es viele offene Fragen in sich trägt. Wie im richtigen Leben.

«Es sollte viel einfacher werden»

Maria Dietrich-Kienberger

«Drei Jahre nach dem Rücktritt unserer Eltern kam mein Bruder Urs zurück ins Waldhaus, das war im Winter 1989/90. Wir hatten grosse Pläne, haben uns gefragt, wer was machen könne, die Arbeit sollte viel einfacher werden. Sie wurde komplizierter. Urs stieg zum CEO fürs Unnötige auf. Mit seinem Humor und seinem Schreibtalent hat er dem Haus unglaublich viel gebracht, die Gäste lieben seinen Witz, aber eine eigentliche Ablösung gab es nicht, weil Urs und Felix viel zu verschieden sind. So schaukelten sie sich gegenseitig zur Höchstform hoch, was dem Waldhaus unglaublich gut tat und viel brachte, nicht aber der Familie.

Gelernt habe ich, wie unendlich wichtig in einem Familienbetrieb der stete Dialog ist. Jede Generation sollte den Respekt füreinander behalten. Ich selber habe auch immer probiert, es vorzuleben. Am wichtigsten ist das gute Auskommen unter den Geschwistern. Auch die aussenstehenden Familienmitglieder haben wir immer miteinbezogen, das war und bleibt anspruchsvoll, aber ohne Kommunikation geht es nicht. Am Schwierigsten wird's mit Rivalitäten. Man sollte sie als etwas Alltägliches betrachten und akzeptieren, dass sie ein Teil von uns Menschen ist. In unserer Familie nicht mehr und nicht weniger als anderswo, aber wir sind uns bewusst, dass sie am meisten Probleme machen kann. Darum will ich unseren Söhnen Vertrauen und Zuversicht mit auf den Weg geben. Sie werden ihr Bestes geben und das Beste daraus machen. Bestimmt machen auch sie Fehler. Am Anfang und später. Fehler sind normal, aber wenn ein Familienmitglied nicht bereit wäre, seine Aufgabe im Waldhaus gut zu machen, dann macht er sie besser gar nicht. Dieses Urvertrauen in die guten Absichten gebe ich weiter, und ich freue mich, dass ich mich nicht schon ganz zurückziehen muss, sondern, wie schon meine Eltern, auch weiterhin noch tun kann, was ich gerne und gut mache.»

«Die Strategien sind heute klarer ausformuliert. Bei uns war vieles nur in unseren Köpfen verankert, aber Claudio und Patrick haben ihre Vorgehensweisen so festgehalten, dass sie auch für Aussenstehende nachvollziehbar werden.»

Herbstgedanken

Die Ziele unseres gemeinsamen Wirkens und mein Beitrag dazu waren nie leicht zu fassen und zu begründen. Im Herbst der eigenen Arbeit im Waldhaus sei es dennoch versucht.

Kontinuität – die unterschätzte Herausforderung

Umbruch und Wandel sind dynamisch und spannend. Daneben mag einem das geduldige Verfolgen von langfristigen Zielen schwung- und witzlos vorkommen. Doch das täuscht. In einer dynamischen Welt heisst Kontinuität nicht träger Stillstand. Bewusst an einem festen Ort zu bleiben, wenn rundherum alles fliesst und sich bewegt, fordert ebenfalls Innovationskraft, Können und harte Arbeit sowie einen ganzen Dreispänner von speziellen Qualitäten: Zum einen Behutsamkeit und Verständnis für das, was ist. Dann die Fähigkeit, sich überzeugend erklären zu können, denn Kontinuität liegt fast automatisch quer zum Trend, zur geltenden Normalität. Wer nicht einfach nachgeben will, muss beharrlich werben für das, was anders ist. Und schliesslich ein besonderes Selbstbewusstsein und unternehmerisches Selbstverständnis in der Bereitschaft, Tag für Tag alles so zu tun, dass am Schluss scheint, man habe eigentlich nichts getan. Denn je besser uns Kontinuität gelingt, desto mehr entsteht der Eindruck: «Es war ja schon immer so.»

«Überall pflanzen sich die alten grossen Luxushotels vor das schaudernde Auge, Produkte der schlimmsten Geschmacklosigkeit seit Erschaffung der Welt», wetterte 1962 der österreichische Literat Hans Weigel (1908–1991). Wie Indien habe auch die Schweiz ihr Kastenproblem, monierte er in *Lern dieses Volk der Hirten kennen*, seinem sonst so liebevollen und gut beobachteten Porträt der Schweiz (1962 bei Artemis, Stuttgart und Zürich, erschienen). Zeitgeist und Kontinuität kommen sich manchmal gehörig in die Quere. Selbst bei Jahrgängern.

Kontinuität ist damit nicht weniger kreativ und anspruchsvoll als rascher Wandel und betontes Wachstum oder, erst recht, das blosse Mitschwimmen im Strom. Man braucht viel Stehvermögen dazu, und viel Fantasie. Doch die Mühe kann sich lohnen. Zumal in einer Zeit, in der sich eigentlich viele Menschen nach Kontinuität und Stabilität sehnen, und zumal, wenn die Anstrengung einem so starken Produkt gilt wie diesem klug konzipierten Haus unserer Vorfahren.

Le pas-trop-grand hôtel

Das Waldhaus war nicht klein gedacht. Schon im Eröffnungsjahr beherbergte es bei voller Belegung über 250 Gäste. Heute sind es gelegentlich auch 290, wenn besonders viele Kinder da sind (damals war das weniger üblich), doch abgesehen davon, hat unser Hotel kaum ein Gästebett mehr als vor 111 Jahren. Das mag befremden: Die Welt wäre arm dran, wenn es alle so machten. Doch mit dieser Begrenzung konnten wir uns bewahren, was in unseren Augen die Arbeit des Hoteliers besonders auszeichnet: den persönlichen Umgang mit den Gästen. Will heissen: der Stolz und die Befriedigung, immer wieder neue, besondere Erleb-

Das Waldhaus inmitten verschneiter Landschaft, 1978 (Foto Hans Steiner)

nisse schaffen zu können, nicht für abstrakte «Kunden», sondern für Menschen, die wir kennen – und damit bekommen wir die Chance für ein unmittelbares und direktes Feedback auf unser eigenes Tun.

Aber Moment mal: Es gehe in ihrem Métier «um die Menschen» – sagen das nicht fast alle Hoteliers von ihrer Tätigkeit? Und welcher von ihnen, sei sein Haus auch noch so gross und vornehm, würde sich nicht persönlich rufen lassen, wenn Prinz Charles durch die Drehtüre kommt oder sich die *New York Times* zum Interview anmeldet? Was wir meinen und wollen, ist jedoch Spezifischer und Radikaler: beharrlich und systematisch auf möglichst viele unserer Besucherinnen und Besucher einzugehen, ohne im Voraus auszusortieren, wer «wirklich zählt». Natürlich kennen auch wir den Mythos vom geübten Hotelier oder Concierge, der im Nu mit scharfem Blick die Spreu vom Weizen und die Interessanten von den Uninteressanten zu trennen vermag, aber das reicht uns nicht. Immer wieder sind die Menschen, die wir treffen, anders, sind sie mehr, als uns der erste Eindruck, die sichtbare Prominenz, die sichtbare Brieftasche suggerieren.

«Wenn ich jetzt sagte, es sei ein Flaggschiff, ist das einfach zu pompös für das Waldhaus, das eben nicht pompös sein will, aber es ist schon ein Begriff, der zum Engadin gehört. Ich arbeitete während der Kriegsjahre selbst im Hotelfach, in Davos, und ich muss sagen: Wenn man selbst in einem Hotel gearbeitet hat, merkt man sofort, was für eine Atmosphäre in einem Haus herrscht. Und die ist im Waldhaus schon irgendwie besonders. Irgendwie ist das einfach besonders.»
MARCELLA MAIER (1920–2018), St.Moritzer Ehrenbürgerin, 2008 im Gespräch mit Andrin C. Willi

Es sind nicht weltfremder Idealismus oder simple Treue zur Tradition, die uns dabei leiten; auch für uns ist es «Geschäft» und «Gemüt»: die natürliche Neugier auf die Vielfalt der Menschen, die da kommen (sicher auch ein wenig der Reiz, selber in der Mitte zu stehen), aber auch ein handfestes materielles Interesse. Wir wollen möglichst viele Menschen für uns und unser Haus gewinnen und engagieren. Gewiss, grundsätzlich könnten das auch andere für uns tun. Aber wir sind überzeugt, dass etwas Stärkeres und Unverwechselbareres entsteht, wenn wir als verantwortliche Eigentümer das Waldhaus ganz persönlich prägen und ihm ein Gesicht geben. Kontinuierlich und konsequent, und wenn nötig auch gegen den Trend.

Schon unsere Vorfahren hat das mächtig gefordert. Die heutigen Verhältnisse hätten sie sich aber kaum vorstellen können. Bei ungefähr der gleichen Bettenzahl sind aus den 622 Gästen und 12 900 Übernachtungen (in 100 Saisontagen) im guten ersten Waldhaus-Jahr 1908 im Jahr 2018 10 800 Gäste mit 46 000 Übernachtungen (in 258 Saisontagen) geworden. Wäre der persönliche Umgang mit den Gästen unser einziger Ehrgeiz, müsste man uns schon lange raten, uns doch auf ein kleineres, exklusiveres Hotel zu konzentrieren. Doch die Frage der Grösse ist differenziert und vielschichtig. Wie unsere Vorfahren sind wir nämlich überzeugt, dass ein grosses Hotel Dinge leisten kann, die einem kleineren Haus nur sehr schwierig gelingen. Erstens braucht das Hotel eine gewisse Grösse, um ein vielfältiges Angebot an Infrastruktur und Dienstleistungen tragen zu können. In einem kleineren Haus hätte das einen sehr hohen Preis, weil sich die Kosten auf weniger Schultern verteilten (sodass man sich seine Gäste noch mehr, und noch stärker, allein nach ihrer Brieftasche aussuchen müsste). Selbst wenn das gelänge, ginge dabei ein zweiter Aspekt dessen verloren, was wir die Soziologie des Grandhotels nennen wollen: Erst mit einer genügenden Zahl und genügenden Vielfalt von Menschen kann aus dem gelebten Hotelalltag die spezielle, faszinierende Mischung von Öffentlichkeit und Privatem, Nähe und Distanz entstehen, die den eigentlichen Reiz eines grossen Hotels ausmacht.

Gerade noch überschaubar genug, um persönlich zu bleiben, aber gross genug, um spannend zu sein: ein wahrer Spagat – in einem Wort: ein Waldhaus.

JOHN KIRCHHEIMER: «Ich kann mit meinen Fischerstiefeln durch die Halle gehen und bin genauso gern gesehen, wie wenn ich im Blazer dasitze. Und am Abend, wenn Du in der Halle bist, ist das wie in einem Film von Agatha Christie. Du siehst die Leute dasitzen, jeder beobachtet den anderen, versteckt sich hinter der Zeitung, hinter einem Buch. Der eine reklamiert, das Licht sei zu hell, der andere sagt, das Licht sei zu dunkel, das gehört eben alles einfach dazu.» John Kirchheimer war 1948 zum ersten Mal im Waldhaus. Es ist nicht bei diesem einen Besuch geblieben.

Dies- und jenseits der hehren Worte

Wenn wir von Stil- und Grössenfragen, von Kontinuität und Wandel reden, bleibt uns bewusst: Jedes gute Hotel muss zuerst einmal funktionieren; die Betten gemacht, die Suppe heiss serviert, der Chauffeur dort, wo man ihn braucht. Daran führt kein Weg vorbei, auch bei uns nicht. Zufriedenstellend wird es erst, wenn es funktioniert. Das ist beileibe nichts Triviales, das wir mit links erledigen können; es braucht ständige Arbeit, Sorgfalt und hohe Professionalität. Doch sind wir überzeugt, dass das Funktionieren allein ein Hotel noch nicht wirklich spannend und denkwürdig macht. Ich gehe sogar noch einen Schritt weiter und sage forsch: Passen wir (bei allem praktischen Ehrgeiz, den es sicher braucht) auf, dass wir nicht zu oft und nicht zu unbedacht praktisch und pragmatisch denken.

Der erfahrene Praktiker blickt in einen Raum und sieht sofort, dass der Service stockt. Der Unpraktische sieht, dass das Licht nicht stimmt, konzentriert sich auf ein Gespräch statt aufs Nachschenken. Für ein optimales Resultat braucht es beide. Die Vernunft, das Praktische, setzen uns Grenzen, aber sie haben auch selbst ihre Grenzen.

Mit Bedacht und Beharrlichkeit wollen wir uns auch im richtigen Moment wehren für das Schräge, ja Unvernünftige, für Witz und Humor und Ecken und Kanten. Nicht bloss dort, wo man es kaum merkt und es keinem in die Quere kommt. Gäste pochen mit gutem Recht auf ihren Komfort und ihren Service. Mitarbeitende erwarten Werkzeuge und Einrichtungen, die ihnen das Arbeitsleben nicht schwerer machen als nötig. Handwerker sind stolz aufs Neue, auch Lieferanten entwickeln neue Produkte und kippen Vertrautes aus dem Sortiment. Architekten wollen gestalten und nicht bloss erhalten. All das ist wichtig und hat gute Gründe. Aber am Schluss werden es uns viele zu danken wissen, wenn wir dafür sorgen, dass dabei nicht alles abgeschliffen, begradigt und normalisiert wird, dass dem Waldhaus seine Geschichte und Geschichten, sein Witz, Herz und Charakter weiterhin spür- und erlebbar erhalten bleiben.

Wandel und Beständigkeit

Nie eine grosse Zäsur, trotz vier Generationenwechseln: Was das Waldhaus vor allem auszeichnet, ist die Kontinuität, der wir weiter oben bereits ein Kränzchen gewunden haben. Kämen unsere Vorfahren plötzlich zurück, sie würden ihr Haus in vielem wiedererkennen.

Ein Paradebeispiel dafür ist die Grosszügigkeit der öffentlichen Räume, nicht wahr? Wie schön, denkt man und lobt die Hotelgründer. Uns Nachgeborenen wird man immerhin zugutehalten, dass wir der Versuchung widerstanden, sie zu beschneiden oder anderen, ökonomisch produktiveren Zwecken zuzuführen. Dass unsere Säle und öffentlichen Räume aber um satte 40 % oder 380 m^2 grösser sind, als sie es 1908 waren, ist nur den wenigsten bewusst. Selbst ein vermeintlich so offensichtliches Vermächtnis unserer Vorfahren wie die Grosszügigkeit ist eigentlich erst durch die Anstrengungen der nachfolgenden Generationen zu dem geworden, was wir heute schätzen und geniessen.

Schon Lesezimmer und Arvenstube stammen nicht von 1908, sondern von 1929. Jüngere Umbauten von 1999/2000 und 2012 haben der Arvenstube noch mehr Raum gegeben, das Lesezimmer mit dem Felsenfoyer ergänzt und entlastet und das schmucke Raucherkabinett geschaffen. 1978 entstand die neue Saal-Veranda, die das Raumangebot in den Speisesälen in einem Schlag um mehr als ein Viertel vergrösserte. Ähnlich ging es 1991 mit der Halle. Der «Sunny Corner», wo sich bis 1929 die – zu kleine – ursprüngliche Bar befand und später die Kinder spielten, hat die heutigen Dimensionen seit 1973. Bei all dem sind die neuen Räume für Konferenzen und Kinder im Parterre unter dem Saalgeschoss noch gar nicht dazu gerechnet.

Das ist bei näherer Betrachtung ziemlich typisch. Dass vieles im Waldhaus so fühl- und erlebbar seinem Gründungskonzept treu geblieben ist, kommt weniger davon, dass sich kaum etwas geändert hat, sondern vielmehr, dass viele Änderungen und Ergänzungen von den gleichen Zielen geleitet und inspiriert wurden, die schon unsere Vorfahren verfolgten. Das reflektiert einerseits die Qualität der ursprünglichen Konzepte, die in ihrer Klugheit und Weitsicht immer noch überzeugen. Ebenso wichtig war aber die ungebrochene Generationenfolge. Nur dank ihr sind das Wissen um die Qualitäten und der Glaube daran überhaupt erhalten geblieben, weitergegeben von Generation zu Generation. Es ist nicht so, dass wir irgendwo einen verborgenen Tresor hätten mit den sorgsam gehüteten Schriften der Ahnen, die wir dann bei Kerzenschein gemeinsam studieren und interpretieren. Lebendig geblieben sind ihre Prinzipien im gelebten Hotelalltag, weitergegeben am Familientisch und in der gemeinsamen, intensiven Arbeit. Dadurch sind wir seltener als andere geneigt, uns kopfschüttelnd zu fragen: «Was haben sich die da bloss gedacht?» Und vor allem sind wir weiterhin bereit, Geld und Arbeit in die Ziele von einst zu investieren (wie z. B. die Grosszügigkeit der öffentlichen Räume). Wir haben beileibe nicht mehr Geld als andere, ganz im Gegenteil, aber den Mut und die Überzeugung (den Spleen?) für andere Prioritäten beim Einsatz unserer Mittel.

Es hat jedenfalls seinen Reiz, sich dem Waldhaus mal mit der fast waldhausfremden Frage zu nähern: Was ist eigentlich anders geworden? Man wird vieles finden, nur fällt es einem nicht auf den ersten Blick auf. Einen ersten Grund dafür haben wir gerade diskutiert: dass das Neue oft die gleichen Ziele verfolgt und weiterführt wie das, was vorher war. Ein zweiter Grund ist banaler: Viel Neues und Anderes fällt schlicht darum nicht auf, weil es für den Hotelgast von heute einfach selbstverständlich ist und uns deshalb auch kaum von anderen guten Hotels unterscheidet. Jeder Kriminologe kennt das Phänomen: Das vermeintlich Normale sieht kein Mensch; auffallen oder stören würde es nur, wenn es fehlte.

Und doch war der Weg zu diesen Selbstverständlichkeiten von heute oft lang und hart und hat darum wohl in unserer eigenen Erinnerung einen wesentlich grösseren Stellenwert als in der Wahrnehmung unserer Gäste. Gerade die Bäder zum Beispiel: 1908 hatten wir, wie auf S. 38 und 139 geschildert, mit fast 40 Privatbädern (plus 17 Etagen-WCs und einem halben Dutzend Etagenbädern) die Nase weiter vorn als andere. Bis zu den über 150 Bädern von heute – mit 117 Badewannen, 106 Duschen und 159 WCS – war es aber ein sehr langer Prozess, der uns bis in die jüngere Vergangenheit drängte und forderte. Das Bäderbauen wurde so für Generationen ein Dauerthema, eine Leidenschaft, geradezu eine Obsession, weshalb wir ihm nachstehend ein eigenes Kapitel widmen.

November 1992
Liebe Waldhaus-Gäste
Man hofft immer, dass nichts passiert – aber man darf nicht einfach damit rechnen. Darum die 290 Nachttöpfe im Waldhaus-Inventar von 1908. Und ebenfalls darum haben unsere Elektriker dieses Jahr in ungezählten langen (und teuren!) Arbeitsstunden ein neues Brandmeldesystem mit insgesamt 313 Rauchmeldern installiert (Foto Guido Schmidt)

Was ist sonst noch anders? Vieles scheint im Rückblick kaum der Rede wert. Zum Beispiel die Fernseher in den Zimmern. Ab den 1960er-Jahren konnten wir zwei, drei Sender, ausgestrahlt vom Piz Corvatsch, empfangen. Lange hatten wir bloss einen einzigen Apparat im Hotel, der im Lesezimmer stand (nicht zur Freude der Leser und Schreiber). Freude hatten hingegen wir Hotelkinder, wenigstens in der Zwischensaison: Dann kam der Wunderkasten auf den grossen Kassenschrank im Büro; so hatten wir drei oder vier Monate im Jahr am Abend auch für uns einen Fernseher, was sonst nicht der Fall war.

Erst in den 1980er-Jahren kamen auch Fernseher in die Gästezimmer: zuerst nur auf Anfrage und gegen Aufpreis; nach 1990 dann überall. Der Schritt war grösser, als man zuerst denken würde, und wir nahmen ihn nur zögerlich in Angriff. 150 Fernsehapparate waren an sich keine Grossinvestition, ein einziges neues Bad hätte weit mehr ge-

kostet. Aber weil die dicken Hotelmauern das vom Corvatsch gesendete Signal absorbierten, hatten die West- und Nordzimmer keinen oder nur schlechten Empfang. Man musste sie deshalb aufwendig verkabeln. Vor allem aber machte uns die Frage Sorge, ob und wie die Fernseher das Verhalten der Gäste ändern würden. Würden sie sich am Abend vermehrt in die Zimmer zurückziehen und so das öffentliche Leben im Hotel verkümmern und verarmen lassen? Das war uns nicht gleichgültig. In unseren Augen sind und bleiben die öffentlichen Räume und die Art, wie man sie nützt und erlebt, ein zentraler Teil dessen, was den Charme und Sinn eines solchen Hotels ausmachen. Zum Glück erwies sich die Anziehungskraft der Räume als stark genug, um dem entgegenzuwirken. Das Gleiche konstatieren wir übrigens mit grosser Erleichterung weitgehend bis heute in Bezug auf die vielfältigen Verlockungen des Internets und anderer neuen Medien.

Ausserdem war es nicht so, dass die Waldhaus-Gäste vor 1990 gar keinen Zugang zur Welt gehabt hätten. Es gab den sogenannten Telefonrundspruch, ein System zur Übertragung von sechs Radioprogrammen über das Telefonnetz, vor allem für die Berg- und Randgebiete mit schlechtem Mittelwellenempfang – eine patente und im doppelten Sinn sehr schweizerische Einrichtung, die wir eigentlich heute vermissen. Urschweizerisch war ihr technisches Ziel, die Versorgung der Peripherie, ebenso wie das inhaltliche Angebot geradezu beispielhaft integrativ, inklusiv und zugleich offen für die Welt war: die drei Schweizer Landessender Beromünster (dt.), Sottens (franz.) und Monte Ceneri (ital.) sowie drei weitere, geschickt zusammengestellte Programme namens «Classic», «Light» und «International».

Die praktischen Rundspruchempfänger mit den sechs Tasten standen in allen Zimmern (und nicht zuletzt in unserem eigenen Wohnzimmer, dem Privé). Aber 1997 war leider Sendeschluss.

Früher

Im Waldhaus unserer Kindheit in den 1950er- und 1960er-Jahren hiess es nicht selten: «Ja, früher, da hatten wir noch …» Auch und gerade in jener Zeit brillierten die Waldhaus-Gästelisten mit einer ausserordentlichen Dichte von berühmten Namen, aber hinter den Kulissen hatte das Unternehmen wegen der verzögerten Wiedereinführung des Winterbetriebs und des seit 1930 andauernden Investitionsstaus mit grossen wirtschaftlichen Herausforderungen zu kämpfen. So fehlte für verschiedenste Angebote und Annehmlichkeiten der Vorkriegszeit schlicht und einfach das Geld.

Das Hausorchester war zwar weiterhin da und ist bis heute eine wichtige, ungebrochene Waldhaus-Tradition, eine besondere Note (auch wenn wir als Teenager wenig davon hielten). Einrichtungen wie den Coiffeursalon (vis-à-vis der Kapelle) oder die Rolle des prominenten Bergsteigers, Skipioniers und vielfachen Buchautors Henry Hoek als hauseigener Wander- und Tourenführer, wie die eigene Skischule oder die zum Gaudi der Erwachsenen und nicht nur der Kinder mit Eis und überhöhten Kurven präparierte Schlittenbahn im Wald oder tief unten im Hotel die eigene Bäckerei kannten wir nur noch vom Hörensagen. Das Gleiche galt für den «Maître de Plaisir», der wie ein *Cruise Director*

Innovation trotz Weltwirtschaftskrise: «Thé dansant» im Freien. Man hatte viele Sorgen und tanzte doch. Und kein Geld für Gartenstühle, also trug man sie vom Saal am Nachmittag hinaus und zum Abendessen wieder hinein

Partys und Unterhaltung für die Gäste organisierte, das Schoggi-Lädeli beim Haupteingang (Gift Shop avant la lettre) und den Billardtisch, der bis 1929 in der späteren und heutigen Bar stand. Selbst die Hotelbibliothek war Schritt für Schritt hinter Vorhängen und Schranktüren verschwunden.

Umso schöner ist, dass wir später immer wieder Gegensteuer geben konnten. 1984 entstand beim «Palais du Garage» (S. 181) ein Frisiersalon und gleichzeitig neben der Tennishalle ein Raum für den Billardtisch. 1993 gaben wir der Tradition des sommerlichen Wanderleiters neues Leben. Im selben Jahr trat mit einem neuen, teuren Bücherschrank im Lesezimmer die Hotelbibliothek wieder ans Licht, nach 2000 verstärkt durch die Reaktivierung der Schränke in der Bar (auch wenn die Tausenden von Büchern – samt den Zusatzstandorten im «Sunny Corner» und in der Bel Étage auf dem Weg zum Spa – weiterhin einer gründlicheren Reorganisation harren und noch mehr Platz brauchen könnten). Beim Spa gibt es seit 25 Jahren wieder einen kleinen Shop. Eine hauseigene Skischule haben wir zwar nicht (mit der Skischule Corvatsch sind wir gut bedient), aber die vor 20 Jahren eingeführten Sprechstunden eines Skilehrers/einer Skilehrerin am Pult beim Concierge sind ein sehr praktisches Angebot für alle Schneesportler. Alles unspektakuläre, aber sehr erfreuliche Rückeroberungen dessen, was war!

Nicht alles liess sich wieder beleben. Unsere tapferen Anläufe, den «Thé dansant», das in den 1920er- und 1930er-Jahren so beliebte Tanzen am Nachmittag (im Hochsommer sogar im Freien) wieder einzuführen, kamen über das Versuchsstadium nicht hinaus; zu sehr hatten sich die Moden und Gewohnheiten geändert. Auch den um die Jahrtausendwende versuchsweise wieder stattfindenden Bridge-Wochen (einst hatte das Waldhaus eine festangestellte Bridge-Hostess) war kein nachhaltiger Erfolg bestimmt. Und dass unsere Bäckerei heute Teil des kleinen Hotelmuseums ist, hat den praktischen Grund, dass ein einzelner Bäcker zugleich unter- und überfordert wäre (er oder sie könnte mit Leichtigkeit mehr backen, als ein Hotel mit 200 oder 280 Gästen braucht, umgekehrt aber nicht gut sieben Tage in der Woche arbeiten). Zudem blieb 1939 fatalerweise etwas Wasser in den Leitungen im raffinierten Ofen, das im ungeheizten Winter einfror und einen beträchtlichen Schaden anrichtete.

In guter Gesellschaft
Die Schweiz hatte schon früh eine erstaunliche touristische Infrastruktur. Recht viel ist noch erhalten. Nur war lange kaum einer richtig stolz darauf. Das war ja «nur» Tourismus, nicht echt historisch, und überhaupt, wer will schon als altmodisch gelten? Erst allmählich gaben einige Fachleute und Liebhaber Gegensteuer, wie der Berner Architekturhistoriker und Denkmalpfleger Roland Flückiger, wie Beat und Dorothee Kleiner mit ihrem (2008 aufgelösten) «Museum Schweizer Hotellerie und Tourismus» oder das wandernd schreibende Ehepaar Ursula Bauer und Jürg Frischknecht. ICOMOS Schweiz begann mit Fachtagungen Denkmalpfleger, Touristiker und interessierte Hoteliers zusammenzubringen und verleiht seit 1996 den Preis «Historisches Hotel (bzw. Restaurant) des Jahres», den 2005 und ein zweites Mal in einer speziellen Jubiläumsausgabe 2015 auch das Waldhaus entgegennehmen durfte. Unsere lebendigste Verbindung mit geschichtsbewussten Kollegen ist aber die Vereinigung «Swiss Historic Hotels», die wir 2004 mitbegründen halfen.

Diesen Verlusten wollen wir aber nicht zu lange nachtrauern. Denkt man an den Spa mit seinen Bädern und Behandlungen und allem Drum und Dran, die Einrichtungen und Angebote für Kinder, das grosse Kultur- und Veranstaltungsprogramm, alles Dinge, an die einst keiner gedacht hätte, dann wird niemand sagen können, unser Hotelalltag sei heute ärmer und karger als in der guten alten Zeit. Ganz im Gegenteil! Und das, denke ich, ohne zu verlieren, was das Waldhaus seit je charakterisiert: die familiäre Führung, die finanzielle Eigenständigkeit, der persönliche Empfang, die grosszügigen Räume, die gemeinsame Konzentration aller auf das «Kernprodukt» Waldhaus. Ruhige Unaufgeregtheit, fröhliche Gelassenheit, ungezwungene Gemeinsamkeit, Zurückhaltung ganz allgemein. Ein Einklassen-Hotel ohne Allüren. Der Gegendruck ist immer da. Aber wir sind hartnäckig.

Spurlos verschwunden

Wir selbst vermissen einige verschwundene Rituale, Spuren und spezielle Orte, deren Fehlen kein Gast bemerken wird, die aber unsere eigene Kindheit mitprägten. Zum Beispiel der eingefriedete

Platz zum Wäscheaufhängen im Bereich der heutigen Tennishalle und der unteren Garage. Die Ruderboote von damals auf dem See, elegant und schnittig und leicht, denen die Kähne von heute nicht das Wasser reichen können. Der alte Serviceaufzug in seinem Drahtkäfig, aus dem sich einem durch die Fenster der Hintertreppe Stock für Stock mehr von der prächtigen Aussicht nach Maloja eröffnete. Die damals noch sichtbaren Spuren des Springbrunnens hinter dem Hotel, der einst dem hydraulischen Gästeaufzug gedient hatte (S. 40). Die vielen geheimnisvollen Lagerräume im Dachstock, im Parterre, im Keller und an anderen verborgenen Orten. Die Chaiselongues (Récamieres), die in zahlreichen Gästezimmern standen und dann immer rarer wurden. Der kuriose kurze Skilift, der in den 1960er-Jahren von der Ebene zum Hotel führte, mit seinen unbequemen Abfahrtspisten im Wald. Zur Wiederaufnahme der vollen Wintersaisons schien es Rolf Kienberger unerlässlich, den Skiläufern, vor allem den Kindern, auch direkt beim Hotel etwas bieten zu können. Es war ein Bügellift mit nur zwei Doppelbügeln; er fuhr nicht kontinuierlich, sondern immer einzeln für jede Bergfahrt, bis ein Liftfahrer (oder ein Paar) oben und der andere, leere Bügel wieder unten angekommen waren. Jeden Frühling wurde der Lift abmontiert und vor Weihnachten wiederaufgebaut – wie der hölzerne und etwas unschöne Winter-Vorbau vor dem Haupteingang (bis 1969), oder in umgekehrter Zeitenfolge die Minigolfbahnen, die man über den Winter in einer Garage einlagerte und dann im Juni wieder hervorholte.

«Mein verrücktester Auftrag war, als der Direktor zu mir kam und sagte: ‹Wir müssen das jetzt rasch erledigen.› Er meinte damit, dass wir den ganzen vierten Stock umbauen sollten. Vorher waren dort Personalzimmer, und jetzt wollte man plötzlich alles abbrechen, die Wände rausreissen, die Fenster erneuern und Gästezimmer einrichten. Und ich, ich sollte die neuen Türen anfertigen. Es handelte sich ja auch ‹nur› um 40 Stück!» Wenn einer weiss, dass die Zwischensaison keine «stille Zeit» mehr ist, ist es ERWIN BRUNSCHWILER (82), 36 Jahre lang Hausschreiner im Waldhaus. Es waren die Jahre, als wir auf Teufel komm raus investierten, um endlich den Rückstand aus den langen schwierigen Jahren aufzuholen. Einmal, als alle ein wenig ins Reminiszieren kamen, sagte Erwin: «Ich könnte ja vieles erzählen. Ich tu's aber nicht.»

Das waren nicht die einzigen aufwendigen Zwischensaison-Rituale. Das bei weitem Aufwendigste war bis 1963, in den Jahren mit ganz kurzen oder gar keinen Wintersaisons, das Entleeren aller Wasser- und Heizleitungen, damit ausser den Büros und der Direktionswohnung das ganze Hotel in der Zwischensaison ungeheizt bleiben konnte, ohne ein

Einfrieren von Leitungen befürchten zu müssen – jedenfalls in der Theorie; in der Praxis gab es immer wieder irgendwo eine böse Überraschung in Form eines Wasserschadens bei der Wiederinbetriebnahme.

Früher war deshalb jeder Anfang und jedes Ende einer Saison noch ausgeprägter als heute. Die eigentliche Zwischensaison war (oder schien uns) auch viel ruhiger als heute. «Die stille Zeit» nannten wir sie damals noch – ein Wort und eine Wirklichkeit, die heute nahezu verschwunden sind. Die länger und intensiver gewordenen Saisons haben die Zwischenzeiten verkürzt und zugleich auch zusehends mit mehr Arbeit und Unruhe aufgeladen, und das Zeitalter der Sofortkommunikation hat einen weiteren Teil dazu beigetragen. Und vor allem können wir, weil es zum Glück besser geht, in den Zwischenzeiten auch viel mehr investieren und umbauen als damals.

Dennoch bleibt bis heute dieser Wechsel von Saison und Zwischensaison ein schöner und wertvoller Aspekt unseres Lebens im Hotel. Unsere Jahre laufen nicht einfach gleichförmig und fast unmerklich ab, sie haben immer Spannung und Struktur. Und die «stille Zeit» von einst, die wir allmählich verloren haben und manchmal vermissen, war natürlich nicht nur positiv; sie hatte auch etwas von einer drohenden Grabesruhe, weil das Waldhaus mit zu wenig Betrieb und ohne Investitionen auf die Dauer nicht überleben konnte. So hat paradoxerweise selbst in diesem Hotel, das so stolz darauf ist, keine Hinterseite zu haben, alles zwei Seiten.

Stille Zeit – Notizen eines Hotelkindes

Jürg Kienberger

JÜRG KIENBERGER (* 1958) ging als einziges Kienberger-Kind von unserer Generation weit fort vom Gastgewerbe. Seit Jahrzehnten begeistert er als Musiker und Schauspieler Theaterbesucher auf grossen und kleinen Bühnen im ganzen deutschsprachigen Raum und manchmal auch weit darüber hinaus, und man kann von ihm mit Fug und Recht sagen, er sei als einziger von uns etwas Rechtes geworden. Doch auch ihn hat das Waldhaus nie ganz losgelassen. In viele seiner Produktionen sind bewusste oder unterschwellige Hotel-Reminiszenzen eingeflossen, und er bleibt dem Familienunternehmen (dessen Verwaltungsratsmitglied er von 1999 bis 2018 war) sehr verbunden.

«Dass unsere Familie jedes Jahr viermal umzog, störte mich, den Jüngsten, nicht. Meine beiden ältesten, bereits schulpflichtigen Geschwister aber mussten alle paar Monate komplett umdenken.

Von Weihnachten bis Ostern wohnten wir in St. Moritz, hoch über dem Dorf, im Hotel Chantarella, das meine Eltern seit einigen Jahren als Direktionsehepaar durch die Wintersaison führten. Nach Saisonschluss zogen wir jeweils 50 m Richtung Skigebiet in ein Privathaus, die Villa Chantarella, wo wir in der Zwischenzeit, der sogenannten ‹stillen Zeit›, in Miete waren und richtige Familie spielten. Mama kochte, Papa trug keine Krawatte, und wir vier Kinder mussten nicht dauernd flüstern und schleichen. Im Mai dann ging's mit Sack und Pack 10 km den Inn aufwärts nach Sils Maria, in unser eigentliches Zuhause, das Waldhaus. Dieses kannte zu der Zeit nur den Sommerbetrieb. Nach der Sommersaison zogen wir im Oktober wieder nach St. Moritz in unser Zwischensaison-Domizil, um vor Weihnachten abermals ins Hotel Chantarella hinüberzuwechseln, womit unser vierter Umzug überstanden war.

In der St. Moritzer Grundschule ist die Unterrichtssprache Deutsch, während in Sils romanisch unterrichtet wird. Dass die Schüler in Maloja, nur 5 km weiter, bereits italienisch sprechen, fiel uns damals nicht weiter auf. Italienisch lernten wir im Hotel mit den Angestellten. Ausserdem schrieben die St. Moritzer Erstklässler Blockschrift, die Silser Schnürchenschrift. Meine Geschwister mussten beides lernen; und ‹zweiundvierzig› nicht mit ‹vaincha-quatter› zu verwechseln, ist selbst für Nichtlegastheniker kein Pappenstiel. Einziger Trost: In Sils hatten sie viel längere Sommerferien, wegen der damals noch grossen Anzahl Bauernfamilien, die ihre

Kinder im Sommer für die Heuernte brauchten, in St. Moritz waren die Winterferien länger, so kamen meine Geschwister in den Genuss sämtlicher Ferienwochen. Ausserdem hält Umdenken frisch: Beide können noch heute sehr wohl mit Zahlen umgehen.

Mein Urgrossvater hatte das Waldhaus im Jahre 1908 mit dem ganzen Wissen und den Erfahrungen eines 61-jährigen Hoteliers erbaut. Meine Grosseltern übernahmen später die Verantwortung und erlebten in den goldenen Zwanzigerjahren und bis Kriegsbeginn 1939 neben dem bewährten Sommerbetrieb einige recht erfolgreiche Wintersaisons. Während und nach dem Krieg blieben die wintersportfreudigen Briten, Deutschen und Kanadier fern, das Hotel im Winter zu öffnen war nicht möglich.

Erst 1955/56 wagten sie eine Wiedereröffnung im Winter, aber schon im Februar erreichte uns im Chantarella die Nachricht aus Sils: ‹Er isst üs nümma!› Mein Grossvater verweigere jegliche Nahrungsaufnahme aus Sorge über die miserable Auslastung. Aus Rücksicht auf seine Gesundheit beschloss die Familie, sofort zu schliessen. In den darauffolgenden Jahren war das Haus im Winter nur über Weihnachten/Neujahr geöffnet, dann allerdings vollbelegt mit Gästen, die in St. Moritz keinen Platz mehr fanden.

St. Moritz war damals schon für den Wintersport gut ausgerüstet, in Sils gab es noch keinen Skilift. Der Aufwand für diese kurze Inbetriebnahme war enorm. Das bis auf Minustemperaturen unterkühlte Haus musste bereits drei Wochen vor dem Eintreffen der ersten Gäste aufgeheizt werden, ausserdem war es schwierig, für nur drei Wochen die Angestellten zu finden. Für Küche und Saal konnte man die ganze Brigade des Hotel Splendido in Portofino übernehmen, das nicht vor März zur Badesaison öffnete.

1963/64 überzeugte mein Vater dann den skeptischen Grossvater, zusammen den erneuten Versuch einer ganzen Wintersaison im Waldhaus zu riskieren. Wir zogen ein letztes Mal um. Das Chantarella musste sich um andere Direktoren kümmern. Es wurde 2002 abgerissen, neue Eigentumswohnungen werden das ehrwürdige Hotel ersetzen, die Villa, unsere geliebte «Stille-Zeit»-Villa, steht noch.

Über Weihnachten/Neujahr ging alles gut, spätestens nach dem Dreikönigstag aber reisten fast alle Gäste ab.

Die Zeit des gefürchteten Januarlochs begann. In den nun folgenden drei Wochen verloren sich vier bis höchstens sieben Gäste im grossen Haus. Umsorgt wurden sie von 13 Köchen, ihrem Küchenchef und dem Chef-Pâtissier, 15 Kellnern, fünf Zimmermädchen und ebenso vielen Hilfszimmermädchen, vier Etagenportiers, der Etagengouvernante, einem ersten und einem zweiten Concierge, einem Nachtportier, dem Telefonisten, drei Logentournants, einem Chauffeur, sieben Leuten im Büro (die Praktikantin mit eingerechnet), einer Economatgouvernante und ihrer Stellvertreterin, einer Kaffeeköchin, dem Kellermeister, zwei Tellerwäschern, der Näherin, Glätterin, vier Lingeriemädchen, einem Wäscher, einem Hausmechaniker, dem Schreiner, dem Schneeräumer, dem Kapellmeister und seinen zwei Mitmusikern.

Um den wenigen Gästen ihr einsames Dasein in den grossen Aufenthaltsräumen erträglicher zu gestalten, mischte sich die Direktionsfamilie unauffällig dazu. Wir assen ausnahmsweise im Speisesaal, und wir Kinder durften sogar Freunde einladen und während des Teekonzerts Eile mit Weile spielen, in kleinen Grüppchen, an verschiedenen Tischen, damit es nicht so leer aussah. Ich lauschte gern dem Trio Rudi Knina, das dieselben Wiener Walzer life spielte, die ich schon ab Grammophon vom Chantarella-Eisplatz her kannte.

Im Februar nahm die Gästezahl dann wieder zu, die Familie zog sich bescheiden in ihr privates Esszimmer zurück, ass das Personalessen, liess sich wie gewohnt durch ankommende oder abreisende Gäste wegrufen, sei es nun Sonntagabend oder mitten in den Halbeinuhrnachrichten von Radio Beromünster. Schon mein Grossvater wollte jeden Gast persönlich begrüssen und verabschieden, und diese Tradition hat bis heute Bestand. Über Ostern war das Hotel dann nochmals wider Erwarten voll mit bis zu 304 Gästen, darunter an die 80 Kinder, zum Teil in Zustellbetten, die wir von anderen Hotels ausborgten, die bereits geschlossen hatten. Ein paar Tage nach Ostern schüttelten auch meine Eltern den letzten abreisenden und hoffentlich im nächsten Jahr wiederkehrenden Wintergästen die Hand, die Zwischensaison begann. Bei uns Kindern enorm beliebt, denn das Haus gehörte endlich uns. In Windjacke und Wollschal gepackt, fuhren wir mit dem Fahrrad durch die langen, ungeheizten Korridore und die leergeräumten Säle. Die Teppiche waren aufgerollt, die Möbel weggestellt und alles unter Leintüchern gepackt. Darunter liess sich vorzüglich Verstecken spielen. In der Hotelhalle war ein Federballnetz aufgestellt. Mit meiner Schwester Claudia schafften wir es 1024 Mal hin und her, was über 20 Minuten in Anspruch nahm, und es gelang mir sogar, während unserer Rekordversuche mit der linken Hand meine Nase zu putzen, ohne dabei den Schläger aus der Hand zu legen. Manchmal wagte ich mich heimlich an den Flügel, bis mir trotz Handschuhen fast die Finger abfielen. Die ‹stille Zeit› trug ihren Namen damals noch mit Recht und Würde.

Sieben Jahre lang blieb der Januar ein gefürchtetes gähnendes Loch in der Gästestatistik, und nur mit ausgebuchten Weihnachten und Ostern liess sich im Winter das für dringende Erneuerungen gebrauchte Geld nicht erwirtschaften.

2019 war und ist Jürg Kienberger unterwegs mit Barbara Freys *Die Toten* nach James Joyce am Schauspielhaus Zürich und den grossen Christoph-Marthaler-Inszenierungen *Tiefer Schweb* der Münchner Kammerspiele und *Bekannte Gefühle, gemischte Gesichter* der Volksbühne Berlin (u.a. auch in Paris und an der Ruhrtriennale) Aber auch mit den in enger Zusammenarbeit mit seiner Frau Claudia Carigiet entstandenen Solo-Produktionen über Huldrych Zwinglis Kindheit (*eingerockt+ausgesungen*), über Honigbienen (*ich Biene–ergo summ*) und, immer mal wieder, dem vom Waldhaus inspirierten Klassiker *Ich bin ja so allein*, ausserdem z.B. zusammen mit Ueli Jäggi in Robert Walsers *Der Spaziergang* und mit Manfred Ferraris ressort k mit *Novecento*. Jürg Kienberger und Claudia Carigiet leben im Elsass nahe bei Basel und haben eine Tochter, Lena Kienberger. Auch Lena arbeitet in der Hotellerie.

Erst ab 1970 mit dem Bau des Hallenbades, für den meine Eltern äusserst mutig einen riesigen Baukredit aufnahmen, begann die Wintersaison sich zu erholen. Die Furtschellasbahn wurde gebaut, und nach und nach konnten das Januarloch gestopft und die Sanierungen in Angriff genommen werden. Die ‹stille Zeit› wurde von nun an durch Baulärm verdrängt, der einsetzte, sobald der letzte Gast verabschiedet war.

Von den mittlerweile 135 Angestellten wohnen und arbeiten heute 24 auch während der Zwischensaison im Hotel. Die Heizung wird nie mehr ganz abgeschaltet. Das Unternehmen gedeiht, meine Geschwister sind zufrieden – etwas bleich und abgekämpft. Übernächstes Jahr werde ich 50, das Waldhaus 100. Auch ich sehe heute schon älter aus als unser Hotel, obwohl ich nicht Hotelier geworden bin. Als Teil der Familie bin ich aber offensichtlich mit infiziert – ein Hotelkind eben, das sich dringend nach Urlaub sehnt, nach einer längst entschwundenen ‹stillen Zeit›.

Dieser Beitrag erschien im Juli 2006 in der Zeitschrift Du (Heft 768: «Mythos St. Moritz. Alle Lust will Ewigkeit»)

Verkehr(t)

«Autofreie Sonntage»: Wem das noch etwas sagt, die oder der stammt mit grosser Wahrscheinlichkeit aus der Schweiz (oder allenfalls aus Deutschland) und ist sicher nicht mehr ganz jung. 1973 kam es nach dem Jom-Kippur-Krieg zur ersten grossen Ölkrise. Die Schweiz und Deutschland reagierten mit landesweiten Sonntagsfahrverboten für den motorisierten Individualverkehr. Diese galten zwar nur ein paar Sonntage lang, aber sie leiteten ein erstes Umdenken in Bezug auf den öffentlichen Verkehr ein. In den Wirtschaftswunderjahren hatte der Privatverkehr mehr und mehr die Oberhand gewonnen und den öffentlichen Verkehr auf die Hinterbank geschickt. Nun begann man allmählich zu erkennen, dass ein Sowohl-als-auch nicht nur ökologische, sondern auch ganz pragmatische Vorteile hatte. Ein gut ausgebauter öffentlicher Verkehr kommt, wenn er die Strassen entlastet, auch den Automobilisten entgegen.

Das Oberengadin und auch das Waldhaus waren diesem Umdenken sogar zuvorgekommen. Schon vor der Krise hatte die Region zusammen mit der Post genau auf jenen Winter 1973/74 unter der Bezeichnung «Sportbus» die Einführung eines massiv ausgebauten winterlichen Busangebots als Verbindung im 30-Minuten-Rhythmus zwischen den Dörfern und Skigebieten im Oberengadin vereinbart. Noch im Kursbuch 1967/68 hatte es z. B. von Sils Richtung St. Moritz gerade einmal acht (ausserhalb der Saison sogar nur fünf) tägliche Fahrten gegeben, davon nur eine einzige ohne Umsteigen von Sils zum Corvatsch. Das Waldhaus mietete bis 1973 jeden Winter einen Reisebus samt Chauffeur aus dem Unterland, der jeden Tag nach festem Fahrplan ein paar Mal zur Corvatsch-Talstation und nach St. Moritz fuhr. Jetzt, mit dem Sportbus, offerierten wir stattdessen unseren Gästen zum ersten Mal einen Gratispass für den öffentlichen Bus, verbunden mit einem Minibus-Dienst zwischen dem Hotel, der Posthaltestelle im Dorf und der eben eröffneten Furtschellasbahn.

Was heute viele anbieten, hat bei uns also schon über 45 Jahre Tradition, wenn auch vorerst nur im Winter. Ab 1997, auch wieder lange vor den meisten, kam im Sommer sogar ein Gratispass für die Bergbahnen dazu, 1999 dann die sommerliche freie Fahrt auf den Bussen und Bahnen in der Region, bis hinunter nach Soglio und Chiavenna, bis zur Alp Grüm und bis nach Zuoz bzw. – für die, die's auszusprechen wagen – bis S-chanf und Chinuos-chel. (Seufzer des Ökonomen als Nebenbemerkung: Der Preis dafür ist mit der zunehmenden Anzahl von anderen Interessenten bzw. der abnehmenden Exklusivität nicht etwa gesunken, sondern dauernd gestiegen.)

Noch etwas vorher stellten wir eine andere symbolische Weiche. Als 1995 Sils die grosse Tiefgarage eröffnete und sich ernsthaft der Verkehrsberuhigung widmete, zog auch das Waldhaus mit, indem wir erstmals eine – bewusst bis heute tief gehaltene – Parkgebühr einführten. Ohne eine solche Lenkungsabgabe bestand das Risiko, dass das Parkieren im Freien unser Hotelareal immer mehr dominieren würde (es ist nun einmal ein Waldhaus und kein Parkhotel). Zugleich setzten wir aber auch ein ökologisches Zeichen und hoben die nicht unerhebliche Gebühr für den Transfer mit dem Hotelwagen vom und zum Bahnhof St. Moritz bei der An- und Abreise auf (schon damals Fr. 44.– zu zweit und 64.– zu viert). Dass es uns nicht darum ging, die Autofahrer abzuwimmeln, zeigt u. a. der Bau der beiden Waldhaus-Tiefgaragen von 1983 und 1999.

A propos An- und Abreise: Wer ausgerechnet bei Schneefall hinauf oder hinunter muss und dabei die eigene Contenance und oft auch Teile der Kotflügel und Stossstangen zu verlieren droht und damit zähneknirschend zum Wohlergehen der vielen Autowerkstätten im Engadin beiträgt, wird den Waldhaus-Hügel nach wie vor als Herausforderung und Zumutung betrachten. Bei anhaltendem Schneefall kann man immer noch wenig anderes tun als Ketten montieren oder auf später warten. Doch generell stehen die Mühen der Anfahrt von heute in keinem Vergleich zu denen vergangener Wintertage. Was für ein Segen ist doch zum Beispiel der Allradantrieb, vor allem für unsere eigenen Hotelwagen. Schwere Marmorplatten (frühere Kommodenabdeckungen aus den Gästezimmern) im Kofferraum, Differenzialsperren, Sand und immer wieder die Ketten: Alles musste man versuchen, um das steile Wegstück meistern zu können. Früher zogen die Pferde im Winter noch echte

Ca. 1925, noch nicht im Wettstreit mit den Autos: Pferdeschlitten vor dem Waldhaus

Schlitten. Diese waren zwar ästhetisch weitaus befriedigender als die pragmatisch-nüchternen, gummibereiften Allwetterwagen von heute, aber sie bedingten, dass man laufend Schnee auf die Strasse zum Hotel schaufeln musste, damit sie gut rutschten. Umso besser schlitterten dann aber auch die Autos. Das Waldhaus lebte seine Rolle als erstes darwinistisches Grandhotel der Alpen (mit einer natürlichen Auslese seiner fahrenden Gäste) einst noch ungleich stärker aus als heute, zumal die Dorfstrassen und selbst die Kantonsstrasse lange Zeit nur weiss geräumt wurden, d. h. ohne Salz. Heute ist kaum einer mehr bereit, sich darauf einzulassen. Das Salzen macht die Strassen und Wege generell leichter zu begehen und zu befahren, aber eben nicht immer (bei tiefen Temperaturen verkehrt es sich genau ins Gegenteil: Kaltes Eis wäre eigentlich griffig und spröd, bleibt mit dem Salz aber rutschig, weil dieses den Taupunkt senkt). Aus ästhetischer Sicht ist das Salzen jedenfalls ein Jammer: die braune, dreckige Strasse mit den unansehnlichen Seitenwänden – und mit misslichen, ja zerstörerischen Folgen auch für unsere prächtigen Teppiche in der Saaletage. Man möchte manchmal am liebsten Maschinenstürmer werden und das Autorad der Zeit ein wenig zurückdrehen!

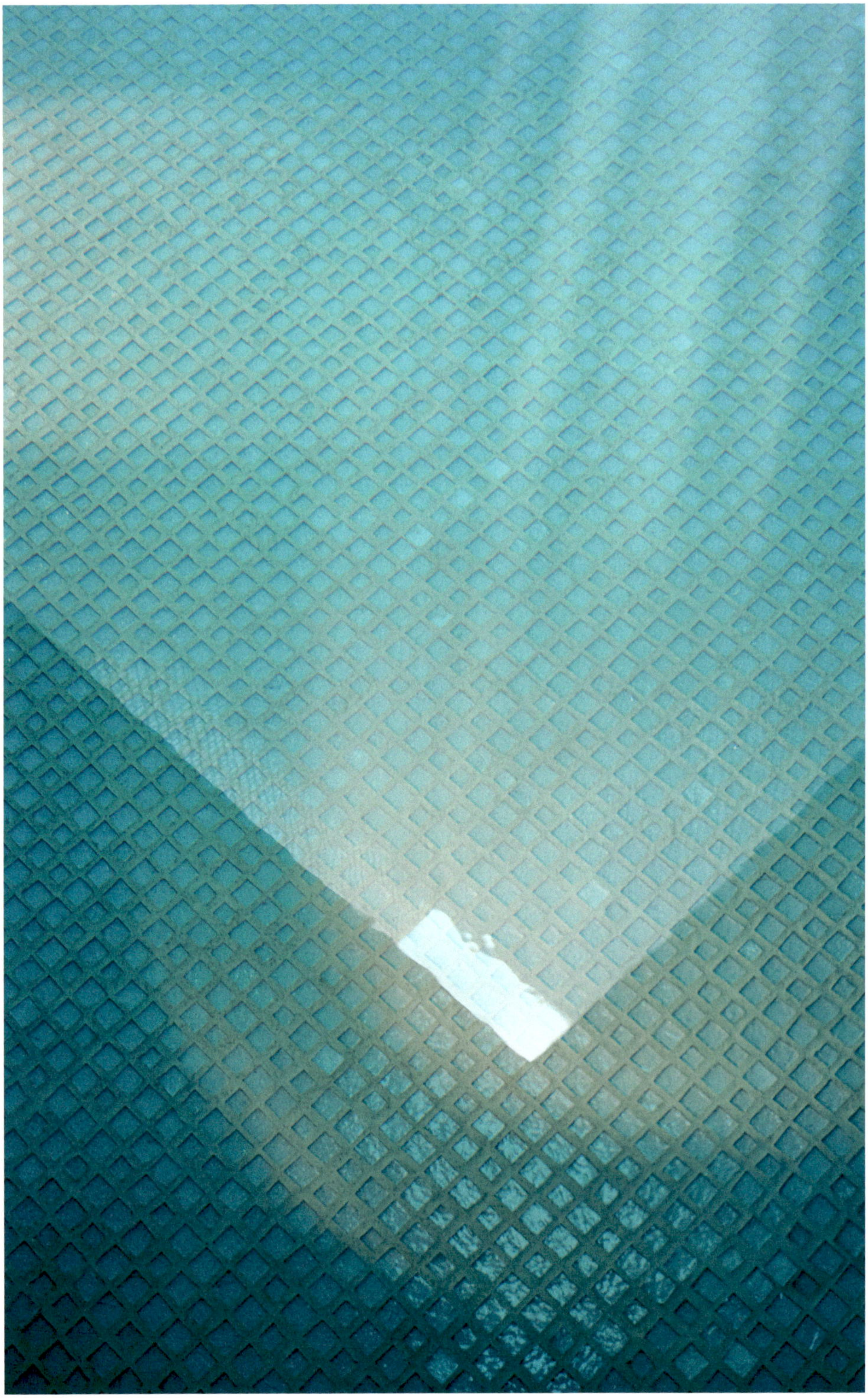

← Waldhaus-Spa: Blick in das Arvenbad

Die Quadratur des Bäderbauens

Wie kommt man von 38 Bädern auf 150? Das Bäderbauen als Operation am lebenden Hotel ist eine vielfältige räumliche, technische und gestalterische Herausforderung. Man will praktische, intelligente, ansprechende und einladende Bäder, und möglichst viele davon – aber natürlich, ohne viel Zimmer zu verlieren und folglich die Hotelkapazität zu beschneiden oder kleinere, weniger schöne und weniger praktische Zimmergrundrisse zu bekommen. Es braucht genug Wasser am richtigen Ort, es braucht Abläufe, Lüftung und Heizung, auch genug Strom, denn wo ein Bad ist, ist auch ein Föhn. Wie gut erinnern wir uns an die Zeiten, als es immer mehr Bäder gab und in Spitzenzeiten präzis am Abend vor dem Essen, wenn sich alle noch schnell die Haare richteten, die Stromversorgung nicht mehr mitkam, in der Küche der Herd erkaltete und die Gäste beim Aperitif plötzlich im Dunkeln sassen.

Die Herausforderung wird potenziert durch die spezifische Bauweise dieses schönen alten Hauses, ohne Beton, mit tragenden Zwischenwänden aus Bruchsteinen und einem eingelegten Fachwerk aus Holz und Eisen, die Böden unterlegt von Holzbalken und einigen Eisenträgern. Alles robust und durchdacht, aber jede Änderung wird rasch zu einer kostspieligen und zeitraubenden Übung, nur schon die Verschiebung einer Türe – und das an einem Ort mit langen Saisons und entsprechend super-kurzen Bauzeiten. Also muss man sich jeden Eingriff doppelt überlegen. Ganz abgesehen vom Geld: dem vielen, das es braucht, und dem, das uns so oft fehlt(e).

«Schau!» Mein Vater beugte sich zum Teppich, dessen Rand er hochhob: «Wenn das Geld hier einfach so läge, würde ich im Handumdrehen zwanzig neue Bäder bauen.» Da war aber nichts. Es war irgendwann im Dezember 1967. Das grosse Thema in der Familie war ein für den März in Aussicht stehender, sehr willkommener Kongress mit vielen Teilnehmenden… doch die wollten alle Zimmer mit Bad, und die waren schon jetzt fast alle vergeben. Würden wir den Kongress gar wieder verlieren? Mit der Ungeduld meiner 15 Jahre hatte ich gesagt, so gehe es nicht weiter, jetzt müssten wir handeln, um diesem Mangel abzuhelfen. Das Bild vom gebeugten Vater mit dem Teppichrand in der Hand ist mir bis heute im Kopf geblieben.

Der Kongress und überhaupt die ganze Saison wurde übrigens trotz fehlender Bäder zum ersten wirklich guten Winter der Nachkriegszeit, und mein Vater, der ebenso unentwegte wie besonnene Draufgänger, baute so bald wie möglich weiter. Und meine Ungeduld? Auch die ist mir ein Leben lang erhalten geblieben.

So gleicht das Bäderbauen einer Quadratur von sich überschneidenden Kreisen. Eigentlich sehr schweizerisch, diese dauernde Suche nach dem Ausgleich! Wir haben sie über Generationen mit Leidenschaft gepflegt. Selten oder nie mit einem Resultat, das der flüchtige Betrachter perfekt finden mag, aber das ist ja genau der Punkt: Es geht um den Widerstreit und das Austarieren von vielen, oft gegenläufigen Aspekten. Insbesondere Rolf Kienberger, der seine vielen Bäder fast alle eigenhändig entwarf, brachte es darin zu einer wahren Meisterschaft – eine Leidenschaft, die der Autor dieser Zeilen von ihm erbte; stets mit Bleistift und Metermass reisend, um unterwegs gute oder weniger geglückte Lösungen analysieren zu können, auch beim Spazieren im Wald und beim Duschen am Morgen immer wieder in Gedanken Mauern verschiebend und Badewannen platzierend.

Der allererste Versuch mit neuen Bädern im Waldhaus liegt allerdings viel weiter zurück, und er war beileibe kein Glanzstück. Die schönen Zimmer 94, 144 und 194 am Ende des Seitenflügels hatten im

Gegensatz zu anderen Eckzimmern vor 1923 noch kein eigenes Bad. Dann erhielten sie einen kleinen Kubus in einer Zimmerecke (eigentlich ein blosser Bretterverschlag mit je einer Lage Schilf und einem Drahtnetz, mit Gips verputzt), darin, direkt auf dem mit Linoleum abgedeckten Eichenparkett, eine Wanne und ein WC und sonst nichts, hoch oben noch ein Oberlicht. Im Zimmer selbst machte sich ein doppelter Waschtisch breit. Und um etwas von dem verlorenen Platz zurückzugewinnen, hatte man den vorher freistehenden Kleiderschrank samt den sichtbar bleibenden Füssen in die Wand eingemauert und so zum Wandschrank gemacht. Die Familienüberlieferung schiebt das kuriose Ensemble Onkel Gustav und Tante Mali in die Schuhe. Jedenfalls war es die Zeit, als Oskar und Helen Kienberger zwar die Oberleitung hatten, aber gleichzeitig auch das Palace Lugano führten und Gustav Giger sowie in der Hauswirtschaft seine und Helens Schwester Mali Wolflisberg ihre Stellvertreter und Statthalter in Sils waren.

Ab 1925 nahm Oskar Kienberger das Heft ganz in die Hand, und unter seiner Ägide entstanden in fruchtbarer Zusammenarbeit mit Architekt Karl Koller in den prosperierenden Jahren bis 1930 ein gutes Dutzend weitere, weit weniger problematische Bäder. Dass darauf eine überaus lange Durststrecke folgen würde, konnten sie damals nicht ahnen; erst 1962 (!) konnten wir uns erstmals weitere Bäder leisten.

Selbst das halb geglückte Experiment in den Zimmern 94, 144 und 194 hatte übrigens fast ein Menschenleben lang Bestand. Was hielt wohl Vivien Leigh davon, die (noch vor *Vom Winde verweht* und einige Monate, bevor Laurence Olivier ihr Liebhaber wurde) mit Noch-Ehemann Herbert Leigh Holman über die Jahreswende 1936/37 mehr als zwei Wochen lang eines dieser Zimmer bewohnte? Erst 1986 erhielten diese standesgemäss elegante und grosszügige Bäder, allerdings auf Kosten der Stirnwand des Etagenkorridors, der damit seine Fenster nach Westen verlor. Für einmal gaben wir da den Bedürfnissen der Zimmer den Vortritt vor der Ästhetik des öffentlichen Raums, die uns sonst sehr wichtig bleibt (wie als Beispiel der Umbau von 2005 illustriert, bei dem wir mit grossem Aufwand andere

Bädereinbauten im Hauptkorridor aus den 1980er-Jahren entfernten und dafür in jedem Stock ein Gästezimmer aufgaben).

Frühling 2005

Liebe Gäste
Die Schweizer Hotellerie braucht neue Korridore! Wir gehen mit gutem Beispiel voran. Gerade werden unsere grossen Hauptkorridore restauriert, sichtbarster Teil einer grossen zweijährigen Umbauetappe, die auch den Umbau von 24 Zimmern und Bädern mit einschliesst.

Natürlich glauben wir nicht im Ernst, dass man allein wegen der Korridore ins Waldhaus komme. Aber wir bleiben überzeugt, dass ein gutes und interessantes Ferienhotel mehr ist als eine blosse Anhäufung von Juniorsuiten und Wellnesseinrichtungen. Ein schönes, altes, klug konzipiertes Haus wie dieses hat Qualitäten, die man schlecht messen kann, aber sehr wohl spürt. Man kann sie nicht messen… aber unachtsam zerstören, oder im Gegenteil erhalten und stärken. Genau das will unsere gegenwärtige Königsetappe. Die Korridore (Arch. Miller & Maranta) werden nicht neu, sondern alt, d.h. sie bewahren den Charakter von einst oder gewinnen ihn wieder zurück. Auch bei den Zimmern und Bädern (Architekt Armando Ruinelli in Zusammenarbeit mit Eva Lamberti) legen wir Grundrisse von früher wieder frei, ohne den Komfort von heute zu vernachlässigen.

Unterwegs gab es auch andere Um- und Abwege. In den 1970er-, 1980er- und 1990er-Jahren konnten wir endlich zahlreiche Bäder einrichten oder erneuern und verlegten dafür auch Kilometer von neuen Leitungen. Im Nachhinein stellte sich heraus, dass sich das Material dieser Leitungen ausgesprochen schlecht mit unserem Wasser vertrug. Im Heisswasserkreislauf korrodierten sie stark, und das mit Recht gerühmte Quellwasser aus dem Fextal kam zum Ärger der Gäste und zu unserem Schrecken immer wieder braun und trüb aus dem Hahn; nicht immer, und gemeinerweise auch nicht immer an den gleichen Orten, aber immer wieder. Bessere, adäquatere Stahlqualitäten wären durchaus auf dem Markt gewesen, aber dem lokalen Unternehmer, der jahrzehntelang unsere Bäder baute (und mit dem wir gern und gut zusammenarbeiteten), fehlten die technischen Mittel, um sie zu bearbeiten. So hatten wir nun bedauerlicherweise gerade dort, wo wir so viel investiert hatten, ein neues und hartnäckiges Problem. Es brauchte Jahrzehnte und viele zusätzliche Investitionen, bis wir uns allmählich wieder aus dem Schlamassel befreien konnten. Heute sind wir fast am Ziel. Nicht zu denken, wie es uns wohl ergangen wäre, hätte uns das Problem in einem Moment erwischt, in dem wir nicht investieren konnten.

Das Bessere ist der Feind des Guten, das Gute von gestern das Ungenügende von heute. Das hört auch beim Bäderbauen nie auf. Zum Glück haben wir seit Jahren kundigste Hilfe, angefangen mit den Architekten Miller und Maranta, die 1995 eine erste Serie von sieben grossen alten Zimmern und Bädern respektvoll und geschickt restaurierten und aktualisierten, und ab 2005 mit Architekt Armando Ruinelli aus Soglio, der schon gegen 70 Bäder und viele Zimmer umgebaut hat.

← Thomas Demand, Alexander Kluge, Sir David Chipperfield

Kulturhotel? Nun ja …

Nein, das vergnügte Bayrische Bierfest auf Furtschellas haben wir nicht dazugezählt. Im Sommer 2018 gab's im Waldhaus an die achtzig öffentliche kulturelle Veranstaltungen: Vorträge, Konzerte, Lesungen, Buchvorstellungen, Autorengespräche, Exkursionen, Vorführungen. (Im fabelhaften Hundertjahr-Jubiläumssommer 2008 waren's sogar noch um die Hälfte mehr.) Es gab die Hesse-Tage, die Silser Kunst- und Literat(o)urtage, das Resonanzen-Festival, das Nietzsche-Kolloquium, die traditionsreichen Leserunden von Arthur Godel, die Silser Gastspiele von Origen und vom Engadin Festival, Chorwochen und Tanzkurse. Ein schönes und vielfältiges Kulturprogramm, an dem wir auch selber unseren Spass und unsere Freude haben. Dazu kommen noch zahlreiche öffentliche Anlässe und Führungen im Dorf.

Macht das unser Haus zum «Kulturhotel»? Als Kompliment gemeint. Kulturhotel? Kunsthotel? Wir haben uns immer ein wenig dagegen gesträubt. In unserem Selbstverständnis greift es zu kurz, das Waldhaus in erster Linie damit erklären und definieren zu wollen. Jedenfalls dann, wenn man bei Kultur und Kunst zu rasch und zu ausschliesslich an Programme und Angebote denkt.

Kinder, Familien, Sport, Seminare, Ferien, Aussicht, Nostalgie, Genuss, Luxus – es gibt zum Glück die verschiedensten Beweggründe, um uns zu besuchen und unser Haus zu mögen. Manche stehen sogar im Widerstreit miteinander. Ein Buch und ein Hotel kann man auf mehr als eine Art lesen. Genau das, was die einen besonders suchen und schätzen, werden andere gar nicht sehen oder völlig nebensächlich finden. Doch bei allem gilt: Was wir und die meisten, die uns besuchen, an erster Stelle wollen, ist das Waldhaus als Hotel – als funktionierendes, gutes, einladendes Hotel. Dass wir es verstehen, unsere Gäste gut aufzunehmen: Für diese Kunst gerühmt zu werden, ist das Kompliment, auf das wir und unsere Mitarbeitenden es vor allem abgesehen haben. Das hat tatsächlich etwas von einer Kunst, es ist nicht bloss Handwerk und Technik. Für den Gast ist nicht nur wichtig, was wir tun, sondern, wie wir es tun. Anders gesagt: eine Frage der Kultur. «Unternehmenskultur», den Begriff betonen alle Management-Handbücher bis zum Überdruss. Im Hotel erhält er aber eine besondere Bedeutung und ein ganz eigenes Gewicht, er ist gewissermassen Teil des Produkts. So viel hängt ab vom Stil, von der Kultur des Ortes. Der Umgang miteinander – aufmerksam, korrekt, kompetent und locker, zurückhaltend, ohne übertriebene Feierlichkeit und Beflissenheit; die Einrichtung, die Architektur, das Spannungsverhältnis zwischen Alt und Neu und wie wir es meistern, die gewollten und ungewollten Ecken und Kanten. Die Bereitschaft zur Patina, ohne sich darin zu verstricken. Die Hauskapelle im Parterre und die Kapelle für die Salonmusik in der Halle, der Verzicht darauf, jeden Aspekt ökonomisch nutzbar zu machen. Unser Umgang mit der Natur und der Kulturlandschaft, die uns umgeben. Alles das ist Teil dieser Kultur.

«Gastfreundschaft» – als Hotelier soll man sich diesem Begriff mit Vorsicht nähern. Die Kunst und Kultur, Gäste gut zu empfangen, ist unser Métier. Nennen wir es ruhig auch eine Mission, eine Leidenschaft; aber nicht selbstlos und kein Geschenk. Am Schluss gibt's fast immer eine Rechnung. Das tut dem Wert und der Schönheit der Aufgabe keinen Abbruch. Wir suchen ihr nach allen Kräften gerecht zu werden, wie ein Musiker einer Beethoven-Sonate gerecht werden will. Nicht von ungefähr stellte Rolf Kienberger ein wunderbares 200-jähriges Zitat von Jean Anthelme Brillat-Savarin an den Anfang der Waldhaus-«Streiflichter» von 1983: *Convier quelqu'un, c'est se charger de son bonheur pendant tout le temps qu'il est sous notre toît.*

Wenn wir von Hotelkultur in diesem Sinn reden, sind korrekterweise unsere Gäste immer mitgemeint. Sie sind hier keine blossen Konsumenten und Zuschauerinnen wie in einem Bühnenstück, sondern entscheidende Mitgestalter

Solche Diskussionen hätten die Waldhaus-Gründer, unsere Urgrosseltern Josef und Amalie Giger, wohl herzlich wenig interessiert. Und doch hatte ihr konkretes Wirken sehr wohl einen Bezug zu diesen Gedanken und zu den schönen Worten von Brillat-Savarin. Tatsache ist, dass ihr Waldhaus vom Beginn weg ein ausgesprochen kultiviertes und kunstvolles Hotel war: They practiced what they didn't preach.

Entsprechend vermochte es wie ganz Sils seit frühesten Tagen ein ausgesprochen kultiviertes, kulturaffines Publikum anzusprechen und anzuziehen. Neben bis heute präsent gebliebenen Namen – wie der Verleger Samuel Fischer mit oder ohne Hermann Hesse (der sich in seinen alten Tagen, zum treuen Waldhaus-Besucher geworden, an eine frühe Einladung des Verlegers in unser Haus zu erinnern glaubte, die aber in unseren Fremdenbüchern keine Spuren hinterlassen hat), die Familie Visconti oder Katia Mann-Pringsheim mit ihren Eltern und wahrscheinlich auch schon kurz mit ihrem Ehemann – zeigt einem ein informierter Blick in unsere ersten Bücher auch viele halb vergessene Koryphäen wie den geistreichen Banquier Carl Fürstenberg oder den Unternehmer und Kunstmäzen James Simon, dem die Berliner Museumsinsel die Büste der Nofretete und einen grossen Teil ihrer altägyptischen Schätze verdankt. Eine gründliche Google-Recherche würde sicher noch vielen weiteren Namen spannende Konturen geben.

Wenn Sils und das Waldhaus Kulturorte waren und sind, dann also in erster Linie im Lichte ihrer Gäste. Das ist bis heute nicht anders. Vor einigen Jahren sagte mir ein Wintergast bei der Abreise, er habe diesmal fünf gute Bücher als Urlaubslektüre dabeigehabt – und in seinen Urlaubstagen alle fünf Autoren hier gesehen, sei es, dass sie selbst hier wohnten oder andere besuchten. (Oder waren es bloss vier von fünf? Ein Hotelier neigt zum Übertreiben.)

Zeitgleich mit unserem Jubiläumsbuch wird eine lange vermisste Publikation wieder verfügbar, an der niemand vorbeikommt, der sich ernsthaft für Sils interessiert: die *Spaziergänge durch Nietzsches Sils-Maria* des deutschen Gelehrten Paul Raabe (1927–2013), in der er praktisch Haus für Haus von interessanten und berühmten Besuchern berichtet. 1994 bei Arche erschienen und dort bis 2005 noch fünf Mal neu aufgelegt, war sie leider für Jahre vergriffen. Dank der Hartnäckigkeit von Felix Dietrich, der Förderung durch Patricia Conring, der bereitwilligen Kooperation der früheren Arche-Verlegerin Elisabeth Raabe (ihres Zeichens Schwester des Autors) und der Tatkraft des Verlags erscheint nun bei Wallstein eine von Mirella Carbone und Joachim Jung umfassend überarbeitete Neuausgabe. Mit Empfehlung!

«Ich nehme mir die Ruhe»

Alexander Kluge

Alexander Kluge und seine Familie sind seit über 25 Jahren zu Gast im Waldhaus. Fünf Fragen haben wir gestellt, 500 hätten wir noch gehabt.

Ist das Waldhaus für Sie eher Begegnungsort oder Ruhepol?

Beides. Man kann sich in diesem grossen Haus zurückziehen und hat dann seine Ruhe. Aber man kann auch mit wenigen Schritten zu den anderen hingehen. Zur Ruhe gehört nicht unbedingt die Einsamkeit. Auch aus der Begegnung mit Freunden, die jedes Jahr wie die Zugvögel im Waldhaus einkehren, entsteht ein positives Zeitgefühl. Und so etwas nennen wir Ruhe.

ALEXANDER KLUGE (*1932) ist eine intellektuelle Instanz ersten Ranges, nicht nur als Autor und Filmemacher. Seine Produktionsfirma verantwortet zum Beispiel unabhängige TV-Kulturmagazine, die unter anderem bei RTL ausgestrahlt werden. Seit 60 Jahren reist er nach Sils, zum ersten Mal von Berufs wegen zu Theodor W. Adorno (1903–1969), dem treuen, kritischen, unbequemen damaligen Waldhaus-Stammgast.

Welche Begegnungen sind Ihnen in Erinnerung geblieben?

Ich habe im Waldhaus Menschen getroffen, denen ich woanders vielleicht nie direkt begegnet wäre. So kannte ich meinen Jahrgangsgefährten Gerhard Richter – wie ich geboren im Februar 1932 – nur von seinen Bildern her als einen berühmten Mann (also abstrakt). Eines Tages sitze ich in der Bar im Waldhaus und schreibe an meinen Geschichten. Da kommt er spontan auf mich zu. Aus der Begegnung sind inzwischen zwei schöne gemeinsame Bücher entstanden, und wir sind Freunde geworden.

Jedes Jahr treffen meine Kinder, meine Frau und ich im Waldhaus auch auf die Grossfamilie Chipperfield und auf Nana und Thomas Demand. Bei den Demands sind seit unserer ersten Begegnung zwei Kinder hinzugekommen. Da gibt es wenig Grund, sich ins Zimmer zu absentieren, auch wenn das jederzeit möglich ist.

Kommen Sie als Gast im Waldhaus überhaupt zur Ruhe oder sind manchmal beinahe zu viele Kulturinteressierte im Haus?

Ich nehme mir die Ruhe. Ich brauche sie auch, weil ich im Waldhaus nicht nur Ferien mache, sondern an meinen Geschichten schreibe. Viele meiner Texte sind hier entstanden.

«111 Jahre Hotel Waldhaus. Warum?» So wollte Urs Kienberger dieses Buch zuerst nennen. Haben Sie sich das auch schon gefragt?

111 Jahre Waldhaus! Eine Warum-Frage ist das nicht. Es muss ein staunender Ausruf sein. Meine Kinder sind praktisch in jedem Jahr ihres Lebens dort gewesen. Sie fragen nicht, warum. Sie finden das Waldhaus einen glücklichen Ort. Ich staune auch darüber, wie viel Zeit vergangen ist, seit dem Jahr 1908. In diesem Jahr wurde meine Mutter geboren.

Was mögen Sie am Waldhaus und was lässt sie wiederkehren?

Durch den Eingang zum Waldhaus ging ich zum ersten Mal im Jahr 1956. Ich hatte (als junger Jurist) Dokumente aus Frankfurt für Theodor W. Adorno und seine Frau Grete zu überbringen. Meine Zuneigung zu diesem Haus ist bis heute stetig gewachsen. Nicht Trägheit oder Gewohnheit, sondern Sympathie lässt mich immer wiederkehren.

← Johanna Staemmler vom Armida Quartett

Der gepachtete Olymp

Als man im Waldhaus während des Ersten Weltkriegs kaum mehr ein und aus wusste wegen der prekären Versorgungslage, entstand die Idee, eine Alp zu pachten (S. 113). Als uns der Zweite Weltkrieg wieder in grosse Bedrängnis brachte, holte man Wilhelm Backhaus und Dinu Lipatti ins Haus und andere grosse Musiker mehr. 1941 entstanden unter der Ägide des initiativen, bestens vernetzten Pfarrers von Silvaplana und Sils, Ernst Schulthess (1899–1990), die «Engadiner Konzertwochen». Musiker von hohem Rang und Namen gaben hochkarätige Konzerte und erhielten im Gegenzug einen Ferienaufenthalt. In ihren Anfängen konzentrierte sich das auf Sils und Silvaplana, mit dem Waldhaus als einem natürlichen Brennpunkt, denn viele andere grosse Hotels in der Gegend waren in der Kriegszeit ganz geschlossen. Schnell wurden die Konzertwochen, die als «Engadin Festival» bis heute Bestand haben, zu einem Anziehungspunkt für grosse Namen, eine Art kleine Schwester von Luzern: die Pianisten Clara Haskil und Edwin Fischer traten auf, der Cellist Pierre Fournier, der Flötist Peter-Lukas Graf, der Oboist Heinz Holliger und seine Frau, die Harfenistin Ursula Holliger, aber auch Orchester wie das English Chamber Orchestra unter Pinchas Zuckermann, das Collegium Musicum Zürich unter Paul Sacher und – natürlich in St. Moritz – die Berliner Philharmoniker unter Herbert von Karajan.

Interessanterweise hatte unser von Kultur durchdrungenes Haus aber noch lange fast keine eigene Kulturanlässe im Programm. Am Hotelier kann es nicht gelegen haben, und an den Gästen auch nicht.

Die Gästelisten waren gleichsam ein Who's Who der zeitgenössischen Kulturprominenz, und Oskar Kienberger als Herr im Haus war selber sehr belesen, musikalisch bewandert und vielseitig interessiert – möglich, dass die meisten Gäste einfach ihre Ruhe haben wollten. Der Hauptgrund war wahrscheinlich ganz banal: Die Krisen- und Kriegsjahre und die kargen Zeiten, die ihnen folgten, liessen dem Betrieb schlicht keinen Spielraum für «Extras». In der nächsten Waldhaus-Generation wiederum widmete der feinsinnige Rolf Kienberger, der in seinen kulturellen Affinitäten dem Vater kaum nachstand, seine Kraft bewusst und kompromisslos dem fast unerreichbar scheinenden Ziel, den alten Familienbetrieb wieder zu einer neuen und nachhaltigen Blüte zu bringen.

Erst, als ihm dies tatsächlich und auf wundersame Weise gelungen war, gegen alle Widerstände und alle Skepsis der Experten, ergab sich wieder mehr Spielraum – das Wort ist mit Bedacht gewählt. Gleichzeitig wollte es eine gute Fügung, dass einer kam und bald ein zweiter, die beide bereit waren, dieses neue Potenzial bis an die Grenzen auszunützen. Der erste war Felix Dietrich. Mein Schwager kam ohne grossen Rucksack, aber mit einer kolossalen Offenheit und Begeisterungsfähigkeit, als geborener Organisator stets bereit, sich praktisch und handfest zu engagieren, wo andere nur träumen. Und ich war der, der strukturierte und kommunizierte, selbst auch Sachen aufgriff, manchmal auch bremste. «Man muss noch Chaos in sich haben», sagte einst der berühmteste Silser. Wenn ich von Strukturieren rede, meine ich das vor allem intellektuell und nicht etwa organisatorisch. Es ging darum, Inhalte und Zusammenhänge zu begreifen und begreiflich zu machen, Brücken bauend zwischen den Auftretenden und uns und dem Publikum, auch und gerade bei ausgefallenen und weniger am Weg liegenden Themen und Veranstaltungen. Es war eine Symbiose, sicher auch eine gewisse Rivalität, spannend und spannungsvoll, aus der ein überreicher Strauss von schönen, oft höchst ungewöhnlichen Angeboten gedieh.

Heute hat es sich weitherum eingebürgert, dass Hotels Kultur «machen». Als Gast kann man sich manchmal der Angebote kaum erwehren.

Doch in der noch nicht sehr fernen Vergangenheit waren nur wenige auf diese Idee gekommen (so, wie viele Grandhotels auch nicht gross an Familien mit Kindern dachten oder an lokale Produkte, oder etwa an «ÖV inklusive»). Vor allem in den Randzeiten der Saison machten unsere Anlässe damals manchmal buchstäblich die Hälfte des ganzen Oberengadiner Veranstaltungskalenders aus. Ohne das Hotel Laudinella in St. Moritz, vor dem wir respektvoll den Hut ziehen, wäre die Einseitigkeit gar noch grösser gewesen.

Beim Nachdenken kommen uns tausend besondere Momente in den Sinn und tausend besondere Menschen, denen wir sie verdanken. Hier seien ein paar wenige besonders erwähnt, in der Willkür der spontanen Erinnerung.

1982 kam zur Verleihung des von Hubert Burda gestifteten Petrarca-Preises an Ilse Aichinger eine illustre Gesellschaft im Waldhaus zusammen. Hermann Lenz war dabei, Urs Widmer, Peter Handke, Lars Gustafsson, Peter Hamm. Michael Krüger hielt die Laudatio. Zum Festakt organisierte Felix ein denkwürdiges Bankett im eigenartigen Palazzo Castelmur im Bergell, in dem seit Menschengedenken niemand mehr gegessen hatte. Im entscheidenden, das heisst im dümmsten Moment zog ein heftiges Gewitter auf, und zack war der Strom weg. Doch das Trio Farkaš spielte unerschütterlich weiter, auch Felix und sein Team meisterten in aller Ruhe das Chaos hinter den Kulissen, das Essen kam bei Kerzenschein auf den Tisch. Ein Traum von einem Anlass.

«O Mensch, gib acht! Die Philosophen kommen!» Ebenfalls 1982 brachte der rührige Professor Peter André Bloch vom Nietzsche-Haus ein Treffen für Nietzschekenner und -interessierte, das schon ein- oder zweimal im Dorf stattgefunden hatte, ins Waldhaus. Programmatisch «Kolloquium» genannt, wollte es mehr sein als eine blosse Abfolge von Vorlesungen vor Experten. Das Nietzsche-Kolloquium wurde rasch zu einer festen Institution in unserem herbstlichen Kalender und hat immer noch Bestand. Jedes Jahr hält es uns vier Tage lang auf Trab und verschafft uns immer wieder ganz besondere Momente (zugegebenermassen auch welche, in denen wir Laien kaum mehr etwas verstehen).

Anlässlich des Kolloquiums 2011 schlug uns dank der Vermittlung einer treuen Gönnerin und Stiftungsrätin des Nietzsche-Hauses zum Beispiel der grosse András Schiff in seinen Bann mit einer atemberaubenden Wiedergabe von Beethovens Diabelli-Variationen. Wie durch ein Wunder kam er drei Jahre später, ohne «Nietzsche Connection», für ein zweites, ebenso grossartiges Klavierrezital wieder.

Ein anderer Höhepunkt war für mich persönlich, als das Kolloquium 1990 unmittelbar nach dem Fall des Eisernen Vorhangs die Nietzsche-Rezeption in der DDR zum Thema machte (soweit es sie überhaupt gab) und dazu u. a. den sowjetischen Germanisten Jurij Archipow, einen jungen Philosophen namens Ralf Eichberg aus Halle a. d. Saale sowie den Pfarrer von Röcken und einen Eisenbahner aus Naumburg zusammenbrachte. Nietzsches Vater war bekanntlich selber Pfarrer in Röcken gewesen; der Eisenbahner wiederum bewohnte das Haus, in das die Familie nach dem frühen Tod des Vaters gezogen war und wo die Schwester des Philosophen das erste Nietzsche-Archiv einrichtete. (Das Haus ist heute übrigens wieder ein Nietzsche-Zentrum – unter der Leitung von Ralf Eichberg.) Die Idee zu einer solchen Runde musste zuerst mal einer haben! Zu hören, wie die vier, jeder auf seine Weise und zum Teil ohne jede Vorkenntnisse, mit offenen Augen und mit Mut und List das Erbe des in der DDR verfemten Denkers aufrechterhalten hatten, prägt mein eigenes Bild von der Wende und der Zeit davor bis heute.

Unter den vielen ungewöhnlichen Besuchern von Sils sicher einer der ungewöhnlichsten, jedenfalls einer, den man nicht automatisch im gesetzten Waldhaus erwartet, war Roman Signer, der in St. Gallen arbeitende Appenzeller, berühmter Schöpfer von skurril-präzisen (und manchmal explosiven) vergänglichen Skulpturen. Ein gemeinsamer Bekannter und die eigene Neugier bescherten uns im Juli 2003 dieses unverhoffte, willkommene Treffen, samt einem öffentlichen Abend im Hotel und einer Expedition ins nahe Italien zum Kauf eines neuen alten dreirädrigen Piaggio-Lieferwagens. Es war der Auftakt zu einer besonderen Reise, die in der polnischen Heimat von Roman Signers Frau Aleksandra auf einer Skisprungschanze bei Zakopane enden sollte.

«Dürfen wir Ihnen etwas zeigen?», fragten in den 1990er-Jahren unabhängig voneinander zwei kreative Gäste. Solche Fragen kennen wir; da werden wir sofort vorsichtig. Der Schweizer Schriftsteller und Ingeborg-Bachmann-Preisträger Jürg Amann (1947–2013), uns freundschaftlich verbunden aus regelmässigen Aufenthalten im Nietzsche-Haus und Besuchen im Waldhaus, hatte sich von vielen anregenden Stunden in der Hotelhalle zu einem ausgewachsenen Theaterstück inspirieren lassen: *Hotel. Ein Stück.* Mit 60 Rollen (ach ja, im Waldhaus ist man selten allein). Als Aufführungsort kam für ihn eigentlich nur genau diese Halle in Frage. Und der prominente deutsche Fotograf A. T. Schaefer, seit den 1980er-Jahren mit seiner Familie treuer Waldhaus-Gast, zeigte uns an einem anderen Tag einige Aufnahmen. Er wollte, sagte er, etwas machen, das es noch nicht gebe: ein Buch als Porträt eines Hotels, dieses Hotels. Nicht irgendeine PR-Aktion mit ein paar eitlen Ansichten, sondern ein grosses, konzentriertes, überlegtes Werk, etwa so, wie man Venedig porträtieren würde oder Greta Garbo.

Es war uns natürlich klar, dass das nicht ging. Ein ausgewachsenes Theaterstück mitten in der Halle, nicht nur einmal, sondern acht- und zehnmal? Und, wie könnten wir einfach so mir nichts, dir nichts ein grosses und aufwendiges Buch verantworten? Und doch fühlten wir uns von beiden Projekten sehr angesprochen. Deren Urheber hatten sich offensichtlich sehr ernsthaft mit dem Waldhaus auseinandergesetzt und waren zu einem Waldhaus-Bild gekommen, in dem wir uns wirklich selber wiederfanden (was viel seltener gelingt, als man meinen würde). Und sie reizten unsere Unternehmungslust und Experimentierfreude. Wohlan: 1998 wurde das Waldhaus 90. Wir hatten bereits mit dem Gedanken gespielt, diesen Anlass gebührend zu feiern. Im Moment ging vieles gut, und wir waren voll in Form. Wer wusste, wie es beim Hundertsten sein würde? Listig überlegten wir uns auch: Bald danach war Jahrtausendwende, da würden dann alle miteinander wetteifern mit grossen Projekten – aber wir hätten unsere Schäfchen schon im Trockenen. (Ein Hotelier denkt wie ein Zirkusdirektor – einfach ohne Löwen und Elefanten.)

Also entschieden wir uns frech: Wir machen beides! Es kostete sehr viel Arbeit, Geld und Nerven. Auch und gerade unsere Mitarbeitenden wurden bis zum Äussersten gefordert und meisterten die Herausforderungen mit tapferer Professionalität. Doch auch der Erfolg war sagenhaft, künstlerisch wie publizistisch. Rund 2000 Menschen sahen die Aufführungen mit sechs Schauspielerinnen und Schauspielern, die die 60 Rollen virtuos untereinander aufteilten, darunter an vorderster Stelle unser Bruder Jürg Kienberger und Claudia Carigiet, seine Frau; selbst ihre Tochter Lena erhielt einen kleinen Part.

Auch das Buch, dem Fotograf A. T. Schaefer volle 85 intensive Arbeitstage im Waldhaus gewidmet hatte und das auf unseren Wunsch zehn prominente Gäste mit klugen Texten ergänzten, wurde ein Hit – bis hin zum Bonmot, das Waldhaus sei nun «das Hotel zum Buch».

«Irgendwann mache auch ich etwas mit dem Waldhaus», schwor Christoph Marthaler kühn. Dass also auch unser nächstes grosses Jubiläum nicht ohne Theater über die Bühne gehen würde, stand deshalb schon praktisch fest, bevor wir überhaupt in unseren Familientreffen gemeinsam mit der nächsten Generation Ideen für die Hundertjahrfeier von 2008 zu sammeln und zu entwickeln begannen (S. 301). Der gefeierte und eigenwillige Schweizer Theatermacher mit seinem Kreis von hoch individualistischen Könnern, zu denen seit langem auch Jürg Kienberger gehörte, ging seit Jahren im Waldhaus ein und aus. Nun hielt er sein Wort – und wie! Was er und sein eingeschworenes Ensemble, dessen Mitglieder über die Jahre und erst recht in der spannungsreichen Probenzeit in der Zwischensaison vom Frühling 2008 ebenfalls zu gründlichen Waldhaus-Kennern geworden waren, sich dann erdachten und hier inszenierten, ging weit über das Kammerspiel zu unserem Neunzigsten hinaus. Wie ein Tsunami in (marthalerscher) Zeitlupe erfasste die Aufführung fast das ganze Haus, von der Tiefgarage über die Korridore und das Lesezimmer bis zu Halle und Saal. Hotel und Stück waren so intensiv miteinander verwoben, dass selbst wir manchmal kaum mehr sehen konnten, wo das Theater aufhörte und der Hotelalltag wieder anfing. Als das Stück 2009 gar eine der hart umkämpften und

sehr ehrenvollen Einladungen zum Berliner Theatertreffen erhielt als «eine der zehn bemerkenswertesten Aufführungen des deutschsprachigen Theaters des vergangenen Jahres», entschieden die Beteiligten unisono, dieses «Theater mit dem Waldhaus» könne man unmöglich nach Berlin transportieren – was in der Theaterwelt etlichen Unmut hervorrief.

Das Marthaler-Theater war nur eine der Facetten, wenn auch die sichtbarste, mit denen wir unser Jubiläumsjahr in Szene setzten. Der Familienrat hatte ganze Arbeit geleistet, und unsere Mitarbeitenden standen ihnen nicht nach. Wieder entstand ein Buch, wenn auch ganz anders ausgerichtet als das von 1998: *Waldhaus Sils. A family affair since 1908*, mit Texten von Zora Del Buono und Fotografien von Stefan Pielow, 2008. Es gab historische Ausflüge mit einem 60-jährigen Postauto, Programme und Angebote für Kinder (Claudia Carigiets Kinderbuch *Gian und Gianna* kam damals heraus, ebenso wie das Kinderkissen mit Bravin, dem Eichhörnchen), der Künstler Giuseppe Reichmuth machte das kleine Hotelmuseum noch unseriöser, als es vorher schon war, wir boten spezielle Führungen an und erstmals regelmässig einen Chef's Table in der Küche. Und fast nebenbei investierten wir annähernd 10 Millionen in einen der grössten und kompliziertesten Umbauten der Waldhaus-Geschichte, aber nur hinter den Kulissen (allein schon als Ausgleich für das Theater!), in der Küche mit allen Nebenräumen und im Personalbereich.

Nur zwei rote Linien hatten wir bei der Jubiläumsplanung gezogen. Wir wollten möglichst nicht dasselbe tun, was andere schon gemacht hatten. Und vor allem: kein Feuerwerk. Das war uns zu laut, zu gross, zu demonstrativ, zu belastend für die Umwelt. Auch Christoph Marthaler und seine Leute wussten das – und führten uns herrlich an der Nase herum. In der letzten Theaterszene stand das ganze Ensemble in der

Tennishalle hinter dem Netz, bewehrt mit Medizinbällen in allen Grössen. Bald fingen sie an, die Bälle hüpfen zu lassen, sachte zuerst, dann immer kräftiger. Und der unvergleichliche Graham Valentine stellte sich vorne hin und begann durch seine Finger zu pfeifen. Akustisch ein perfektes, berührendes, begeisterndes Feuerwerk zu den ersten 100 Jahren des Waldhauses.

«Wie wär's denn mit einem Zyklus der Beethoven-Klaviersonaten?», fragte ein paar Jahre danach der initiative Christoph Homberger, mit dem wir mit und ohne Marthaler immer wieder etwas Schönes gemacht haben. Alle 32 Sonaten, oder gar 36, wenn man Op. 6 für vier Hände und drei Jugendwerke dazuzählt. Nicht etwa verteilt über ein Jahr oder zwei. Nein, alle in einem Tag bzw. einer Nacht nacheinander im Turnus gespielt von zwölf respektablen bis prominenten Pianisten. Ein völliger Unsinn! Natürlich bissen wir an, und gegen alle Wahrscheinlichkeit wurde es zu einem musikalischen Erlebnis ersten Ranges. Die Beethoven-Nacht begann am 16. Juni 2012 abends um 9 vor vollen Rängen in der Halle. Man konnte aufstehen, fortgehen, etwas essen und trinken oder spazieren oder schlafen gehen und dann wiederkommen. In den frühen Morgenstunden waren vielleicht noch 30 Zuhörer da, aber bald wurde es allmählich wieder hell, und die ersten kamen schon wieder dazu. Statt banal der Chronologie der Kompositionen zu folgen, hatte Christoph Hombergers künstlerischer Projektpartner Christoph Keller die Reihenfolge der Werke und der Künstler mit grossem Geschick so festgelegt, dass im Wechsel von Tonarten, Schaffensepochen und unterschiedlichen Interpretationsstilen ein wunderbares Gesamtbild entstand. Man erlebte Beethovens Schaffen als eine wahrhafte Klavierlandschaft. Gegen 10:30 Uhr erklang die letzte Note. In unserer Erinnerung klingt sie immer noch nach.

Vor allem anderen kommt der Betrieb. Dieser eherne Hotelgrundsatz galt selbst im Jubiläumsjahr 2008, ungeachtet aller kulturellen Höhepunkte. Das belegt eine trockene Zahl: 244 zahlende Gäste. Das war der Tagesdurchschnitt im Winter jenes Jahres, und zwar vom ersten der 114 Saisontage bis zum letzten. Auch im Sommer (132 Öffnungstage) waren es dann stolze 183 am Tag. Unsere Vorfahren hätten ermessen können, wie unwahrscheinlich viel das war und wie viel Arbeit dahinter steckte. Viele Jahre lang hatte für uns das sagenhafte Jahr 1929 als nie wieder erreichbares Spitzenjahr gegolten, das Mass aller Dinge. Von Mitte Juli bis Ende August war das Waldhaus damals ununterbrochen voll, mit einem Durchschnitt von 242 Gästen. Bloss: Das war die Hochsaison. Mit der ruhigeren Vor- und Nachsaison waren es im *ganzen* Sommer mit seinen 113 Öffnungstagen 154 Gäste. Und nun, im zufällig etwa gleich langen Winter 2008, waren's 244. Und im Sommer, der noch 20 Tage mehr hatte, 183.

Dass es auch ohne Theater geht, zeigt uns inzwischen immer wieder der exemplarische Glücksfall von Arthur Godels Leserunden. Der Musik- und Literaturwissenschaftler, langjähriger Programmleiter von Radio SRF2 Kultur (früher DRS2), kam vor mehr als 16 Jahren einfach eines Tages vorbei mit dem Vorschlag, im Waldhaus einige mehrtägige Leseseminare für treue DRS2-Hörerinnen und -Hörer durchzuführen, Mitglieder des SRF-Kulturclubs, jeweils mit einem hochkarätigen, für alle interessierten Gäste offenen Rahmenprogramm: eine Autorenlesung, klassische Kammermusik, ein Gespräch oder eine Filmvorführung. Aus «einigen» sind im Laufe der Jahre nun schon stolze 60 solche Seminare geworden, mit insgesamt Hunderten von zufriedenen Teilnehmenden und zahlreichen spannenden Anlässen; in diesem Sommer werden sechs weitere dazukommen.

Überhaupt sollte nicht der Eindruck entstehen, wir suchten und fänden unsere Höhepunkte zur Hauptsache in immer grösseren und spektakuläreren Anlässen. Im Gegenteil: Wenn wir mal etwas Grosses machen, ist das eine Ausnahme, für die es besonders gute Gründe geben muss (was wiederum das Paradox erklären mag, warum diese dann oft besonders denkwürdig werden). Doch das Unerwartete und das Besondere kommt in der Regel auf viel leiseren Sohlen: einfach so im Ferienalltag ein volles Haus für Lyrik von Rose Ausländer (Gisela Zoch-Westphal im Oktober 2000); oder dasselbe für ein Filmporträt des sperrigen und unbequemen Luigi Nono (im Januar 2018 mit der Filmemacherin Birgitta Ashoff); ein Autorengespräch zwischen Alexander Kluge, Durs Grünbein und Herausgeber Renatus Deckert (*Das erste Buch. Schriftsteller über ihr literarisches Debüt* im April 2008) – Alexander Kluge musste dann allerdings aus gesundheitlichen Gründen leider kurzfristig absagen. Es geht nicht immer alles. Wie damals im April 1999, als der Untergang der Titanic ins Wasser fiel bzw. in den Schnee: Mathias Balzer wollte Max Rüdlinger in *Untergang nach Titanic* ins Waldhaus bringen, aber sie kamen nur bis Savognin. Es schneite erbarmungslos und der Julierpass war zu. Hier und heute lassen wir nun wenigstens Mathias Balzers Vater Aldo zu Wort kommen (siehe S. 119).

19. Juli 2012. Auch das kommt vor: hoch originell, gekonnt kombiniert, perfekt gemacht – aber die Skeptiker blieben zu Hause

Lassen wir das Reminiszieren. Über die vielen denkwürdigen Momente, die wir erlebt haben, und die kreativen Menschen, denen wir sie verdanken, könnte man freilich noch Kapitel um Kapitel schreiben. Doch unser Bruder Jürg und seine Frau Claudia Carigiet, die selber in der Welt des Theaters und der Musik zu Hause sind, mahnen uns immer wieder: Diese Höhepunkte, die grossen Ausrufezeichen wie die stillen Glücksmomente, leben vom Zauber des Augenblicks, von ihrer Vergänglichkeit und Einmaligkeit. Der angestrengte Versuch, sie zurückzuholen oder im Nachhinein zu zelebrieren mit Reprisen, mit Aufnahmen oder einem Buch wie diesem, sind nicht nur meistens umsonst, sondern drohen gar, sie mit der Wiederholung abzuwerten und zu banalisieren. Kümmern wir uns lieber um das nächste Projekt, den nächsten Höhepunkt!

Wir wollen uns gerne daran halten. Allerdings ist der besondere Moment ein scheuer Geselle. Wer ihn zu fest haben will, vor dem flieht er. Was wir tun können, ist, ihm so gut wie möglich die Türe offen zu halten – mit Neugier, Offenheit, Sympathie und Experimentierfreude. Das gelingt nach meinem Dafürhalten am besten, wenn wir uns immer wieder auf unsere spezifischen Stärken besinnen.

Aus der lebendigen Tradition des Waldhauses als einem fabelhaften Begegnungsort erwächst uns ein unvergleichliches kulturelles Netzwerk von spannenden Persönlichkeiten, in vielen Fällen mit einem direkten Draht zu uns. Daraus entstehen ungezählte spezielle Konstellationen und Themen für mögliche Veranstaltungen. Wir müssen nur bereit sein, darauf einzugehen. Die Leserin, der Leser wird sich allerdings vorstellen können, dass das Leben mit diesem glücklichen Überfluss und die entsprechende Notwendigkeit zum Auswählen auch zu einem heiklen Minenfeld werden kann. Der gleiche Überfluss hat umgekehrt wiederum die schöne Folge, dass die Rollenverteilung zwischen denen, die zuhören und denen, die vorne stehen, häufig geradezu zufällig erscheint und vielen Veranstaltungen umso mehr ein besonderes Flair verleiht.

Ein zweiter Aspekt, den wir in unserem kulturellen Engagement nicht vernachlässigen wollen, ist ein Leitsatz, der eigentlich unsere ganze Arbeit im Hotel betrifft. Nämlich, dass eine Sache, der man sich mit allem Ernst widmet, nicht unbedingt mit dem gleichen heiligen Ernst daherkommen muss. Unsere Vorliebe gilt (wie gesagt, bei allem Ernst) generell dem Leichtfüssigen und fast wie Beiläufigen. Wir möchten Kultur – einigen zum Teil extrem aufwendigen Ausnahmen zum Trotz – nicht unbedingt möglichst gross und feierlich zelebrieren, wobei leichtfüssig beileibe nicht einfach «leicht» und «harmlos» heissen muss und hinter dem, was wir tun und anbieten, oft sehr wohl ein gehöriges Mass an Aufwand und Mühe steckt. Nur soll es nicht übertrieben bemüht wirken, sondern idealerweise den Hotelalltag ganz natürlich ergänzen und fortsetzen.

Sind wir tatsächlich gefeit gegen Beliebigkeit, bequeme Wiederholungen, biederen Mainstream und eitles Prestigedenken? Natürlich längst nicht immer. Anspruch und Wirklichkeit sind auch im Waldhaus selten ganz deckungsgleich. Oder positiver ausgedrückt: Wir haben uns immer vorbehalten, gelegentlich mal die eigenen Regeln fahren zu lassen – ohne Grund, einfach so, weil uns der Sinn danach steht.

Stiftung Kultur im Waldhaus Sils

Kultur als Spielraum – das ist keine reine Geldfrage, ein Stück weit aber eben doch. Wir von der älteren Generation erinnern uns noch lebhaft an die Zeiten, als im Waldhaus praktisch beides weitgehend fehlte. In der letzten Zeit ist unser Umfeld auch wieder härter geworden. Das darf uns nicht überraschen. Es wäre vermessen zu erwarten, wir blieben unberührt von den Herausforderungen des heutigen Tourismus in den Alpen. Doch es wäre sehr schade, wenn uns das wieder stärker allein auf das reduzieren würde, was sich selber rechnet und rechtfertigt. Auf Initiative des praktisch denkenden Felix Dietrich haben wir 2015 eine Stiftung gegründet: die Stiftung Kultur im Waldhaus Sils, um von denen, die uns kennen und schätzen, Unterstützung zu erhalten «für das, was es nicht braucht» – «in einem Wort: für das Wichtigste!», fügten wir frech hinzu. Bereits mit sichtbarem Erfolg.

Verstehen wir uns aber nicht falsch. Wer das Waldhaus besucht, darf mit Fug und Recht erwarten, was wir im letzten Kapitel als unsere Hotelkultur beschrieben haben, verstanden als die Art und die Kunst, wie wir mit dem Hotel und miteinander umgehen und unsere Gäste aufnehmen. Es wäre ein Unfug, dafür Unterstützung zu suchen. Oder genauer gesagt: Auch diese Kultur hat sehr wohl ihren Preis, aber der steht auf der Gästerechnung.

Anders sieht die Sache aus bei unseren kulturellen Aktivitäten, wie sie die geschilderten Beispiele illustrieren. Die wenigsten sind deshalb zustande gekommen, weil das Hotel sie bräuchte. Sie sind entstanden, weil wir zu realisieren begannen, was für ein natürlicher Nährboden dafür dieses Haus eigentlich ist – ein wenig so, wie man beim Eiffelturm ein paar Jahre nach seiner Entstehung entdeckte, wie wunderbar er sich als Plattform für Funk- und Radioantennen eignete. Mit dem kleinen Unterschied, dass die Antennen dort ein sehr lukratives Nebengeschäft wurden, während hier die kulturellen Aktivitäten von der Bereitschaft abhängen, dass wir sie kräftig mitfinanzieren. Jeder Beitrag an unsere Stiftung trägt dazu bei, diese nicht unproblematische Abhängigkeit zu vermindern und im Gegenteil das Potenzial noch besser zu nützen. Das geschieht effektiv ziemlich direkt, denn der Stiftung geht es nicht primär darum, über das von uns selbst und einigen nahen Freunden hinterlegte Gründungskapital hinaus rasch ein grösseres Kapital aufzubauen, sondern sie will vorwiegend mit den laufenden Beiträgen unmittelbar arbeiten.

Wichtig ist uns dabei, «Kultur im Waldhaus» nicht eng und pedantisch nur auf das zu beschränken, was unmittelbar mit dem Waldhaus zu tun hat, es ist unser gesamtes Umfeld mitgemeint. So war's bis jetzt, und so soll es bleiben. «Im Waldhaus» kann durchaus auch heissen: «aus dem Waldhaus» – Aktivitäten, für die das Waldhaus nicht Ort, sondern Hilfe, Anlass und Katalysator ist.

Unversehens bringt uns das alles wieder zurück zu unserer einleitenden Grundsatzdiskussion. Wenn das Waldhaus ein Kulturort sei, sagten wir, dann in erster Linie im Lichte seiner Gäste. Jeder Beitrag an die Stiftung Kultur im Waldhaus Sils bringt das ganz wörtlich zur Geltung.

«(Auch) hinter den Kulissen herrschte Umbruch und Aufbruch»

Martin Müller

MARTIN MÜLLER und IRENE MÜLLER (geb. Ryser) haben als Vizedirektor und F & B-Manager bzw. als Leiterin Human Resources (die auch praktische Einsätze nie scheute) viel dazu beigetragen, dass uns die grossen Waldhaus-Jubiläen von 1998 und 2008 sowie die Jahre davor und dazwischen neben den kulturellen auch viele fachliche und gastronomische Höhepunkte brachten.

«In meiner Waldhaus-Zeit, die mit einem Praktikum im Bereich Food & Beverage im Winter 1994 begann, gab es viele Veränderungen. Neuer Küchenchef, neue Kochphilosophie, neuer Oberkellner, neue Serviceart, neue Warenanlieferung, neue Küche, neue Weine, neue Kassen und vieles mehr. Für die Gäste waren diese Neuerungen nicht immer spürbar, hinter den Kulissen aber herrschte Umbruch und Aufbruch. Diese Waldhaus-Zeit war für mich extrem prägend, und meine Frau Irene und ich denken gerne daran zurück. Wir haben ab 1997 zusammen im Waldhaus gelebt und gearbeitet, gekannt hatten wir uns vorher schon.

Die enge Zusammenarbeit mit Kurt Röösli, der in der Küche mehr und mehr auf den Lokalbezug setzte, gab auch Impulse fürs Getränkeangebot. 1995 begannen wir zum Beispiel damit, ausgewählte Winzer in Graubünden, dem Wallis und dem Tessin direkt anzuschreiben. Mit einer grossen Selektion an lokalen Weinen konnten wir uns damals noch von anderen unterscheiden. Zu Be-

MARTIN MÜLLER (50) und seine Ehepartnerin IRENE (45) arbeiteten 13 bzw. 15 intensive Jahre lang im Waldhaus mit und kreativ und wertvoll, gewannen die Zuneigung vieler Gäste. Sie hatten sich an der Hotelfachschule in Thun kennengelernt. Ihre Söhne Lars und Timo haben am selben Tag Geburtstag, wobei Lars, der das immer betont, drei Jahre älter ist. Nachdem Martin und Irene das Hotel Bellevue in Adelboden führten, sind sie seit dem 1. April 2015 das glückliche Direktionsehepaar des Hotel Castell in Zuoz.

ginn standen etwa 190 Positionen auf der Weinkarte, im Jahr 2010 waren es rund 500. Einmal pro Zwischensaison sind Kurt und ich mit dem Waldhaus-Toyota-Bus zu den verschiedenen Winzern in Graubünden gefahren, um Weine zu kaufen. Der Bus war jeweils bis an seine Leistungsgrenze mit Wein beladen, der Transport über den Julierpass eher grenzwertig. Erst recht, wenn wir vorher noch bei Gian Battista von Tscharner im Schloss Reichenau im Weinkeller versunken sind ...

Auch den Waldhaus-Weinkeller konnten wir den Gästen besser zugänglich machen. Am grossen Tisch begannen wir mit der Reihe ‹Keller im Quadrat›, die es heute noch gibt. Die Gespräche, die Stefan Keller mit bekannten Winzerpersönlichkeiten führte, lockten eine illustre Gesellschaft in den Keller. Aus den vielen geschäftlichen Kontakten mit Winzern sind im Laufe der Jahre private Freundschaften entstanden, für die Initialzündung verantwortlich war das Waldhaus.

Mit Felix habe ich neben der Angebotsgestaltung auch die Preispolitik besprochen. Was mir besonders Freude machte, war die Jahrgangstiefe im Keller, die sicher auch von Rolf Kienberger vorgelebt worden war. Sprich: Ich konnte Weine kaufen, die wir einlagerten. So etwas ist heute eher die Ausnahme, weil hohe Kapitalbindung in der anlageintensiven Hotellerie keine wirklich gute Idee ist. Im Keller lagerten rund 300 000 Fr. in Flaschenform, und etliche dieser Flaschen waren, wie gesagt, erst für den Verkauf in ein paar Jahren gedacht. Klar, dass unsere Sommeliers Freude hatten, solche Weine zu lobpreisen und zu verkaufen.

Auch im Service tat sich einiges. Nach Roberto Schilirò wurde Walter Nana Oberkellner, und die Direktion entschied, den Plattenservice und mit ihm das Geschepper im Waldhaus abzuschaffen. Die meisten Köche können besser anrichten als die meisten

Servicemitarbeitenden, und dadurch, dass nicht jedes Gemüse für jeden Tisch in einer sibernen Légumière zu den Gästen und wieder zurückgetragen werden musste, wurde der Service einfacher und schneller und die Qualität der Speisen besser. An den langen Arbeitswegen hat sich leider nichts geändert.

Mit dem Umbau der Küche wurde auch der Officebereich (die Anrichte) neu gestaltet, wir konnten dadurch die Abläufe optimieren und ein Kassensystem einführen. Vorher schrieben die Kellner einen Bon, mit diesem bezogen sie Waren, und die Bons wurden danach im Kassabüro einzeln erfasst und auf die einzelnen Zimmer verbucht. Ein sehr fehleranfälliges System, nur schon wegen der Handschriften, die es zu entziffern galt. Die Umstellung war für viele im Service jedoch anstrengend und das Programmieren der Kassen eine Knochenarbeit. Als alles tadellos funktionierte, wurde die Lagerbewirtschaftung schlagartig einfacher.

«Gut, in Sachen Digitalisierung hat das Waldhaus jetzt nie eine Vorreiterrolle gespielt. An der Réception arbeitete man zum Beispiel munter mit Kartonplänen weiter. Mit einem Radiergummi konnte man die Bleistifteintragungen entfernen. Erstaunlich, dass bei dieser vorsintflutlichen Technik nicht mehr Fehler passiert sind.»

So oder so: Uns haben das Waldhaus, die dort vermittelten Werte und der persönliche Umgang mit den Menschen sehr geprägt und viele dieser Waldhaus-Werte leben wir weiter.»

← Patrick Dietrich und Claudio Dietrich

Ab 2010: Die neue Generation steigt ein – und auf

2010 trat Felix Dietrich, zwar weiterhin sichtbar präsent, ins zweite Glied, und die Direktion ging über an seine Söhne Claudio und Patrick aus der fünften Generation, zuerst noch im Trio mit mir und ab Dezember 2014, als auch ich Felix' Beispiel folgte, ganz in eigener Verantwortung.

Ihnen zur Seite stehen von der Familie ihre Schwester Carla Lehner, die den neuen Spa leitet, und Claudios Frau Cornelia als Marketingverantwortliche. Mutter Maria Dietrich – weiterhin bemüht um Ausgleich, bei den Zahlen wie bei den Menschen – hat ihre zeitraubende Arbeit im Rechnungswesen und vielen anderen Belangen ebenfalls Schritt für Schritt reduziert, aber bei Weitem noch nicht beendet.

Die Generationen kommen und gehen; die Familie bleibt. Im Waldhaus macht man das so, nicht wahr? In Wirklichkeit ist es aber alles andere als selbstverständlich und naturgegeben. Auch im Waldhaus waren und sind die Übergänge zu einer neuen Generation keine leichte Sache. Der erste, wir haben es schon beschrieben, wäre beinahe zum Desaster geworden («Vielleicht der Onkel Gustav?» und «Kapital zum Zweiten», S. 98 und 115), der zweite zog sich quälend in die Länge und gelang schliesslich nur dank der erstaunlichen Geduld und dem unerschütterlichen Zukunftsglauben der neuen Generation; erst der dritte ging nach einigen rauen Momenten rund und produktiv über die Bühne («Wachablösung», S. 207). Und nun also dieser vierte Übergang zur Waldhaus-Generation V. Ein abschliessendes Urteil müssen wir der

Nachwelt vorbehalten, doch aus heutiger Sicht ist er bemerkenswert gut abgelaufen, getragen von glücklichen Fügungen und dem guten Zusammenwirken der Generationen.

Den Anstoss gab uns Felix Dietrich, der schon lange und immer deutlicher mahnte, er wolle 2010, mit 60, kürzertreten. Er und Maria hatten im Waldhaus schon sehr jung viel Verantwortung auf sich genommen, zunächst noch an der Seite von Rolf und Rita Kienberger, dann allein und bald (erfolgreich, aber anstrengend) zusammen mit mir. Bis 2010 summierte sich das auf ein Dritteljahrhundert, in der Tat eine lange Zeit für ein derart leidenschaftliches und intensives Engagement fast ohne Pause und mit so wenigen privaten Freiräumen. Doch kürzertreten kann man nur, wenn andere in die Bresche springen. So brachte Felix uns alle dazu, ungewohnt früh (aber keineswegs zu früh!) systematisch die Nachfolgefrage zu thematisieren.

Eigentlich hatten wir gute Voraussetzungen. Maria und er hatten das Kunststück geschafft, unsere eigene Faszination und unser Interesse für das Hotel ihren Kindern (und den Nichten und Neffen) weiterzugeben. Bei diesem schönen Erbe ist das doch keine Kunst, wird man sich denken. Und doch war es das, und zwar gehörig. Zwar eignet sich ein Ferienhotel im Grunde genommen wunderbar als Familienmittelpunkt und Identifikationsobjekt. Anders als eine Fabrik oder irgendein anderes abstraktes Geschäft kann man diese Familiensache von klein auf erleben und begreifen, besuchen, bewohnen oder gar wie wir völlig darin zu Hause sein. Doch es birgt ein paar heikle Fallstricke.

Ein Hotel soll nach aussen klingen, tanzen und leuchten wie ein schönes Spiel. So ist die Versuchung gross, nach innen vor allem die Sorgen und Mühen und die enorme Arbeit zu betonen, die es eben auch bedeutet – und damit die Nächsten wirksam davon abzubringen, es je selber zu versuchen.

Der zweite Fallstrick ist die Disparität zwischen unseren Besuchern und uns als den Besuchten. Ein Hotel ist darauf ausgerichtet, es seinen Gästen (von denen viele sich auch sonst fast alles leisten können) luxuriös und bequem zu machen: Wir bieten ihnen ein Leben an, das wir selbst nicht haben, und wollten wir es für uns haben, wären wir bald weg vom Fenster. Wie kann man die eigenen Kinder dazu bringen, diese Disparität zu erkennen und in guten Treuen zu akzeptieren? Erst recht, wenn man im strengen Alltag oft auch selbst versucht ist, die Kinder mit Luxus abzuspeisen, weil einem selber die Zeit für sie fehlt?

Jedenfalls ist es meiner Schwester und meinem Schwager wie zuvor unseren Eltern offensichtlich gut gelungen, der nächsten Generation ungeachtet aller Sorgen und Fallstricke ein ausgewogenes und positives Bild der faszinierenden Aufgabe, die sie erfüllten, mitzugeben und zu zeigen, dass auch uns das Hotel etwas Grosses, aber anderes schenkt: eine Lebensaufgabe, eine wunderbare Möglichkeit, das eigene Können und die eigene Kreativität zu entfalten und auszuleben. Dass sich vier der fünf Kinder für Ausbildungen in der Hotellerie oder im Tourismus entschieden haben – und ihre drei Cousinen Beatrice, Manuela und Lena gleich ebenfalls –, spricht für sich. Nicht alle sind schliesslich beim Fach geblieben, aber keine und keiner hat sich ganz vom Waldhaus abgewandt. Auch ich habe redlich daran mitgearbeitet, aber mein eigenes Geschick in dieser Sache ist beschränkt; zu sehr war meine eigene selbstgewählte Rolle oft die des Mahners statt des Motivators.

«Wer a Geld hat, kann sich hier amüsieren. Und wer a keins hat, der muss hier musizieren.» RUDI KNINA (1904–1991), der geliebte und unvergessene Waldhaus-Kapellmeister unserer Kindheit und Jugend, wusste sehr wohl, wovon er sang in diesem Wienerlied. Er stammte aus einer reichen jüdischen Fabrikantenfamilie und kam im Krieg als Flüchtling und Internierter mit knapper Not in die Schweiz.

Damit war aber noch nicht einfach alles in Butter. Wie gut würden sich die verschiedenen Vorstellungen und Wünsche unter einen Hut bringen lassen? Könnte das, was die Geschwister und Cousinen je individuell anstrebten, zusammengezählt etwa das abdecken, was das Hotel brauchte? Könnte allenfalls sogar ein Überangebot entstehen, mit mehr Spielern als Rollen? Wer wäre wann bereit, was wäre wann nötig? Es gab viele offene Fragen; die packten wir an.

Im Oktober 2004 trafen wir uns ein erstes Mal in Flühli im luzernischen Entlebuch zu einem Familienwochenende und einem intensiven Generationengespräch, das wir dann im Jahresrhythmus fortsetzten und konkretisierten, 2005 in Zürich, 2006 in Solothurn, 2007 in Konstanz, 2008 in Paspels im bündnerischen Domleschg und 2010 wieder im Schweizerhof in Zürich. Wohlweislich jeweils fern von Sils, damit wir einander ungeteilte Aufmerksamkeit schenken konnten. Wir, das waren wir vier Kienberger-Geschwister von der vierten Waldhaus-Generation mit unseren Ehepartnerinnen und -partnern (mit Jahrgängen zwischen 1950 und 1958) und die acht Nachkommen der fünften Generation, also 5 × Dietrich, 2 × Klotz und 1 × Kienberger Carigiet (mit Jahrgängen zwischen 1977 und 1986), zum Teil auch kundig begleitet durch eine professionelle Beraterin.

In unseren Treffen kam uns sehr zustatten, dass wir neben der Nachfolgefrage auch ein zweites konkretes Thema hatten: gemeinsam ein Festprogramm für das Hundertjahrjubiläum 2008/09 zu entwickeln. Es entstand tatsächlich ein grossartiges und vielfältiges Programm. Hilfreich war dieses zweite Thema aber auch, weil es ganz natürlich zur Nachfolgediskussion überleitete und diese davor bewahrte, zu unbestimmt und abstrakt zu werden. Mit dem Jahrhundertprogramm waren wir ja schon mitten drin in Themen wie unserem gemeinsamen Bild vom Waldhaus und der Rollenverteilung für die Zukunft.

Das erfreuliche Ergebnis der aufwendigen Aktion – nennen wir es «2 + 2 + F» – sehen alle, die uns in der letzten Zeit besucht haben: Claudio und Patrick Dietrich als Geschäftsleitung, mit Carla Lehner und Cornelia Dietrich an ihrer Seite und dem soliden Einvernehmen und der Unterstützung der ganzen Familie als Fundament. Mit Genugtuung dürfen wir sagen, dass sich dieses familiäre Fundament nicht auf die Kernfamilie beschränkt; wir werden nicht weniger sorgsam getragen vom weiteren Kreis unserer Mitaktionäre, Nachkommen der beiden Schwestern unserer Grossmutter und des einen Bruders unseres Grossvaters.

In fünfter Generation einmal mehr eine gangbare familieninterne Lösung: Was hätte wohl Thomas Mann, sowieso stets ein kritischer Gast, zu dieser Aushebelung des buddenbrookschen Familienschemas gesagt? Auch uns ist klar, dass wir den Bereich des Selbstverständlichen schon lange verlassen haben.

Gilt das nur schon für das fortdauernde Interesse der neuen Generation am Waldhaus und ihre Identifikation mit ihm, so auch für zahlreiche Details, gerade in Bezug auf die zentrale Rolle von Claudio und Patrick. Selbst wenn sie sich zielgerichtet und mit Feu sacré auf eine Führungsrolle in der Hotellerie vorbereitet hatten, mussten sie noch nicht automatisch bereit sein, sich im familieneigenen Betrieb zu engagieren. Es braucht Mut und Selbstvertrauen, sich dem ständigen Vergleich mit der – vom Rückblick verklärten – Arbeit der Ahnen und eigenen Eltern, von Tanten und Onkeln zu stellen. In vielerlei Hinsicht hätten sie es wahrscheinlich leichter an einem fremden Ort ohne Familie. Mut zeigt auch ihre Bereitschaft zur gemeinsamen Führung. In unserer Generation und im Übergang zu ihr haben wir zwar sehr deutlich erlebt und gezeigt, wie eine mehrköpfige Führungsspitze statt des einsamen Patrons oder CEOs einen Hotelbetrieb beflügeln und ihm neue, besondere Konturen und Dimensionen verschaffen kann. Das Zusammenspannen der beiden so verschiedenen Brüder bietet ganz ähnliche Chancen. Doch was wir ebenfalls erlebt und gezeigt haben, ist, dass es ein anspruchsvolles und anstrengendes Modell ist, nicht frei von Risiken und Frustrationen.

Hoteliers nicht bloss dem Namen nach

Sowohl Claudio wie auch Patrick begannen ihre Laufbahn mit einer Kochlehre und arbeiteten anschliessend als Köche, erlangten dann das Diplom einer guten Hotelfachschule und sammelten daneben und danach an renommierten Adressen im In- und Ausland Erfahrungen. Und natürlich im Waldhaus!

Claudio (*1977) machte seine Lehre im Margna in Sils Baselgia, arbeitete als Koch bei Mosimann's in London, besuchte dann die Hotelfachschule Lausanne mit Praktika in Taiwan, Bad Ragaz und Frankreich. In den drei Jahren als Food & Beverage Coordinator im nahen und doch fernen Palace in St. Moritz und in den zweieinhalb Jahren als Manager Inflight Development für den Interkontinental-Bordservice der Swiss hat er viel gesehen und gelernt. 2013 verheiratete er sich mit Cornelia Ryser aus Celerina.

Und wer zieht nun den Karren? Die fünfte Generation am 11. Oktober 1986. Stehend: Franca mit Lena auf dem Arm; Beatrice, Patrick und Claudio. Im Wagen Sandra, Manuela und Carla

Patrick (*1980) machte nach einem Schuljahr in Neuchâtel (Institut Lasalle) seine Kochlehre im Hotel Ermitage-Golf in Schönried bei Gstaad, kochte im Rathauskeller Zug, absolvierte die Hotelfachschule Luzern mit Praktika u. a. in Zürich im Schweizerhof und im Restaurant Hiltl. Es folgten verantwortliche Positionen im Swissôtel Le Plaza Basel, Wheatleigh Hotel in Lenox (Massachusetts), Parkhotel Vitznau und Park Hotel Bremen. 2012 verheiratete er sich mit Ursina Planta aus Fuldera im Münstertal (GR); sie haben drei Kinder: Elias (*2013), Selena (*2015) und Raffael (*2017).

Mut zeigt schliesslich auch ihre Bereitschaft, eine weitere schöne, aber anstrengende und selten gewordene Tradition fortzusetzen: nicht als abgehobene Unternehmungsspitze zu agieren, sondern bewusst und systematisch im Hotelalltag präsent und fühlbar zu bleiben.

Zeitfenster und Lebensentwürfe

Angesichts der guten Voraussetzungen, die die beiden Brüder mitbrachten, und ihrer eigenen Bereitschaft, sich der grossen Herausforderung zu stellen, gelangten wir bei unseren Familientreffen ab 2004 recht schnell zu einem Konsens für die Übernahme der operativen Hauptverantwortung durch Claudio und Patrick. 2010 bot zudem ein günstiges Zeitfenster für ihren Einstieg, waren doch Claudio und Patrick dannzumal 33 bzw. nicht ganz 30 Jahre alt. Zu einem früheren Zeitpunkt hätten sie entsprechend weniger Chancen gehabt, sich vorher noch an anderen Orten bewähren und Berufs- und Lebenserfahrungen zu sammeln; bei längerem Zuwarten hätten wir umgekehrt riskiert, dass ihre Karrieren in der Fremde so viel Fahrt aufgenommen hätten, dass ihnen eine Rückkehr nach Sils zunehmend schwer gefallen wäre.

Die fünfte Generation im Sommer 1985 – noch ohne Lena Kienberger – vor Christian Zuans «dickem Felsen» (siehe S. 23)

Im Sommer 2015 – jetzt mit allen!

Doch das schloss nicht aus, dass andere ihrer Generation ebenfalls eine aktive Rolle im Waldhaus spielen könnten und wollten. Im Werdegang von allen haben Sils und das Waldhaus ja nachhaltige Spuren hinterlassen – es ist, was uns zusammenhält.

Bei Franca (*1978), Beatrice (*1979) und Sandra (*1980) war bereits ziemlich klar, dass ihr Lebensentwurf in andere Richtungen ging. Franca Dietrich (jetzt Nugnes, mit ihrem Ehemann Rino Nugnes aus St. Moritz) war diplomierte Pflegefachfrau und bereits auch Mutter. Inzwischen hat sie zwei Kinder, lebt mit ihrer Familie in Sils und leitet nach intensiver Weiterbildung eine Beratungsstelle für Schwer- und Langzeitkranke und ihre Angehörigen. Beatrice Klotz (jetzt Kintzinger), gelernte Köchin mit vielen Talenten, war nach Kanada ausgewandert, von wo sie jetzt mit ihren beiden Kindern in die Schweiz zurückkehren wird; sie hat inzwischen aber das Fach gewechselt und möchte als Lehrerin/Therapeutin wirken. Patricks Zwillingsschwester Sandra (jetzt Palli), nicht nur auf dem Eishockey-Rink ambitioniert, brachte es mit einem Bachelor in Tourismus und Hospitality der HTW Chur vor der Geburt ihrer drei Kinder bis zur Assistentin des CEO eines Retail-Riesen. Heute lebt sie in Fribourg, der Heimat ihres Ehemannes Frédéric Palli, und arbeitet in Teilzeit in einer spannenden Kommunikationsagentur.

Die Jüngsten am Tisch hingegen, Manuela (*1982), Carla (*1983) und Lena (*1986), meldeten in den Gesprächen zu Recht an, dass es für sie arg früh sei, sich definitiv für oder gegen eine zukünftige aktive Rolle im Waldhaus zu entscheiden. Nicht etwa, dass sie die Positionen ihrer beiden Brüder, bzw. Cousins im Visier hatten; aber ihr Lebensweg liess die Möglichkeit einer aktiven Mitwirkung durchaus noch offen. Das war nun in der Tat keine einfache Frage, da wir Claudio und Patrick ja die Verantwortung nicht gut bloss «bedingt» übertragen konnten, mit einer expliziten Verpflichtung, eine Türe offen zu halten für allfällige spätere individuelle Partizipationswünsche. Die pragmatische Lösung war, dass, wie in unserer Generation, eine zukünftige Mitwirkung durchaus denkbar blieb, aber nur mit der Einwilligung der beiden Brüder.

Es ist schön, dass das im Fall von Carla Realität geworden ist, ebenso wie bei Claudios Frau Cornelia. Gerade Carla Dietrich (jetzt Lehner) blieb eigentlich immer in der Nähe, mit mittlerweile bereits 22 Waldhaus-Saisons, davor und dazwischen einer kaufmännischen Lehre im Hotel Albris in Pontresina, der Berufsmatura sowie der Geburt ihres Sohnes.

Manuela Klotz (jetzt Heuri), wie ihre Schwester Beatrice gelernte Köchin, war 2003/04 Commis Entremetier und im Sommer Demi-Chef Saucier im Waldhaus, 2008 kam sie nochmals für einen Sommer zurück als aktive Mitwirkende in unserem Jubiläumsprogramm. Heute lebt sie mit ihrem Ehemann Michael Heuri und ihren zwei Töchtern in Wangen bei Olten, und das Berufsfeld der passionierten Skifahrerin und Skilehrerin ist mehr die Kinderbetreuung, sei es in der eigenen Familie oder als Spielgruppenleiterin.

Die Dietrichs sind hier aufgewachsen. Beatrice und Manuela sind Töchter eines Küchenchefs. Die Eltern ihrer Cousine Lena Kienberger, unser Bruder Jürg und seine Frau Claudia Carigiet, sind hingegen ganz anders unterwegs. Und doch hat auch sie einen Lehrabschluss als Hotelkauffrau und ein Diplom von der Hotelfachschule Luzern in der Tasche und ist derzeit Event Manager im Euler in Basel.

«Ruhepol in einer Wahnsinnswelt»

Claudio Dietrich

CLAUDIO DIETRICH (*1977) und sein Bruder Patrick leiten seit 2010 das Waldhaus ihrer Vorfahren. Beide haben die Hotellerie von der Pike auf gelernt und gelebt. Claudios Karriere begann mit der Kochlehre im Hotel Margna in Sils Baselgia. Als Koch arbeitete er unter anderem bei Anton Mosimann in London. Er absolvierte die Hotelfachschule Lausanne, arbeitete in Taiwan, Frankreich und der Schweiz, so im Badrutt's Palace und für die Fluggesellschaft Swiss. Claudio ist verheiratet mit CORNELIA DIETRICH-RYSER, die im Waldhaus das Marketing leitet.

«Manchmal geht mir vieles im Waldhaus zu langsam; dann wiederum denke ich, dass die Langsamkeit eine wichtige Qualität fürs stetige Besserwerden sei. Es ist eine Chance, dass wir in der Direktion so viele gesammelte Erfahrungsschätze an einem Tisch vereinen. Vor allem bei Umbauten lohnt es sich, genau hinzuhören und vom Ziel her rückwärts zu denken, also die Reihenfolge der Arbeiten, die zum Endergebnis führen soll, exakt zu planen. Das verlangt nach einer grossen Linie, an deren Ende das Gefühl der Grosszügigkeit steht. Egal was wir tun, diese von den Gästen geschätzte Grosszügigkeit behalten wir im Auge, gerade weil sich die Auffassung von Grosszügigkeit permanent verändert.

War eine Handykabine etwa vor 15 Jahren passend, erfüllt sie heute die Bedürfnisse längst nicht mehr. Der moderne Gast arbeitet überall auf der Welt. Er ist es gewohnt, auch in den Familienferien zwischendurch zu arbeiten, zu telefonieren. Weil die Menschen nicht mehr an einen Ort gebunden sind, arbeiten sie intensiver, sie leben intensiver, sie geniessen ihre Ferien intensiver. Um alles unter einen Hut zu bringen, brauchen sie eine unaufdringliche Infrastruktur. Wenn es uns gelingt, das intensive Abschalten zu fördern, ohne die Möglichkeit des intensiven Arbeitens ausser Acht zu lassen, können wir unsere Standortvorteile ausspielen. Das Waldhaus sollte ein Ruhepol in einer Wahnsinnswelt bleiben, dann werden wir stetig auch neue Gäste finden, die genau das suchen.

Ich lasse mich auf unserem Weg nicht so sehr vom Angebot anderer Hotels beeinflussen, viel lieber schaue ich generell spannende Unternehmen an und frage mich, wie die ein bestimmtes Versprechen einlösen. So bin ich überzeugt, dass wir elegante Co-Working-Spaces schaffen müssen, um den Gästen selbst ihre tägliche kurze ‹Auszeit› von den Ferien angenehm zu gestalten. Man müsste auch einen inspirierenden Meeting-Raum schaffen können, in dem man sich mitten im Wald fühlt. Eine grössere Bibliothek schwebt uns vor, und wir denken an andere neue, originelle räumliche Angebote, die zum Waldhaus passen. Das Waldhaus ist nicht einfach ein Hotel, sondern ein Ort für Ferien, Erholung und Arbeit.

Auch in der Angebotsgestaltung macht es wenig Sinn, Dinge zu kopieren, viel lieber suchen wir Produkte und Servicearten, die zum Waldhaus passen, und dafür beziehen wir konsequent das Knowhow unserer Mitarbeitenden mit ein. Unsere Arvenstube ist ein gutes Beispiel. Auch nach Jahren der Förderung einer regionalen Küche finden sich nach wie vor weitere überraschende Produkte, die hervorragend in unser Angebot passen. Das Konzept wurde von unserem Küchenchef Gero Porstein entwickelt, die Aufgabe war einzig, es klar von jenem im Hauptrestaurant zu unterscheiden. Der Feriengast möchte nicht jeden Abend ein ausgedehntes Menü, es darf auch einmal etwas einfacher und unkomplizierter sein. Die Gäste reagieren jedenfalls positiv auf das neue Angebot. Ich denke nicht, dass ein ausgeprägtes Fine-Dining-Restaurant uns weiterbringen würde. Das Waldhaus liegt abgelegen, was zugleich Chance und Risiko ist. Die Gäste bleiben gerne im Hotel, umgekehrt wäre es nicht ganz einfach, einen Gast aus St. Moritz für ein Abendessen zu uns zu locken. Viel lieber würde ich im Wald eine Hütte bauen und dort die Kunst des Einfachen zelebrieren. Fondue im Winter, das Rustikale würde sicherlich als Ergänzung des Eleganten geschätzt …

In unserer strategischen Ausrichtung haben wir auch überlegt, ob sich das Waldhaus Satellitenbetriebe aneignen sollte. Wir behalten das Umfeld im Auge. Wenn wir einen Betrieb übernähmen, müsste er das Angebot im Waldhaus ergänzen. Wir suchen es nicht um jeden Preis. Wir möchten weiterhin das Persönliche in den Vordergrund stellen und uns nicht mit dezentralen Angeboten verzetteln. Unsere Familienpräsenz ist ein grosser Vorteil, aber auch die zahlreichen langjährigen Mitarbeitenden strahlen Vertrauen aus. Die Gäste gewöhnen sich an Mitarbeiter, und diese geben dem Waldhaus neben der Familie ein Gesicht und die Sicherheit, dass trotz aller Veränderung das Hotel selbst gleich bleibt. Gerade weil auch die Aufenthaltsdauer der Gäste kürzer wird, wird es nötiger, die Differenz zwischen Alltagshektik und Erholungsphase zu betonen. Unserem Kulturangebot werden wir also auch künftig sehr viel Beachtung schenken, es ist ein wichtiges Puzzleteilchen im Ferienangebot des Waldhaus-Gastes. Wir möchten nicht zum Kulturhotel werden, aber wer ins Waldhaus kommt, hat auch ohne Studium des Kalenders die Gewissheit, dass er oder sie zweimal in der Woche im Haus etwas Einzigartiges erleben kann und dass auch ums Hotel herum ein breites Kulturangebot besteht, das beflügelt. Dass auch die Gäste der Zukunft dieses Gefühl bekommen, liegt uns sehr am Herzen, und so wächst auch unser Netzwerk von Künstlern. Dadurch gelangen immer wieder neue Kulturschaffende mit spannenden Ideen an uns. Nur schade, dass wir nicht alle Projekte umsetzen können.

Eine der grössten Herausforderungen für die Zukunft liegt bei uns selbst. Wie schaffen wir es, die ganze Familie, die mit den Generationen grösser und grösser wird, hinter dem Waldhaus zu vereinen, sodass das Hotel auch ihr Hotel bleibt? Die Familienmitglieder sollten stolz aufs Waldhaus bleiben, daran müssen wir täglich gemeinsam arbeiten und alle miteinbeziehen, sonst wird das Hotel in Zukunft nicht mehr einfach zu führen sein. Mit 13 Familienmitgliedern in der sechsten Generation sieht die Zukunft etwas anders aus als der Idealfall der Vergangenheit, und es wird klar, dass wir eine nicht ganz einfache Aktienregelung werden treffen müssen, wenn wir weiterhin agil bleiben und jene Sicherheit ausstrahlen wollen, die der Ruhe im Wesen des Waldhauses gerecht bleibt.»

«Gästebeziehungen sind nicht delegierbar»

Patrick Dietrich

PATRICK DIETRICH (*1980) leitet zusammen mit seinem Bruder Claudio seit 2010 das Waldhaus. Nach seiner Lehre als Koch arbeitete er als solcher im Rathauskeller in Zug. Er hat die Schweizer Hotelfachschule in Luzern absolviert und in führenden Hotels im In- und Ausland gearbeitet, u.a. im Schweizerhof in Zürich und im Wheatleigh Hotel in Lenox. Verheiratet ist er mit URSINA DIETRICH-PLANTA, gemeinsam leben sie mit ihren drei Kindern Elias, Selena und Rafael direkt neben dem Hotel.

«Die vielen wiederkehrenden Gäste sind uns lieb und wichtig. Es sind 70% und mehr. Oft waren sie schon viele Male hier. Von ‹Stammgästen› spreche ich selbst allerdings selten. Das Waldhaus bleibt ein offenes Haus, kein verschlossener Club von Eingesessenen.

Der persönliche Touch spielt auch für uns von der fünften Generation eine entscheidende Rolle. Dass sich die Gäste bei uns wohlfühlen, die treuen und die neuen, hängt aber auch von unseren Mitarbeitenden ab. Wir verlangen von ihnen keine Überschwänglichkeit, viel lieber leben und fördern wir selbst eine authentische Freundlichkeit, das Aufgesetzte liegt uns nicht. Ausstrahlung und Charakter sind jedoch ein Einstellungskriterium. Das Professionelle ist relevant, aber wenn jemand trotz viel Fachwissen charakterlich nicht zu uns passt, dann ist er oder sie nicht lange im Waldhaus.

Mir persönlich liegt der Kontakt zu unseren Gästen, der Austausch macht mir Freude, auch vermitteln mir die Rückmeldungen den Wert unserer Bemühungen. Es klingt komisch, aber für mich fühlt es sich tatsächlich so an, wie wenn ich zu Hause Gäste empfangen würde. Die Feedbacks geben uns Motivation, sie stiften Freude, die ich weitergeben kann. Claudio und ich ergänzen uns sehr gut, er ist der Strukturiertere, ich bin der Geduldigere, was mir auch im Umgang mit Mitarbeitenden und Gästen entgegenkommt. Deswegen überdenken wir unsere Zusammenarbeit gerade neu. Meine Funktion wird vom operativen Bereich mehr abgekoppelt, gewisse Führungsaufgaben werden die entsprechenden Kadermitarbeitenden übernehmen, sodass ich mich noch stärker unseren Gästen widmen kann. Unsere Reorganisation zeigt, dass diese familiäre Gästebeziehung nicht delegierbar ist und somit kein blosses Lippenbekenntnis darstellt. Mein Job beginnt bei der Reservation, bei der Zimmerzuteilung und beim direkten Kontakt mit den Gästen von der Ankunft bis zur Verabschiedung. Ich konnte in den letzten Jahren viele Erfahrungen sammeln und habe gelernt, dass man die natürliche Tendenz ablegen sollte, kritische Bemerkungen überproportional zu bewerten. Selbstverständlich sind sie wichtig, weil sie uns das Verbesserungspotenzial aufzeigen, ich sehe meine Aufgabe jedoch auch darin, das Negative konstruktiv abzufedern und guten Mutes zu betonen, was alles rund läuft und Spass macht.

Gästereaktionen können wehtun, und es gab in meiner Waldhaus-Karriere Situationen, in denen ich mich nicht wohlfühlte. Zum Glück geht es den Menschen, die denken, dass sie mit Geld alles kaufen können, ihrerseits im Waldhaus gleich. Wir merken oft bereits bei der Reservation, ob jemand etwas anderes sucht als das Waldhaus, ob das Waldhaus passt oder nicht. Darum ist es doppelt wichtig, dass ich den Überblick über die Reservationen habe. Damit wir uns richtig verstehen: Ich finde es nicht schlimm, wenn Gäste Ansprüche haben, denn genau dafür sind wir gewappnet, aber ich habe Mühe mit Menschen, die denken, dass nach ihnen lange niemand und nichts mehr komme. Da braucht es manchmal gerade seitens der Direktion eine klare Haltung, und wir dürfen uns nicht zu schade sein, hinzustehen, zuzuhören, Lösungen zu finden. In schwierigen Situationen sind Verständnis und Kommunikation wichtig. Apropos: Ich beantworte alle schriftlichen Kommentare persönlich – in Zeiten von Tripadvisor und Co. eine ziemlich intensive Aufgabe. Unsere Fragebögen, von denen wir im Jahr rund 2000 zurückerhalten, werten wir rigoros aus. Die Zahlen sind hinterlegt, und wir können zu jedem Bereich Statistiken ziehen oder auch gesammelte Feedbacks zum Angebot in den einzelnen Outlets zusammenstellen. Es wäre schlimm, würden wir unsere Gäste fragen, ohne ihren Antworten Wert beizumessen. Auch das kommt in unserer Branche vor. Für uns ist entscheidend, die Wünsche unserer

Gäste zu kennen, damit wir ihnen umso besser gerecht werden können. Das sagen wir nicht einfach so dahin.

Claudio und ich führen das Geschäft gemeinsam zum Erfolg, weil wir sehr unterschiedlich sind. Natürlich begegnen wir einander dabei nicht nur als Brüder, sondern auch als Führungspersönlichkeiten. Nicht immer sind wir geduldig miteinander. In einer Familie schenkt man manchmal gerade denen, die einem am nächsten stehen, am wenigsten Zeit. Jedenfalls ist es gut und hilfreich, nicht allein im engsten Kreis zu bleiben, auch die Meinungen der Kadermitarbeitenden stärker miteinzubeziehen. Ich mag es, Ideen in den Raum zu stellen. Auch das Gefühl hinter einer Idee ist mir wichtig, *trial and error*, der Mut, das Neue einfach einmal auszuprobieren. Claudio ist sachlicher. Er analysiert zuerst, und wenn er eine Idee einbringt, dann hat er sie meist bereits von hinten nach vorne und umgekehrt durchdacht. Pragmatismus ist aber auch eine Stärke von Claudio. Das kommt uns beiden entgegen, so versuchen wir vieles, statt es von vornherein zu verwerfen.

Über die Kernwerte des Hotels sind wir uns volkommen einig. Finanzieller Erfolg ist bei allem unserem Tun relevant, aber die Zahlen sind nicht das Einzige auf der Welt. Gerade wenn man Vater wird, merkt man, dass es noch andere Dimensionen gibt. Letztlich möchte ich, dass auch meine Familie das Waldhaus nicht als Konkurrenz, sondern als etwas Schönes empfindet. Ich bin auf gutem Weg, einen Ausgleich zwischen Hotel und Familie zu finden, selbst wenn das Hotel sehr viel Gewicht in meinem Leben hat. Das geht, weil ich mit Freude und Überzeugung dabei sein kann. Viel schwerer wäre es für mich, ich würde zu etwas gezwungen, das meinem Leben keinen Sinn stiftet.

Was uns die Zukunft bringt, wird sich erst zeigen, mir nützt jedoch der gelegentliche Blick zurück, um zu verstehen, was ich künftig anders machen möchte.»

422

← Der Autor mit «seinem» Hotel und «seiner» Geschichte – unserem Hotel, unserer Geschichte

Die Ouvertüre zu unserer neuen Ära

Die Ouvertüre zu unserer neuen Ära komponierte kein Geringerer als Wolfgang Amadeus Mozart.

Frühling 2010

Liebe Gäste

26. Juni bis 10. Juli 2010

«Opera St. Moritz» beim Waldhaus Sils

Ein Experiment

Oper im Grandhotel – ein schönes, unpraktisches, verlockendes Unterfangen. Mit Elan geht eine Engadiner Tradition in ihr elftes Jahr, vielen Hindernissen zum Trotz. Diesmal an einem neuen Ort: hier in unserer Tennishalle!

1983 in den Berg hinein gebaut, so diskret, dass manche sie noch gar nicht entdeckt haben: unser weitaus grösster Raum, 6 m hoch und fast doppelt so gross wie die Hotelhalle, mit überraschenden akustischen Qualitäten, wie wir spätestens seit dem Jubiläumstheater von 2008 wissen.

W. A. Mozart: Le nozze di Figaro

Intendant und Dirigent Jan Schultsz, Regie Eva Buchmann, Impresario Martin Grossmann. Mit dem Hungarian Symphony Orchestra und hervorragenden, oft jungen Sängern aus Russland, Holland, Spanien, Serbien, Italien, Frankreich, Rumänien und Graubünden. Fürs Waldhaus: Felix Dietrich.

Sieben Aufführungen zwischen dem 26. Juni und 10. Juli;
Generalprobe am 24. Juni

«Le Nozze di Figaro» in der Tennishalle des Waldhaus (Foto Giancarlo Cattaneo/Opera St. Moritz)

Der Beginn der Sommersaison 2010 und damit der Ära von Claudio und Patrick Dietrich, einstweilen noch mit meiner Schwester und mir mit auf der Brücke, doch erstmals nach 33 Jahren explizit und offiziell ohne Felix, war ein emotionsgeladener und spannungsreicher Moment. Wie würden wir und er es meistern? Die Absicht war klar, aber würde es Felix, würde es uns tatsächlich gelingen, dass er sich nach 33 Jahren des intensivsten Engagements nicht mehr um die operativen Belange kümmern sollte? Da kam uns ein ziemlich verrücktes Unterfangen glücklich zu Hilfe. Wir hatten seit zehn Jahren mit Bewunderung, aber auch mit Skepsis mitverfolgt, wie es ein paar Könner und Unentwegte gegen alle Hindernisse fertigbrachten, unter der Flagge von «Opera St. Moritz» jährlich im Frühsommer in einem der grossen Hotels in der Gegend eine ausgewachsene und respektable Opernproduktion auf die Beine zu stellen. Auch bei uns hatten sie mit zunehmender Insistenz angeklopft. Wir blieben aber auf Distanz. Zu gross schien uns die Gefahr von Konflikten zwischen der Opernaufführung und unserer ureigenen Produktion, dem Waldhaus als Ferienerlebnis. Schliesslich sagten wir aber doch einmal zu. Man darf nicht immer nur vernünftig sein! Allerdings insistierten wir auf die Tennishalle als Aufführungsort, nicht nur wegen ihrer Grösse, sondern auch zur Schonung des Hotelbetriebs. Und wir hatten ein grosses Ass im Ärmel: Felix Dietrich, der bereit war, in der Aufbau- und Probenzeit und bei den Aufführungen als praktisch vollamtlicher Verbindungsmann dafür zu sorgen, dass sowohl der Hotelalltag wie die Opernproduktion zu ihrem Recht kämen und sich dabei möglichst wenig ins Gehege gerieten.

Es wurde eine grandiose Sache. Die Könner von «Opera St. Moritz» nutzten das verborgene Potenzial der Tennishalle mit grossem Geschick und Aufwand und zauberten eine wirklich beachtliche, mit Fantasie und Erfahrung inszenierte Aufführung von Mozarts *Figaros Hochzeit* in sie hinein, samt 45-köpfigen Orchester, erstrangigen Sängerinnen und Sängern, einem Chor sowie viel Technik – und Tribünen für 420 Zuschauer. Als Foyer diente ein speziell dafür konzipiertes, grosses Zelt auf dem Aussenplatz gleich vor der Tennishalle. Bloss der schwere Schneefall wenige Tage vor der Premiere war nicht eingeplant.

Einen wesentlichen Anteil an dem Erfolg hatte Felix mit seiner Energie, seiner Durchsetzungskraft und seinem Verhandlungs- und Organisationsgeschick. Zugleich kam die grosse, strenge Aufgabe für ihn und uns genau im richtigen Moment. Sie half entscheidend mit, in diesen ersten Wochen der neuen Ära einen klaren Schlussstrich unter seine bisherige Rolle im Waldhaus zu ziehen.

Nach den guten Erfahrungen mit dem *Figaro* willigten wir ein, «Opera St. Moritz» 2011 noch ein zweites Mal zu beherbergen, diesmal mit Donizettis *Anna Bolena*, natürlich auch wieder mit Felix «vom und fürs Waldhaus». Und wieder wurde es ein eindrücklicher Erfolg.

Dennoch sagten wir zur Enttäuschung der Organisatoren zum Voraus: «Aller guten Dinge sind zwei.» Bei aller Bewunderung und Freude blieb es eben doch ein Spagat. Innert zwei Wochen sieben oder acht Aufführungen mit über 400 Zuschauenden und 60 Mitwirkenden – das war auf die Dauer schlicht ein paar Nummern zu gross für

Saison 2010
Ab Mai sind sie nun hier. Der Hauptbereich von Claudio Dietrich ist alles, was mit Essen und Trinken zu tun hat: der Service, die Küche. Er kümmert sich aber auch um die Administration. Der von Patrick Dietrich ist die Beherbergung: die Reservationen, die Conciergerie, die Hauswirtschaft. Und vor allem sind sie gemeinsam darum besorgt, dem Hotel weiterhin ein Gesicht und einen ganz persönlichen Charakter zu geben. Unsere Gäste werden weiterhin so persönlich aufgenommen werden, wie sie es immer waren. Zum fünften Mal eine neue Generation im Waldhaus: Wird jetzt alles anders?

unser lebendiges und doch auch stilles Haus. Und die Idee, hier an der Peripherie etwas zu realisieren, was sich sonst meistens nur in den grossen Städten findet, hatte einen grossen Reiz, aber auch etwas Paradoxes – kam doch ein rechter Teil des Publikums genau aus jenen Städten eigens für ein, zwei kurze Tage hierher in die Berge.

«Das Waldhaus: current and relevant»

Patrick Ghielmetti

«Das Waldhaus war für mich eine Liebe auf den ersten Blick. 1984 arbeitete ich als Praktikant der Hotelfachschule Lausanne an der Bar, Udo war mein Boss. Felix Dietrich bot mir an, zwei Jahre später, wenn ich Lausanne abgeschlossen hätte, in der Funktion des Direktionsassistenten an seiner Seite und an der von Maria Dietrich, Rolf und Rita Kienberger weiterzuarbeiten. Der Drang in die Welt hinaus war gross, aber ins Waldhaus zurückzukehren war damals die beste Entscheidung. Danach hat es mich ja doch hinausgetrieben. Geblieben ist die Freundschaft mit der Familie. Umso anspruchsvoller, als Felix mich 2016 bat, als ‹Mitbetreuender› einzusteigen, um bei dem Übergang von der vierten auf die fünfte Generation dabei zu sein und ein Auge auf den Prozess zu halten. Ich habe Erfahrung im Bereich Leadership-Training, es ist Teil meines Berufes als Berater. Im Waldhaus fühlte es sich ganz speziell an. Ich musste mich nie verstellen, und es war enorm wichtig, auch das Vertrauen zu Claudio und Patrick zu erarbeiten. Dies wurde die Grundlage für das Mandat als Präsident des Verwaltungsrates, das für mich nicht einfach eine Freundschaftsbezeugung sein konnte.

PATRICK GHIELMETTI ist seit kurzem Verwaltungsratspräsident der Familien-AG Hotel Waldhaus Sils Maria. Er kam 1984 als Hotelfachschul-Praktikant und kehrte 1986–1988 als Direktionsassistent zurück – dies war der Beginn einer lebenslangen Freundschaft zum Hotel und dessen Familie. Dann ging der gebürtige Berner hinaus in die Welt, seine Sprache kann es nicht verleugnen. Nach einer Hotelkarriere bei Four Seasons wirkt er heute als selbstständiger Berater von Chicago aus weltweit als Global Experiential Leadership Trainer & Behavior-Based Executive Coach für renommierte Hotels.

Generationenübergänge sind nie einfach, es braucht Vertrauen und Mut. Loslassen ist leichter gesagt, als getan. Der Wechsel der dritten zur vierten Generation war eher, so habe ich es empfunden, ein hierarchischer Prozess gewesen. Es war eine andere Zeit. Heute spricht man viel offener miteinander, man ist auch einmal anderer Meinung und die Gehorsamkeit von damals funktioniert heute weniger.

Rolf Kienberger war eine liebenswürdige Autorität. Eine respektvolle Figur, die alle – wie auch ich – sehr schätzten. Felix war mein ‹Guru›. Seine Leichtigkeit hat Superstar-Qualitäten und zum guten Glück wird er da und dort auch einmal vermisst. Die Stärke von Claudio ist die generelle Führung des Personals, die von Patrick der Umgang mit den Gästen, und gemeinsam bringt die neue Generation das Feingefühl für Veränderungen mit. Sie haben die smarte Fähigkeit, das beizubehalten, was gut ist, und jene Veränderungen zu pushen, die ein neues Business braucht. Diese Unterscheidung machen zu können, ist die Grundlage für den Erfolg, also: Neu zu bleiben und das irrelevant Gewordene den Gegebenheiten der Zeit anzupassen oder über Bord zu werfen. Die fünfte Generation hat erkannt, dass gewisse Umwälzungen passieren müssen, dabei geht es nicht um Rechthaberei, sondern darum, Probleme mit starker Stimme zu benennen und teilweise auch unpopuläre, aber korrekte und notwendige Entscheidungen zu fällen. Ich spüre, dass diese positive Bodenständigkeit und die natürliche Eleganz nicht verloren gehen. Die DNA, die die Liebenswürdigkeit, die Herzlichkeit und das ganz spezielle ‹savoir faire› des Waldhauses ausmachen, ist auch in der fünften Generation fest verankert.

Ich habe grossen Respekt vor 111 Jahren Family-Business. Solche Stories gibt es heute beinahe nicht mehr. Und es ist nicht so, dass der Laden einfach rundläuft, man ihn einfach weiterschleppt und sich selbst eine goldene Nase verdient. Jeder Penny wird ins Haus reinvestiert. Das ist keine Normalität. Das volle Bekenntnis zum Haus ist als ‹core value› in der ganzen Familie tief verankert.

Gegenwärtig ist die hohe Auslastung eine Konstante. Aber das Risiko der Überalterung in der Gästestruktur ist auch ein Thema für die fünfte Generation. Ich darf jedoch anmerken, dass wir diese Diskussion bereits 1984 führten. Fakt ist, dass die Gäste, die ins Waldhaus kommen, andere mitbringen, und dies überträgt sich von Generation zu Generation. Ob dieses fragile System künftig tragbar bleibt, weiss ich nicht, aber wenn man beachtet, wie viel in Marketingaktivitäten und Kulturangebote investiert wird, kommt man ins Staunen. Wenige Hotels, die ich kenne, investieren so nachhaltig in Kulturangebote und in Aktivitäten, die das Haus relevant und zeitgemäss halten. Das Waldhaus ist ‹current and relevant›. Es ist eine elegante, stilvolle ‹old lady›, die bestens erhalten ist, keine ‹tötelige› verstaubte alte Hütte.

Auf der ganzen Welt gibt es perfekte, aber oft seelenlose Hotels. Das Waldhaus hat Seele und ein grosses Herz, das schlägt! Es hat den eigenartigen Charakter, Luxus mit Komfort zu kombinieren. Es ist ein erschwingliches, allürenfreies Fünfsternehaus, in welchem man durchaus einem Spitzenpolitiker, einem Stardirigenten, einem Künstler oder einem bekannten Schriftsteller begegnen kann. Der Intellekt des Waldhauses ist nicht abgehoben, wer will, kann ihn fühlen.

«Seitens der Familie braucht es grossen Mut, einen externen Partner als Verwaltungsratspräsidenten der Familienaktiengesellschaft zu ernennen.»

Das Waldhaus hat sogar sein eigenes Orchester. Es hatte seinen ‹corporate sound› bereits, als es dieses Wort noch gar nicht gab. Das Welte-Mignon? Ein Unikum! Das Waldhaus-Museum? Ein Unikum!

So ist und bleibt das Waldhaus eine ‹unique experience›.»

← Patrick Dietrich mit Elias und Selena

Wo sind wir jetzt und wohin geht's

Mit Mozart im Ohr und vor Augen begann nun in der Tat die neue Ära im Waldhaus, mit dem Wechsel zur fünften Generation. Wird jetzt alles anders? Die einen erhofften, andere befürchteten es.

Inzwischen weiss man es: Vieles ist gut gegangen, vieles ist geglückt. Wir sind miteinander stolz und glücklich über das Erreichte. Der Übergang war behutsam, jetzt werden die Änderungen aber mehr und mehr spürbar; so muss es auch sein. Zusätzlich zur ersten grossen Herausforderung, der Neupositionierung des zurücktretenden, aber mitten in seinem Lebenswerk bleibenden Felix Dietrich, gesellte sich die Frage nach den zukünftigen Rollen von meiner Schwester und mir als den zwei anderen Mitgliedern der vierten Generation. Tatsächlich sind wir alle immer noch sehr präsent, aber wir dürfen sagen, dass sich die Generationen dennoch kaum in die Quere kommen und die fünfte Waldhaus-Generation nicht nur einen grossen Teil unserer Arbeit und Sorgen, sondern weitgehend auch Handlungsfreiheit sowie das Hotel als freie Bühne für ihre Aufgaben übernommen hat.

Maria hat ihr Wirken in der Familie, der Buchhaltung und als Ablösung von Claudio und Patrick beim Gästekontakt noch nicht wirklich stark reduziert, obwohl sie grundsätzlich 2017 mit 64 – dem offiziellen Rentenalter für Frauen in der Schweiz – in Pension ging; für die neue Generation ist sie aber eindeutig willkommene Hilfe und nicht Konkurrenz.

Meine eigene Geschichte ist etwas komplizierter. Ein paar Jahre jünger als Felix und wesentlich später im Waldhaus eingestiegen, hatte ich 2010 noch nicht die Absicht, mich ebenfalls aus der Direktion zurückzuziehen; jedenfalls nicht vor 2017, mit 65 – dem regulären Pensionsalter für Männer. Claudio und Patrick waren darauf eingestellt, und wir machten uns in guten Treuen zu dritt an die Arbeit. Zu meinem Bedauern musste ich aber recht rasch einsehen, dass ich lange nicht mehr alles leisten konnte, was ich leisten wollte. Die vom unerbittlichen eigenen Ehrgeiz und der Leidenschaft und Freude für dieses besondere Haus getriebenen Jahrzehnte des schonungslosen Arbeitens hatten ihre Spuren hinterlassen. Mein Ehrgeiz, die Leidenschaft und die Freude sind immer noch da, aber ich bin unumkehrbar langsamer geworden. Die, die mit mir an diesem Buch gearbeitet haben, können ein Lied davon singen. Das kam auch unseren gemeinsamen Aufgaben in der Direktion immer mehr in die Quere. So habe auch ich mich, etwas schneller als gedacht, in den Hintergrund zurückgezogen. Der geneigte Leser spürt mein Bedauern, aber eigentlich war auch das schliesslich eine der guten Fügungen, die uns als Familie halfen, den erneuten Generationenwechsel rechtzeitig und erfolgreich zu meistern. Untätig ist dabei keiner von uns geblieben, und es ist uns auch nicht langweilig geworden.

Zwei Bauprojekte aus jüngerer Zeit illustrieren geradezu exemplarisch die Schnittstellen und Unterschiede zwischen unseren Generationen. Zum einen ging es um die Aufgabe, die Nichtraucher und die Nochnicht-Nichtraucher klarer voneinander zu trennen. Keine grosse Sache in diesem weitläufigen Haus, würde man meinen, doch das täuscht. In einem so gründlich durchdachten Gebäude kann man nicht einfach irgendwo etwas ansetzen oder umnutzen, ohne etwas anderes durcheinanderzubringen. Provisorisch bestimmten wir die Bar zum Raucherraum – zur Freude der einen und zum Ärger der anderen, denn der schöne Raum spielt im Hotelalltag die verschiedensten Rollen. Erst nach langem Suchen und für viel Geld kamen wir in einem zweiten Schritt auf eine bessere, sorgfältig in ein Gesamtkonzept für die künftige Entwicklung aller öffentlichen Räume eingebettete Lösung. Im Vorfeld musste sogar die Silser Bauordnung modifiziert werden. Unser

À-la-carte-Restaurant, die Arvenstube von 1929, die wir nicht abwerten oder gar verlieren wollten, wurde nach Osten verschoben, um 90 Grad gedreht und verändert wieder zusammengefügt. So gab es Platz für das neue Fumoir von Miller & Maranta Architekten, ein wahres Schmuckstück, ohne dass wir irgendetwas anderes verloren oder beeinträchtigt hätten. Und die von Miller & Maranta schon zwölf Jahre früher grundlegend restaurierte und umgestaltete Bar konnte wieder alles leisten, für das wir sie brauchen.

Dieses Projekt, umgesetzt 2011/12, trug noch alle Merkmale der «alten» (sprich meiner) Schule. Kompliziert, subtil und raffiniert, hatte es den Ehrgeiz, eine Vielfalt von Aspekten und Anliegen zu berücksichtigen und gegeneinander abzuwägen und alles so waldhausgerecht umzusetzen, dass man dem Endresultat den grossen Aufwand – mit Kosten von über 2,5 Millionen Franken – kaum mehr anmerkte. Darf man das? Soll man das? Und birgt die grosse Raffinesse nicht auch das Risiko, dass es umso gründlicher aus den Fugen geriete, wenn sich in Zukunft einmal die Voraussetzungen änderten, auf denen unsere Überlegungen beruhten?

Nun war jedenfalls die Zeit gekommen für ein sehr viel sichtbareres Projekt – einen prägenden Markstein, der das Waldhaus nachhaltig und deutlich verändern würde. Dies wurde umso wichtiger, zugleich aber auch schwieriger, als ab 2011 eine Periode von fast sechs Jahren begann, in der dem traditionellen Tourismus in der Schweiz und damit dem Waldhaus ein ungewohnt starker und hartnäckiger wirtschaftlicher Gegenwind entgegenblies. Und dieses Projekt war nun klar die Sache und schlussendlich ein Erfolg der neuen Generation.

Als Antwort auf neue Bedürfnisse und Gewohnheiten der Gäste herrscht in der gehobenen Ferienhotellerie seit Jahren, wenn nicht Jahrzehnten ein Wettrüsten im Einrichten von Spas. Das Waldhaus hat zwar schon seit 1970 ein damals wegweisendes und bis heute attraktives Hallenbad, das wir 24 Jahre später mit Saunas und anderem mehr ergänzten und 2006 durch Architekt Patrick Blarer aus Samedan grundlegend überholen liessen. Doch das brachte uns natürlich bei

Weitem noch nicht in die neue Wellness-Welt. Unsere Generation hatte schon länger damit gerungen, war aber an vielen Hindernissen stecken geblieben. Vielerorts war inzwischen ein fast unüberblickbares Spektrum von Beispielen und Möglichkeiten entstanden. Was davon war sinnvoll, notwendig und machbar fürs Waldhaus; was konnten, wollten, sollten wir uns leisten? Die Antwort fiel uns erst recht schwer, weil uns der Wellness-Trend persönlich eher fremd geblieben war. Ganz abgesehen von den planerischen Herausforderungen des Bauens im geschützten Wald, rund um ein absolut erhaltenswertes Schwimmbad und auf dem Präsentierteller vor dem altehrwürdigen Hotel, das so ausgeprägt von seiner Lage in der Natur lebt.

Nun aber kam eine Generation, die das Projekt zu einer klaren und zentralen Priorität erhob, sich zudem gut auskannte und die schwierigen Fragen mit Schwung und Mut an die Hand nahm. Nach intensiver Planung und einer familieninternen Kapitalerhöhung und in konstruktiver Zusammenarbeit mit Behörden und Kreditgebern – UBS, faktische und rechtliche Nachfolgerin der Bank für Graubünden aus Waldhaus-Urzeiten, sowie Schweizerische Gesellschaft für Hotelkredit – gelang der Kraftakt: In einer effektiven Bauzeit von wenig mehr als zwölf Monaten, verteilt auf zweiweinhalb Jahre (durch die Konzentration der Arbeiten auf die Schliesszeiten des Hotels), entstand nach Plänen von Miller & Maranta für knapp 11 Millionen das schöne Werk, sichtbares Zeichen des Könnens unseres Architekten sowie der Tatkraft und des Gestaltungswillens von Claudio und Patrick Dietrich mit ihrer Schwester Carla Lehner. Schon ist auch eine Ergänzung im Tun, die die ersten Erfahrungen mit dem neuen Werk aufnimmt, und dann können wir uns – nein, nicht zurücklehnen, aber konzentrieren auf das nächste und übernächste und viele weitere Projekte, auf die kommende Arbeit.

Wo geht's jetzt also hin? Liebe Leser, vor Jahren nahm ich einmal Teil an einer Podiumsdiskussion vor einem grossen Publikum. Die Art von Veranstaltung, wo jeder fünf Minuten hat für ein Exposé und sich keiner daran hält. Ich hatte die alte Eieruhr meiner Mutter dabei, stellte sie auf fünf Minuten, und als sie läutete, hörte ich auf. Mitten im Satz.

Dieses Buch ist nicht fertig, wieso denn auch? Das Waldhaus ist zum Glück auch nicht fertig. Fertig weder im Sinn von «zu Ende»; das waren jetzt bloss die ersten 111 Jahre. Aber ebenso wenig im Sinn von vollendet oder komplett, hoffentlich noch ganz lange nicht. Denn ein grosser Teil seines Zaubers liegt gerade darin. Scheinbar unverrückbar, und doch irgendwie nie ganz fertig und nie ganz zu fassen. Wer wissen will, was noch kommt, muss selber kommen, und jeder wird es wieder ein wenig anders erleben. Nicht zuletzt, weil sie oder er gleich selbst wieder Teil dieser kuriosen, hoffentlich noch lange nicht fertigen Geschichte eines besonderen Hauses wird, des «(pas trop) grand hôtel».

Aus unseren Gästebüchern

Wenn man den Sinn der ganzen Sache bedenkt, ist ein Hotel am Schluss nicht mehr und nicht weniger als die Summe seiner Gäste. So endete denn auch die bescheidene Frühversion unserer Hotelgeschichte 1983 mit einem kleinen, aber facettenreichen Auszug aus unseren Gästebüchern («aus Diskretionsgründen nur nachgeführt bis 1978», wie wir damals schrieben). Es wäre sehr reizvoll, ihn hier zu aktualisieren, aber dazu hat leider die Zeit gefehlt. Die alte Liste sei hier wenigstens wiederholt, und wenn sich die Gelegenheit ergibt, ist der Autor gerne bereit, bei einem Kaffee wieder darauf zu sprechen zu kommen. Am Ende der holprigen Arbeit an diesem Buch fallen ihm jedenfalls zuallererst die beglückend vielen ein, die selber schreiben und schrieben. Und natürlich diejenigen, die die Bücher machen: die Verleger, sind sie doch so etwas wie die Hoteliers der Bücher.

Bereits in der alten Liste springen einem Verlegernamen wie Samuel Fischer, Ullstein, Kindler, Piper, Brockhaus, Ulrico Hoepli, André Deutsch in die Augen, und das liesse sich jetzt munter weiterführen. Siegfried und Ulla Unseld, Wolfgang Beck und auch Hans Dieter Beck, Peter Schifferli und Egon Ammann, Markus Hatzer von Haymon, Vittorio Klostermann, Andreas Rötzer von Matthes & Seitz, Georg Siebeck, Michael Klett, Gerd Haffmans, Anja Schutzbach, Sabine Dörlemann, Elisabeth Ruge und andere mehr. Immer wieder Daniel und Anna Keel von Diogenes, mindestens zwei Dutzend Mal. Jetzt ist noch einer dazugekommen: Thomas Kramer von Scheidegger & Spiess. Eigentlich war er noch gar nie hier. Aber ohne ihn hätten Sie dieses Buch nicht in der Hand!

Nun aber die Liste von 1983. «Was haben die Witwe des Entdeckers von Troja (1908), die Frau des Autors des ‹Kleinen Prinzen› (1938) und Mr. James Bond aus Philadelphia (1961) miteinander gemein?», fragten wir damals. Und Bernard J. H. Haitink (1962 f.), Alexander Mitscherlich (1962), Léon Rothschild, Bruxelles (1961), Peter Drucker (1970), Pierre Jean Jouve (1965, 1966, 1967, 1968), Paul Klecki (1967), Jean Simmons (1967), Prince et Princesse Boncompagni Ludovisi, Rome (1935), Neville Chamberlain (1935, 1937), Hermann Rothschild, Frankfurt (1935), Wilhelm Kempff (1936), Italo Balbo (1935), Herr und Frau Dr. Werner Oetker (1936), S.E. Ahmed Abdel Wachab Pacha, Kairo (1936), Princess Menaka of Cooch Behar (1937), Vivien Leigh (1937), Richard Strauss (1928, 1937), Bundesrat Johannes Baumann (1937, 1939), Prinzessin Ratibor (1938), Manuel II. von Portugal («Comte d'Ourem», 1930), Baron Albert von Rothschild, Wien (1910), Seine Excellenz Graf Bismarck-Bohlen, Potsdam (1910), Princesse Colonna et suite, Rome (1911), Arnold von Siemens, Berlin (1912), Sir Henry Lunn (1912), M. le Prince Argoutinsky-Dolgoroukoff, St. Petersbourg (1912), Prince et Princesse Lucedio Carrega, Sala Baganza (1912, 1913), Excellenz Th. von Bethmann Hollweg, Reichskanzler, Berlin (1913), Sidney M. Brown, Baden (1915), Walter Boveri (1920, 1921 u. a.), Max Reinhardt (1917, 1925), Otto Klemperer (1918, 1919, 1924, 1925, 1928, 1929, 1947, 1951, 1955, 1958), C. G. Jung (1918, 1926), Frl. Lily Abegg (1918, 1967, 1968, 1969, 1970, 1971, 1973, 1974), Mr. & Mrs. John T. Underwood, Brooklyn/NY (1923), Claudius Dornier (1957), Mr. & Mrs. H. M. Bentley (1948), M. et Mme. Antoine Bréguet (1964), M. Charles Christian Heidsieck, Reims (1966), Carl Duisberg (1924), Hans Erni (1946), Bundesrat Ernst Wetter (1932, 1947), Pierre Fournier (1947, 1948, 1949, 1950, 1951, 1952, 1953, 1961), Prof. Fritz Stern, New York (1973 und dann viele weitere Male), Dr. Bernhard Vogel (1974/75, 1975/76, 1976/77), James MacCracken (1972), William McChesney Martin (1972), Maurice Couve de Murville (1975), Ralf Dahrendorf (1970/71, 1973, 1975 ff.), Friedrich Ebert, Königsberg (1909), Emil Rathenau (1909, 1910), Carl Fürstenberg (1909, 1910, 1911), Gräfin Schlieffen, geb. von Luck (1910), Otto Bally (1909, 1910), Dietrich Bührle (1939), W. R. Kern, Aarau (1926), Carl, Henry, Robert, Oscar, Hans, Georg Sulzer (1926 ff.), Iwan Bally (1946), Baron Louis Rothschild, Wien (1912), Fritz Thyssen

(1914, 1919, 1926), Karl Münchinger (1951, 1959), Richard von Weizsäcker (1960), Fred Zinnemann (1955, 1978), Bernhard Wicki (1966), Joseph Beuys (1969/70), Henry Morgenthau (1934), Karl Ulrich Schnabel (1947), Joseph Keilberth (1956), Pierre Guerlain, Paris (1952), Josef Kardinal Frings (1954), Erich Kästner (1954), Georg Solti (1952, 1960), Albert und Else Bassermann (1925, 1931, 1934), Lya Mara (1924, 1925), Jean-Michel Frank, Paris (1931, 1932, 1939), Luchino Visconti (1910, 1911, 1912, 1913, 1919?, 1949), Duca Marcello e Duchessa Xenia Visconti di Modrone (1930, 1931, 1932, 1959, 1964), S. D. Ernst Prinz Solms (1930), Georg Szell (1927, 1947), Generaldirektor Dr. Flick, Berlin (1927), Michael D'Oyly Carte, London (1927/28), Walter Gieseking (1950, 1951), Thomas Mann (1950, 1954), Frau Thomas Mann auch schon 1911, mit ihren Eltern, ev. auch 1929), Erika Mann (1957), Alberto Moravia (1951), Patrick Sauvage, Comédien, Paris (1952), Peter Rybar (1944, 1952), Baron N. de Montesquiou (1952), Sign. Franco Cortese, Autorennfahrer (1952), Prinz Rupprecht Ludwig Ferdinand zu Löwenstein-Wertheim-Freudenberg (1955), H.S.H. Princess Löwenstein, London (1927), Prinz Udo zu Löwenstein-Wertheim-Freudenberg (1913, 1914), John Kenneth Galbraith (1955), Theodor W. Adorno (1955, 1956, 1957, 1958, 1959, 1960, 1961, 1962, 1963, 1964, 1965, 1966), M. Alberto Pirelli, Milano (1913, 1929), Herr & Frau v. Siemens (1929), Prince et Princesse U. Poniatowski, Paris (1930), Princesse Aspasia de Grèce et sa fille, Pr. Alexandra (1931), Frau von Hindenburg und Kinder, Berlin (1931), Bundesrat Heinrich Häberlin (1925, 1932, 1934, 1938, 1941, 1942, 1943, 1944, 1945, 1946), Prinz Konrad von Bayern (1933), Bundesrat Robert Haab (1933, 1934, 1935, 1936, 1937, 1938, 1939), Oskar Reinhart, Winterthur (1934), Mary Lavater-Sloman (1964), The Marquess and Marchioness of Bristol (1925), NR Georges-André Chevallaz (1966), Bundesrat Kurt Furgler (1963 ff.), Marc Chagall (1966, 1973), Bundesrat Ludwig von Moos (1966), Werner Wollenberger (1967), Fürstin Rosemary Colonna, Rom (1968), Sir Michael Redgrave (1967), Fernanda Prinzessin von Thurn und Taxis (1968), Bundesrat Hans-Peter Tschudi (1970, 1974), Madame la Présidente Félix Houphouët-Boigny, Côte d'Ivoire (1969), Otto-Ernst Flick (1973), Peter Lukas Graf (1973), Vittorio Klostermann (1972/73 und ff.), Ulrico Hoepli (1950, 1969, 1970, 1971), Hans Brockhaus (1926), S.

Fischer (1914), André Deutsch (1971), Dr. Franz Ullstein, Berlin (1925), Helmut Kindler (1976, 1978), Klaus Piper (1949), Andri Peer (1964, 1973), Fridolin Tschudi (1964), Männerchor Concordia Wil (1966), Matthias von Spallart (1966), Herr und Frau La Roche, Basel (1939), Karl Geigy-Ronus (1930), Fritz Thomy, Langenthal (1945), Rolf Bühler, Uzwil (1976 u. a.), Frau Hoffmann-La Roche mit 2 Söhnen und Bedienung (1915), Frau Burckhardt-Burckhardt, Basel (1942), Karl Böhm (1944), Theodor Heuss (1947, 1957), Franz Kardinal König (1957), Giuseppe Kardinal Siri (1956, 1957), Richard Tauber (1925), Carl J. Burckhardt (1957), Willi Daume (1958), Bundesrat Philipp Etter (1958), Nationalrat Walther Bringolf (1960), Bundesrat Paul Chaudet (1960, 1963), Ilona Herzogin zu Mecklenburg (1962), Andor Foldes (1963, 1967), die Schweizer Herren-Ski-Nationalmannschaft (1964), Primo Levi (1966, 1967, 1968), Prince et Princesse Marco Borghese (1908), Mme. la Vicomtesse de Gontaut-Biron, née Princesse Troubetzkoy, Paris (1908, 1909, 1910, 1911, 1912, 1913), Prince A. Doria (1908), François Mauriac (1947), Bundesrat Eduard von Steiger (1947), Hermann Hesse (1949, 1950, 1951, 1952, 1953, 1954, 1955, 1956, 1957, 1958, 1959, 1960, 1961), Gottlieb Duttweiler (1949, 1951, 1952, 1953, 1959), André Rothschild, Paris (1972, 1973), Rod Stewart (1973), Rafael Kubelik (1975), Laurance S. Rockefeller (1975), Eric M. Warburg (1975), Thomas Bernhard (1977), Marc Andreae (1970/71 ff.), Mr. & Mrs. Morton Otis, USA (1927), Frau Schindler (1945 ff.), August von Finck (1973 u. a.), Prof. Gottfried von Haberler (1973), Prof. Lewis Thomas, New York (1976), Erik Ode (1975/76), Gert Westphal (1976 ff.), Alfred Kälin (Ski-Marathon, 1977), Maximilian Schell (1967, 1969, 1972, 1977 ff.), John Knittel (1944, 1945), Paul Sacher (1945, 1946, 1947, 1953, 1958; Frau Maja Sacher auch 1971), Wilhelm Backhaus (1944, 1945, 1946, 1948), Arthur Honegger (1945, 1946), Dinu Lipatti (1946, 1947, 1952), Clara Haskil (1946, 1951), Princesse H. de Ligne, Bruxelles (1946), Fred C. Iklé (1961, 1967/68 ff.), Bronislaw Huberman (1928), Yehudi Menuhin mit Familie (1932, 1933), Pater Peter Lippert (1926, 1928), Generaldirektor Dr. Carl Bosch (1931), Inge Borkh (1971), Rollo May (1971), S. A. la Princesse Aicha Aziza Hassan avec 2 fils, Le Caire/Zürich (1926, 1927, 1928, 1929, 1930, 1931, 1933, 1934, 1935, 1936, 1937, 1938, 1942, 1943 usw.: bis heute), M. et Mme. Léon Blum, Paris (1927), Albert Einstein (1927), Ahmed

Ihsan Bey, Stamboul (1928), Friedrich Fürst von Hohenzollern-Sigmaringen und Fürstin Margarete von Hohenzollern, Herzogin von Sachsen, Schloss Neukirch (1928, 1929, 1930, 1931, 1932, 1934, 1935, 1936, 1937, 1939; nur sie: 1946, 1947, 1961, 1962), Bruno Walter (1926, 1928, 1929, 1931, 1932, 1934, 1935, 1937), Rabindranath Tagore (1928), Rudolf Baumgartner, Luzern (1945), Artur Schnabel (1946, 1947, 1948), Victor Reinshagen (1944, 1952, 1960), Josef Szigeti (1947) und Marcus Wallenberg, Stockholm (1950, 1957). – To be continued.

Die Geschäftsleitung

1908–1913	Josef und Amalie Giger Gustav Giger
1914–1917	Gustav Giger Amalie Wolflisberg
1918–1924	Oskar Kienberger Gustav Giger Amalie Wolflisberg
1925–1949	Oskar und Helen Kienberger
1950–1960	Oskar und Helen Kienberger Rolf und Rita Kienberger
1960–1977	Rolf und Rita Kienberger
1977–1987	Rolf und Rita Kienberger Felix und Maria Dietrich
1987–1989	Felix und Maria Dietrich
1989–2010	Felix und Maria Dietrich Urs Kienberger
2010–2014	Claudio Dietrich Patrick Dietrich Urs Kienberger
2015–	Claudio Dietrich Patrick Dietrich

Ein Spezialfall waren die Pop-up-Direktoren an der Seite von Oskar Kienberger in den verkürzten ersten Wintersaisons der Nachkriegszeit: 1955/56 Konrad Illi, Direktor im Kurhaus St. Moritz; 1956/57 Alfred «Fredy» Giger (1904–1968; ein Neffe von Josef Giger), Hotelier im Stolzenfels Davos, vorher Beau-Rivage Luzern; 1957/58 bis 1962/63: Alfred Berthod (1912–1983), Direktor im Parkhotel Giessbach.

Die Partner bei der Gründung («Giger & Cie.»)

Siehe S. 32, «Das Kapital»

Der Verwaltungsrat am 1. Januar 1918 bei Gründung der AG

Anton (Sebastian) Bon, Präsident
Gustav Giger, Gebhard Lutz

Der Verwaltungsrat (Aufsichtsrat) im Jahre 2019

Patrick Ghielmetti, Präsident (im VR seit 2017)
Claudio Dietrich (seit 2018), Maria Dietrich (seit 1999),
Patrick Dietrich (seit 2018), Benedikt Germanier (seit 2018),
Urs Kienberger (seit 1975)

Die Verwaltungsratspräsidenten

1918 – 1924	Anton (Sebastian) Bon
1924 – ca. 1930	Rudolf Bonca
ca. 1930 – 1958	Anton Bon, wie oben; wegen Landesabwesenheit 1939–1945 durch Vizepräsident Josef Kienberger-Suenderhauf vertreten
1958 – 1965	Oskar Kienberger
1965 – 1983	Alfred «Fredy» Kienberger
1983 – 1994	Rolf Kienberger
1994 – 2018	Urs Kienberger
2018 –	Patrick Ghielmetti

Anton (Sebastian) Bon (1881–1959), Fritz Bon (1889–1953) und Rudolf Bon (1887–1979) sind drei der fünf Söhne der Suvretta-Gründer Marie und Anton Bon von Generation I. Gebhard Lutz (1870–1946): Ehemann von Fanny Lutz, geb. Giger.

Bis 2018 wurde die Gesellschaft, wie man sieht, stets allein und ausschliesslich von der Familie geleitet, oft auch ohne klare Aufgabenteilung zwischen Direktion und Verwaltungsrat. Das Waldhaus ist damit gut gefahren, aber immer auch mit einem gewissen Risiko, dem einer übermässigen Selbstbezogenheit und fehlender organisatorischer Stringenz (Corporate Governance). Gemeinsam sind wir zum Schluss gekommen, dass wir uns im fordernden Umfeld der Gegenwart in dieser Hinsicht noch stärker disziplinieren und fokussieren müssen – gerade, wenn wir unsere Unabhängigkeit und die Tradition der persönlichen Leitung unbedingt bewahren wollen. Darum haben wir jetzt zwei erfahrene und unabhängige Köpfe an unsere Seite geholt – aber nicht einfach irgendwelche Experten. Wir wollten Menschen, die bei aller Erfahrung «aus der weiten Welt» ganz darauf eingestellt sind, hier, zusammen mit uns, einen spezifischen Waldhausweg zu gehen. Genau das ist uns gelungen. Patrick Ghielmetti (* 1960) kommt auf S. 317 zu Wort. Benedikt Germanier (* 1968) hat Sils und das Waldhaus einst während des Studiums als Skilehrer kennen und schätzen gelernt. Nach einer internationalen Bankkarriere übernahm er beherzt die Leitung von zai, einer exquisiten und ambitionierten «Ski-Manufaktur» – eine Aufgabe, die in ihrer ganz anderen Art überraschende Parallelen zum eigenwilligen Waldhaus und zu dessen Geschichte hat. An den Besitzverhältnissen und am ganzen Charakter unseres Hauses als familiengeführter Familienbetrieb ändert sich dadurch nichts. Im Gegenteil.

Die Generationen

Kein kompletter Stammbaum, sondern eine Übersicht über die Familienmitglieder, die in dieser Geschichte eine Rolle spielen

Generation I

Josef Giger[2] (1847–1921) ∞ Amalie Giger[1], geb. Nigg (1849–1924)
Schwester und Schwager von [1]:
Marie Bon, geb. Nigg (1854–1944) ∞ Anton Bon[3] (1854–1915)
Schwager von [2], Bruder von [3]: Primus Bon (1858–1936)

Generation II

Kinder von Amalie und Josef Giger:
Amalie «Mali» Wolflisberg, geb. Giger (1873–1952) ∞ Josef Wolflisberg (1873–1963)
Fanny Lutz, geb. Giger (1876–1963) ∞ Gebhard Lutz (1875–1946)
Gustav Giger (1878–1957)
Helen Kienberger, geb. Giger (1882–1959) ∞ Oskar Kienberger[4] (1879–1965)

Geschwister von Oskar Kienberger: Josef (1874–1950), Alfred (1875–1944), Marie-Therese (Keller; 1880–1942), Martha (Müller; 1882–1916), Johanna (Rageth; 1887–1970)

Generation III

Kinder von Helen und Oskar Kienberger:
Helen Kienberger (1912–1979)

Oskar Kienberger (1913–1999)

Rolf Kienberger (1917–1994) ∞ Rita Kienberger, geb. Müller (1926–2006)

Gertrud Kienberger (1919–1995)

Kinder von Amalie «Mali» und Josef Wolflisberg:

Helen Candrian, geb. Wolflisberg (1904–1969) ∞ Albert Candrian (1904–1985)

Hans Wolflisberg (1906–1973)

Generation IV

Kinder von Rita und Rolf Kienberger:

Urs Kienberger (1952) ∞ Nancy Kienberger, geb. Wiedeman

Maria Dietrich, geb. Kienberger (1953) ∞ Felix Dietrich[4] (1950)

Claudia Klotz, geb. Kienberger (1956) ∞ Peter Klotz

Jürg Kienberger (1958) ∞ Claudia Carigiet

[4] Sohn von Hedy Dietrich, geb. Mäder (1913–2010) und Josef Dietrich (1907–1998)

Alfred «Fredy» Kienberger (1907–1983), Sohn von Josef und Hedwig Kienberger

Generation V

Kinder von Maria und Felix Dietrich:

Claudio Dietrich (1977) ∞ Cornelia Dietrich, geb. Ryser

Franca Nugnes, geb. Dietrich (1978) ∞ Rino Nugnes

Patrick Dietrich (1980) ∞ Ursina Dietrich, geb. Planta

Sandra Palli, geb. Dietrich (1980) ∞ Frédéric Palli

Carla Lehner, geb. Dietrich (1983)

Kinder von Claudia und Peter Klotz:

Beatrice Kintzinger, geb. Klotz (1979)

Manuela Heuri, geb. Klotz (1982) ∞ Michael «Michi» Heuri

Tochter von Claudia Carigiet und Jürg Kienberger:

Lena Kienberger (1996)

Die sechste Waldhaus-Generation. Elias mit Rafael, Lara mit Dimitri, Selena, Flavia, Gion Mattia, Fabrizio und Christian (Foto Sefan Pielow, Januar 2019)

Generation VI

Kinder von ...

- Franca und Rino Nugnes: Lara (2003) und Fabrizio (2008)
- Ursina und Patrick Dietrich: Elias (2013), Selena (2015) und Rafael (2017)
- Sandra und Frédéric Palli: Gion-Mattia (2012), Flavia (2014) und Dimitri (2018)
- Carla Lehner und Roman Lehner: Christian (2010)
- Beatrice Kintzinger und Josh Kintzinger: Ashton (2007) und Lindsay (2008)
- Manuela und Michi Heuri: Elina (2011) und Annica (2013)

Weitere Anteile am Waldhaus haben

Heidi McEvoy und Ariel Miller (Töchter von Hans und Tommy Wolflisberg) und Irène Schilling (Enkelin von Helen und Albert Candrian) als Nachkommen von Mali und Josef Wolflisberg

Georg Kienberger als Sohn von Alfred und Ursula Kienberger und Enkel von Josef Kienberger von Generation II

Monika «Rishu» Lutz als Enkelin und ihre Tochter Samira Lutz sowie Dario Dörig als Urenkel von Fanny Lutz

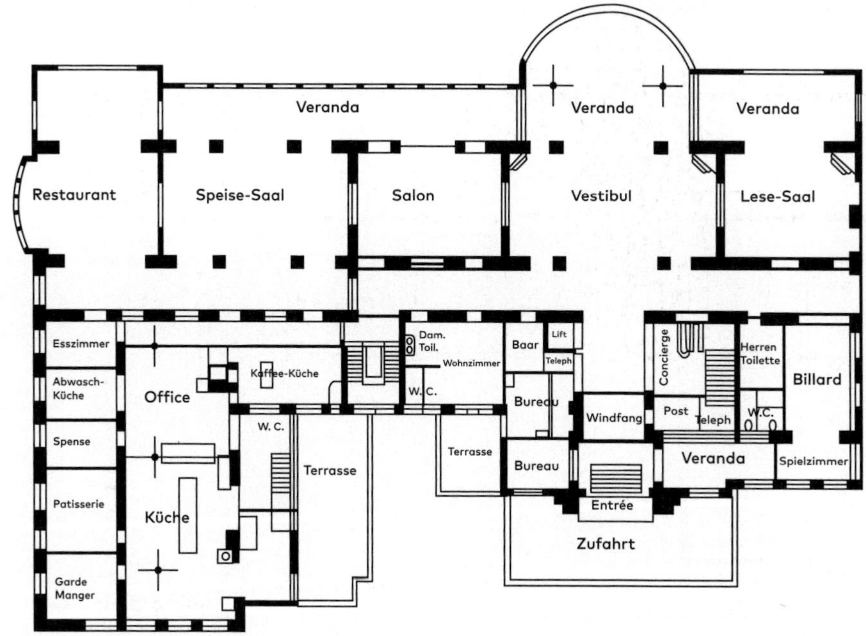

Saaletage 1908

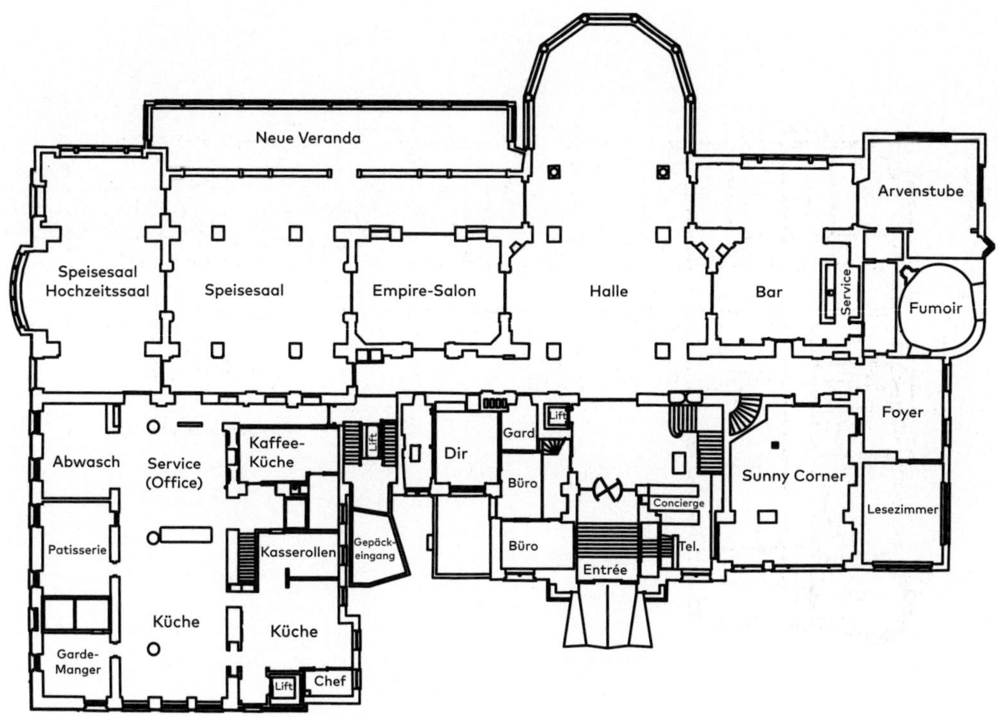

Saaletage 2019

1. Etage 1908

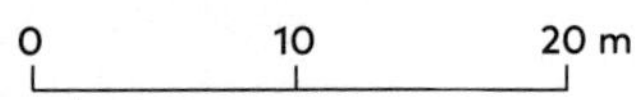

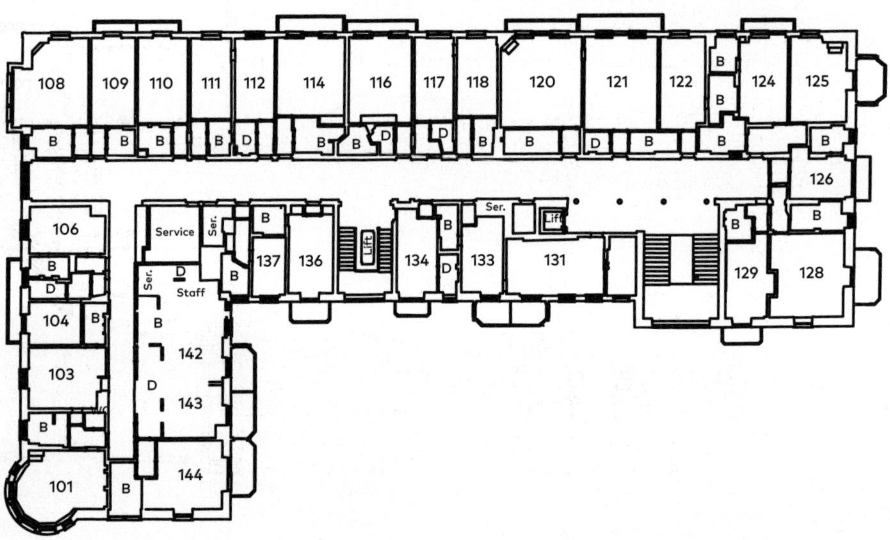

1. Etage 2019

Die Autoren – zusammengezählt kennen auch sie das Waldhaus seit über 100 Jahren

Andrin C. Willi (* 1976) aus dem legendären Posthotel Löwen in Mulegns an der Julierpass-Strasse machte von 1993 bis 1996 eine kaufmännische Lehre im Waldhaus. 2000 Diplom der Hotelfachschule Luzern. 2004–2012 Redaktor bei RTR Radio e Televisiun Rumantscha. Parallel dazu 2004–2006 Chefredaktor von *Vinum*, dann bis 2019 Geschäftsführer/Chefredaktor der Gastro-Zeitschrift *marmite*, wo er auch zahlreiche Events und Aktivitäten initiierte. Heute von Zürich aus vielseitig tätig als Kommunikator, Publizist, Speaker, Moderator, Jurymitglied und Ideengeber in Tourismus, Gastronomie und Hotellerie. «An Andrin C. Willi kommt in der Schweiz niemand vorbei, wenn es um Ess- und Trinkkultur geht.» (*Annabelle*, 31. Januar 2012)

Stefan Pielow (* 1959) schuf 2007–2008 als Fotograf zusammen mit der Autorin Zora del Buono das Buch zum ersten Waldhaus-Jahrhundert, *Waldhaus Sils. A family affair since 1908*. Aufgewachsen in Westfalen, kam er früh zur Fotografie, zunächst mit einem praktischen Einstieg als Assistent. Schon während des Studiums an der GHS Universität Essen (Kommunikationsdesign mit Schwerpunkt Fotografie) konnte er erste Titelgeschichten im *ZEITmagazin* und Reportagen im *Stern* veröffentlichen. Seit 1990 freier Fotograf für internationale Magazine, Firmen und Agenturen, verschiedenste Projekte und Bücher, u. a. in Zusammenarbeit mit dem mare Verlag. Er ist spezialisiert auf inszenierte Porträts – auch, aber nicht nur, von Menschen. Stefan Pielow (www.pielowphoto.com) lebt mit seiner Frau und zwei Töchtern in Starnberg.

Urs Kienberger (* 1952) wurde in Davos geboren und kam im Alter von einem Monat ins Waldhaus, das seine Urgrosseltern gegründet hatten und seine Eltern lange leiteten. Mit der Matura im zweisprachigen Fribourg, dem Studium in St. Gallen (lic. oec. HSG) und an der University of Illinois in Urbana-Champaign, mit Reisen und Arbeit auf verschiedenen Kontinenten, der Lektüre von ungezählten Büchern und sechs Jahren als Bank-Ökonom für eine Schweizer Grossbank in Basel bereitete sich der fast promovierte Ökonom vor auf ein Leben als Hotelier im Waldhaus an der Seite seiner Schwester und seines Schwagers beziehungsweise später seiner Neffen. Er ist glücklich verheiratet mit Nancy Kienberger, die dieses Buch auf Englisch übersetzt hat.

Impressum

Konzept: Urs Kienberger und Andrin C. Willi
Kapitelfotos: Stefan Pielow
Drohnenpilot und Assistenz: Thilo Härdtlein
Lektorat: Monique Zumbrunn
Gestaltungskonzept: Anita Lussmann
Satz: Sabine Hahn, grafikdesign, Berlin;
Livia Locher, marmite Verlags AG, Zürich
Scans, Bildbearbeitung: Widmer & Fluri GmbH, Zürich
Druck und Bindung: DZA Druckerei zu Altenburg GmbH, Thüringen

Dieses Buch erscheint in einer deutschen, englischen und französischen Ausgabe.

Verlag Scheidegger & Spiess
Niederdorfstrasse 54
8001 Zürich
Schweiz
www.scheidegger-spiess.ch

Der Verlag Scheidegger & Spiess wird vom Bundesamt für Kultur mit einem Strukturbeitrag für die Jahre 2016–2020 unterstützt.

ISBN 978-3-85881-634-4

Englische Ausgabe: ISBN 978-3-85881-831-7
Französische Ausgabe: ISBN 978-3-85881-841-6